U0639065

南开大学中外文明交叉科学中心研究项目

宁稼雨 主编

中国叙事文化学研究报告

2012—2017

梁晓萍 赵 红
李春燕 孙国江

副主编

天津出版传媒集团

天津人民出版社

图书在版编目（CIP）数据

中国叙事文化学研究报告.Ⅲ，2012—2017 / 宁稼雨主编；梁晓萍等副主编.-- 天津：天津人民出版社，2024.6

ISBN 978-7-201-20327-0

Ⅰ.①中… Ⅱ.①宁… ②梁… Ⅲ.①中国文学—叙事文学—古典文学研究—文集 Ⅳ.①I206.2-53

中国国家版本馆CIP数据核字(2024)第063740号

中国叙事文化学研究报告Ⅲ（2012—2017）

ZHONGGUO XUSHI WENHUA XUE YANJIU BAOGAO Ⅲ（2012—2017）

出　　版	天津人民出版社
出 版 人	刘锦泉
地　　址	天津市和平区西康路35号康岳大厦
邮政编码	300051
邮购电话	（022）23332469
电子信箱	reader@tjrmcbs.com

策　　划	沈海涛　金晓芸
责任编辑	康嘉瑄
装帧设计	明轩文化·王　烨

印　　刷	天津海顺印业包装有限公司
经　　销	新华书店
开　　本	710毫米×1000毫米　1/16
印　　张	30.5
字　　数	420千字
版次印次	2024年6月第1版　2024年6月第1次印刷
定　　价	98.00元

版权所有　侵权必究

图书如出现印装质量问题，请致电联系调换（022-23332469）

总论
深耕细作，全面推进
——中国叙事文化学第三时段（2012—2017）

宁稼雨

从1994年到2012年，中国叙事文化学已经走过两个时段，经过十八年的运行和实践。在此期间，中国叙事文化学从教学实践到学位论文，再到成果发表和学界的推荐评价，都全面得到进一步深化。十八年前还在构想中的大厦蓝图，已经建造成为有相当规模的大楼。

一、走向成熟深化的生态环境和条件分析

一个新生事物的成长，必须依靠对其有利的必要的生态环境。经过近二十年的经营打造，中国叙事文化学已经逐渐找到并适应有利于自身健康发展的生态环境，进入正常的"批量生产"和良性循环状态中。

（一）人才培养教学环境在波动中进一步稳固和融洽

中国叙事文化学从草创肇始，就把以课堂教学为中心的人才培养作为基础。所以，课堂教学是中国叙事文化学产生和培育的基地和试验场，在进入第三时段后，中国叙事文化学的教学环境和条件虽然小有波动，但还是有了进一步的提升和改善。

所谓波动是指因为作为人才培养重要内容的研究生招生工作在此期间略有变化。按南开大学人事制度关于招生导师年龄规定，笔者从2017年开始停止招收研究生。第三时段最后两年的研究生招生出现空档，因为招生人数减少导致人才培养及教学数量有所减少，但这并没有影响这个时段人才培养的大局。人才培养及教学工作依然在有序进行，并取得可观成绩。

首先是教学对象范围的进一步扩大和相对稳定。中国叙事文化学最初的教学对象是硕士研究生，后来也用这种方法为本科生布置过毕业论文和学年论文。从第二时段的2004年起增加了博士课程，从而使教学对象的层次得到提升，同时也推动了教学内容的进一步深化，这使得第二时段的教学质量得以优化。乘此东风，第三时段的教学对象得到进一步扩大发展，主要表现在两个方面，一是进修生和访问学者，二是走出去到校外讲授叙事文化学课程相关内容。这样，从本科生到硕士研究生、博士研究生，再到访问学者，已经构成层次完备的教学对象体系，再加上校外讲授，使教学对象的范围更加扩大和完善。从第三时段的2012年起，这个教学对象体系逐渐形成并稳固持续下来。

其次是教学内容进一步更新充实。从中国叙事文化学研究学说的生成路径来看，在其理论框架初步形成之后，最先以课堂教学内容的形式向学生传授，以此为导火索，从两个方面发动科研引擎。一是笔者围绕中国叙事文化学学理和实践所开展的多方面科学研究；二是学过中国叙事文化学课程、接受过中国叙事文化学研究方法训练的学生按照这种方法写作出来的学位论文和学术论文。而这两个方面成果在学界公开发表之后，又将中国叙事文化学研究推向了学界。而后，学界也参与到对中国叙事文化学的探讨和交流当中，从而进一步深化对中国叙事文化学研究的耕作。但这个流程并没有结束。以上三个方面的研究成果又被笔者同步吸收，转化为讲授"中国叙事文化学"课程的更新内容。由于第三时段相关成果比较多，这个更新过程表现得更为明显和剧烈。因此，笔者对2016年版教学课件也做了相当大的补充调整。

再次是进一步扩大课堂教学范围。此前的课堂教学范围基本只限于博士和硕士研究生课程，本科生中也曾有过指导毕业论文和学年论文的工作，但范围有限。在第三时段，南开大学文学院向本科生开设了一门创新课程导论，由数位教师分别介绍某个学科领域的最新前沿成果。尽管每位教师只有一次两个课时的课程，但意在鼓励教师把学术前沿引进课堂。受此政策鼓励，笔者向学院进行了申报，并从2013年起在学院向本科生开设了这门课程。虽然课程体量不大，只能把中国叙事文化学的生成原理、基本框架和方法做一番概述，但对学生还是起到了很大的宣传影响作用。在这门课开设的六年间（2013—2018），先后有两名听过该课的同学考取了笔者的硕士研究生并进行专门的中国叙事文化学研究，也有更多学生了解了中国叙事文化学的基本内容，从长远角度看还是扩大了中国叙事文化学的影响范围。

这样，从针对本科生、硕士研究生、博士研究生、进修生、访问学者的教学，到校外宣讲，构成了中国叙事文化学完整系统的教学范围，为其后续的教学乃至后备研究人才培养奠定了重要基础。

（二）成果固定园地出色发挥助推助燃作用

中国叙事文化学起步于研究生课堂教学与学业培养，它要走向社会并得到学界认可，有两个必要条件：一是学术成果能够经过社会学界检验得到公开认可，二是要得到学界专业人士的专业评价。在第二时段之前，有部分中国叙事文化学研究的成果以独立一期或零散的方式在学界发表，使中国叙事文化学研究取得了一定传播效应。但学界专业人士对此尚未发出评价声音。因此，在中国叙事文化学已经取得初步成效，而且前景较好的情况下，构建能够展示中国叙事文化学个案研究成果、展示学界对于中国叙事文化学研究的评价与讨论交流的专门性平台，已经迫在眉睫。

对于中国叙事文化学来说，第三时段的一个重要事件是与黄淮学院《天中学刊》建立合作关系，开设"中国叙事文化学研究"专栏。该刊为双月刊，从2012年起分四期给"中国叙事文化学研究"开设专栏。其收录的文章分为两种，一为个案故事类型研究，一为关于中国叙事文化学研究的理论探讨和评价文章。在第二时段，曾经有两个刊物一次性开设"中国叙事文化学研究"专栏，发表使用中国叙事文化学研究方法写出的十几篇个案故事类型研究论文。《天中学刊》将专栏扩大为每年四期，每期二至三篇文章，不仅为中国叙事文化学研究成果走向社会和学界，展示研究生教学培养工作成果提供了稳定平台，同时也向社会和学界打开了参与介入中国叙事文化学研究的大门，意义非同小可。至于其所发表的理论和评价文章，更是意义非凡。在此之前，关于中国叙事文化学理论建设方面的几篇文章都出自笔者，从这个角度看，没有学界同行参与评价和讨论的中国叙事文化学，显然还缺少学界认可的权威性和科学性。从《天中学刊》开设"中国叙事文化学研究"专栏以来，每期的二至三篇稿件中，基本能保证有一篇是关于叙事文化学研究的理论探讨和评价文章。很多研究中国古代叙事文学领域重要的专家学者在该专栏发表文章，参与对中国叙事文化学的理论探讨和学术批评，其中包括齐裕焜、郭英德、陈文新、张国风、董国炎、杜贵晨、伊永文、张培锋、程国赋、苗怀明、胡胜等诸多专家学者，极大地扩大了中国叙事文化学的影响，同时也把中国叙事文化学研究的理论认知推向深入。

（三）扩大加强与学界的交流

在第一、第二时段中，中国叙事文化学的工作主要侧重于自身体系框架的构想、方法程序的落实，以及将这些内容付诸教学和学位论文写作实践。大约从2007年开始，通过各种渠道初步开展对外宣传中国叙事文化学。从第三时段开始，我们有意加强了就中国叙事文化学相关问题与学界的沟通和交流，全面扩大中国叙事文化学的影响。

首先是继续通过学术会议增加与学界交流。学术会议是学界进行学术交流的重要平台和机会。利用这个有利条件，笔者在此期间参加学术会议提交的论文，尽量突出中国叙事文化学的主题和内容，尽管每次会议的主题不尽相同。从2012年起至2018年终，笔者在大约每年一到两次的学术会议中，与中国叙事文化学主题相关的发言论文大约占一半以上。这些发言论文在很大程度和范围上扩大了中国叙事文化学的影响力和覆盖面，为其研究方法的更新提供了新的信息和角度，引起了广泛的学界关注。

其次是利用外出讲学机会宣讲中国叙事文化学。随着中国叙事文化学和笔者学术影响力的增强，从2012年起笔者外出讲学的机会逐渐增多，笔者把这些讲学机会视为又一个宣传推广中国叙事文化学的好机会。除主办邀请方有指定题目外，在拥有讲学题目决定权的前提下，特别是听众对象是研究生或以上层次时，笔者基本选用中国叙事文化学研究的题目。讲学为现场讲座方式，对象少则十几人、多则上百人。这种现场讲座方式能够和听众面对面直接交流，不但便于听众接受，还能方便与听众互动。在互动的过程中，不仅能及时澄清听众的一些疑惑，而且能互相补充一些新的知识。在笔者招收的硕士和博士研究生中，不乏曾经现场听过讲座，然后有目的地报考过来的学生。

最后是申请和认真完成相关项目，把中国叙事文化学研究落到实处。在第三时段，笔者先后有两个国家社科基金项目。一个是于2007年立项的国家社科基金项目"中国神话的文学移位研究"，这个项目主要是使用中国叙事文化学研究方法，对中国古代神话进行个案故事类型解剖研究。这个项目不仅采用了中国叙事文化学的研究方法，同时也为中国古代神话的传统研究探索了新路。它把中国古代神话从传统的历史学研究、宗教学研究、文化人类学研究的神话溯源研究转入神话母题在后代文学花园绽放情况的探流研究，是中国叙事文化学在叙事文学故事类型个案研究中的一大突破和创举。另一个是于2017年立项的国家社科基金重大项目"全汉魏晋南北朝小说辑校笺证"。这个项目本身属于古籍文献整理的范畴，但却能够为中国叙事文化学的个案故事类型研究积累大量文献资源和参考材料。这两个项目的先后衔接，也为中国叙事文化学研究各个层面的工作摸索了一些重要经验，总结出一些规律。

二、课堂教学进一步精益求精

从1994年到2011年，以博士、硕士研究生为主要教学对象的中国叙事文化学已过了十八个年头。从课堂教学内容，到教学手段和方法，乃至教学考核等整个教学系统过程，不但已经形成完整的链条，而且一直处于不断动态更新过程中。到了第三时段，各方面条件更加成熟和丰富，从而为中国叙事文化学课堂教学的进一步更新提供了坚实基础。

（一）教学内容的不断更新完善

经过长期摸索实践，我们对课堂教学内容在中国叙事文化学研究方法体系中的地位有了全面而清晰的认识。因为中国叙事文化学研究的理念框架起步于研究生课堂教学，所以我们一直将其视为中国叙事文化学研究理念和方法的枢纽，以随时吸纳更新来保证中国叙事文化学课堂教学内容的常教常新。到2012年，中国叙事文化学课堂教学的内容已经逐渐趋于系统和完整，但因第三时段相关科研成果比较多，也为课堂教学内容提供了更新的资源和参考信息。

这一时段的课堂教学内容更新变化最大的是在原第二章"叙事文化学研究的对象"中。该章原分为四节，分别为"主题类型的确定""文本的应用""文化分析""叙事文化学与比较文学分析"。这四节内容基本涵盖了叙事文化学个案故事类型研究从研究对象确定到文献搜集整理，再到故事形态异同的文化分析的全过程，是个案故事类型研究的核心部分。但因一章中包含内容太多，以致有些重要内容无法充分展开。到第三时段有了大幅度的调整改变，具体包括两个方面：

一方面对整个教案结构做大幅度调整，即将原第二章"叙事文化学研究的对象"拆分为四章，分别为第二章"叙事文化学研究的对象"、第三章"个案故事的文献搜集"、第四章"故事类型的文化批评"、第五章"叙事文化学与比较文学"。调整扩充之后，加上原第一章"叙事文化"，叙事文化学整体结构更加完整充实，也基本上实现了各章内容的均衡。尤其是原第二章因为章节限制，难以充分展开的问题得到完全解决。更新后的四章，特别是第二章、第三章的内容有了相当大的扩充空间。

另一方面则是对更新后的各章进行大幅度扩充。如更新后的第二章"叙事文化学研究的对象"，原为旧版中该章的第一节，题为"主题类型的确定"。至第三时段，该节扩充为一章。扩充后该章分两节，第一节为"关于故事主题类型的确定"，节下增补三个三级标题，分别为"主题学的类型方案""前人关于中国文学主题的处理""叙事文化学的处理方案"。该节调整之后的内容，比之前更加具体、充实、明确，也反映出在关于叙事文化学研究对象——主题类型的认知和判断方面的进步和强化。第二节"个案主题类型的确定和整理"，旧版名为"文本的应用"，节下未列三级标题。在第三时段的教学内容中，该节改为此名，并下设两个三级标题："个案故事类型的基本条件""关于个案故事类型的选择和梳理"。很显然，之前"文本的应用"这个标题显得笼统和模糊，而"个案主题类型的确定和整理"则把"文本的应用"明确指向个案故事类型的确定和整理。下面两个三级标题又分别从"确定"和"整理"两个方面夯实了本节标题的内涵和主旨，表现出对第二节内容不断进行深入思考和明确表述的过程。

再如更新后的第三章"个案故事的文献搜集"为原版第二章中第二节"文本的应用",四节内容,第一节"目录学与故事类型文献"、第二节"索引与故事类型文献"、第三节"总集与故事类型材料"、第四节"丛书类书与故事类型材料"。更新后不但章节扩大,而且每节下都有数条三级标题,内容更加丰富。这些更新和增补极大充实了叙事文化学个案故事类型研究的文献搜集路径,为叙事文化学研究在文献搜集方面"竭泽而渔""一网打尽"的目标理念夯实了基础。

此外,原第二章中第三节"文化分析",第四节"叙事文化学与比较文学分析"两节也分别升格为章,章下各分数节,节下设三级标题。与原版相比,都有程度不同的提升和扩充。

(二)从纸质黑板教学到PPT教学

在第一、第二两个时段,中国叙事文化学课堂教学一直采用纸质教案加黑板这一传统教学方式。从第三时段开始,为配合教学内容的更新增补,叙事文化学课堂教学引入PPT模式。

第三时段的PPT课件先后有过两个版本,2013年版和2016年版。上文所述这个时段叙事文化学教学内容的更新情况,在这两个PPT课件版本中都有充分体现。PPT教学课件的使用,不仅能使教学内容,尤其能使大量生僻字直观展示,节省了板书时间,而且能使学生随时全面了解掌握教学计划和进度,便于学生消化理解教学内容,提升了课堂教学效果。

(三)利用网络园地进行教学内容交流互动

从第二时段末期开始,笔者创建了个人网站"雅雨书屋",该网站配有论坛(BBS)"传统文化与文学"。其中包括与笔者教学情况有关的两个栏目——"教学园地"和"研究生园地"。经过第二时段末期的初步尝试,从第三时段起,这两个栏目全面承担了叙事文化学研究课程的大量辅助工作。其中包括,在"教学园地"栏目中,经常发布有关叙事文化学教学内容更新变化的信息,方便学生和学界随时了解掌握叙事文化学学术前沿及其在教学内容中反映的各种情况;另外将"研究生园地"作为博士和硕士研究生提交课程作业和交流互动的窗口。叙事文化学的课程作业,也基本通过这个平台来展示和保存。通过该平台还能进行授课人、学生、学界等各方面的交流互动，为叙事文化学课程的顺利进行起到了重要的推动作用。

三、学位论文学术质量品位全面提升

经过之前两个时段，十八年的积累实践，以叙事文化学理论为研究方法的博士、硕士学位论文写作已经有了比较深厚的积累和很多成熟的经验。在此基础上，第三时段的学位论文写作水平有了更明显的进步。

（一）选题作者队伍结构发生重大变化

第三时段学位论文写作的一个重大变化，是参与学位论文写作的队伍出现明显扩大和强化的趋势。具体表现在，刚起步的第一时段，参与学位论文写作的作者基本为硕士研究生。从第二时段起，增加了博士研究生。而从第三时段开始，新生力量开始加盟叙事文化学学位论文写作，那就是其他高校的博士、硕士研究生。经过近二十年的宣传和传播，中国叙事文化学研究逐渐为学界所了解，很多高校研究生开始尝试采用叙事文化学研究方法，以故事类型为选题对象来写作学位论文。经初步统计，第三时段有十一篇外校硕士学位论文为故事类型研究。这一情况表明叙事文化学研究方法的扩散效应已经开启，期待有更大更多的发展空间。

（二）个案故事类型层级意识更加明确

所谓个案故事类型层级意识，无论是指个案故事类型选题对象是定位在具体的个案故事，如王昭君故事、西厢记故事，还是由若干个案故事类型组合而成的某个主题意象，如复仇主题、离魂主题、负心主题等。这个问题我们在此前两个时段有过摸索和尝试，中间也有过部分非纯粹个案故事主题类型，而有些意象主题的痕迹。如非现实婚恋故事研究、墓树故事研究、妒妇故事研究等。第三时段共有博士学位论文十一篇、硕士学位论文八篇，全部采用非意象主题的个案故事类型层级进行写作。这表明，叙事文化学个案故事类型研究的对象目标范围已经明确，同时也为叙事文化学个案研究提供了比较成型和成功的参考案例。

（三）论文选题类型趋向规范集中

从选题类型角度看，第一时段基本是漫无边际的自由选题状态。到第二时段，已经开始注意选题类型的属性，并逐渐形成几个比较集中的选题

类型群。而从第三时段开始，学位论文选题就更加明确集中了。

笔者在《先唐叙事文学故事主题类型索引》中，将中国叙事文学故事主题类型分为"天地""神怪""人物""动物""器物""事件"六大类。以此六个大类为基础，在此前两个时段的论文选题实践中，逐渐形成神话传说、帝王、历史人物、文学形象四大主题类型。在第三时段的学位论文中，这四种类型的选题均有覆盖。其中博士学位论文选题集中在神话传说、帝王和历史人物，本校硕士学位论文则主要集中在历史人物和文学形象这两类中，校外硕士学位论文也基本在这个范围覆盖当中。

（四）论文写作模式不断趋于科学和合理

叙事文化学研究方法的学位论文在写作模式上不断探索、不断进步，逐渐趋于科学和合理的态势。

按照笔者最初对于叙事文化学研究方法学位论文写作的框架结构设计，大致有纵向式和横向式两种基本模式。所谓纵向式结构是指论文第一章为故事类型的文献综述，从第二章开始按时间发生顺序进行章节排列，即章的名称为朝代名称，章下节的名称即为该朝代内该故事类型相关几个文化侧面的演变轨迹。所谓横向式结构的第一章与纵向式相同，但从第二章开始，章的名称改为该故事类型的相关文化侧面，而章下节的名称则是该文化侧面按时间发生顺序的排列。这两种模式在前两个时段中都有过实践和尝试，并取得一定经验和成果。

第一时段的学位论文均为硕士学位论文。因为硕士学位论文的体量中等，一般在三五万字左右，所以两种框架模式均可采用。到第二时段，增加博士学位论文之后，这一情况开始有些改观。因为古代文学博士学位论文体量比较大，一般不会少于二十万字。所以从第二时段起，博士学位论文在结构体例上开始有了一些思考和变化。但这也只是个别情况，没有从整体大面铺开。从第三时段开始，这些思考和变化在学位论文写作中得到全面实践。

首先，"横向+纵向"的方式逐渐成为主流模式。经过多年摸索实践和各种层次作者的参与，学位论文写作模式渐趋成熟，并且逐渐形成"横向+纵向"的写作结构模式。即第一层级章为横向（文献综述+各文化侧面分

9

析），第二层级节为纵向（各文化侧面下的历代演变过程）。第三时段大部分学位论文采用了这种模式。从此，这种模式成为叙事文化学学位论文写作的最基本模式。

其次，关于第一章文献综述部分的改造和变化。第一章文献综述是叙事文化学研究方法学位论文写作的固定部分，也是故事类型文化分析的坚实基础。因为第一时段起步时只有体量规模有限的硕士学位论文，所以采用"横向+纵向"的基本模式是合理和必要的选择。但是，从第二时段起增加了博士学位论文，情况就有了一定变化。博士学位论文的体量规模远远大于硕士论文，博士学位论文第一章的文献综述部分一般会在五万至十万字，有的甚至会更多。这个体量放在论文开端，加上文献综述的内容基本为故事类型文献的总结梳理，也会含有相当数量的古籍引文，在阅读顺畅程度上会造成一定障碍，会对第二章之后的文化分析内容产生一定程度的偏离作用。对此，从第二时段起，部分博士学位论文评审专家和答辩委员提出建议，将博士学位论文第一章的文献综述分为两部分，一部分为对故事类型全部文献进行梳理归纳总结的综述内容，另一部分则为对故事类型全部文献本身的存在状态进行描述介绍的文献叙录内容。前一部分作为第一章的内容，后一部分则作为附录放在正文之后。这样的安排不但解决了此前第一章体量偏重的问题，而且也使文献综述的两个部分各自独立、各司其职，更加合理。这一模式在第三时段得到全面推广，不仅博士学位论文基本采用了这种模式，部分硕士学位论文也参照了这种模式。

再次，关于故事类型文学分析内容的增补。叙事文化学故事类型研究的框架结构从起步时形成的基本模式是"文献综述+文化分析"，对故事类型的文学分析有所忽略。从第二时段开始，在部分博士学位论文评审和答辩中，有人提出故事类型作为文学研究的性质，不应该忽略乃至放弃对故事类型本身文学要素的关注与研究。这个意见受到我们的重视。经过认真思考和研究后，笔者在教学内容中增加了关于故事类型文学分析的内容，使其成为故事类型学位论文框架结构模式中的一个重要组成部分。其具体操作模式有两种，一种是在传统结构模式"文献综述+文化分析"之后再加一章"××故事类型的文学分析"；另一种是把该故事类型文学分析的内容分解到各章中，即在第二章之后文化分析的各章中，加一节"该文化分析方面的文学书写"，描述分析该文化侧面的文学书写状况和特色。这个模式从第三时段开始尝试使用，没有做统一要求，部分作者开始采用并实践，达到了比较好的效果。

四、进入水到渠成的收获季节

经过两个时段十八年的积累和实践，叙事文化学在各个方面都有了相当收获，水到渠成地进入收获季节。从成果形式和产生源头来看，已经覆盖到理论发源地、教学培养渠道，以及学界社会面；从成果的性质来看，则有个案故事类型研究论著和立项成果，叙事文化学的理论探索，以及学界对叙事文化学的评价讨论等。

（一）个案故事类型研究的成果与立项

与前两个时段相比，进入第三时段后，叙事文化学个案故事类型研究成果大幅度增长。从研究主体来看，经过两个时段的培养和宣传，一方面南开大学培养的相关博士和硕士已经逐步掌握个案故事类型研究方法，成为该领域研究的主力军；另一方面，在叙事文化学研究影响下，学界了解并在一定程度上掌握叙事文化学个案故事类型研究方法的人也逐渐增多。此外，随着叙事文化学研究影响的扩大，学界对其认可程度也逐渐提升，刊物、科研立项、论著出版等几个方面都得到全面收获。继第二时段《厦门教育学院学报》接连两期为叙事文化学设立专栏后，第三时段又有《天中学刊》和《九江学院学报》为叙事文化学研究开设专栏。同时，其他刊物中也陆续出现模仿近似叙事文化学个案故事类型研究的文章。同时，第三时段以叙事文化学研究方法为依据的科研立项也逐渐增多。据初步统计，第三时段来自各个渠道的叙事文化学个案故事类型研究论文约二百篇、学术著作六部、省部级科研立项五项。

（二）叙事文化学理论本体建设逐渐加强

随着叙事文化学各方面工作不断深入，其本身的理论建设也得到不断发展和加强。从第一时段起，叙事文化学的基本理论最初只是通过教案讲义进行初步构想和设计，并通过课堂教学形式向学生传授和展示，这些理论要素在教学和相关研究实践中不断补充加强。到第二时段，基本形成了比较完整的理论体系和实际操作方法。作为这些成形理论的总结表述，该时段笔者发表过几篇论文，基本是从整体上论述中国叙事文化学得以成立的学理依据和大致操作轮廓，如《主题学与中国叙事文化学的构建》《关于构建中国叙事文化学的设想》等。通过这些论文，学界对叙事文化学的学理和方法开始有了初步了解，但还有待将此笼统的轮廓加以细化，才能进一步夯实和强化叙事文化学理论体系的深刻内涵。为此，从第三时段开始，叙事文化学理论开始向纵深发展，从之前笼统概况的综论转入对其各个层面的理论展开细致分析。如《中国叙事文化学研究为什么要"以中为体，以西为用"——中国叙事文化学研究丛谈之一》《中国叙事文化学与西方主题学异同关系何在？——中国叙事文化学研究丛谈之二》《文本研究类型与中国叙事文化学的关联作用》《叙事·叙事文学·叙事文化——中国叙事文化学与叙事学的关联与特质》《从"AT分类法"到中国叙事文化学的故事类型分类——中国叙事文化学研究丛谈之五》《关于个案故事类型研究的入选标准与把握原则——中国叙事文化学研究丛谈之六》等。通过这些工作，叙事文化学的理论本体体系更趋完备系统。

（三）受到学界关注，不断获得热议与好评

随着叙事文化学自身建设不断完善，在学界和社会影响也日益扩大，学界对其关注程度与热议好评程度也不断增强，从而进一步增强和扩大了它的学术影响力。

首先是国家及各层面新闻媒体的关注。在第三时段，《中国社会科学报》曾两次刊发文章，向学界推荐和评议中国叙事文化学。第一次是2013年3月22日，中国社会科学网《中国社会科学报》刊发刘杰《解读中国叙事文学的故事主题》一文。这篇文章的内容是大致介绍和推荐中国叙事文化学研究的学术价值和研究方法，使学界能够初步了解中国叙事文化学研究的基本情况。第二次是2018年2月28日，中国社会科学网《中国社会科学报》刊发李永杰《学者倡议构建中国叙事文化学》一文。该文梳理、总结学界若干学者对于中国叙事文化学研究的评议，向学界提供关于中国叙事文化学研究更加全面深入的信息和知识。

其次是学界对叙事文化学的广泛评议。从第三时段起，《天中学刊》设立"中国叙事文化学研究"栏目，该栏目不仅刊发大量个案故事类型研究文章，也刊发很多学界对叙事文化学研究的评价和讨论。该时段《天中学刊》刊发的学者专家对于叙事文化学的热议和评价共二十多篇。很多专家从不同角度探讨和评议中国叙事文化学的学术价值与实践意义，有的从科学性的角度解读分析叙事文化学研究的学理依据（郭英德：《构建中国叙事文化学的学理依据》，《天中学刊》2012年第3期），有的把中国叙事文化学放置于中西学术文化交流的角度来审视（陈文新：《叙事文化学有助于拓展中西会通之路》，《天中学刊》2012年第3期），有的从传统小说戏曲研究路径创新角度理解叙事文化学研究的价值意义（张国风：《中国小说、戏曲研究新视角——简评宁稼雨中国叙事文化学理论》，《天中学刊》2012年第4期），有的从叙事学在中国传播演变的角度理解和评价中国叙事文化学（董国炎：《谈叙事文化学研究的推进》，《天中学刊》2012年第6期），还有的则对叙事文化学提出商榷意见（张培锋：《关于叙事文化学研究的若干思考——以"高祖还乡"叙事演化为例》，《天中学刊》2016年第6期），等等。通过这些热议和评价，中国叙事文化学的理论体系、外延内涵，以及一些具体操作的方式都更加明确。从学术史的角度看，既有利于中国叙事文化学自身的进步和深化，也在很大程度上扩大了叙事文化学的社会和学术影响。

（四）其他非正式渠道的信息反馈

除以上正式媒介外，还有许多学界同人通过各种非正式渠道对中国叙事文化学进行评议和评价。从反馈的渠道来看，有微博留言、微信公众号留言、微信朋友圈、微信群，以及私人交流等；从反馈的对象看，有熟悉的师友同行，也有素不相识的陌生人；从反馈的内容看，多数为正面肯定性评价，也有少数因对叙事文化学某些理念和方法产生疑惑而提出的咨询和疑问。通过这些信息反馈和交流，反映出中国叙事文化学已经产生比较广泛的社会和学术影响，同时也使中国叙事文化学的首创者能够比较及时地了解社会及学界的反馈，从其中的肯定中看到成绩和正面效果，同时也能够随时掌握问题和不足，并及时进行调整和改进，从而使叙事文化学能够继续沿着健康的道路在不断调整更新中发展和进步。

　　尽管在第三时段中国叙事文化学已经取得更大的突破和进展，但仍然还有不少团队能够意识到的和学界提出的一些问题未能得到彻底解决。比如，在叙事文化学理论建设方面还缺少研究力度和学术突破。《天中学刊》中国叙事文化学栏目的文章作者队伍主要限于笔者授课培养的学生，其他投稿的入选量比较有限；个案故事类型学位论文中文学研究成分还有待加强等。这些问题一方面既反映出叙事文化学尚存的不足，同时也指明了继续向纵深发展的方向。

目　录

学位论文 / 183

理论建设 / 319

4

学术背景

理论成熟与范式确立

——第三时段的研究背景与条件（2012—2017）

赵红

历经多年的推进与发展，由宁稼雨教授首创并力倡的中国叙事文化学，因其研究理论渐趋成熟、研究方法切实可行、研究成果不断丰富而焕发出蓬勃的学术生命力，生成了新的学术增长点。回顾从参酌发轫到规模颇具的创获之路，如果将中国叙事文化学视作雕塑家手中一件细密雕刻、精巧塑造的艺术作品，那么中国叙事文化学经由酝酿、探索，进而吸收、借鉴，最后融合、创新的学术发展路径，恰恰应和了雕塑制作法的五大基本步骤。

作为初创期的1994—2004年十一年间，譬如雕塑制作工艺中基础性的备泥加工、内搭骨架之法。既要把直接来自地下的泥土剔除杂质，通过木棒敲砸进行人工捣炼，再浇水浸泡以达到干湿合宜、软硬适度的状态来备用；又要使用木板、铁丝、钢筋、铁钉等材料搭制内里的框架，起到支撑和连接的作用，以保证泥塑的稳定性，不致倾斜和倒塌。宁稼雨教授在建构中国叙事文化学的设想之初，正是因为在教学实践中认识到中国古代文学专业硕士研究生文学研究方法的局限与相关课程建设的不足。同时，又亲历了20世纪80年代中后期诸种西方文学艺术研究方法的引入所激发的研讨热潮，以及进入20世纪90年代讨论骤然冷却后的审视和反思，经过认真思考、反复斟酌和大胆尝试、深入探索，提出的新理论、新方法。一方面，通过面向古代文学硕士研究生开设"中国文学主题学""叙事文化学"课程等教学渠道摸索、勾画中国叙事文化学的理论内容，再辅以学位论文的指导与写作来实践相应的研究方法，这犹如"备泥加工"的原料准备程序；

另一方面，在纷乱、繁杂的西方理论中慧眼识珠发现主题学的价值，以"拿来主义"的胆识挖掘其方法论中能够与中国叙事文学研究呼应、对接的切入口，在借鉴中创新，促使"舶来品"真正落地生根"为我所用"，这犹如"内搭骨架"的结构设立程序。

作为发展期的2005—2011年七年间，譬如雕塑制作工艺中形塑式的上大泥、堆大形之法。手动上泥需要与间歇喷水同步进行，并不断按紧压实，使泥块层层堆贴在框架上，与之牢固结合直至大体成型；继而着眼于最初的设计方案，突显三维实体的特点，每一次添加泥块都要注意到各个视角之间的关系，在不断地观察比较中，显示出"这一件"雕塑的独特性。中国叙事文化学也是在这样的对比、自审中以差异性展现了卓越之处。较之于古代小说（戏曲）的传统研究方法，中国叙事文化学主张打破叙事文学研究的文体隔阂与时代壁垒，突破个案作品或同类作品的研究限制，把焦点集中在故事主题类型上，以此作为叙事文学作品的集结方式，关照其跨年代、跨文体、跨作品的集体整合现象。较之于西方主题学的研究方法，中国叙事文化学强调以文学文本中的叙事故事为核心，结合史传、诗文、说唱、民俗等多种文献中的相关内容，考索人物、情节和意象要素的流变、展演情况，进而揭示故事主题背后深刻、复杂的文化动因。较之于叙事学的研究方法，中国叙事文化学规避了将叙事文本与外部世界相隔绝而仅专注于作品内部的叙事要素和叙事成分的研究视角，从故事主题类型出发，将同一主题类型的叙事故事及相关材料置于大历史、大文化中考察，既注重文本间同主题故事的承继关系，更关注同主题故事在不同文本间被改写、被创编的差异变化，以及由此而造成的思想内涵转变与文化意蕴丰富。

而时间步入作为成熟期的2012—2017年，则犹如雕塑制作工艺中"整体—局部—整体"化的全局统观与细部打磨相结合之法。反复的处理和调整形体与比例之间的关系，使形体完整，比例协调。在此基础上进行细节把握，过分突出的大转折要削弱，缺乏连贯性的顿挫处需平顺，表现姿态显出僵硬之状可修整，以使整件雕塑作品臻于完善。中国叙事文化学亦然，从理论构思之滥觞到理论框架之设立，从研究方法之展开到研究成果之丰产，学术影响不断扩大，从逐渐为人所知到引起学界的高度关注和学者的浓厚兴趣。历经多年的推进与发展，这是宁稼雨教授在学术创造上的集腋成裘之功，也是在科研求索中的厚积薄发之力。中国叙事文化学研究进入成熟阶段的标志，主要表现为：其一，从体用关系之辨入手创立了新的学术理论、建构了新的学术范式。其二，在对主题学理论的借鉴与创新中找到了新的研究策略和研究方法。其三，以硕士、博士学位论文的写作为成果主体，形成了典范的研究文本；以期刊论文的发表作为成果群落，建设了长效的理论阵地。

一、从体用关系之辨入手创立新的学术理论、建构新的学术范式

宁稼雨教授在自己的研究领域针对以古代小说、戏曲为主体的中国叙事文学的传统研究方法提出了另辟蹊径的研究设想，是基于对"全面把西方文化背景下学术的体系移入中国"而造成"20世纪以来中国文化律动的基本走向就是西方化——学术也位列其中"[1]的学界现实提出疑问："从1904年王国维发表《红楼梦评论》一文和1913年他完成《宋元戏曲考》到今天，已经是百年历程了。如果说这两部论著是中国古代小说和戏曲从以往的评点式研究走向现代学术范式的转折点的话，那么现在是否有理由提出这样的问题：《红楼梦评论》和《宋元戏曲考》所开创的所谓现代学术范式的基本内涵和主要特征是什么？百年之后，这种范式是否已经凸现出某些不足或局限？这些不足和局限是否应该由新的学术视角来取代或补充？什么是扮演这种取代或补充那些传统范式的有效视角？"[2]论述中已经包含了力求实现学术更新的意图，从这个意义进行的体用之辨实质上就指向了新的学术理论的创立和新的学术范式的建构。

自1840年鸦片战争爆发到1949年新中国成立的百年间，中国半殖民地半封建社会从形成到瓦解的历史，堪称一部落后挨打的屈辱史。经济狭隘脆弱，政治腐败堕落，社会混乱动荡，致使文化保守后进，无法为包括文学研究在内的学术繁荣提供外生能量。而面对严酷现实，五四运动的先驱

---

[1] 宁稼雨：《中国叙事文化学与中国学术体系重建》，《天中学刊》2013年第4期。

[2] 宁稼雨：《木斋〈古诗十九首〉研究与古代叙事文学研究的更新思考》，《社会科学研究》2010年第2期。

和健将对延续千年的以儒家文化为基础的封建思想强烈不满，极力要求冲破思想的长期停滞和严重封闭，完成一场深刻的文化解放运动。然而，在轰轰烈烈的"打倒孔家店""推倒贞节牌坊"的口号之下，是与尊重中华文化的复古思潮针锋相对的"全盘西化"主张，传统文化在整体被否定和抛弃后也失去了其内生动力。这从20世纪80年代西方方法论热潮在中国学界的勃然兴起到迅速冷却即可管中窥豹，简单粗暴的效仿、嫁接，或者生搬硬套，或者削足适履，结果只能是消化不良，不了了之。诚然，由王国维《红楼梦研究》《宋元戏曲史》和鲁迅《中国小说史略》所开创的20世纪叙事文学研究范式确实具有示范效应，规定了一个世纪戏曲、小说文体研究的格局，也扎扎实实推动了中国古代文学，尤其是古代叙事文学的研究。但这种以文学体裁研究和作家作品研究为要点的叙事文学研究范式，从其方法形成的内涵性质来看，"毫无疑问，它是'全盘西化'文化背景对古代叙事文学研究领域制约掣肘的结果"①，用西方的学术理念构筑一个有别于传统的学术体系，虽然也彰显着其时有识学者的学术自觉，可其中又何尝没有别无他法的无奈与被动。

进入21世纪，国力大为增强，形势焕然不变，恢复学术主权、建立文化自信已成为学界必要而迫切的任务，更为学者提出了明确而严峻的课题。宁稼雨教授反思全盘西化对传统文化及相应的学术研究的阉割和分解，审视西方各种文化思潮作用下西体中用学术范式对小说、戏曲研究带来的文体史和作家作品研究局限，以学术的开拓精神和研究的创新勇气，提出了中国叙事文化学的研究理论。倘若将以王国维、鲁迅为代表的20世纪中国叙事文学研究范式归结为取代了以往直觉顿悟的评点式和感性体验的描述式这样的零散表述，而将关注视野转向体裁研究和作家作品研究，从而把中国叙事文学研究融入世界叙事文学研究的轨道中，那么中国叙事文化学研究"从文体史和作家作品研究回归到故事类型研究既是对传统的文体史和作家作品研究的补充和更新，更是对于20世纪以来'西体中用'学术格

① 宁稼雨：《中国叙事文化学与"中体西用"范式重建》，《南开学报（哲学社会科学版）》2016年第4期。

局的颠覆和对于21世纪'中体西用'学术格局的追求和探索"①。

中国叙事文化学所构想的研究体系和范式是围绕着故事类型来作为核心和主线展开的。故事主题类型往往打破了体裁的藩篱和个案故事的壁垒，将超越文本、超越文体、超越时代的所有叙事材料与同类故事、同类主题的关联性集结在一起，而故事中的人物、情节和相关意象则成为主题要素。横向而言，这些要素在不同的社会背景和文化环境中展开演绎，因而要竭力揭示其流变，展演背后的文学、文化动因，并力图从整体上归纳其文化特色，提炼其文化价值；纵向而言，务求将涉及这些要素的所有文献资料做地毯式搜索，遵循"不立一真，惟穷流变"②的学术原则和学术目标，尽力描绘出其传承的轨迹与演变的状貌，力求从中寻绎到内在的发展逻辑。显而易见，中国叙事文化学将"故事主题"视作叙事文学的本质属性所在，离开单一情节和人物，以故事为中心关注多个作品、多种文献，既看重同一主题类型中不同文本在情节形态方面的异同对比，也重视同一人物或意象在此类型故事演变过程中的流变轨迹。总之，厘清各要素之间横向、纵向的消长变异和动态走势，为最终的文化分析寻找契机，提供可能。根据叙事文化学所确立的理论内涵和研究设想，宁稼雨教授进一步建构了以编制"中国叙事文学故事主题类型索引"和对各个故事主题类型进行个案梳理与研究为组成部分的研究范式，二者互有关联、互为表里。具体的操作程序和步骤有三：首先，调动一切文献考据手段，以"竭泽而渔"为目标搜集所有与该故事主题类型相关的文献材料；其次，在尽可能多地占有材料的基础上，通过通读精读、爬梳剔抉，对故事主题类型的相关要素进行解析，深挖文化内蕴；再次，完成对故事个案的主题特色和文化价值的归纳与提炼，以贯穿该故事类型的全部材料和要素为核心灵魂，从全局上统摄研究对象和研究过程。"倡导以中国本土的叙事文学故事作为坚实的学术基础和丰富的研究对象。这不仅仅是理论体系立足点的简单移位，而是鲜明地体现出学术研究者的一种文化使命感，即在世界文化'众声喧哗'之中，努力唱响中华民族独具风貌的乐曲。正是

① 宁稼雨：《重建"中体西用"中国体系学术研究范式——从木斋的古诗研究和我的叙事文化学研究说起》，《学术与探索》2013年第6期。

② 顾颉刚：《答李玄伯先生》，《现代评论》1925年第1卷第10期。

这种'中国化'的特色，赋予中国叙事文化学的建构以独特的学术意义和文化意义。"①—语破的，所言极是。

二、在对主题学理论的借鉴与创新中找到新的研究策略和研究方法

一整套学术范式的更新不仅需要理论层面的逐步深入探讨，还需要很多技术层面的具体构想。20世纪80年代西学大畅，各种西方方法论纷至沓来，然好景不长，一番喧嚣、热闹之后又迅疾归于冷清、沉寂。一知半解而生吞活剥导致吸收不利，但杯弓蛇影而坐地自划亦大可不必，理性思考、客观剖判之后，问题的症结就在于中西方文化和学术交流过程中如何实现真正的移植生存。宁稼雨教授将敏锐、深邃的学术目光投注于西方主题学，"有必要在借鉴西方主题学研究框架体系的基础上，从中国文学的实际出发，建构中国化的主题学研究""其意义不仅仅是研究范围的扩大，更有在转换研究方法基础之上创建中国叙事文化学这一新的学术增长点的作用"。②

宁稼雨教授曾在《中国叙事文化学与西方主题学异同关系何在？——中国叙事文化学研究丛谈之二》一文中完整、周详地阐明了西方主题学不能全面反映、揭示和解读中国民间故事和书面叙事文学，需要在借鉴的基础上对其进行合理改造，使之适合中国古代叙事文学研究的观点。③首先，主题学的研究对象主要是民间故事，而其口耳相传的流播方式会造成故事讲述形态上的各种不确定性。讲述的时代不同、讲述的主体不同、讲述者根据自身的情思意绪和积愫抒发在讲述中对故事的取舍、侧重不同，种种因素均会使民间故事在同一个基本形态下又往往出现变异、更新的情况，这就要求主题学的研究必须关注同一个类型的故事在相异的时间、地域、环境中异同有差的状态，既要汇总、梳理外部形态之间的关系，做描述性说明，也要分析、解读内在情状之间的含义，做理论性阐释。这成为主题

---

① 郭英德：《构建中国叙事文化学的学理依据》，《天中学刊》2012年第3期。

② 宁稼雨：《中国叙事文化学研究为何要"以中为体，以西为用"——中国叙事文化学研究丛谈之一》，《天中学刊》2012年第4期。

③ 参见宁稼雨：《中国叙事文化学与西方主题学异同关系何在？——中国叙事文化学研究丛谈之二》，《天中学刊》2012年第6期。

学研究的基本模式。中国叙事文化学的研究对象主要是以古代小说、戏曲为主体的书面叙事文学作品，其中的故事内容或者仅是民间故事的书面文字记录，本身就包含着由讲述差异而带来的记录差异；或者是来自文人的独创，也包括创作者对社会逸闻趣事的文学加工，这些故事中的一部分因深刻性、趣味性、丰富性等被纳入不同作家的创作视野而一再被改写、被发挥，也形成了同一个类型的故事以多种文体呈现的状况；或者是上述两种情况的互相交融，很多民间故事因机缘巧合一旦进入文本状态，就会引起文人的关注，引发创作热情，出现与文人文学彼此渗透、同步向前变化的发展走势。西方主题学与中国叙事文化学正是在研究对象的"反复出现"和"形态差异"规律中找到了可以接合、借鉴的相似之处。其次，相似绝非相同，尽管中国古代书面叙事文学具有承载民间故事流传的功能，但二者之间毕竟不能完全画上等号。西方主题学所研究的民间故事，通过采风与田野调查获得口头陈述者或文字笔录者的第一手材料，这些材料强调对故事内容的完整记录和及时保存，而无所谓陈述者或笔录者情感、态度、认识、言说等主体表达。因此，造成民间故事流传形态的差异是无意识的、不自觉的、非创造性的。中国叙事文化学所研究的书面叙事文学，除少量对民间故事的直接记录，绝大多数作品都是文人主动的、积极的、有目的的文学创造，其中自然也会有对以往故事的认同、吸收，但更有价值的部分恰恰是作家有立意、有主张、有诉求的创造性发挥和开拓，这是理性的、自觉的、带有审美属性的文学活动。西方主题学与中国叙事文化学之间的差异性促使对前者进行合理改造以适应后者的研究需要，成为"中体西用"研究范式的核心内涵。

显然，中国叙事文化学的理论母本来自西方主题学，二者之间是师生关系，而非替代关系，这就决定了中国叙事文化学从西方主题学吸收养分、借鉴方法，其相似相通之处可以派生出以文体类型为连接点的可研究性。同时，中国叙事文化学又不拘囿于西方主题学的研究对象和研究框架，而是结合中国叙事文学文本的现状和文化传统，从母本中剥离新生，呈现翻新变异之状，这才是中国叙事文化学存在的意义。正如陈文新先生所言："中国古典小说领域的这种叙事文化学研究，有助于拓展中西会通之路。我曾经断言，21世纪的学术主流必定是中西会通。"①研究指向与研究路径既已确立，继之而为的就是对具体的研究策略与研究方法的设计。宁稼雨教授着重从主题类型的划分、文本形态的辨识、个案选择的标准三个方面加以系统论述和深入阐发。

关于主题类型的划分。作为中国叙事文化学研究的主体对象，故事的主题类型划分是开展研究的首要任务和工作起点。自主题学从19世纪德国的民俗学中被培育出来，有关民间故事的分类问题就为学者所关注和研究。1910年，阿尔奈出版了《故事类型索引》一书，分析比较了芬兰及北欧一些国家的民间故事，将这些故事的同一情节的不同异文归为一个类型，分类编排，统一编号，并写出简洁提要。1928年，汤普森出版了《民间故事类型索引》一书，根据更大范围的民间故事资料对阿尔奈的体系进行了补充和修订。二人的分类体系被合称为"阿尔奈-汤普森体系"，简称"AT分类法"。这一方法从宏观上提供了一种分类模式，是中国叙事文化学进行故事主题类型划分和索引编制的重要参考与主要依据。但因研究对象有别、故事材料范围有别，具体的分类标准和方法更是见仁见智，中国叙事文化学对"AT分类法"不能简单照搬照抄，应有属于自己的分类之法。1937年艾伯华的《中国民间故事类型》、1978年丁乃通的《中国民间故事类型索引》、2007年祁连休的《中国古代民间故事类型研究》、2008年金荣华的《六朝志怪小说情节单元分类索引》相继问世，这些著作或延续"AT分类法"的体例而有所创变，或完全抛弃"AT分类法"的格局而改弦易辙，各自的优势和缺陷都很明显，也都有需要扬弃之处。特别是金著，打通了民间文学与书面文学，融合了西方"AT分类法"与中国古代类书分类法，堪称中国古代叙事文学故事主题类型索引编制的开山之作，而其兼顾中西的学术理念也极具启发意义。在诸多已有成果基础上，宁稼雨教授创造性地借鉴了"AT分类法"和其他学者的优长，完成了中国叙事文化学故事类型索引的先行之作《先唐叙事文学故事主题类型索引》，将中国叙事文学的故事主题类型分为6大类，下设子目小类：其一为天地类，包括"起源""征

---

① 陈文新：《叙事文化学有助于拓展中西会通之路》，《天中学刊》2012年第3期。

兆"等7小类34个故事；其二为神怪类，包括"矛盾""异国"等22小类597个故事；其三为人物类，包括"家庭""政务"等41小类1278个故事；其四为器物类，包括"造物""怪物"等21小类169个故事；其五为动物类，包括"生变""帮助"等13小类118个故事；其六为事件类，包括"战争""习俗"等12小类719个故事。

关于文本形态的辨识。中国叙事文化学的核心视角是故事类型，而其最基本的构成单元则是统一类型中不同故事的文本。宁稼雨教授根据文本研究时间状态的不同，将其大致分为"前文本"研究、"文本自身"研究、"后文本"研究三个阶段。"前文本"研究是对文本产生之前的各种相关问题的关注、了解和研究。一方面，要从"知人论世"的角度考察作家创作的初衷和动机，并与文本本身呈现的内容相比较，了解二者之间是吻合的，还是背离的，或者是部分重叠的，并力求对此给出合理的解释；另一方面，要掌握文本形成之前的源头，追源是为了更好的溯流，只有对文本产生的缘起有了精准的把握，才能正确地探知文本后续展演的变异情况。"文本自身"研究是强调回归文本本体的研究，可以从两个角度切入，一是文本文献研究，以文献学的方法为基础，对文本内部所涉及的文献进行真伪判断，力求接近文本的真实原貌，尽量还原文本的最初样态；二是文本鉴赏研究，挖掘其内蕴，归纳其旨趣，评价其韵味，定位其风格，为文本综合解读提供坚实有力的切入依据。"后文本"研究是针对文本产生后所引起的社会评价和社会功能的研究。不论是"文以载道"的教化说，还是经典作品形成的续仿现象，都表现出以阐释或接受的方式受到文本影响而导致的继发效应。研究者应把自己放置于文本参与者的角色中，以拓展文本的想象空间，实现"后文本"诠释的效益最大化。

关于个案选择的标准。中国叙事文化学个案故事研究的根本任务，就是需要在摸清个案故事文本流传的基础上，对其形态异同变化的情况做出文化、文学的解读和分析。而个案故事类型遴选又是一个跨度大、相对性强、难以把握的工作，归结起来可以以如下的标准做参照。从时间纵向上来看，最优的个案是故事流传时间长而文本材料丰富的，其最大的难点反而在于材料的难以穷尽上；次之的个案是故事流传时间长，但各时代文本不均衡，甚至有断裂的情况；再次之的个案是故事流传时间相对较短，不过材料却是相对充足的；较难把握的个案是故事流传时间比较短而相关材料也较为有限的。从体裁横向上来看，最优的个案是规模大，体裁覆盖面全的经典故事类型，可惜实际数量并不多；次之的个案是规模和体裁覆盖面都属于中流的故事类型，中规中矩，却占据主体和多数；再次之的个案是规模大，文本多，但缺乏作为构成故事类型主体中坚的叙事文学体裁文本；较难形成研究体量的个案是有一定影响，可是规模不大，文本不多，叙事文学体裁文本尤其匮乏的。除了时间长短、材料多寡、规模大小、体裁丰匮之外，文化意蕴的浓厚度也是个案选择的标准，因为正确梳理和准确分析个案故事的文化意蕴是中国叙事文化学的灵魂和要义。文化意蕴的浓厚体现在两个层面，一是文化蕴含所涉及的方面多，覆盖面广；二是单个文化方面中文本所揭示的程度深和个性足。总之，能否入选个案故事类型的研究行列，或者在可以入选研究的个案故事类型中预估研究规模，可以通过相应的标准做出相对确切的判断。

三、典范研究文本的形成与长效理论阵地的建设

经过宁稼雨教授坚持不渝的砥砺耕耘与锐意开拓，中国叙事文化学的理论范式已经建构，研究方法业已成形，将其运用于以小说、戏曲为主体的中国叙事文学的研究实践，则促成了典范研究文本的产生。这首先表现在对中国神话文学移位的研究上。

现代意义上的中国神话研究是受到20世纪以来西方文化渗透影响的结果。无论是20世纪20年代以顾颉刚为代表的"古史辨"派的疑古思潮对中国古代神话材料是否可作为信史的质疑与争论，还是1949年之后受马克思主义影响的历史唯物主义神话研究用中国古代神话材料来解释和揭示远古时期人类创造世界和历史的途径之一，再或是20世纪80年代改革开放以来把中国古代神话材料作为还原、解析没有文字记载的远古时代的珍贵史料以期复原、勾勒那个遥远的时代。这些研究的核心问题在于中国古代神话的文学属性及其相应的研究未被给予足够的关注和重视，而宁稼雨教授的中国神话文学移位研究的着眼点正在于：在"中学为体"而以故事类型研

究为范式的研究角度打通中国古代神话与中国文学宝库之间的关联，使神话研究跳脱出历史学、考古学、文化人类学的研究归宿而回归神话的文学研究本体上来。"当神话结束它的历史使命，转而为一种历史的积淀和文学的素材时，神话原型的内蕴怎样在新的历史环境和变异载体中绽放出新的生命活力？""神话题材和意象在文学移位过程中的盛衰消长正是后代社会各种价值观念取向的投影，搜索神话在后代文学作品中的身影，咀嚼其主题变异中的文化变迁意蕴，对于把握人类文化主题的走向，寻找中国文学深层的血脉根源，都有十分重要的意义。"①2020年7月，《诸神的复活：中国神话的文学移位》一书由中华书局出版，该书是依托宁稼雨教授于2015年顺利结项的国家社科基金项目"中国神话的文学移位研究"成果，又经补充和完善而成的一部卓有成效的实践中国叙事文化学研究理论和方法的力作。书作开神话研究之生面，依据西方原型批评关于神话的文学移位学说的理论和西方民间文学研究领域主题学的研究方法，以中国历史上九个最为经典的神话故事——女娲神话、精卫神话、嫦娥神话、西王母神话、大禹神话、鲧神话、刑天神话、蚩尤神话、共工神话，以及神话文学移位的成果——神魔小说《西游记》为个案，运用传统的文献考据学方法，回到文学研究的本体，探讨中国神话的历史文化意义和文学嬗变，堪为中国叙事文化学研究实践的典范性研究文本。

此外，在宁稼雨教授的悉心指导下，以博士、硕士学位论文呈现的中国叙事文化学故事主题类型个案研究，也颇具规模，成为中国叙事文化学研究实践生成的成果主体。粗略统计，2012—2017年完成的博士学位论文约有十一篇，包括武则天、隋炀帝、木兰、张良、钟馗、西王母、包公、项羽、司马相如、曹操、岳飞等故事主题；完成的硕士学位论文约有八篇，包括李师师、苏小小、赵氏孤儿、钱镠、李亚仙、尉迟敬德、穆桂英、荆轲等故事主题。近二十篇学位论文，就研究对象而言，基本属于中国叙事文学的六大故事主题类型范畴，如西王母故事属于"天地类"，赵氏孤儿故事属于"事件类"，司马相如故事属于"人物类"，钟馗故事属于"神怪类"

---

① 宁稼雨：《中体西用：关于中国神话文学移位研究的思考》，《学术研究》2014年第9期。

等；就研究模式而言，主要是通过故事主题类型的个案研究，反复在实践中运用中国叙事文化学的研究策略和研究方法，以此论证了其理论体系和研究范式是工具化的、可操作的、能重复的，从而实现研究实践对研究理论与研究范式的反哺。

为了拓展中国叙事文化学的影响，引起学界的关注和支持，把中国叙事文化学乃至整个中国古代叙事文学的研究引向纵深，2012年宁稼雨教授联合黄淮学院学报编辑部，于《天中学刊》杂志特别设立"中国叙事文化学研究"专栏，并担任特约栏目主持人。专栏的设计思路和稿件要求紧紧围绕中国叙事文化学研究工作的三个层面，即作为基础的故事主题类型索引的编制、作为主体的故事主题类型个案的研究、作为指南的中国叙事文化学的理论研究。正如其征稿启事所言：稿件内容可分为三类：一为中国叙事文化学的理论研讨，二为中国叙事文化学的故事类型主题个案研究，三为叙事文化学个案故事类型学术研究综述。具体要求：（1）中国叙事文化学理论研讨，主要是指围绕这一研究领域的相关理论问题展开研究，如主题学与叙事文化学研究的关系、中国叙事文化学研究的理论价值和方法探讨等。（2）中国叙事文化学的故事类型主题个案研究，主要包括就某一个案叙事文学故事主题类型进行材料钩稽爬梳、主题演变中文化意蕴与文学手法的异同分析和原因总结。（3）叙事文化学个案故事类型学术研究综述，主要就某一个叙事文学故事主题类型的学术研究情况进行综述分析，包括该故事类型的基本范围、研究价值和意义、学界研究情况综述，以及可能的研究分析思路框架等。[①]经过十年的不懈经营和用心打造，专栏已经形成了多元的研究稿件的积累和稳定的研究铺展的深入。既有宁稼雨教授对叙事文学化学理论框架和概念体系的探索及一些具体的操作方法的设定，也有学界的多位大儒之家就叙事文化学开展热烈深刻的学术互动和见解独到的学术争鸣，更有众多的中青年学者热烈响应并积极参与到叙事文化学的研究中，使这一学理实验与治学实践具有了更坚实的学术韧性和更广阔

---

① 参见《天中学刊》编辑部：《"中国叙事文化学研究"专栏征稿启事》，《天中学刊》2017年第6期。

的学术前景。总而言之，《天中学刊》"中国叙事文化学研究"专栏的设立，"呼应了中国叙事文化学研究的理论体系——个案钩稽与宏观构建的有机组合，理论先导，实践紧随，点面结合，齐头并进，呈现一种全面与深入兼顾的研究路径"①。

特别值得指出的是，学术专栏的设立还引发了良好、有效的学术外溢影响，其一是学术会议的召开，其二是学术文献的出版。2019 年 8 月 11日—13 日，由《天中学刊》编辑部承办的"中国古代叙事文献与文化高层论坛"在黄淮学院举行，社科院张国星研究员、河北师大王长华教授、华中师大王齐洲教授、南京大学苗怀明教授、同济大学刘强教授、《天中学刊》主编朱占青教授、《南开学报》副主编陈宏副教授等嘉宾及来自全国近三十所高校的六十余位学者应邀参加了会议。宁稼雨教授作为大会主持人，在致辞中对《天中学刊》杂志给予中国叙事文化学研究的长期支持和各位代表的积极响应、踊跃参与表达诚挚的感谢。这是一次高规格、高品位的学术会议，对加强《天中学刊》"中国叙事文化学研究"栏目建设，对推动中国叙事文化学研究向纵深发展，都开拓了崭新的局面。2021 年 5 月，河南人民出版社出版了由朱占青、刘小兵主编的《中国叙事文化学研究文丛》（以下简称文丛），该文丛主要是根据宁稼雨教授主持的《天中学刊》"中国叙事文化学研究"专栏刊发于 2012—2018 年的文章整理而成，主题涉及神话、帝王、历史名人和文学形象等题材，内容以对文献资料的分析为基础，以故事主题类型研究为核心，以对叙事故事主题做出文化阐释为归结。文丛的出版，标志着宁稼雨教授借鉴西方主题学理论而以"中学为体"移植应用于中国古代叙事文学研究的中国叙事文化学，由朦胧零散向自觉完整迈进尝试的阶段性总结已经酿成。

随着研究理论的成熟与研究范式的确立，中国叙事文化学已然迎来新的发展阶段。

---

① 陈宏：《特色栏目与学术新范式平台的建立——〈天中学刊〉"中国叙事文化学研究"专栏评议》，《天中学刊》2020 年第 1 期。

论文

1. 丁晓辉：《中国民间故事类型索引的盲点——兼论中国传统文人故事的雅与俗》，《长江师范学院学报》2015年第1期。

2. 马良霄：《复兴？回顾与挑战——陈鹏翔〈主题学研究的复兴〉论析》，《湖北文理学院学报》2014年第12期。

3. 马佳、高忠严：《异兽人鱼故事类型考析》，《科教导刊（中旬刊）》2017年第14期。

4. 王文华：《民俗学视角下季作村民间故事类型研究》，《新疆职业大学学报》2016年第3期。

5. 王立、王莉莉：《〈镜花缘〉佛经母题溯源三题》，《东南大学学报（哲学社会科学版）》2014年第5期。

6. 王立、刘芳芳：《"金瓶梅子弟书"的母题接受与满汉文化融合》，《山西大学学报（哲学社会科学版）》2014年第4期。

7. 王立、安稳：《明清医者神秘形象的世俗化书写及认知缺陷》，《山西大学学报（哲学社会科学版）》2016年第4期。

8. 王立：《国学与文学主题学关系的几点思考》，《广东社会科学》2012年第3期。

9. 王立：《主题学的理论方法及其研究实践》，《学术交流》2013年第1期。

10. 王立：《明清猿猴叙事的中外文化史渊源》，《河北学刊》2016年第3期。

11. 王军涛：《裕固族〈格萨尔〉故事类型解析》，《西藏大学学报（社会科学版）》2013年第3期。

12. 王红：《汉译佛经故事神通类型与话语功能研究》，《甘肃广播电视大学学报》2017年第5期。

13. 王明科、张海燕、姑丽娜尔·吾甫力：《古东方文化与古西方文化的怨恨主题学概述》，《喀什师范学院学报》2013年第1期。

14. 王明科、张海燕、赵斌：《现代西方文论的怨恨主题学概述》，《楚雄师范学院学报》2013年第2期。

15. 王学胜、沈晶：《长白山人参故事中的民俗类型及特点》，《通化师范学院学报》2017年第11期。

16. 王晶波、钱光胜：《中国古代"死而复生"故事的类型与演变》，《甘肃社会科学》2012年第6期。

17. 王婷婷：《从〈两姐妹〉浅谈"旁色"类民间故事类型》，《成都师范学院学报》2013年第2期。

18. 尤里·凯·谢果洛夫、刘卫英、姜娜：《主题学的生成方法：表现诗学与当代批评》，《辽东学院学报（社会科学版）》2012年第3期。

19. 车瑞：《古典文学中"造畜"故事类型学研究》，《安徽文学（下半月）》2016年第3期。

20. 卜梦薇：《对"恶女谤比丘"类型故事的源与流的初步考察——以〈警世通言·陈可常端阳仙化〉为中心》，《浙江师范大学学报（社会科学版）》2017年第2期。

21. 邓时忠：《〈塞墨勒〉的主题学研究》，《西南民族大学学报（人文社会科学版）》2012年第7期。

22. 石岷艳：《论巧女故事的起源、类型与艺术特征》，《文学教育（上）》2016年第7期。

23. 付开镜：《中国古代山洞故事母题中的安全思维特征——以〈桃花源记〉为中心》，《九江学院学报（哲学社会科学版）》2014年第3期。

24. 宁稼雨：《文学移位：精卫神话英雄主题的形成与消歇》，《社会科学研究》2017年第3期。

25. 权绘锦、左丽君：《哈萨克民间幻想故事类型研究之二（下篇）》，《伊犁师范学院学报（社会科学版）》2016年第4期。

26. 权绘锦、李扬扬：《哈萨克民间幻想故事的主题类型及其文化意义》，《西北民族大学学报（哲学社会科学版）》2016年第4期。

27. 权绘锦、杨慧茹：《哈萨克民间幻想故事类型研究之一（上篇）》，

《伊犁师范学院学报（社会科学版）》2016年第1期。

28. 权绘锦、张定华：《哈萨克民间动物故事类型研究之一》，《伊犁师范学院学报（社会科学版）》2017年第2期。

29. 权绘锦、罗黛：《哈萨克民间幻想故事类型研究之二（上篇）》，《伊犁师范学院学报（社会科学版）》2016年第3期。

30. 权绘锦、秦智阔：《哈萨克民间动物故事类型研究之二》，《伊犁师范学院学报（社会科学版）》2017年第3期。

31. 吕莉、贺元秀：《〈童年〉与〈白轮船〉的主题学分析——人性善恶的展现与抉择》，《牡丹江大学学报》2013年第11期。

32. 刘文江：《〈拍案惊奇〉卷一及"本事"中的故事类型和母题——兼论拟话本小说的本事研究方法》，《社科纵横》2012年第2期。

33. 刘宏伟、侯艳娜：《试论民间故事类型的传承与过渡礼仪模式——以"黄粱梦"故事为例》，《河北工程大学学报（社会科学版）》2017年第4期。

34. 刘忠：《主题学视野下的新文学路径及其走向》，《社会科学研究》2012年第1期。

35. 刘淑珍：《中国满通古斯语族诸民族民间宝物故事类型研究》，《湖北民族学院学报（哲学社会科学版）》2014年第6期。

36. 齐晓迪、祁晓冰：《主题学视角下〈傲慢与偏见〉与〈小妇人〉比较研究》，《鸡西大学学报》2014年第3期。

37. 安平：《〈左传〉复仇故事的三种结构类型及其原因考察》，《商丘师范学院学报》2012年第4期。

38. 孙大志、刘洋：《长白山人参故事类型研究》，《人参研究》2017年第6期。

39. 孙冉冉：《流光飞舞——探"烂柯山"类型故事的时间差》，《才智》2013年第25期。

40. 孙国江：《虎伥故事的历史根源》，《民族文学研究》2013年第5期。

41. 孙国江：《中国古代"旱魃"形象的起源与嬗变》，《民俗研究》2014年第6期。

42. 孙国江：《〈搜神记〉"赵公明参佐"故事中的早期道教》，《宗教学研究》2017年第3期。

43. 孙国江：《从崇拜到禁忌：姑获鸟形象之演变》，《民族艺术》2017年第4期。

44. 苏斐然：《彝族民间故事中女性形象的类型与意蕴研究》，《民族论坛》2016年第5期。

45. 杜茂生：《岚县民间故事母题类型浅析》，《名作欣赏》2016年第11期。

46. 李万营：《互文性视野下明正德皇帝微服猎艳故事研究》，《南京师范大学文学院学报》2016年第4期。

47. 李会芹：《从主题学谈〈安娜·卡列尼娜〉与〈包法利夫人〉的异同》，《重庆科技学院学报（社会科学版）》2013年第11期。

48. 李丽丹：《彝族"灰姑娘"型故事〈阿诺楚〉的类型研究及反思》，《贵州民族大学学报（哲学社会科学版）》2013年第3期。

49. 李兵：《张道一民间艺术主题学方法研究》，《艺术科技》2017年第1期。

50. 李苗苗：《〈聊斋志异·鸲鹆〉故事主题源流与文言小说故事问题思考》，《明清小说研究》2015年第2期。

51. 李官福：《主题学研究：〈佛本生故事〉与中韩两国民间故事之关联》，《延边大学学报（社会科学版）》2012年第5期。

52. 李春燕：《浅论明代叙事文学中的唐明皇形象》，《语文学刊》2015年第2期。

53. 杨冯馨：《苗族民间故事类型的地域性研究——以苗族"天鹅处女"型故事为例》，《北方文学》2017年第6期。

54. 杨光正：《法国主题学批评理论的教学与实践》，《外语教学理论与实践》2016年第4期。

55. 杨军、蒲向明：《母题类型视野下的白马藏族民间难题故事——以陇南白马藏族故事为例》，《北方民族大学学报（哲学社会科学版）》2013年第2期。

56. 杨若蕙、权绘锦：《哈萨克民间幻想故事类型研究之一（下篇）》，《伊犁师范学院学报（社会科学版）》2016年第2期。

57. 时曙晖：《锡伯族民间故事中的母题及其类型探析》，《天中学刊》2016年第5期。

58. 吴光旭：《浅析李杨爱情题材文学主题的嬗变——〈长恨歌〉与〈开元天宝咏史诗〉为中心》，《艺术科技》2014年第1期。

59. 何力：《神话创作的起源主题学研究》，《齐齐哈尔大学学报（哲学社会科学版）》2015年第5期。

60. 余敏先：《寿县八公山民间故事类型调查与研究》，《淮南师范学院学报》2015年第6期。

61. 汪泽、宁稼雨：《国香国色自相因，芳草美人原合并——燕梦卿形象文化渊源的互文性审视》，《明清小说研究》2017年第3期。

62. 张节末、蔡建梅：《论〈葛生〉非抒情诗——一个主题学分析的个案》，《贵州社会科学》2014年第1期。

63. 张丽娜：《类型与变异——论东亚文学视野下的"杜子春故事群"》，《东岳论丛》2012年第6期。

64. 张强：《隐藏的追述——〈园有桃〉的主题学分析》，《贵州社会科学》2014年第1期。

65. 张瑞敏：《汉族"地陷为湖"故事类型的形态分析》，《韶关学院学报》2016年第9期。

66. 张璐：《主题学研究方法概述》，《科教导刊（上旬刊）》2015年第1期。

67. 陈宇：《中外洪水神话的主题学浅析》，《蚌埠学院学报》2014年第1期。

68. 陈泳桦、祁晓冰：《锡伯族民间故事类型及其审美意蕴》，《牡丹江大学学报》2017年第1期。

69. 陈建宪：《故事类型的不变母题与可变母题——以中国洪水再殖型故事为例》，《广西民族大学学报（哲学社会科学版）》2016年第3期。

70. 陈首焱：《主题学视域下"弑父"主题的比较：以〈俄狄浦斯王〉

和〈封神演义〉为例》，《文学界（理论版）》2012年第9期。

71. 林丽：《论爱情悲剧中的女性形象塑造——基于主题学视角下〈罗密欧与朱丽叶〉和〈梁山伯与祝英台〉的比较研究》，《张家口职业技术学院学报》2016年第3期。

72. 罗晓玲：《试论小说故事类型的沿革——以〈灯下闲谈〉为例》，《四川民族学院学报》2016年第2期。

73. 郑琳娜：《中国民间故事类型索引研究的批评与反思》，《青年文学家》2013年第32期。

74. 孟昭毅：《〈红楼梦〉研究的主题学视角》，《红楼梦学刊》2012年第2期。

75. 孟昭毅：《中国比较文学30年的主题学研究》，《深圳大学学报（人文社会科学版）》2016年第2期。

76. 赵红妹：《母亲与子女关系的主题学研究之一》，《长春理工大学学报》2012年第7期。

77. 赵莉、陈昕：《〈动物园的故事〉中意象的主题学解读》，《黑龙江教育学院学报》2012年第9期。

78. 柳士军：《中美"千里寻夫"主题探究》，《宁波广播电视大学学报》2012年第1期。

79. 段莲、智宇晖：《主题学视域下的黎族与其他壮侗语族民间爱情叙事长诗比较》，《琼州学院学报》2014年第6期。

80. 殷学国：《正名与正谊："母题"观念的中西形态与方法衍化》，《社会科学辑刊》2017年第2期。

81. 郭茜：《风雅与狂欢：东坡与妓女交往故事类型探析》，《湖北函授大学学报》2017年第20期。

82. 唐臻娜：《爱伦·坡作品中的复仇母题研究》，《陕西教育（高教版）》2013年第5期。

83. 黄尚霞：《民间故事中公主故事的婚姻情节类型分析》，《贵州工程应用技术学院学报》2012年第3期。

84. 盛莉：《论主题学视角下的〈太平广记〉"报应"类》，《江汉大学学报（社会科学版）》2017年第2期。

85. 康丽：《民间故事类型丛的丛构机制》，《民族文学研究》2012年第5期。

86. 梁惠君：《主题学视域下的"睡美人"故事研究》，《淮海工学院学报（人文社会科学版）》2015年第4期。

87. 斯琴孟和、孟克代力格日：《关于编纂〈蒙古族民间故事类型索引〉与数据库建设的一些思考》，《民族文学研究》2016年第1期。

88. 董晓萍：《翻译与跨文化——解读（德）艾伯华〈中国民间故事类型〉的翻译经过、发现与意义（上）》，《西北民族研究》2016年第2期。

89. 董晓萍：《翻译与跨文化——解读（德）艾伯华〈中国民间故事类型〉的翻译经过、发现与意义（下）》，《西北民族研究》2016年第3期。

90. 董晓萍：《民俗体裁学：钟敬文与普罗普的对话——以"地下世界"故事类型研究为个案》，《民俗典籍文字研究》2017年第2期。

91. 董晓萍：《多元民俗叙事：钟敬文与普罗普的对话——以"会唱歌的心"故事类型研究为个案》，《北京师范大学学报（社会科学版）》2017年第6期。

92. 程慧、李宜繁：《主题学视域下的〈铸剑〉与〈可怕的复仇〉》，《安徽文学（下半月）》2015年第12期。

93. 蒲华军：《康巴藏族民间的人神婚恋故事类型研究》，《四川民族学院学报》2012年第4期。

94. 蒲向明：《题材类型：族群历史、底层意识与地域叙事之分野——兼论白马藏族民间故事的存在方式》，《荆楚理工学院学报》2014年第5期。

95. 蒲向明：《族群历史、底层意识与地域叙事——论陇南白马藏族民间故事题材的主要类型》，《宁夏师范学院学报》2015年第1期。

96. 赫云、李倍雷：《主题学介入艺术史学理论研究》，《美术研究》2016年第4期。

97. 赫云：《艺术伦理学视角对主题学的审视》，《文化艺术研究》2014年第4期。

98. 赫云：《比较艺术学主题学研究范围与定位》，《艺术百家》2014年第4期。

99.赫云：《主题学与艺术史关系研究》，《艺术百家》2015年第6期。

100.赫云：《主题学介入艺术史学方法研究》，《东南大学学报（哲学社会科学版）》2016年第6期。

101.赫亚红：《东北民间"狐女报恩"故事类型的叙事策略分析》，《开封教育学院学报》2016年第6期。

102.赫亚红：《试析东北"巧媳妇"类型民间故事的叙事策略》，《吉林省教育学院学报》2016年第9期。

103.廖丽娟：《恩施州民间机智人物故事主人公的类型分析》，《文学界（理论版）》2012年第12期。

104.谭婷：《彝族故事〈毕摩与姑娘〉类型分析及其母题研究》，《名作欣赏》2016年第14期。

105.颜建真：《〈聊斋志异〉中的恶神形象研究》，《明清小说研究》2013年第1期。

106.鞠熙：《法国故事类型索引编制史与口头文学研究思潮》，《民族文学研究》2016年第2期。

著作

1.王立：《文学主题学与传统文化》，中国社会科学出版社2016年版。

2.王政：《中国古典戏曲母题史》，中国社会科学出版社2015年版。

3.王宪昭：《中国神话母题W编目》，中国社会科学出版社2013年版。

4.王宪昭：《中国各民族创世神话基本母题索引》，民族出版社2015年版。

5.王宪昭：《中国创世神话母题（W1）数据目录》，中国社会科学出版社2017年版。

6.杨利慧、张成福：《中国神话母题索引》，陕西师范大学出版社2013年版。

7.杨滨：《飞鸟与诗学：中国古代诗歌鸟类意象系列的主题学研究》，

人民日报出版社2018年版。

8.顾希佳：《中国古代民间故事类型》，浙江大学出版社2014年版。

9.曾永义主编，陈丽娜著：《中国民间故事类型研究》（上），《古典文学研究辑刊》（六编第16册），花木兰文化出版社2012年版。

10.曾永义主编，陈丽娜著：《中国民间故事类型研究》（下），《古典文学研究辑刊》（六编第17册），花木兰文化出版社2012年版。

11.赫云、李倍雷：《主题学介入艺术史学方法与理论研究》，中国文联出版社2017年版。

12.［德］艾伯华著，王燕生、周祖生译：《中国民间故事类型》（修订版），商务印书馆2017年版。

文学移位：精卫神话英雄主题的形成与消歇

　　摘要：精卫衔木填海的壮举不仅具有太阳英雄的风范，而且也含有游牧文化中战马英雄的因素，成为以小碰大、以弱战强英雄精神的代表。遗憾的是，在进入文明时期后，随着农耕社会和封建制度的稳固健全，像炎帝部落举族迁徙的情况难以再现，精卫英雄神话这种以小碰大、以弱战强的英雄气概没有继续发扬光大，反而萎缩退化；同时，精卫神话英雄主题却在文学的各种体裁作品中得到充分表达，成为文学家驰骋文采的广阔天地。这一点，在精卫神话英雄主题在后世文学中内容主题和文学手法上的逆向变异中表现得十分清楚。

　　关键词：精卫神话；英雄主题；消歇；文学移位

　　神话在其后代的文学土壤中破土再生的时候，大抵要受到两个方面因素的制约并由此产生相应的走势。一是与社会发展的历史文化对神话内容的解读倾向有关，二是与神话题材故事文学移位的程度有关。而这二者之间又是相互关联和相互制约的关系。一方面，社会的发展，要按照自己的意志来遴选或重塑神话；另一方面，这个遴选和重塑又必须在其文学条件允许的平台上来进行。

　　从这个角度来看，精卫神话中的英雄主题在其后代文学移位的过程中，一方面其文学含量大大提高，另一方面其远古时期曾经蕴含的英雄观念却逐渐淡化削弱，从而彰显出中国文化中某些英雄崇拜被君权观念和家族崇拜所取代的历史局限。

一、神话时代的精卫英雄主题

世界各国的早期神话中都曾经出现过共同的英雄主题，但是同样的神话英雄主题在后代的命运却不尽相同。精卫神话的早期记载中含有清晰的英雄主义要素，其结局却与西方的英雄神话迥异。

精卫神话首见《山海经》，英雄主义是其重要因素之一：

> 又北二百里，曰发鸠之山，其上多柘木。有鸟焉，其状如乌，文首、白喙、赤足，名曰精卫，其名自詨。是炎帝之少女名曰女娃，女娃游于东海，溺而不返，故为精卫。常衔西山之木石，以堙于东海。①

精卫的英雄主义要素首先来源于她的血缘。作为"炎帝之女"，她继承了乃父身上的英雄因子。炎帝头上的无数光环足以证明他的英雄身份。他不仅是诸神之父——太阳神②，还是农业神③。这两者，都与作为农耕文化背景的华夏先民宗神崇拜有关。炎帝英雄身份一个显著特点，就是作为农耕国度的早期神祇，其太阳神与农业神身份的合一。笔者曾试图廓清炎帝的太阳神身份和农业神身份各自何时起源，又何时合流，但没有成功。原因就是从目前看到的材料，二者从一开始就密不可分。成书于战国时期的《世本》一书就已经明确记载为"炎帝神农氏"④。在秦汉时期有些文献已

---

① 袁珂：《山海经校注》，上海古籍出版社1980年版，第92页。

② 《白虎通·五行》："炎帝者，太阳也。"

③ 《白虎通·号》："古之人民，皆食禽兽肉。至於神农，人民众多，禽兽不足，於是神农因天之时，分地之利，制耒耜，教民农作。神而化之，使民宜之，故谓之'神农'。"又《帝王世纪》："炎帝神农氏人身牛首。"（《绎史》卷四引）

④ 《世本·帝系篇》，清张澍稡集补注本。

26

经把炎帝和火神并称①，并逐步把炎帝与神农同为一体的身份明确下来②。到了三国时期，炎帝与神农氏关系的说法就更加明确具体为："炎帝即神农氏，炎帝身号，神农代号也。"③

与此二者相关，炎帝又被认为就是著名的中国火神燧人氏。④如同黄帝为姬姓之祖一样，炎帝为羌族姜姓之祖。按《说文》："炎，火光上也。从重火。"盖因火焰上腾之形，象征天神之光明。《左传》哀公九年："炎帝为火师，姜姓其后也。"尤为明显的说法是《管子》："炎帝作钻燧生火，以熟荤臊，民食之无兹胃之病，而天下化之。"⑤此外，如果就是那个与黄帝大战涿鹿之野的蚩尤的话，那么炎帝显然又具有战神的身份。

英雄神话是时代的产物，是先民在能力与意识方面缺乏与自然抗争经验的幻想产物。不过，与游牧文化那种战马式的英雄范式不同，以定居为主的农耕文化英雄范式主要是太阳英雄。⑥不过除了几位直接与太阳相关的英雄，如羿、夸父等之外，定居式农耕文化英雄还应该包括与农耕密切相关的各种自然神，精卫是其中的佼佼者。

作为炎帝的后代，精卫神话中的英雄主题几乎占据其神话形象的主体部分。虽然她已经变成了鸟的外形，但其形象不乏女子的姣好——"文首、白喙、赤足"，但其"自詨"的叫声却不乏壮美的气概。更为重要的是，她的生命和行为的主体基本上是其父炎帝英雄血缘基因的延续。

很多记录和研究精卫的文本都忽略了一个重要细节——精卫名字的来历、内涵具有怎样的主题意义。笔者所见诠释精卫名字的文字只有一篇，独到而有见地。陆思贤《神话考古》从古人立杆测晷影的角度解释作为炎帝神话组成部分的精卫及其名称。作者认为当时测影者顶着烈日在晷影盘

---

① 参见《淮南子·时则训》："南方之极，自北户孙之外，贯颛顼之国，南至委火炎风之野，赤帝、祝融之所司者万二千里。"

② 参见《淮南子·时则训》高诱注："赤帝，炎帝，少典之子，号为神农，南方火德之也。"

③《世本·帝系篇》宋衷注。

④ 参见丁山：《中国古代宗教与神话考·炎帝与蚩尤》，上海书店出版社2011年版。

⑤《管子·轻重戊篇》，据丁山《中国古代宗教与神话考·炎帝与蚩尤》引。丁氏谓"通行本炎帝为黄帝"，但未详其所据何本，姑存之。

⑥ 参见叶舒宪：《英雄与太阳》第一编导论，陕西人民出版社2005年版。

上创作炎帝神话，而精卫神话就是傍晚日落，晷影在东南隅时所插最后一筹的产物：

> "名曰精卫"，"精"用为"景""经"，指日景晷影之所经"卫"用为"围纬"，指晷影弧面围绕的纬度，今言"经纬"；"故为精卫"者，强调夏至日的经线与纬线跨度最大"名曰女娃"，娃字从女从圭，指晷影圈上所插之"圭形"筹码，与上述鸟形筹相比，说明所插是有进位概念的数筹"女娃游于东海"，指晷影圈上最后一根筹插到遥远的东南方，这是晷影盘上一年中最末的一根筹，因名"炎帝之少女"；"溺而不返"，指一日内的筹码插完，不再回去，有去无回；"常衔西山之木石，以堙于东海"，指年年岁岁，日日月月，如此插筹，从西山衔来木石，填于东海，这是"精卫填海"神话的出典。[①]

这个说法不仅新颖独特，而且完全能自圆其说。尤其作者能把精卫神话的各种名称与晷影测筹工作一一对应，这对于我们理解精卫神话作为太阳神后代的血缘本色非常重要，的确给人耳目一新之感。无论是字义本身，还是神话故事的社会文化蕴含，显然均有未尽之义。在笔者看来，太阳晷影说只是揭示了精卫名称和内容的血缘出身含义，却没有涉及作为精卫神话社会历史含义的英雄主题——我们认为这些方面还有深入挖掘的必要。

根据《山海经》的记载，精卫原名"女娃"，在她游东海的时候，不幸沉溺"故为精卫"。"精卫"一词首见于此。在此之前"精卫"不是一个固有词汇，没有既定的内容含义，只能从两个字分别的含义及其合成之后的词义中去辨析。

在"精"字诸多词义中，结合女娃游东海不幸沉溺死去变成鸟的遭遇，笔者认为"精灵""魂魄"最能符合"精卫"这一名称中"精"的本意。《周易·系辞》："精气为物，游魂为变。是故之鬼神之情状。"孔颖达正义：

---

① 陆思贤：《神话考古》，文物出版社1995年版，第214页。

"阴阳精灵之气，氤氲积聚而为万物也。"①又《左传·昭公七年》："子产曰'人生始化曰魄，既生魄，阳曰魂，用物精多，则魂魄强，是以有精爽。'至于神明。匹夫匹妇强死，其魂魄犹能凭依于人，以为淫厉。"孔颖达正义："附形之灵为魄，附气之神为魂也。"②综上，这应该就是世界各民族在蒙昧时期共有的灵魂观念。而灵魂观念的核心一点就是灵魂脱离肉体之后的独立存在。正如恩格斯对于灵魂观念的描述："他们的思想和感觉不是他们身体的活动，而是一种独特的、寓于这个身体之中而在人死亡时就离开身体的灵魂的活动。从这个时候起，人们不得不思考这种灵魂对外部世界的关系。既然灵魂在人死时离开肉体而继续活着，那么就没有任何理由去设想它本身还会死亡；这样就产生了灵魂不死的观念。"③从精卫形象的生成过程来看，完全可以肯定她是炎帝之女女娃沉溺东海之后的灵魂转世。所以把"精卫"的"精"解释成为"精灵""魂魄"当无问题。

更能体现精卫形象的文化内涵的应该是她名字中的"卫"字。和"精"字相比，"卫"护卫的字义在精卫名字中的含义更为明确。④正是"护卫"含义和"精灵""魂魄"词义的结合，才使得"精卫"的名称有了专属的意义——承担护卫使命的精灵鸟。不但能使后人直接理解这个名称的含义，而且更能理解炎帝之女在东海失事后为何能以更加振奋生命的活力，去造福于人类，精卫名字的英雄主题也就非常明确了。

精卫的英雄行为正是其名称的英雄精神的实践。作为一个劫后的精灵，精卫"常衔西山之木石，以堙于东海"。因为小鸟与填平东海的举动反差巨大，故而不仅历来成为人们交口赞誉的话题，而且也是中华民族英雄文化精神的典型代表之一。对于其英雄精神的属性理解，人们的看法尽管不尽相同，但实际上都是从不同侧面对精卫神话的历史文化精神的解读。

袁珂先生认为，前身为女娃的精卫，与女娲"也像是一人的分化，女娃填海的工作和女娲补天神话中'积芦灰以止淫水'的工作也很近似"，所

---

① 《周易正义》，《十三经注疏》，中华书局1980年版，第77页。
② 《春秋左传正义》，《十三经注疏》，中华书局1980年版，第2050页。
③ 恩格斯：《路德维希·费尔巴哈和德国古典哲学的终结》，人民出版社1972年版，第14页。
④ 《玉篇·行部》："卫，护也。"《说文解字·行部》："卫，宿卫也。"

以精卫和女娲同属洪水神话。①另外，也有人从巫术祭祀角度理解精卫形象的洪水神话意义，认为精卫作为炎帝女儿身份衔石填海而献身，是洪水神话中的英雄主义活动。"这种以少女祭神（尤其是水神）的风俗延续很久，从原始社会一直沿袭到封建时代。其背景则是宗教赎罪心理与取媚于神的仪式。通过活生生的人的牺牲来实现的这一行为，是人类生存意志在那远古时代的闪光。尽管是变形了的光。"尽管如此，我们认为精卫这种献身精神显然与其太阳神父亲的英雄遗传密不可分。

近些年来对于精卫填海神话解读比较热门的解释是从历史学角度的解读与发挥。这种说法的主要依据是学界对于炎帝一支向东部沿海迁徙的论证。徐旭生说："炎帝及黄帝的氏族居住陕西，也不知道经历几何年月。此后也不知道因为什么缘故一部分逐渐东移""炎帝氏族也有一部分向东迁移。他们的路途大约顺渭水东下，再顺着黄河南岸向东"。②按照这个思路，学者们把精卫填海神话纳入炎帝东迁的历史进程中来解读。王钟陵认为："炎帝氏族向东推进，很早就到达山东一带，在东进的过程中和其他氏族部落相争夺，在这种争夺中，或胜或败。精卫填海的故事便是以隐喻的方式，表达女娃一支失败的悲剧和复仇的决心。"③而涂元济则更进一步从炎帝东进过程中与鸟氏族的亲密合作征服海洋的背景上来解读精卫神话，"把精卫神话放在鸟氏族征服海洋的广阔的背景上来考察，就得承认它是寄托着炎帝族的一支渴望征服海洋的决心和信心的"④。

对于精卫神话的洪水解释和炎帝东迁解释尽管相去甚远，但其原型意义都可以整合在英雄主义这个核心精神当中。弗莱这样来解释他使用"原型"一词的含义："我用原型这个词指那种在文学中反复使用，并因此而具有了约定性的文学象征或象征群。"⑤按照原型批评的理论，"原型聚集成彼

---

① 参见袁珂：《中国神话史》，重庆出版社2007年版，第24页。

② 徐旭生：《中国古史的传说时代》，广西师范大学出版社2003年版，第50、52页。

③ 王钟陵：《中国前期文化——心理研究》，重庆出版社1991年版，第152页。

④ 涂元济、涂石：《神话：民俗与文化·谈精卫填海》，海峡文艺出版社1993年版，第145页。

⑤ 弗莱：《文学即整体关系：弥尔校的〈奖西达斯〉》，转引自罗强烈《原型的意义群》，百花文艺出版社1991年版。

此联系的簇群，它们复杂多变，这是有别于符号之处。在这个复杂体系中，经常有大量的靠学习获得的特有联想，可供人们交流沟通，因为生活在特定文化氛围中的许多人恰好都熟悉它们"①。对于精卫神话的名称内涵和内容意义内涵的不同解释，其实都可以解释成为这一神话原型的不同意义的理解。这个原型意义群的组成单元，代表和体现了精卫神话原型的不同侧面，构成了这个神话原始内容中相互关联的原始意义群。

精卫神话原始意义的底色是以定居文明为主体的农耕文化色调。定居的农耕生活依赖并崇拜太阳，"太阳的光和热不仅是农作物生长的保证条件，太阳的规则运行本身亦为定居的农夫们提供了最基本的行为模式，提供了最基础的空间和时间观念，成为人类认识宇宙秩序，给自然万物编码分类的坐标符号"。②从这个角度看，陆思贤的精卫神话晷影说的确揭示出其与太阳之间的内在关联，切中肯綮。

但是太阳并不是万能的，如果有了太阳人们就可以完全袖手旁观地坐享其成，那既不可能，也失去了精卫作为太阳神女儿存在的价值和意义。精卫神话中关于洪水和东迁的两个英雄主题，在某种意义上都可以解释为人类在某些自然灾害面前，太阳也爱莫能助的结果。而东迁之举在某种程度上可以视为与农耕文化相对的游牧文化中战马英雄那种剽悍骁勇性格的折射表露。

洪水神话在中国古代神话中占有较大的比重。从鲧到禹，从女娲到共工，都在致力解决这个人类共同的难题。相比之下，精卫的英雄精神更加具有感召力和震撼力。

第一，作为太阳神炎帝的女儿，精卫是炎帝氏族与洪水对抗的自我牺牲英雄。在洪水神话的背景下，"游于东海，溺而不返"应该理解为炎帝一支在与洪水的搏斗中，其首领的女儿成为这场抗洪斗争的牺牲品。"溺"字本身不足以诠释精卫就义的过程和细节，但后代相关的传说却能有助于今人理解其献身的动机甚至过程。今人在提到"河伯娶妇"这个汉代以前盛

① ［加］诺思罗普·弗莱：《批评的解剖》，陈慧等译，百花文艺出版社2006年版，第146—147页。
② 叶舒宪：《英雄与太阳》，陕西人民出版社2005年版，第64—65页。

传的故事时，往往只注意到其揭露迷信的意义，而忽略了它所反映的战国时期巫风盛行背景下贵族少女祭神的习俗。三老巫祝之流鱼肉乡民的借口是选采民女为河伯娶妇，而西门豹治住作恶者的借口则是要为河伯择优献女。双方都默认一个既定前提：为水神提供年轻女子是天经地义的。类似"河伯娶妇型故事"的故事不仅在中原汉民族中流传①，而且也在其他少数民族地区流传。高山族《少女献身退洪水》说的就是一个头人的女儿主动投身洪水，解救民众的故事。这个故事似乎可以为我们复原精卫溺于东海的原貌带来某些灵感和启示。"这种以少女祭神（尤其是水神）的风俗延续很久，从原始社会一直沿袭到封建时代。其背景则是宗教赎罪心理与取媚于神的仪式。通过活生生的人的牺牲来实现这一行为，是人类生存意志在那远古时代的闪光。尽管是变形了的光。"所以，我们有理由把精卫之溺理解为为了拯救部族，精卫勇敢献身于洪水之中，成为造福族类的英雄。她名字中的"卫"字含义在这里初见端倪。

第二，炎帝女儿女娃变为小鸟是其英雄精神的转换。与其他几位洪水神话的英雄都有所不同，精卫既没有像女娲那样取得成功，也没有像鲧那样就义消失，而是变成一只小鸟。这个变形的神话意蕴似乎没有得到今人的足够挖掘和深入理解，让人仍觉意犹未尽。有人从鸟的样子上将其释为晷影圈上所插筹码形状②，也有人从炎帝一支与鸟氏族图腾文化的关系上来解释精卫的鸟形象，甚至认为精卫变为小鸟的情节表明她的神性的削弱。③从这些特定角度来看，虽然不无道理，但从神话的深层意蕴来看，其英雄精神有两个方面更应得到阐发。其一是死后变形表现了一种顽强的责任理念和精神气概，可视为民族人格精神的重要内涵之一。其超越生死的气概不仅是孟子大丈夫形象的翻版，更可以理解为后代佛教所谓"形灭神不灭"学说的影响源头之一。其二，变形后的小鸟不仅与其生前女娃之身在形体上反差巨大，与其奋战抗争的洪水天神相比更是天壤之别。在这巨大的形体反差中，精卫的不屈性格和抗争精神不但没有缩小，相反更加放大强化

---

① 参见祁连休：《中国古代民间故事类型研究》（卷上），河北教育出版社2007年版，第155页。

② 参见陆思贤：《神话考古》第六章，文物出版社1995年版。

③ 参见涂元济、涂石：《神话：民俗与文化·谈精卫填海》，海峡文艺出版社1993年版。

了。毫无疑问，精卫变形后超越生死和以小碰大的精神气概，是华夏民族英雄主义精神的重要来源和组成部分，是其神性的升华，而不是削弱。

第三，变形后小鸟填海是英雄精神的升华和延续。尽管人们解释精卫故事的话语系统不同，但在肯定其填海不止行为的英雄价值上却没有分歧。这正说明精卫填海神话英雄内核的集中和明晰。身为小鸟的精卫填海不只行动是其英雄精神的闪光点，其英雄气概主要体现在变形之后的小鸟与其自觉承担的使命之间的巨大反差上。

首先，"西山"与"东海"的距离为精卫的英雄精神铺开了广阔的背景。笔者以为，充分注意到"西山""东海"的含义所指，对于理解精卫神话英雄精神的意义非常重要，而这恰恰是前贤忽略之处。"常衔西山之木石"中"西山"的意思似乎与精卫神话的发生地点"发鸠之山"有关。据《山海经》郭璞注，发鸠之山在上党长子县。袁珂称长子县今属山西；发鸠山亦名发苞山、鹿谷山、廉山，为太行山分支。① 显而易见，这样一座后代默默无闻的小山无法与精卫这等气壮山河英雄壮举相提并论。如果"西山"即"发鸠之山"，那么同一条记载中不应二者同见。说明"西山"与"发鸠之山"并非一处。翻阅先秦典籍发现，最早提到"西山"者为《易经》。《易经》中的"西山"与"岐山"同义互见，说明早期典籍中的"西山"即指岐山。② 而岐山不仅是周文化起源，也是中国文化的摇篮之一。把"西山"理解为"岐山"，不仅有助于从中国文化大背景的高度理解精卫故事的英雄价值，而且也为灿烂的岐山文化增添了新鲜元素。

"东海"的所指要相对明确一些。虽然先秦典籍中"东海"的所指略有出入③，但大致涵盖范围均在今黄海和东海一带。而黄海和东海的经度范围大致相同。所以，先秦时期就有以"东海"泛指东方之海的用法。而《山

---

① 参见袁珂：《山海经校注》，上海古籍出版社1980年版，第92页。

②《易经·随》："王用亨于西山。"又《易经·升》："王用亨于岐山。"（中华书局《十三经注疏》本）

③《庄子·秋水》："夫坎井之蛙乎，谓东海之鳖曰：'吾乐与！出跳梁乎井干之上。'"《荀子·正论》："坎井之蛙不可与语东海之乐。"所指皆为广泛东海之意。

海经》一书所涉"东海"正是泛指东方之海。①从东海到岐山的广袤空间距离，即便不用浪漫的神话想象，也能掐算出其间几千公里的距离。这个距离对于精卫这个已经溺于东海的小小精灵来说，实在是过于遥远。但这个遥远却完全是它英雄气概的同比描述。

其次"西山木石"和"东海"的巨大反差再次凸显出精卫英雄精神的强大。远古时期人们虽然没有明确的体积重量观念，但仅凭肉眼也不难衡量出小鸟所衔木石与浩瀚东海之间的悬殊差别，不难辨别出需要多少"西山木石"才可以把"东海"填平。正是这个巨大的反差，生发出民族精神中不畏艰险，敢于以小碰大的英雄气概。成就这种英雄气概的应该是先民无知无畏条件下的非理性成分和奇幻夸张思维。它孕育开发出人类雄伟的胆略气魄，却随着人类的成熟、理性的发达而趋于萎缩。

综上可见，精卫英雄神话与中国其他洪水神话的明显区别和重要意义在于，它虽然也是从属于农耕文化的太阳英雄系，但由于她的故事发生在炎帝一支自西向东迁徙的过程中，牺牲并湮没于东海之中，其衔木石填海的壮举不仅具有太阳英雄的风范，而且也含有游牧文化中战马英雄的因素，成为以小碰大、以弱战强英雄精神的代表。遗憾的是，在进入文明时期后，随着农耕社会和封建制度的稳固健全，像炎帝部落举族迁徙的情况难以再现，精卫英雄神话这种以小碰大、以弱战强的英雄气概没有继续发扬光大，反而萎缩退化。这一点，在精卫神话英雄主题在后代的演变中表现得十分清楚。

二、秦汉六朝：精卫神话英雄主题的弱化与初步文学移位

秦汉以降，神话的原生土壤已经干涸。文明时代的到来，封建制度及其相应的文化格局的形成确立，为它提供了新的生命体转型的再生土壤。

---

① 《山海经》有十一处提到"东海"，北及今渤海、黄海，南及今东海。如《海内经》："东海之内，北海之隅，有国名朝鲜。"《海内东经》："泗水出鲁东北而南……而东南注入东海，入淮阴北。"《大荒东经》："东海之外，大荒之中，有山名曰大言，日月所出。"三者分别指今之渤海、黄海、东海。按：有的学者根据《海内东经》中有"会稽山"的出现而将《山海经》中精卫故事的东海锁定为今之江浙东海，恐不确。参见倪侬水：《西山和东海："精卫填海"里的南北文化隐喻》，《社会科学论坛》2008年第2期下。

神话来到文明社会，要面临两个最直接的生命适应程序：首先，它要从没有文字记载的传说时代进入到文字记载时代；其次，这个神话内容从传说化进入文字化的过程，必然会深深烙上记录者社会时代本身的烙印。相比之下，战国时期神话的最初记录（如《山海经》）距离传说时期的神话原貌更接近一些。而从秦汉开始，神话的最初移位也就开始了。除了承载时代社会历史风貌外，文学的表述也随着文学自身的行进轨迹在神话记录方面显示其同步性。

　　秦汉时期社会文化对精卫英雄主题走势影响最大的一点是君权地位的上升对英雄主题的压制侵削。秦汉时期不仅在体制上，而且在观念上都把君权的至高无上地位构筑得无以复加。而凡是与此相左相悖的各类角色都要受到弱化，为君权的崇高地位让路。精卫的英雄主题在此潮流走向中受到挤压弱化是情理之中的事情。

　　精卫神话的英雄主题在秦汉时期的文学移位，大抵沿着三条路径行走。其一，在承袭前人神话记录的基础上补充丰富，成为神话记录的延续；其二，把精卫神话作为历史记载，进行历史复原和评论；其三，用文学手法张扬精卫的英雄精神，初步勾勒出精卫英雄主题的文学样貌。

　　秦汉六朝时期精卫神话故事主要集中在志怪小说中。尽管志怪小说与神话有本质区别，但二者之间却存在血浓于水的密切关联。神话传说是志怪小说的源头之一，很多神话故事赖志怪小说得以传世。二者能够血脉相承的重要原因是，在对神话内容真实性的认识上，二者均信其实有。这就给了志怪小说延续神话内容，并发扬光大的内在驱动力，这在精卫英雄主题的演变上有所体现。

　　这个时期精卫神话传说记载主要收在西晋张华《博物志》中。今本《博物志》：

　　　　有鸟如乌，文首、白喙、赤足，曰精卫，故精卫常取西山之木石，以填东海。①

---

　　① 范宁：《博物志校证·卷三异鸟》，中华书局1980年版，第37页。

这段文字可谓《山海经》所记精卫神话的压缩版。就文采来看，似乎还不及《山海经》。其主要作用应该就是延续精卫神话的内容。如果仅此而已，的确看不出志怪小说与神话传说之间有什么传承区别。

但是，今本《博物志》散佚的文字，说明志怪与神话之间除了继承之外，的确还有改造新生，但淡化了其英雄主题的一面：

> 《博物志》云：君山，洞庭之山是也。帝之二女居之，曰湘夫人。帝女遣精卫至王母，取西山之玉印，印东海北山。①

湘夫人的神话传说为长江流域楚文化的产物，而精卫神话则属于黄河流域中原文化。本来相距甚远的二者却被整合在一起，形成新的故事元素。古代精卫神话在这里只是保留了名字，并借用其去西山衔木的情节改造为取西山玉印。但神话故事中精卫战天斗地的英雄气概却大大弱化。这段记录与《山海经》中神话记载的最大不同是，它把分属两个不同神话系统的神话传说整合在一起，显示出神话进入文明社会之后被加工的痕迹。这个痕迹的内在实质就是作为志怪小说，尽管在对神话内容真实性的认识方面还承续着神话思维，但因时过境迁，神话内容所反映的先民战胜自然灾难的英雄精神已经被弱化。一位主动向自然挑战奋斗的弱小英雄，变为受湘夫人驱使奔走，为其效力的工具。非常明显，这是封建社会君权观念对精卫英雄主题的扬弃和改造。

同样是因为时过境迁，精卫英雄故事在六朝散文作家手中，虽然也出现某些内容的变异，但或者只是捕风捉影，附会精卫的行踪，或者是把精卫填海故事作为一个既定的历史符号加以议论。郑述祖《天柱山铭》：

> 天柱山者……寻十州于掌内，总六合于眼中，文鳐自此经停，精

---

① 此段文字今本《博物志》未载，参见《太平御览》卷四九地部"君山"条。

卫因其止息，始皇游而忘返，武帝过以乐留。①

　　精卫在这里只是一位历史过客，成为描绘介绍天柱山的一笔涂料而已。至于她的英雄壮举，似乎已被淡忘。北齐享国不长，且战乱频仍，本是英雄作为的时代。但作者郑述祖虽为北齐名宦，却以政声文采闻名。所作《龙吟十弄》历代传为名曲。②可见此时文学艺术的发达，吸引了部分文人的眼球，从险恶的现实转到高雅的审美情怀中。于是其作品不但远离战乱环境，而且连秦皇汉武这样的雄才暴君，似乎也像文人墨客一般流连忘返于天柱山。相比之下，精卫英雄气概的淡化就不足为奇了。

　　精卫英雄故事作为历史受到评议的情况此时也每每可见。有的用来阐发宗教教义：

　　　　夫鹢旦鸣夜，不翻白日之光；精卫衔石，无损沧海之势。然以暗乱明，以小罔大，虽莫动毫发，而有尘视听。③

　　精卫在这里与"鹢旦鸣夜"并举，成为"以暗乱明，以小罔大"的符号。作者实际是用来指代那些与佛教教义相悖的异端。精卫的英雄气概已经荡然无存，相反倒变成了自不量力的小丑形象。又如庾信《拟连珠四十四首》第三十七：

　　　　盖闻北邙之高，魏群不能削；榖洛之斗，周王不能改。是以愚公何德，遂荷锸而移山；精卫何禽，欲衔石而塞河。④

　　尽管庾信的命意与僧佑各异，但在蔑视精卫，质疑其英雄壮举这一点上却别无二致。这里可以清楚地看到，岁月时光冲淡了精卫的英雄气概。

---

　　①《全北齐文》卷七，中华书局1965年版，第3864页。
　　②参见《魏书·北齐书·北史·本传》，中华书局1997年缩印标点本。
　　③《全梁文》卷七十二，中华书局1965年版，第3380页。
　　④《全后周文》卷十一，中华书局1965年版，第3939页。

这时的人们已经不再被精卫的英雄壮举所激动震撼，相反却冷淡地质疑其作为的价值意义。除了时间距离的因素外，一个重要的理由是，秦汉时期社会的重要任务是构筑君权的绝对权威。"君权神授"才是此时的思潮主流，精卫的英雄主题因此而受到了挤压弱化。

与此相反，六朝时期精卫神话的英雄主题在诗赋那里却得到了嫁接，出现了一点移位再生的痕迹。首先要提到的是郭璞的《精卫赞》：

> 炎帝之女，化为精卫。沉形东海，灵爽西迈。乃衔木石，以填攸害。①

郭璞是西晋时期重要的学者，尤其值得称道的是他对《山海经》保存继承的卓越贡献。西晋距战国已五百多年，《山海经》中很多名物知识已经鲜为人知。郭璞为《山海经》所做注释在很大程度上弥补了这一空白。同时，郭璞本人也与《山海经》暨神话文化产生了深厚的情谊。从其文集中看到，他为《山海经》神话系统中很多动植物精灵分别做过类似的赞。这种特殊的情结，使得他在很大程度上能够超越秦汉以来君权至上观念的桎梏，为神话英雄做正面的赞美。从其《精卫赞》中可以看出，郭璞还是沉溺在对神话世界无比眷恋的怀念之中，《山海经》中有关精卫填海记录的主要内容均为郭璞赞文吸收。同时，作者又以诗歌的节奏增强其文采，并传达出作者对精卫深深的敬意和赞美。文采和情感因素改变了精卫英雄主题的性质和走势，它从先民迁徙与自然发生矛盾过程中形成的实践英雄变为文学审美的对象。这一改变标志着精卫英雄主题社会实践品格的消歇和文学移位走势的开始。

无独有偶，陶渊明的《〈读山海经〉十三首》堪称郭璞为《山海经》中各种名物所做系列赞文的姊妹篇。精卫英雄主题的文学移位在陶渊明那里更加出色和强化了：

---

① 《魏书·齐书·北史·本传》，中华书局1997年缩印标点本。

精卫衔微木，将以填沧海。刑天舞干戚，猛志固常在。同物既无虑，化去不复悔。徒设在昔心，良辰讵可待！①

这说明《山海经》中的神话题材至两晋已经成为重要的文学素材。但相比之下，陶渊明的组诗将精卫、刑天的英雄精神重塑为文学形象，因而在情感和文采方面要更胜一筹。这首诗将精卫和刑天并举，其精彩之处不是仅仅描绘了他们英雄行为的壮举，而是满怀深情对其影响壮举的精神共鸣和情感认同。"同物既无虑，化去不复悔"，精卫和刑天的感人之处，不仅在于其义无反顾的献身精神，更能震撼人们心灵的是其死后变形后仍然九死未悔的顽强精神。这一点也许正是精卫英雄精神的延续，但在其作品的社会属性和阅读效应上却与神话形成了差异。

作为中国古代隐逸文化的代表人物，这位不肯"为五斗米折腰向乡里小儿"的陶靖节借此诗抒发了他压在心底的政治信念和顽强精神。隐居的选择并不能使他完全与世隔绝，相反使他对主流社会政治上的对立感更为强烈。陶渊明的政治立场是漠视君权的，所以在精卫形象的认识上他不能认同以君权权威压制精卫英雄价值的理念。不过他对精卫英雄精神的赞赏也不是用来唤起民众参与战胜自然和社会变革，而是把精卫作为他本人反抗君权精神的形象符号，借他人酒杯，浇自己胸中块垒。所以，陶渊明对精卫英雄气概赞颂与神话记载最大的区别在于，他不是从人类改造自然和迁徙困境的社会实践中来审视感受精卫的英雄壮举，而是把精卫故事作为表达个人情感情怀的载体用来进行感情和精神寄托的。这正是严格意义上神话文学移位的标志。后代精卫神话的文学移位，正是沿着这个轨迹不断延伸扩展的。

精卫的文学移位现象在六朝文学走向自觉和独立时期的各种重要文体形式中也得到表现。齐梁时期诗人范云写过《望织女》诗，内容涉及精卫：

---

① 陶渊明：《〈读山海经〉十三首·第十》，逯钦立校注：《陶渊明集》，中华书局1979年版，第138页。

盈盈一水边，夜夜空自怜。不辞精卫苦，河流未可填。寸情百重结，一心万处悬。愿作双青鸟。共舒明镜前。①

诗中诗人驰骋想象，把精卫故事编织到织女传说当中。作者吸收了秦汉以来有些人对精卫填海的质疑说法，以精卫填海未果，作为织女与牛郎隔岸相望这一悲剧情景的重要因素。精卫的英雄精神被冲淡转化为文学的符号，为其他文学内容助力添彩。

南朝陈张正见写过一篇历史上最早的描绘奇石的《石赋》，赋中纵横驰骋，洋洋洒洒，铺张排比，以优美的文笔赞美了奇石的风采质地。在诸多铺排手法中，精卫典故与天孙等典故并列，成为渲染奇石悠久历史和重要资历的符号：

……奄蔼披衣，氤氲翠微。精卫取而填海，天孙用以支机。随西王而不落，傍东武而俱飞。②

至此已经清楚地看出，精卫神话因子离开神话母体后，虽然精卫的英雄色彩已经淡化，但这颗种子适逢文学园地开张，于是便在文学这个园地悄悄受到灌溉滋润，生长出属于文学的一朵小花。

三、唐宋时期：精卫英雄主题的文学雅化

唐宋是中国文化的文人化时期，不仅诗词歌赋等各种文学艺术样式得到喷涌式的绽放，就连某些帝王（如李后主、宋徽宗）的形象也明显表现出帝王色彩逊于文人气质的走势。在此背景下，神话文学移位也开始正式拉开大幕，呈现出争妍斗奇的繁荣盛况。

在汉魏六朝文人对其文学再造的基础上，精卫英雄主题在唐宋文学中更加异彩纷呈。据粗略统计，唐宋诗人的诗文作品中涉及精卫英雄主题的

①《艺文类聚》卷四十三。
②《艺文类聚》卷六。

有四十多篇。如果说这些作品内容有所指的话，那么基本上是围绕精卫英雄行为的正反两面的评价态度。不过这些态度也相当平缓，几乎被其作品的辞藻文采所淹没。还有一些作品则完全用精卫的英雄故事作为展示才能、渲染文采的用具。

唐宋诗人赞美精卫英雄精神篇什数量可观，往往从不同角度借精卫英雄壮举为现实社会行为壮行。在肯定精卫英雄精神的作品中，有一个新的动向，那就是把精卫的英雄精神与社会现实中人们的反抗意识融为一体，让精卫的英雄精神为现实的反抗精神招魂。王建《精卫词》堪为代表：

> 精卫谁教尔填海？海边石子青磊磊。但得海水作枯池，海中鱼龙何所为。口穿岂为空衔石，山中草木无全枝。朝在树头暮海里，飞多羽折时堕水。高山未尽海未平，愿我身死子还生。①

从字面上看，本诗以极高的热情，赞美了精卫填海的英雄气概和精神。从精卫填海的主动性，到其锲而不舍、坚忍顽强的英雄气概都做了诗意的描绘和赞美。尤其值得关注的是结尾两句，"高山未尽海未平"显然是把遥远的神话故事拉向现实，指出现实社会并不乏不平现象，需要重振精卫英雄精神，以"愿我身死子还生"的气概填平现实社会不公不正之事。联系到王建诗歌中大量揭露社会现实黑暗问题的宫词和乐府诗，有理由将此诗理解为作者长期穷困潦倒，对社会现实严重不满，并且义愤填膺地力主用精卫填海的英雄壮举来扫荡不平。其为下层民众的反抗意识张目的初衷，昭然可见。

还有一个角度是用精卫的顽强意志和毅力鼓舞激励现实人生。聂夷中在《客有追叹后时者作诗勉之》这首诗中，围绕立志问题告诫人们"君看构大厦，何曾一日成"。在列举诸多立志理由之后，作者又以"精卫一微物，犹恐填海平"作为物小志大的例证，鼓励人们勿以势微而丧志。所以《唐才子传》说他"警省之辞，裨补政治"。聂夷中的个人境遇和诗歌题材

---

① 王建：《王司马集》卷二，《钦定四库全书》。

均与王建相似，他们出身贫寒，故能在诗歌中对下层民间疾苦给予同情关注，并能不时激发激励下层民众蓄志发力，改变命运。精卫填海故事成为他们激励民众的形象符号——这是精卫神话实现文学移位之后实现再生的一个新品种，值得关注。

类似情况还有佚名《雪溪夜宴诗（诸神命丽玉唱公无渡河歌）》：

> 当时君死兮妾何适，遂就波澜兮合魂魄。愿持精卫衔石心，穷断河源塞泉脉。①

这里又是用精卫衔石的精神表达对爱情的坚贞。精卫英雄精神更加社会化、生活化了。这方面比较突出的还有韩愈的《学诸进士作精卫衔石填海》：

> 鸟有偿冤者，终年抱寸诚。口衔山石细，心望海波平。渺渺功难见，区区命已轻。人皆讥造次，我独赏专精。岂计休无日，惟应尽此生。何惭刺客传，不着报仇名。②

面对后代皇权观念对精卫英雄精神的排斥和质疑，韩愈毫无保留地站在精卫一边，赞美其拼尽毕生精力来衔石填海的顽强意志毅力，认为精卫虽然没有复仇的名誉，但其英雄气概与《史记·刺客列传》中的刺客群像相比是毫不逊色的。

把精卫英雄精神社会化、生活化的路子在宋代很多诗人那里也得到继续延伸。王十朋在任泉州知州时，应邀参观泉州人在笋溪所建石笋桥时欣然为之题诗，诗中用"辛勤填海效精卫，突元横空飞海蜃"赞美泉州人在天堑笋溪修建石笋桥的壮举。③又如陆游《后寓叹》诗中有"千年精卫心平

---

① 《全唐诗》卷八百六十四，上海古籍出版社1995年影印康熙扬州诗局本，第2115页。

② 《全唐诗》卷三百四十三，上海古籍出版社1995年影印康熙扬州诗局本，第850页。

③ 参见《梅溪集》后集卷十九，《四部丛刊》本。又参见清道光《晋江县志》卷十一《津梁志·石笋桥》。

海，三日于菟气食牛"①一句，借用精卫填海和楚国斗谷于菟的典故激励人们卧薪尝胆，终成大业。可见精卫的英雄气概已经在现实生活和文人脑海中深深扎根。而千百年来最能撼动人们心灵的还是文天祥那首披肝沥胆的《自述》：

> 赤舄登黄道，朱旗上紫垣。有心扶日月，无力报乾坤。往事飞鸿渺，新愁落照昏。千年沧海上，精卫是吾魂。②

无论世事发生怎样的变化，文天祥内心那份"扶日月""报乾坤"的雄心壮志都毫不动摇。而支撑这一理想抱负的竟然就是那位生死不渝其志的精卫。与此相类似的还有宋末被元兵俘虏途中自溺而死的青年女子韩希孟。传说为她的《裙带诗》说："借此清江水，葬我全首领。皇天如有知，定作血面请。愿魂化精卫，填海使成岭。"③也是用精卫的英雄精神作为民族气节的形象符号。可见大到雄心壮志，小到生活细节，都可以用精卫的顽强精神作为文学的代言符号。精卫英雄精神的文学移位可谓相当普及流行。

除了这种单一使用的精卫英雄形象象征符号外，还有很多与其他形象符号相容并用的情况。宋代肯定精卫英雄精神的诗文中一个比较流行的方式是将精卫与愚公并举，将二者的顽强意志毅力相互映衬，组合成一个象征符号体，鼓舞激励人们的意志力量。如马廷鸾《饶娥庙记》："愚公老矣山为平，精卫藐然海为倾。枕吾戈兮缚尔缨，猛志毅气妖氛澄。"④何梦桂《叶道判修天乐观疏》："要令嗣续中兴，愚公立志可移山，精卫有心能塞海。虽天外事也由人做。"又《岩下修路疏》："虽精卫有心衔枚塞海，奈愚公无力运土移山。须仗众因缘共成大方便。"⑤于石《感兴》："愚公欲移山，

---

① 陆游：《剑南诗稿》，《钦定四库全书》。

② 文天祥：《文山先生全集》，《钦定四库全书》。

③《辍耕录》卷三"贞烈"条，中华书局1980年标点本。又见《宋史》卷四六〇、《新元史》卷二四四等。

④ 马廷鸾：《碧梧玩芳集》卷十八，《钦定四库全书》。

⑤ 何梦桂：《潜斋集》卷十一，《钦定四库全书》。

精卫欲填海。嗟乎智力穷，山海元不改。"①李彭《送呆上人复往荆南》：
"归来寂无闻，翠琰开险艰。精卫既填海，愚公果移山。"②

尤其充满激情令人感动的是陈瓘《进四明尊尧集表》："愚公老矣，益
坚平险之心；精卫眇然，未舍填波之愿。殁而后已，志不可渝。"③陈瓘本
人刚直不阿，屡次痛批蔡京，终以直言获罪。④文中愚公"平险之心"和精
卫"填波之愿"，正是其疾恶如仇、扬善除恶雄心壮志的形象写照。陈瓘以
愚公、精卫的顽强意志自喻的表述方式得到时人的盛赞。宋费衮《梁溪漫
志》以陈瓘此表为例，说明文章神气较四六骈偶之精彩：

> 今时士大夫论四六，多喜其用事精当、下字工巧，以为脍炙人口。
> 此固四六所尚，前辈表章固不废。此然其刚正之气形见于笔墨间，读
> 之使人耸然，人主为之改容，奸邪为之破胆……大观间，陈了翁在通
> 州，编修政典局取《尊尧集》。了翁以表檄进其语，有云：愚公老矣，
> 益坚平险之心，精卫眇然，未舍填波之愿。后竟再坐贬此。二表于用
> 事下字亦皆精切，而气节凛凛如严霜烈日，与退之所谓"登泰山之封
> 镂白玉之牒"者似不侔矣。⑤

费衮堪称慧眼，在他看来，文章的用事精当和下字工巧，远不如刚正
之气和气节凛凛更值得追求和赞美。而受到费衮热赞的"刚正之气"和
"气节凛凛"，正是由愚公和精卫这一组神话传说意象来构成的。陈瓘那种
疾恶如仇、宁死不屈的侠肝义胆人格精神，在愚公和精卫的"平险之心"
和"填波之愿"中得到淋漓尽致的诠释。

从文天祥到韩希孟，用精卫英雄形象浇铸出来的民族精神模式已经逐
渐清晰。到了陈瓘这里，精卫英雄精神已经逐渐从抗击外侮移位和扩大到

---

① 于石：《紫岩诗选》卷一，《钦定四库全书》。
② 李彭：《日涉园集》卷一，《钦定四库全书》。
③ 陈瓘：《宋忠肃陈了斋四明尊尧集》卷首，《钦定四库全书》。
④ 参见《宋史》卷三百四十五陈瓘本传，中华书局1997年缩印标点本。
⑤ 费衮：《梁溪漫志》，上海古籍出版社1985年版，第33页。

以正抗邪、疾恶如仇的忠奸斗争中来了。由此可见精卫的英雄气概已经由先民抗争自然的写照逐渐演化成为一种文学符号，一种张扬民族气节和顽强意志、坚韧毅力的文学符号。①

精卫与愚公的共同点在于，他们的弱者条件与其自觉承担使命时表现出的巨大热情和毅力形成巨大的对比反差。精卫神话中的这一原型在文学移位后实现了保留和再生。这也清楚说明，超越自己的能力所限，以难以想象的超人毅力去实现自己的理想任务是人类进入文明社会前后的共同追求。另外，从思维和构思成因上看，精卫与愚公并举现象的流行，与六朝以来骈偶文章和律诗对偶体式的盛行有密切关系。同时，为骈偶文章暨科举考试服务的类书等类比文献形式的普遍流行也直接促成了类似的诗句方法。这也是精卫英雄神话向文学移位的足迹之一。

与愚公、精卫二事并举的情况相类者还有精卫故事与七夕故事的捏合。如陈元晋《回范宰午之谢修桥启范以酒课之羡为桥费》："确然精卫填海之诚，修尔乌鹊成桥之巧。"②晏几道《七夕》："云模无波斗柄移，鹊慵乌慢得桥迟。若教精卫填河汉，一水还应有尽时。"③前者还是精卫之诚和鹊桥之巧的对偶使用，后者则是以幽默而大胆的想象，把二者捏合连缀，用精卫填海的方式来填满银河，那么牛郎织女之间的天堑隔绝也就不复存在了。如果说秦观《鹊桥仙》词是出于对牛郎织女相见之难的同情而将感情上升到精神层面的话，那么晏诗则试图着力从实处解决银河天堑的距离问题。尽管这也是虚拟的空想，但其善良的愿望和浪漫的想象不仅丰富了牛郎织女传说，也为精卫英雄形象披上一道温柔的薄纱，使其英雄壮举兼具平民色彩。同时也表明精卫英雄形象已经作为成熟的正面文学形象，进入文学家的备用素材。

唐宋诗文中与正面赞美精卫英雄壮举的肯定性倾向相反的是对精卫英雄行为的质疑甚至否定。相比之下，唐代文人在这方面还比较含蓄和笼统，

① 按：陈璀此表彰显其气节风骨，多为时人所崇仰，参见岳珂：《程史》卷十一"尊尧集表"条，中华书局1981年排印本。

② 陈元晋：《渔墅类稿》卷三，《钦定四库全书》。

③ 《宋诗纪事》卷二十五，《钦定四库全书》。

虽然对精卫的英雄壮举不甚赞许，但没有恶语相加，往往是作为诗歌构思的形象需求来使用精卫的这一精神。如李白《登高丘而望远海诗》：

> 登高丘，望远海。六鳌骨已霜，三山流安在。扶桑半摧折，白日沈光彩。银台金阙如梦中，秦皇汉武空相待。精卫费木石，鼋鼍无所凭。君不见骊山茂陵尽灰灭，牧羊之子来攀登。盗贼劫宝玉，精灵竟何能。穷兵黩武今如此，鼎湖飞龙安可乘。[①]

李白毕竟是李白，他既没有卷入对精卫英雄精神的褒贬纷争，也没有把精卫英雄精神引向社会实用领域，而是从反思历史的高度，借用各种历史典故，对历代帝王穷兵黩武的行为进行反思。在他看来，无论是精卫填海，还是秦皇汉武苦心孤诣的黩武之举，都只能是历史的过客，都难逃"尽灰灭"的结局。李白并没有否定精卫填海本身的价值，而是从历史幻灭的角度对人生的意义进行感慨。这比针对具体实际问题上的好恶褒贬更有震撼力。又如元稹《有酒十章》之四：

> 君宁不见飓风翻海火燎原，巨鳌唐突高焰延。精卫衔芦塞海溢，枯鱼喷沫救池燔。筋疲力竭波更大，鳍燋甲裂身已干。[②]

和李白相比，元稹对精卫的批评否定味道显得明确一些了。在他看来，"精卫衔芦塞海溢"的结果只能是"筋疲力竭波更大"。虽然锋芒外露，但仍然不失诗歌的韵致余味。与李白、元稹相比，宋代文人在否定精卫填海的英雄精神时，既无李白那样的超越况味人生的底蕴，也没有元稹寓讥讽于优美诗句中的诗才。他们这方面作品给人的印象是急于表述其否定批评精卫英雄精神的举动，然而却短于锤炼诗句，缺乏立意和境界的深度。

如许敬宗《谢救书表》："精卫衔乌，岂究灵鳌之境；秋萤继日，安测

---

① 瞿蜕园、朱金城：《李白集校注》，上海古籍出版社1980年版，第283页。
② 元稹：《元氏长庆集》卷二十五，《钦定四库全书》。

阳羽之升？"①许敬宗《大唐故尚书右仆射特进开府仪同三司上柱国赠司徒并州都督卫景武公碑（并序）》："故知元天覆构，非断鳌之所持，巨壑腾波，岂精卫（阙一字）能（阙一字）？"②这两例还只是质疑。刘弇《愚堂记》："又有人不释于造物者，顾乃迁怒乎区区之山，方与螳螂、精卫争长雄而力平之。"③这里把精卫填海与螳臂当车相提并论，把精卫贬低为不自量力的小丑，则完全否定了精卫填海的正面价值。受此观念影响，对精卫英雄行为做负面理解的还表现在其他方面。熊禾《与徐同知》诗：

> 孔堂金石未尽泯，淹中断简犹堪搜。独抱遗经守迂拙，岁月元元春复秋。蚊虫负山力谩苦，精卫填海志未休。书生迂拙公所知，此来见公亦何求？④

如果只看"精卫填海志未休"这一句，似乎也还看不出作者有何褒贬倾向。但把"精卫填海"和"蚊虫负山"对举，显然有等量齐观的意思。再看上下文，便不难看出作者是在用"精卫填海""蚊虫负山"为形象符号，来讥讽那些"独抱遗经守迂拙"的酸腐文人。那就可见作者眼中的"精卫填海"是与"蚊虫负山"一样地自不量力，毫无意义。这种对精卫英雄精神否定诋毁的现象还受到外来文化质疑中土文化倾向的推波助澜。蒲寿宬《送林城山归上饶》：

> 嗟哉精卫愚复愚，海石悠悠力安措。傍人龋齿看痴狂，持此痴狂向谁诉？⑤

此诗语句语气颇显突兀，与古来温柔敦厚诗风不侔。盖因作者系从西

---

① 《全唐文》卷一百五十一，上海古籍出版社1990年影印本，第679页。
② 《全唐文》卷一百五十二，上海古籍出版社1990年影印本，第683页。
③ 刘弇：《龙云集》卷二十二，《钦定四库全书》。
④ 熊禾：《勿轩集》卷八，《钦定四库全书》。
⑤ 蒲寿宬：《心泉学诗稿》卷三，《钦定四库全书》。

域外族人角度审视中原文化，全无中原本土人对精卫的虔诚敬畏之心。这个事例不免使人想到，秦汉以来在君权至上理念作用下对精卫英雄精神的负面否定评价和挤压，到了宋代又融入外来文化与中国文化隔阂质疑的因素，因而使之更加蔓延滋长。①

唐宋时期精卫英雄精神不仅在内容意义上被作家们正反多向摸索探究，而且在诗歌艺术上也更加雅化，体现出士人文化时期文人的雅化取向对精卫英雄精神主题的整体浇灌与滋养。

四、元明清时期：精卫英雄主题的雅俗分合

从元代开始，中国社会延续宋代以来城市发展的趋势，城市经济进一步发展。受此影响，文化主流由六朝唐宋以来的士人文化逐步转型为市民文化，市民通俗文学艺术样式也逐渐成为文学艺术舞台主角。在此背景之下，精卫英雄主题也出现了雅俗双线分合的态势。

元明清时期文学作品中与精卫有关者大约有三百篇，其中表现精卫英雄主题的大约有三分之二。精卫英雄主题的雅俗双线并行走势并不均衡。在诗文等传统主流文学样式中，精卫英雄主题基本上还是在前代已有的几个方面里周旋，除了在前人基础上继续深化，用精卫英雄精神打造成一批民族气节精英外，没有明显的主题更新。倒是在通俗小说戏曲等市民文学艺术样式中，精卫英雄主题出现了较新的意向和展演方式。

从元代开始，诗文领域进入因袭模仿期。受此大背景影响，精卫英雄主题也大抵在前代的框架下周旋。如张翥用"精卫解填，鼋鼍可驾，凌波直渡韩"②形容东海的宽阔浩渺；郝经用"愿魂化精卫，填海使成岭"③表现烈女贞节之志；方回用"节鲠直而性刚，精卫欲填夫海波兮"④赞美刚正不阿的性格，均为袭用前人同类意象；任士林有"精卫之志天地不违，

---

① 按：蒲寿宬事迹史籍罕见，余嘉锡据《重纂福建通志》诸书考其为西域人，咸淳间曾以抗击海寇立功得官。参见余嘉锡：《四库提要辩证》卷二十三，中华书局1980年版。

② 张翥：《望海潮》，《蜕岩词》卷上，《钦定四库全书》。

③ 郝经：《巴陵女子赴江诗》，《陵川集》卷十，《钦定四库全书》。

④ 方回：《海东青赋》，《桐江续集》卷二十九，《钦定四库全书》。

愚公之谋鬼神莫夺"①之句，将精卫的英雄壮举与愚公并用，也是沿用前人框架。

明代诗文作家中表现精卫英雄主题的作品以刘基为代表。前代诗文作品中表现精卫英雄主题的意象在刘基的诗歌中几乎都有表现。如《杂诗》：

> 愚公志移山，精卫思填海。山高海茫茫，心事金石在。松柏冒雪霜，秀色终不改。春阳熙幽林，卓立有光彩。②

这与唐宋文人把精卫、愚公并举，赞美其顽强意志精神的用法完全一致。类似者又如"精卫衔石空有心，口角流血天不知"③，属于单用精卫英雄气概典故的用法。其他作家也大抵沿袭前人窠臼。如高启《泉州陈氏妇夫泛海溺死守志》用精卫志节表现烈女贞烈：

> 十载空闻守寸心，沧溟水浅恨情深。愿身不化山头石，化作孤飞精卫禽。④

诗人以烈女口吻，写自己十年守节，情深不悔，不愿做那望穿秋水的望夫石，而愿化精卫以填海救出溺亡夫君，打破传统被动等待的烈女窠臼，取精卫的主动复仇之意，有一定新意，然仅着眼儿女情长，取径未免狭窄。

与之相反，有些咏史诗却能用精卫英雄形象挥洒笔墨，反思历史，寻找民族英雄的形象模式。如李东阳《崖山大忠祠诗》四首之三：

> 北风吹浪覆龙舟，溺尽江南二百州。东海未填精卫死，西川无复杜鹃愁。君臣宠辱三朝共，运数兴亡万古仇。若遣素王生此后，也须

---

① 任士林：《镏成卿久斋记》，《松乡文集》卷一，《钦定四库全书》。
② 刘基：《杂诗》，《诚意伯文集》卷二，《钦定四库全书》。
③ 刘基：《登高丘而望远海》，《诚意伯文集》卷二，《钦定四库全书》。
④ 高启：《大全集》卷八，《钦定四库全书》。

重纪宋春秋。①

　　崖山是南宋末代皇帝赵昺称帝之地，也是宋元决战，南宋崩溃灭亡，赵昺沉海之处。诗中"东海未填精卫死"指当时辅佐宋少帝，支撑南宋最后局面的张世杰，"西川无复杜鹃愁"则暗喻沉海不回的赵昺。张世杰坚持抗元，却回天无力的英雄悲壮情怀恰恰是精卫英雄精神的写照。把精卫以弱抗强的精神内核加以提升放大，成为民族气节的形象模式，逐渐在文人篇什中蔚然成风。那些宋代抗金、抗元的民族英雄如岳飞、辛弃疾、文天祥等均被用精卫英雄气概来描摹赞颂，以彰显民族气节。②

　　此风在明清汉满政权异代之际又进一步得到强化。很多汉族文人承袭明代风尚，用精卫英雄意象作为民族精神的象征。如夏完淳《精卫》：

　　　　北风荡天地，有鸟鸣空林。志长羽翼短，衔石随浮沈。崇山日以高，沧海日以深。愧非补天匹，延颈振哀音。辛苦徒自力，慷慨谁为心。滔滔东逝波，劳劳成古今。③

　　面对清朝铁蹄压境，诗人自感无力回天，遂以精卫自拟"志长羽翼短，衔石随沉浮"。这种面对强敌不肯屈服的精神与精卫英雄气概一脉相承。相比之下，顾炎武的《精卫》更加浩气回荡：

　　　　万事有不平，尔何空自苦？长将一寸身，衔木到终古。我愿平东海，身沉心不改，大海无平期，我心无绝时。呜呼，君不见，西山衔木众鸟多，鹊来燕去自成窠。④

---

　　① 李东阳：《怀麓堂集》卷十五，《钦定四库全书》。
　　② 如王象春《谒岳武穆庙》、顾璘《岳坟》《拜岳武穆庙》、张以宁《过郁孤台怀辛弃疾》、边贡《谒文山祠》、蔡国琳《秋日谒延平郡王祠》等。参见蒋寅：《作为文学原型的精卫神话》，《北京师范大学学报（社会科学版）》，2010年第1期。
　　③ 夏完淳：《夏内史集》卷三，《钦定四库全书》。
　　④ 顾炎武：《亭林诗集》卷一。

作者不仅借精卫形象抒发"大海无平期，我心无绝时"的坚定抗清决心，而且还对那些卖身投靠清政权的汉族官员发出辛辣嘲讽。如果说唐宋时期精卫英雄形象的文学移位已经在民族气节和以正抗邪的意象组建方面初见成效的话，那么明清时期用精卫英雄气概打造出来的一批民族气节群像则将这一布局引向了深入，更加厚实坚固了。

与唐宋时期相比，在质疑精卫英雄精神的倾向方面，元明清时期不仅诗文数量少，而且在艺术上也平平无奇。如刘基《彭泽阻风》："沧海未容精卫塞，蓬莱定许屋全游。"[①]只是笼统地否定了精卫填海的行为价值，未见新意。王祎《夜坐拟古二首》（其二）："织女居河西，河东住牵牛。奈此一水隔，数口曾无由。精卫勿填海，为我填河流。"[②]用的也是范云《织女诗》和晏几道《七夕》诗的旧套，均未出前人窠臼。

让人费解的是，在儒家两千年一统天下的主流背景下，对精卫英雄壮举的态度竟然会有截然相反的两种评价体系。而这水火分明的两种对峙态度竟然非常清晰地表现在宋代以来两部影响巨大的儿童启蒙读物上：

《三字经》："愚公志，精卫情。锲不舍，持以恒。"[③]
《幼学琼林》："以蠡测海，喻人之见小；精卫衔石，比人之徒劳。"[④]

这就意味着，古代的孩子们在这两部启蒙读物中将会听到关于精卫英雄举动的两种完全相反的声音。一个声音告诉他要学习精卫那种锲而不舍、持之以恒的精神，另一个则告诉他不要去做精卫那种徒劳无功的事情。不难设想，这必然导致孩子们在对精卫英雄形象的价值判断上的无所

① 刘基：《诚意伯文集》卷六，《钦定四库全书》。
② 王祎：《王忠文集》第一卷38a，《钦定四库全书》。
③ 许印芳：《增订发蒙三字经》，辽海出版社2008年版。
④ 程允升编：《详校新增绘图幼学故事琼林》卷一地舆，浙绍奎照楼校印本1905年版，第6页。

适从，以及疑惑和彷徨。这充分说明中国古代文化传统中有关英雄统一定义的缺失和复杂。而造成缺失的主要原因就是封建专制体制下对皇权的过分强化和对英雄价值的弱化。与西方文化相比，中国神话源头中的几位具有英雄资质的形象，要么被丑化否定（如蚩尤、刑天），要么被淡化曲解。如果说女娲的女皇神话遭到夭折是封建男权的胜利的话，那么精卫英雄精神价值认定的分裂龃龉则是中国英雄精神形成历程遭到封建皇权搅局的一个缩影。

与诗文领域精卫英雄精神文化内涵萎缩的情况相反，元明清时期精卫英雄精神文学移位的盎然生机出现在小说戏曲等通俗文学领域（主要是在文学表达方式上）。尽管小说戏曲本身是市民文化的产物，但它要在继承利用传统主流文化积累的基础上才能绽放新枝。精卫英雄精神在小说戏曲中呈现的痕迹，也是从雅到俗，最后合拢归一，进入雅俗共赏结局的过程。

明清小说戏曲中出现的精卫英雄典故，虽然借用传统诗文意象用法较多，但基本上还是因袭诗文俗套，没有新意。如"盈盈一水边，夜夜空自怜。不辞精卫苦，河流讵可填"[1]，"玳瑁以其甲献，精卫以木石献"[2]，均属此类。

相比之下，精卫英雄精神世俗化的表现倒给人耳目一新的感觉。明代顾大典的《青衫记》不但比白居易原诗《琵琶行》大大世俗化，就是比它所依据改编的马致远《青衫泪》也是更加俗化了：

> 恨娘行、惟耽钞，下金钩把儿郎钓。笑痴儿、欲火延烧，好一似精卫填桥。我心中想着，怎教人做得花月之妖？[3]

好端端的叱咤风云的精卫填海壮举，在这里被用来形容青楼嫖客的欲

---

① 汤显祖：《紫箫记》第三十四出"巧合"，《汤显祖戏曲集》（下），上海古籍出版社1978年版，第1005页。

② 《三宝太监西洋记通俗演义》第二回"补陀山龙王献宝涌金门古佛投胎"，上海古籍出版社1978年版，第18页。

③ 顾大典：《青衫记》第三出"裴兴私叹"，《六十种曲》，中华书局1958年版，第5页。

火激情。高雅文化的庄严底蕴，瞬间被市民阶层带有低级趣味的庸俗潮流所化解。市民阶层那种几乎不加掩饰的粗俗话语，通过裴兴奴这位妓女之口表现出来。粗俗和低级以其新颖和另类显示出生机和活力，使精卫英雄形象的文学移位变化转入一个新的舞台。

精卫英雄精神在戏曲小说中的世俗化不仅表现在内涵方面，而且在表现形式方面也有明显的更新尝试。比较突出的是《镜花缘》：

> 话说唐敖闻多九公之言，不觉叹道："小弟向来以为衔石填海，失之过痴，必是后人附会。今日目睹，才知当日妄议，可谓'少所见多所怪'了。据小弟看来，此鸟秉性虽痴，但如此难为之事，并不畏难，其志可嘉。每见世人明明放着易为之事，他却畏难偷安，一味蹉跎，及至老大，一无所能，追悔无及。如果都像精卫这样立志，何愁无成！——请问九公，小弟闻得此鸟生在发鸠山，为何此处也有呢？"多九公笑道："此鸟虽有衔石填海之异，无非是个禽鸟，近海之地，何处不可生，何必定在发鸠一山。况老夫只闻够鸼不逾济，至精卫不逾发鸠，这却未曾听过。"①

如果说顾大典的《青衫记》把精卫英雄精神从庄严的殿堂拉到市井粗俗，那么李汝珍《镜花缘》则是对精卫英雄精神文学移位的表现形式进行一次彻底的颠覆和创新。汉代以来一直以诗文典故形式完成精卫英雄精神文学移位过程的惯例，第一次被代之以叙事文学要素的方式出现。这段唐敖和多九公的对话，实际是就历史上有关精卫填海价值意义的正反两种观点进行了交流。这个内容本身在各种诗文中已经多如牛毛，不胜枚举。但这里两种不同观点和主人公的态度倾向却是以小说人物的叙述语言呈现出来。这个形式的变革意义应该比其移位过程中若干内容要素的增补更有价值。

李汝珍开辟把精卫英雄精神嵌入叙事文学情节过程中的叙事化创举，

---

① 李汝珍：《镜花缘》第九回，人民文学出版社1981年版，第48页。

在邹残《海上尘天影》中更是得到了淋漓尽致的发挥。

《海上尘天影》本是一部狎邪小说，但作者模仿《红楼梦》以女娲炼石通灵宝玉统领全篇的构思，以上界万花总主杜兰香因私助精卫填海获罪谪降尘凡的故事统领全篇，将精卫填海故事置于全书情节结构的整体构思之中。书中前两章为全书引子，略叙万花总主杜兰香随女娲补天时未及时填补东南地陷，天帝以地陷处洗浴空间宽大不想填塞。杜兰香的坐骑精卫真仙在主人帮助下私去填海成功，上帝得知后将杜兰香和精卫真仙及二十六位花神贬谪人间，从而引出《海上尘天影》的正文故事。①

与《镜花缘》中精卫英雄精神作为唐敖与多九公之间对话话题出现的情节要素相比《海上尘天影》中精卫作为一个独立的小说形象出现，是精卫形象文学移位过程中在古代叙事文学体裁领域最成功和最完美的例证。从这两章有关精卫真仙的形象塑造来看，不仅汉代以来有关精卫英雄精神的正面精华要素，基本上已经被吸收整合在精卫真仙这个文学形象中，而且连同其悲剧命运的文化内涵指向也与其英雄精神并驾齐驱②，为精卫神话原型的文学移位画上了一个完美的句号。

综上所述，精卫的英雄精神在一个冷漠英雄精神的土壤中难以茁壮生长，但在一片肥沃的文学土壤中获得了再生，绽放出新的花朵。

原载《社会科学研究》2017年第3期

---

① 参见《古本小说集成》，上海古籍出版社1992年版。
② 关于精卫神话形象悲剧命运文学移位，笔者另有文专论。

互文性视野下明正德皇帝微服猎艳故事研究

李万营

摘要：从互文性的角度研究正德皇帝微服猎艳故事，不同故事情节的文本构成了"对话"。围绕皇帝微服出行追求民间美女的"核心信号"，《嫖院记》《增补幸云曲》等文本讲述了正德嫖院的故事，《玉搔头》讲述了正德失簪的故事，《梅龙镇》《游龙戏凤》等文本讲述了正德戏凤的故事。这些故事构成了正德微服猎艳故事演变的基本脉络，即民间粗俗的形态—文人雅致的形态—雅俗共赏的形态。不同的故事形态体现了不同的时代文化特征和审美趣味。不同的阶层在讲述故事时也构成了"对话"。民间叙事重点编造了皇帝在民间的"神迹"与身份差距造成的误会，在故事中表达了对于改变自身命运的期望；文人叙事极力生发皇帝微服猎艳的正面意义，对皇帝形象做了大幅度的美化，表达的是文人阶层对君主勤政爱民的殷切希望。

关键词：互文性；正德皇帝；微服猎艳；民间叙事；文人叙事

明武宗正德皇帝"游龙戏凤"的故事广为人们熟知，无论是传统的戏曲小说，还是现当代的影视作品，以"游龙戏凤"故事为题材的文艺作品精彩纷呈，引起了学界的关注，出现了一些研究成果，如许日春《从题材演变看"游龙戏凤"故事主题的变迁及意义》[《安徽农业大学学报（社会科学版）》2011年第3期]、吴娱玉《从李凤姐形象的变迁看京剧与电影的异同》（《电影文学》2014年第9期）、董上德《"游龙戏凤"故事与文本的互文性》（《文化遗产》2007年第1期）等。其中，董上德先生的研究尤其值得注意，以"游龙戏凤"故事为个案，阐述了中国叙事文学"互文性"的一个典型现象，即同一故事孳乳出多种文本。他的研究不仅以互文性为理论武器，对"游龙戏凤"各个文本的对话关系进行了精彩透彻的分析研究，而且由个案研究上升到文学理论的高度，提出了故事"核心信号"与"非核心信号"的"对话"关系及其在故事流播与文本生成中的作用。①董上德先生对于理论深度的提升，令笔者钦佩不已，本文即借鉴了董先生所阐发的"互文性"理论。然而对于"游龙戏凤"故事的研究，笔者以为犹有可以继续挖掘的地方。因为正德皇帝微服出行寻找美人的故事，不只有与李凤姐"游龙戏凤"的故事，还有正德嫖院的故事、正德失簪的故事等，若忽略了这些故事之间的联系与互动，对于"游龙戏凤"故事的研究未免缺乏整体的观照和广阔的视野，对于"游龙戏凤"故事各个文本的理解也有可能出现偏差。因此笔者拟搜寻所有正德皇帝微服出行寻找美人的故事，或称之为"微服猎艳故事"，考察这些故事及文本的变动与"对话"，透过故事的"核心信号"与"非核心信号"分析故事演变的历史文化动机，以及不同文本所代表的不同阶层的文化心理与美学理念。需要说明的是，对正德皇帝的游幸猎艳故事，笔者已经做过一些初步研究（见拙文《明武宗游幸猎艳故事的文本演变及其文化蕴含》，《天中学刊》2016年第1期），然意犹未尽，本文用"互文性"的理论与视角，借鉴董上德先生的理论阐述，希求对此故事做更加深入的研究与探讨。

一

正德微服出行，史有其事。嘉靖年间修成的《明武宗实录》，记录了正德皇帝历次微服出行的经过。大体而言，正德皇帝微服出行之地，先是京城近郊的南海子、石经山、汤浴场、玉泉亭、昌平、御马房等地，后来长

---

① 参见董上德：《古代戏曲小说叙事研究》，广东高等教育出版社2007年版，第79—89页。

途跋涉，到达大同、宣府等边塞之地。正德微服出行的目的何在，史书没有记载。然而史书记载了他在大同、宣府等地搜掠民间女子的记载：

> 既幸宣府……时夜出，见高门大户，即驰入，或索其妇女。
> 初江彬劝上于宣府治行宫……复辇豹房所贮诸珍玩，及巡游所收妇女实其中。
> 时车驾所至，贵近多先掠良家女子以充幸御……
> 上至绥德州，幸总兵官戴钦第，寻纳钦女。
> 初，上在偏头关，索女乐于太原，有刘良女者，晋府乐工杨腾妻也，以讴进，遂当上意。及自榆林还，复召之，载以归。①

由这些记载我们推测，正德搜掠民间女子时，其皇帝身份是公开的，或者是以皇帝的身份让亲近执行搜掠之事。那么，微服出行和搜掠民女是分开的：微服出行的目的可能并不是搜掠民女，搜掠民女也不是以掩藏的身份（微服）进行的。如果故事按照历史的实情讲述，显然是索然无味的。然而在正德皇帝游幸猎艳的故事里，微服出行与寻找美人（史实中的搜掠民女）发生了联系：皇帝为寻美人而微服出行，在隐藏了身份的情况下与美人相遇，身份公开后抱得美人归。如《稗说》"蕉园"条所记：

> 武宗尝微服作军官装，时往来王国中，因与院姬某狎。姬某故籍中擅名者。妙能琵琶，浑不似诸乐器。又善音，兼工打球走马诸艺……故上频幸私邸，人第目为军官游闲辈，概不物色也。惟姬某侍上久，私窃异之而未敢发，但曲意承顺而已。稍稍事闻，外廷言官密疏谏止，上意亦倦，乃阴遣中贵具嫔礼迎姬某入内，居今之蕉园。宦寺皆称为黑娘娘殿云。自上纳妃后，代王大惊，疏谢向不知状。乃下有司，饰妃故居，朱其扉。②

---

① 台湾"中央研究院"历史语言研究所校印：《明武宗实录》，上海书店1982年版，第2953、3172、3210、3254、3271页。

② 宋起凤：《稗说》，江苏人民出版社1982年版，第10页。

《稗说》只是简单地记下了正德皇帝扮作军官与姬某交往并接姬某入宫之事，然而皇帝扮作军官与伎乐厮混，众人不识皇帝真容而姬某独"异之"，以致皇帝回宫迎姬某入宫、代王上疏请罪，情节翻天覆地的变化极具戏剧性。皇帝微服出行追求民间美女，这正是正德游幸猎艳故事的"核心信号"。对于这个"核心信号"，人们不禁好奇，美女是谁？皇帝如何赢得美人心？皇帝接美女回宫是否顺利呢？这些问题，显然是故事的"非核心信号"。对"非核心信号"的不同演绎，就产生了不同情节与内涵的故事。

二

现存明代万历年间刊印的《摘锦奇音》收有当时文人以《劈破玉》曲调写的《嫖院记》小曲，并收有《嫖院记》的两出戏《正德宿肖家庄》和《周元曹府成亲》，可见不晚于万历年间，杂调传奇《嫖院记》已经产生并广为流行。可惜的是，该传奇已经散佚，《摘锦奇音》所收两出戏为该传奇仅存的残本。但是从《劈破玉》的曲词，可以看出《嫖院记》的主要情节：

> 赛观音、佛动心，生得如花貌，王公子闻知也来嫖，朱皇帝闻说亲来到。君臣来斗宝，半步不相饶。倒运的王龙，倒运的王龙，剥皮去献草。①

美貌的妓女吸引皇帝来妓院，皇帝与嫖客比斗宝贝，这是小曲所描绘的主要情节，也是当时人们对于正德嫖院故事的兴趣所在。然而对于皇帝在妓院与嫖客斗宝这种有损至尊形象的情节，《指摘奇音》没有收录，显然是有所忌讳。《指摘奇音》所收的两出戏的主要情节是，皇帝夜宿穷人周元家、帮助周元娶亲，这两出戏可以说为皇帝的形象增添了一些正面意义，毕竟皇帝在去妓院的途中还做了一件好事。然而戏文中突出的则是由于皇

---

① 龚正我辑：《摘锦奇音》，《善本戏曲丛刊》（第一辑），台湾学生书局1984年版，第157页。以下所引《嫖院记》皆据此版本，不再一一出注。

帝与穷汉的身份差距所造成的谐谑意味与白日梦式的喜剧色彩，比如小姐让蠢笨的周元吟诗，周元将梦里听到的话念了出来恰好切题。这一切就是穷汉周元的白日梦，"昨日梦也没有一个，今日得这个美貌小姐，又得这样大官"（《摘锦奇音》，第308页），平日里梦都梦不到的美事，因着皇帝的参与，一夜之间都成为现实。显然，这个故事里带有穷苦百姓梦想一朝翻身、希望福从天降的思想意识，而周元成亲的情节单元在民间不断流传，在《落金扇宝卷》《游龙宝卷》等通俗文艺中不断传播，并发展出大度待客的训诫来，比如《游龙宝卷》末尾之偈："奉劝大众气量宏，不信但听此卷中，周元母子樵柴过，遇若游龙正德君。杀鸡留客一餐饭，三朝富贵不非轻。克剥（刻薄）人家非奇特，子孙浪费古来闻。小气非做事业大，宽厚银钱传子孙。"①

　　杂调传奇《嫖院记》虽然已经不全，我们无从得知该传奇的具体情节，然而蒲松龄曾对流传的正德嫖院故事做过增补，写成了俚曲《增补幸云曲》。当然我们无法判断蒲松龄的增补与《嫖院记》有何差距，然而从《嫖院记》的残存资料来看，《增补幸云曲》既有皇帝嫖院与王龙斗宝的主体情节，也有路上帮助周元娶亲的枝干情节，透过这个长篇俚曲作品，我们大体可以知道正德嫖院故事的完整情节。《增补幸云曲》讲述正德皇帝听闻山西大同宣武院美人多，扮作军汉到大同嫖院。皇帝听闻佛动心之名，要佛动心接待，一心要嫁皇帝的佛动心见正德乃军汉打扮，心生厌恶。皇帝故意装呆扮痴，只是偶尔显露宝贝与才貌，终于赢得佛动心的欢心。尚书之子王龙与"军汉"皇帝争风，比试下棋、双陆等技艺，夸耀各自的宝贝财产，王龙败北，二人反目。群臣追踪皇帝到宣武院，正德将王龙处死。其中又有皇帝过关被疑、口渴得救、夜宿周元家、酒店认干儿、嫖客识真主等琐细情节。

　　围绕皇帝微服出行寻美人这一"核心信号"，以《增补幸云曲》为代表的正德嫖院故事，交代了美人的身份——才貌双全、声名远播的妓女佛动心；交代了皇帝如何赢得美人——一边装傻充愣，一边显露珍宝，展示才

---

① 《游龙宝卷》，《民间宝卷》（第18册），黄山书社2005年版，第371页。

貌，还与嫖客王龙争风斗宝；交代了皇帝与美人的结局——大臣访主到此，皇帝杀王龙，烧宣武院，接佛动心回宫。这些"非核心信号"的有机组合，编织出了精彩而又富含喜剧色彩的正德嫖院故事。在这个故事中，掩藏身份的皇帝，在民间发生了什么，显然是读者关注的兴趣所在：在人们的想象中，掩藏身份的皇帝会遇到困难（如行路口渴）、会遭遇歧视（如扮作军汉被妓女歧视）、会遭受羞辱（如被王龙羞辱），然而皇帝的神圣光环还在，于是无论是魔女，还是土地、小鬼，都要帮助皇帝，使他遇难成祥。而皇帝的好奇、好胜及好戏弄，使他更像一个滑稽的莽汉，这显然是下层百姓对于皇帝的想象。

联系到晚明宋徽宗与李师师故事、隋炀帝巡幸故事的发展与流行，我们可以看出，正德嫖院故事正是晚明社会风气影响下的产物。晚明时期，儒家正统的道德观念几近崩溃，人们放纵情欲、崇尚奢华、恣意享受，正如明代张翰所说"人情以放荡为快，世风以侈靡相高"①。此时妓女也大有遍布天下之势，如万历时《五杂俎》记载："今时娼妓布满天下，其大都会之地动以千百计，其他穷州僻邑，在在有之。终日倚门，卖笑卖淫为活。"②因此，正德嫖妓自然不再是人们所讳言的了。正是在这种放纵情欲、崇尚奢华的社会风气下，下层文士将正德皇帝塑造得与普通人一样有美色、情欲的追求，有炫耀财物、崇尚奢华的虚荣心：皇帝嫖院反映的正是晚明时期追求情欲的社会风气，皇帝斗宝则是晚明时期崇尚奢华的时代反映。

我们认为，以《嫖院记》《增补幸云曲》为代表的正德嫖院故事是微服猎艳故事被讲述的第一个形态，这一形态主要显示出民间对于皇帝微服出行的好奇，于是讲述者将民间的想象附加到皇帝身上，迫不及待地讲述皇帝扮作军官去嫖妓的奇闻逸事。这个故事既有真实感，又有趣味性，然而在以皇权为主体的社会里，皇帝嫖妓这样有违儒家正统道德的故事，必然是难以生存的，因此这个故事主要流传在民间，并没有获得知识分子的青睐。

---

① 张翰：《松窗梦语》，中华书局2007年版，第139页。
② 谢肇淛：《五杂俎》，上海书店2001年版，第157页。

三

到了清代初期，李渔对微服猎艳故事进行了重新演绎，写出了传奇《玉搔头》，使得正德微服猎艳故事变得曲折而雅致。

正德失簪一事，史书有载，发生时间是正德皇帝"南征"宁王叛乱之时：

> （正德十四年九月）癸丑，上自临清北还。初，上之南征也，与刘氏有约。刘赠以一簪，且以为信。过卢沟，因驰马失之。大索数日，犹未得。及至临清，遣人召刘，刘以非信，辞不至。上乃独乘舸，晨夜疾归，至张家湾，与刘氏俱载而南。①

从这则记载中，我们可以说，正德皇帝对刘氏情深义重，也可以说正德皇帝是个很有性情的人。正德皇帝的这一特点被李渔大加发挥，失簪之事也被巧妙利用，于是微服猎艳的故事在李渔的笔下，成为美丽动人的爱情故事。

《玉搔头》传奇讲述正德皇帝欲寻觅美女，与朱彬微服行至太原。听闻妓女刘倩倩美貌，正德与之相见，一见钟情，刘倩倩托以终身，并将父母遗物玉搔头相赠，以为信物。其时正德自称"万遂"，官拜威武大将军。几天后正德回京，路上遗失玉搔头，被纬武将军范钦之女淑芳拾获。正德下圣旨派人去召刘倩倩，因没有玉簪信物，刘倩倩不知皇帝是万遂，宁死不从宣召。正德星夜微服去接，而刘倩倩已经逃走。正德一面画图行文，令天下访求刘倩倩，一面自封威武大将军，并借宁王作乱之际，外出南巡，以便寻找刘倩倩。范淑芳因与刘倩倩相貌相像，被差人送进皇宫，又有信物玉搔头，被正德错认为刘倩倩，范淑芳禀明实情，被正德纳为贵妃。刘倩倩将纬武将军范钦当作定情之人，一路投奔而来，得范钦收留，认作干

---

① 台湾"中央研究院"历史语言研究所校印：《明武宗实录》，上海书店1982年版，第3476—3477页。

女儿。后来刘倩倩得知"万遂"是皇帝，于是范钦将刘倩倩送入皇宫，与正德相见。宁王叛乱平定，正德与二美共享太平。

作为"核心信号"，"正德微服访美"仍然是《玉搔头》传奇故事的基本线索，然而《玉搔头》的讲述重心不再是正德微服出宫发生了什么，而是正德与美人刘倩倩曲折的爱情经历，而皇帝身份的掩藏与公开，恰好成为这种曲折的内在动力。正德微服访美，与刘倩倩一见钟情，私定终身，此时，皇帝的身份是掩藏的，"万遂""威武大将军"只是皇帝的假托身份，定情信物玉搔头才是刘倩倩辨识皇帝身份的唯一凭证。皇帝回京途中却将定情信物遗失，于是以圣旨迎娶刘倩倩之时，皇帝的身份是恢复了，但是没有定情信物，倩倩认不出皇帝就是定情之人，反而逃走。至于关键的定情信物，却被范淑芳拾获，范淑芳又被差官送入皇宫，被正德错认为刘倩倩，几乎铸成大错。这时，对于刘倩倩，"万遂""威武大将军"成了她寻找定情之人的依据，于是皇帝下诏自封"威武大将军"；而刘倩倩却阴差阳错地找到了纬武将军范钦。最终范钦将刘倩倩送还皇帝，二人才得团圆。在这个故事中，正德与刘倩倩对爱情的执着表现得非常突出，无论是刘倩倩的不畏皇命，还是正德皇帝千方百计地寻找刘倩倩，都是他们忠于爱情的表现，甚至历史上正德皇帝"南征"宁王、自封大将军的荒唐举动，在李渔的笔下，都成为皇帝痴情的表现，这自然是李渔以文人的情调对正德微服猎艳故事所做的加工与雅化。

同时我们也应该看到，与李渔的雅化处理相似，大约同时期的洪昇，也将杨玉环故事进行了雅化。两位作家不约而同的举动，显然受到了清代初期才子佳人文化思潮的影响。晚明放纵情欲的社会风气到了清代发生了转变，清朝开国统治者即加强了对思想的钳制，官方的程朱理学再度大行其道，"人欲"必然成为禁区；但晚明追求至性、真情的影响还在，作者们仍然把情放在了极其重要的位置，实现了从写情欲到写真情、纯情的转变。[①]于是，带有明显的晚明社会风尚的妓院故事，在清初的文化生态中受

---

① 参见雷勇：《明末清初社会思潮的演变与才子佳人小说的"情"》，《甘肃社会科学》1994年第2期。

到了李渔的质疑，变成了文雅而曲折的带有才子佳人情调的正德失簪故事。

如果将李渔《玉搔头》作为正德微服猎艳故事被讲述的第二个形态，这一形态主要显示出文人才士对于皇帝微服猎艳的想象，文人雅士拒绝了嫖院故事中的粗俗、市侩、风尘的因素，以雅致的才情编写皇帝与美人的曲折故事，将历史上正德皇帝的斑斑劣迹，改造成了风流才子的情之所钟。我们认为，《玉搔头》雅则雅矣，然而脱离了历史真实，也脱离了生活真实。以物件构成故事发展的脉络，编造男主人公俘获"双美"的故事，实在是明末清初文人化的以才子佳人故事为题材的传奇、小说的常用模式。从这一点来说，李渔对于正德微服猎艳故事的改编尽管匠心独运、精妙雅致，但叙事手段未免有落入俗套之嫌。

四

相比正德嫖院故事、正德失簪故事，正德"游龙戏凤"故事显然更为人熟知。京剧有折子戏《游龙戏凤》，民国时期，余叔岩、梅兰芳、马连良、荀慧生、张君秋等京剧生旦名角都曾合作演绎过《游龙戏凤》。[①]不止京剧有此剧目，"川剧、徽剧、湘剧均有《梅龙戏凤》，汉剧、豫剧、秦腔、河北梆子亦有此剧目，粤剧有《酒楼戏凤》"[②]。可见此剧流行之广。

清人唐英的杂剧《梅龙镇》，应该是较早讲述"游龙戏凤"故事的文本。唐英历经康熙、雍正、乾隆三朝，而《梅龙镇》结尾有唱词："梅龙旧戏新翻改，重把排场摆，戏凤唱昆腔，封舅新时派……"[③]可以推断，在唐作之前，应该有其他同名或同题作品在社会上流行。而乾隆年间成书的《缀白裘》，收有梆子腔《戏凤》一折。此折《戏凤》是否为唐英所说的"旧戏"，不得而知。因为杂剧《梅龙镇》，《缀白裘》所收的《戏凤》，以及京剧《游龙戏凤》的故事情节没有太大差异，故将这三个文本视为一体，纵论"游龙戏凤"故事。

---

① 参见姜凌：《民国以来戏曲〈游龙戏凤〉舞台演出情况之一瞥》，《齐鲁艺苑》2015年第2期。

② 陶君起：《京剧剧目初探》，中国戏剧出版社1963年版，第306页。

③ 唐英：《梅龙镇》，《古柏堂戏曲集》，上海古籍出版社1987年版，第171页。

同样是敷演正德微服猎艳故事，"游龙戏凤"故事与正德嫖院故事、正德失簪故事有很大不同。正德皇帝仍然是扮作军官出宫寻觅佳人，却不再是逛妓院嫖妓女，而是在住店的时候看上了客店主人的妹妹李凤姐。追求美人的方式也不再是显露财宝、才华，或者一见钟情誓死相守，而是戏逗凤姐，最终表明身份，封宫还朝。显然，"戏凤"是这个故事的叙述重点，也是读者观众的兴趣所在。在剧本中，扮作军汉的皇帝逗戏凤姐，凤姐要小聪明戏弄军汉，本身就热闹有趣，属于戏曲中非常受欢迎的男女调笑的桥段；而在读者与观众看来，有趣的不仅是军汉与凤姐相互逗戏，更重要的是至高无上的皇帝被民间小女子戏弄，皇帝的尊严与威望在民间小女子面前消失殆尽，皇帝不再是冷酷庄重的样子，而变得平和、可爱，像个追求姑娘的傻小子。到了民国时期的京剧舞台上，凤姐戏弄皇帝的意味更加浓厚，在皇帝未表明身份之时，不但"哄他一哄"，而且"不但骂你，还要打你"，说皇帝"你是大户长的兄弟，三户长的哥哥，你是个二混账"；皇帝说自己是"正德天子"，凤姐则说"我是当今正德天子的娘"；即使凤姐确知了皇帝的身份，还要嬉皮笑脸地讨封：

（生）"你刚才骂我是你哥哥的大舅子。我是不封。"（旦）"你封了我，我家哥哥是你的大舅子。"（生）"小舅子也不封。"（旦）"就是小舅子，"（生）"也不封。"（旦）"封一点点？"（生）"不封。"（旦）"封一微微？"（生）"不封。"（旦）"封一些些？"①

在讨价还价式的讨封中，皇帝封赏这样原本非常严肃的国事，带上了市井化的喜感与谐谑的民间趣味。我们还可以从故事女主角的身份的变化中，探讨嫖院故事、失簪故事、戏凤故事的"对话"。嫖院故事里的佛动心和失簪故事里的刘倩倩，她们的身份都是妓女。显然，这种身份设定有历史的影子。史载正德皇帝搜掠民间女子，并不注重女子的身份，对于妓女也照收不误。如正德"南征"时：

---

① 《游龙戏凤》，北平打磨厂泰山堂印行1923年版，第6页。

> 上阅诸妓于扬州，抚按官具宴，却之，命折价以进。
>
> 幸民黄昌本家，阅太监张雄及守备马炅所选妓，以其半送舟中。①

《万历野获编》也透露出正德皇帝在宣府嫖妓的信息：

> 今宣府镇城，为武宗临幸地。既厌豹房，遂呼为"家里"。至今二三妓家，尚朱其户。虽枢已脱，尚可辨认。盖微行所历也。②

　　上文已经论及，嫖院故事是正德微服猎艳故事中较为原始的形态。在这个故事里，妓女佛动心因为算命会嫁皇帝，于是守身不接客，这个较为传奇性的人物设定，显然有为了照顾皇帝的神圣身份。但是佛动心对村汉的鄙视、对物质财富的崇拜，较为符合妓女真实的势利与风尘，而因不接客而遭鸨母毒打，则是妓女真实的生活处境。从佛动心这个人物的设定可以看出，嫖院故事抓住了史实的一点影子（皇帝嫖妓），将原生态的妓女的特征直接放到了佛动心身上，对皇帝进妓院嫖妓的行为没有丝毫的质疑，而是兴致勃勃地讲述皇帝俘获妓女的心、为妓女与其他嫖客争胜。这些都显示出嫖院故事为满足读者的好奇心而讲述的特点。

　　然而文人显然不能容忍皇帝到妓院这种粗俗的故事，于是李渔把刘倩倩的妓女身份塑造得如良家少女一般，她与鸨母的关系不是鸨母逼迫迎客的紧张关系，而是鸨母抚养刘倩倩长大、尊重其选择，类似于小姐与乳娘的关系；刘倩倩与皇帝的相识、相恋，也不再是妓女的被逼无奈，而是一见钟情；刘倩倩与皇帝的定情、对爱情的忠贞，也不再有妓女迎来送往的风尘气。总之，在李渔的笔下，女主角变成了最不像妓女的妓女——身份虽然是妓女，但言行分明是小家碧玉般的良家少女。从刘倩倩这个人物的设定看出，失簪故事脱离了故事讲述的原生态的状态，带有了明显的修饰

　　① 台湾"中央研究院"历史语言研究所校印：《明武宗实录》，上海书店1982年版，第3513、3516页。

　　② 沈德符：《万历野获编》，中华书局1959年版，第544页。

与刻意的雅化，不再仅仅为满足读者的好奇心而讲述，而是向着为读者提供美学欣赏的更高层次的形态发展。

然而刘倩倩仍然是妓女的身份，而李渔的改编似乎也没有赢得广大读者的认可。于是，雅俗共赏、满足广大读者与观众口味的"游龙戏凤"故事便产生了。在这个故事里，女主角终于脱离了妓女的身份，变成了良家少女。李凤姐聪明伶俐、活泼机灵，不同于以往戏曲舞台上的女子，没有丝毫的风尘气，也没有丝毫的脂粉气，清新而秀丽，不仅让久处宫闱的皇帝为之倾倒，也给广大观众以不同寻常的审美体验。从李凤姐的人物设定上可以看出，戏凤故事开始着意于讲故事，抓住故事某一部分（戏凤）做细致的铺陈，为读者提供独特的审美体验。

我们将戏凤故事作为正德微服猎艳故事的第三个形态，这一形态呈现出雅俗共赏的审美趣味。如果将文学的每一次更新创作，视作更高层级的类似于文化传统的存在，对某一题材的故事的不断修改，那么创造戏凤故事，显然是受到了嫖院故事、失簪故事的启迪与警戒，于是没有了粗俗、市侩的嫖院，也不再是才子佳人的钟情，戏凤故事只聚焦于皇帝与活泼机灵的良家少女的戏逗，一下抓住了观众的胃口。

我们将三个形态的故事依次排列起来，那么正德微服猎艳故事的演变过程大致呈现了出来：民间粗俗的形态—文人雅致的形态—雅俗共赏的形态。这三个形态的故事围绕着共同的"核心信号"，却表达出了不同的故事内涵，"非核心信号"的差异造成了故事情节内涵的不同，而对于"非核心信号"的不同处理，则是由于不同的时代文化的特征及审美的趣味所致。

五

以上我们对正德微服猎艳故事做了类似于纵向的分析梳理，论述了不同情节与形态的故事之间的"对话"。以"互文性"的视角来看，正德微服猎艳故事正是在这种"对话"中，被演绎出不同情节内涵的故事文本，在演变中得以流传；后起的故事文本必然受到此前的故事文本的启迪与警示，从而产生出新变。用现代诗学批评术语来解释，这种过程可以称作"影响的焦虑"；以"互文性"的理论来看，"任何一篇文本的写成都如同一幅语录彩图的拼成，任何一篇文本都吸收和转换了别的文本"①。

如果"横向"地梳理正德微服猎艳故事的文本，我们还可以发现文人与民间不同阶层的思想意识，在讲述故事时的"对话"。为了方便论述的展开，我们引入文人叙事与民间叙事的术语。所谓的文人叙事与民间叙事"是在叙事的层面上进行区分的具有文化意味的两种叙事形态"。"'文人'和'民间'不是指实际的叙事主体和接受主体，而是指虚拟的叙事主体和接受主体……作为虚拟的主体，其突出的是文化上的功能和意义。"②

我们将讲述正德微服猎艳故事的文本大体做一下分类，以杂调传奇《嫖院记》、俚曲《增补幸云曲》、京剧《游龙戏凤》、宝卷《落金扇》等文本作为民间叙事文本的代表；以文人笔记中如《日下旧闻》《金鳌退食笔记》《客窗闲话》等，文人小说如李渔《连城璧》之《乞儿行好事，皇帝做媒人》、蒲松龄《聊斋志异》之《辛十四娘》、何梦梅《大明正德皇游江南》等，文人戏曲如李渔《玉搔头》传奇等文本作为文人叙事文本的代表。

（一）民间叙事的文本讲述正德微服猎艳故事的特点

民间阶层对正德皇帝微服出宫的行径抱有好奇，故而编造正德微服猎艳的故事，因此在民间叙事的文本中，正德微服猎艳故事显示出趣味性和谐谑意味。然而从思想意蕴上来说，这些故事寄托了民间百姓对于改变穷苦命运的期望。

第一，对于皇帝微服出游时的身份，民间叙事的文本注重渲染皇帝身份的神秘色彩。古代皇帝以君权神授的理论来巩固统治，宣称皇帝即天之子，代替上天来统治人民。在下层百姓中，这种理论则更加具有神秘色彩，所谓"真龙天子""圣天子百灵护佑"，皇帝既然是天之子，便与天上的神仙一样具有神性，鬼神都要对他礼让呵护。民间叙事的文本，如残本《嫖院记》《正德宿肖家庄》一出有一情节，周元要偷吃献给皇帝的鸡肉，结果肉卡在喉咙里下不去，皇帝赐周元吃鸡，鸡肉才下到周元肚里。可见皇帝金口玉言的威力。《增补幸云曲》里皇帝的神秘色彩更加浓厚，比如皇帝半

---

① ［法］蒂费纳·萨莫瓦约：《互文性研究》，邵炜译，天津人民出版社2003年版，第4页。

② 王丽娟：《论文人叙事与民间叙事——以"连环计"故事为例》，《文学遗产》2004年第4期。

路口渴难耐，玉皇大帝便派云魔女前去献水。虔婆对扮作军汉的皇帝无礼，护驾的大小鬼"便一个扯腿，一个按头，那虔婆唉哟了一声，扑咚跪在地下，磕头无数"①。王龙初见扮作军汉的皇帝，鬼使将他"按着头的，捧着腿的，输了个跟头，如鸡啄碎米，点了个无其代数"（《蒲松龄集》，第1631页）。王龙要在皇帝面前坐下，鬼使便用锥子扎王龙屁股，直到"皇爷说王龙坐下罢，真天子放了大赦，那小鬼才不扎他"（《蒲松龄集》，第1632页）。宝卷《落金扇》里不但有王龙无礼被土地公一杖打倒的情节，更有小鬼助皇帝赌钱的情节，颇为滑稽可乐：王龙掷骰子掷得最高点三十六点，"土地城隍急刹人，大家都把赌鬼打，快快设法救当今，弄得赌鬼无主意，骰子劈破两边分，三十六点加一点，百两金子赢到身"②。这些都是民间叙事对于天子的神秘性的想象，这种想象为故事增添了浓重的滑稽趣味。

第二，对于皇帝深入民间的过程，民间叙事的文本在叙事中十分关注由身份差距造成的误会。身居皇宫内院的皇帝，与处在社会底层的百姓，其身份差距是巨大的，民间叙事充分挖掘了这种差距，制造出莫名的喜感与谐趣。残本《嫖院记》中，突出了皇帝与穷汉的身份差距所造成的谐谑意味，比如皇帝要睡龙床，周元将笼米的笼床献上；要笔墨纸砚写圣旨，周元拿出偷来的算命先生的笔，用灰炭当作墨、将皇帝的裹脚当纸等。《增补幸云曲》中，皇帝故意以没有见识的村汉的面貌示人，却故意装傻充愣，像没见识的村夫一般，将牌坊说成是秋千架，将鹦哥当作绿毛鸡，将夜壶当作茶壶；皇宫中器物自然是极大丰富的，而面对王龙故意夸耀珍贵时，正德帝明明拿出更珍贵的宝贝，却偏要将之当作低贱货，如把日南交趾国进贡的汗巾当作抹布抹桌子，把西番贡的宝扇说成是两三钱买的蒲扇，这实际上是民间百姓对看不起村夫自以为富有的达官贵人的嘲讽和揶揄。

第三，对于皇帝微服猎艳的事实，民间叙事的文本在讲述故事时，更多地寄予了借助皇帝的权势和地位改变身份地位的希望。古代社会，下层百姓要改变身份和地位，最简单、最实效的莫过于与地位高、势力大的人

---

① 蒲松龄：《增补幸云曲》，《蒲松龄集》，上海古籍出版社1986年版，第1591页。以下所引《增补幸云曲》皆据此版本，不再一一出注。

② 《落金扇》（宝卷下集），上海惜阴书局印行，第7页。

建立关系，而天下地位最高、势力最大的人莫过于皇帝，如果能与皇帝扯上关系，那么一步登天简直不在话下。将改变身份、地位的希望寄托在遥不可及的皇帝身上，这是下层人民对艰难生活的一种希冀、一种白日梦想。残本《嫖院记》中，正德皇帝夜宿周元家，助其娶亲的故事，就是这样一个实现了的白日梦。对于靠打柴为生的周元一家来说，维持生计尚且困难，而靠母鸡生蛋卖钱娶妻，其希望更是渺茫，然而皇帝的介入，使其不但娶妻，还娶了达官贵人家的千金，身份和地位得到了天翻地覆的改变，这难道不是最无稽的白日梦吗？高高在上的皇帝，怎么可能与社会最底层的周元扯上关系呢？正德皇帝爱微服出游的史实就为这个白日梦提供了可能。民间叙事抓住这一点，让皇帝微服出行错过旅店只能投靠周元家借宿，又让朴实本分的周元尽力款待扮作军汉的皇帝，于是获得皇帝的帮助而改变了身份和地位。对于朴实本分的下层百姓来说，这是个多么温馨和温情的故事。《增补幸云曲》中的正德嫖妓的故事亦是如此。美丽的佛动心，终究要和其他妓女一样靠出卖色相生活，多么可悲。妓女怎样才能改变身份和地位呢？遇到值得托付之人，赎身，嫁人。不但要嫁人，佛动心还要嫁皇帝，不是天方夜谭吗？皇帝与妓女的距离何止天壤。然而民间叙事抓住正德皇帝曾临幸乐妓的史实，使得妓女的白日梦也变成了现实：皇帝听闻佛动心的美貌而微服前来嫖院，佛动心识破皇帝身份并最终嫁给皇帝，成了地位尊崇的妃嫔。"游龙戏凤"故事也是一样，天真活泼的李凤姐因为得到皇帝的中意而一夜之间变成了皇妃，其中所隐含的正是普通百姓希望通过皇帝的权势改变身份和地位的美梦。

（二）文人叙事的文本讲述正德微服猎艳故事的特点

应该说，文人叙事既有在民间叙事基础上的改造与发挥，如李渔的《乞儿行好事，皇帝做媒人》，蒲松龄的《辛十四娘》，吴炽昌记载的"明武宗遗事"等；也有文人独创的作品，如李渔的《玉搔头》传奇等。无论是改造还是独创，文人叙事的作品都带入了文人阶层特有的元素。总体来说，文人阶层对于正德游幸猎艳的行径即使不是严厉批评也是颇有微词的，然而文人叙事的文本在讲述皇帝游幸猎艳故事时，主动将皇帝的行为生发出正面的意义，从而减弱或忽视史书中皇帝所背负的荒淫无耻的道德批评。

从更深层的意义上说，文人叙事对于正德微服猎艳故事的改造，表达的是文人阶层对君主勤政爱民的殷切希望。

一是让皇帝在微服出行中体察民情、主持正义，从而减弱游幸猎艳的负面评价。李渔的《连城璧》第三回《乞儿行好事，皇帝做媒人》叙述乞儿因助人而被人诬陷造成冤案，幸得嫖院的正德皇帝察知案情，出面主持正义，为乞儿洗脱冤屈，将坏人绳之以法，并给乞儿赐婚的故事。于是，正德游幸猎艳的行径被说成是皇帝"要访民间利弊，所以私行出宫"①，好微行、好游幸的恶名顿然消解。蒲松龄的《辛十四娘》里，冯生被人诬陷杀人获罪待刑，辛十四娘派婢女前往皇宫向皇帝申冤，无奈皇宫门神拦路，婢女不得入内，听说皇帝要到大同游幸，于是先到大同变作妓女等待皇帝。皇帝见到婢女后：

> 疑婢不似风尘人，婢乃垂泣。上问："有何冤苦？"婢对曰："妾原籍直隶广平，生员冯某之女。父以冤狱将死，遂鬻妾勾栏中。"上惨然，赐金百两。临行，细问颠末，以纸笔记姓名；且言欲与共富贵。婢言："但得父子团聚，不愿华膴也。"上领之，乃去。②

在蒲松龄的笔下，皇帝不但主动查问婢女有何冤苦，将案情详细记录下来，显示出处事的精明干练，还同情婢女和冯生的悲惨遭遇，且对婢女有情有义，显示出忠厚与纯良的品性。而正德游幸大同恰好成了婢女接近皇帝伸张正义的必要条件，这分明是为皇帝的游幸行为开脱，宣扬皇帝游幸民间也有利民之举。

二是重新设定女主人公的身份，从而减弱皇帝猎艳行径中"好色"的一面，最终目的则是维护皇帝的身份和尊严。一方面，文人叙事着重描画了女主人公的优良品德。如李渔《乞儿行好事，皇帝做媒人》中正德临幸的妓女刘氏因曾受乞儿之恩，在乞儿落难之时施以援手救其性命，刘氏可

---

① 李渔：《连城璧》，《李渔全集（第八卷）》，浙江古籍出版社1991年版，第311页。
② 蒲松龄：《铸雪斋抄本聊斋志异》，上海古籍出版社1979年版，第223页。

称为有知恩必报的优良品德。蒲松龄《辛十四娘》中的婢女替父申冤，不慕荣华，品德也称良善。另一方面，文人叙事还突出了女主人公对皇帝的进谏作用，指明女主人公乃中正贤良之人，而非狐媚淫邪之徒。如朱彝尊的《日下旧闻》称皇妃刘氏"在途常谏帝游猎，非专以色固宠者"①。《金鳌退食笔记》称"武宗每纵猎，辄以刘姬谏而止"②。吴炽昌《客窗闲话》中的凤姐不但婉拒皇帝的封赏，连死后都不肯接受黄土封茔的重礼，而且时时劝谏皇帝回宫，"伏愿陛下早回宫阙，以万几为念，则臣姜心安，较爵赏犹荣矣"。"凤姐恒于枕畔筵前委婉屡劝"，终于使皇帝醒悟"小女子尚知以社稷为重，安忍背之"。吴炽昌在文尾高度赞赏了凤姐知轻重、识大体、善进谏的行为，"正史载帝在豹房，百官交章劝谏皆不纳，畴知一微弱女子力能回天，书所云高明柔克耶"③。这些对女主人公的刻画，实际上隐含的是对女主人公身份的不满。在正统文人眼中，皇帝临幸的乐妓刘氏是祸害，是佞幸，甚至是"妖姬"④。妓女身份的佛动心、刘良女，自然不入正统文人的法眼，即使是平民身份的李凤姐，正统文人也要质疑她低下的身份，像《大明正德皇游江南》里写的一样，让李凤姐因身份低下而无法随皇帝入宫，这在根本上是为了维护皇帝至高无上的身份与尊严。

三是美化皇帝与女主人公的感情，突出皇帝重情重义，从而减轻人们对正德游幸、南征等荒唐举动的批评指责。这突出地表现在《玉搔头》传奇故事中。史籍中刘良女是乐工杨腾之妻，因唱歌动听得皇帝临幸。在《玉搔头》中，正德与刘倩倩的感情变得真挚而又纯粹。两人一见钟情，以玉搔头簪子为信物订下终身，其后女方为守爱情盟约甘违圣旨、私自出逃，男方为寻觅情人下诏南征、自封将军，于是历史上乐妓刘氏成了对爱情忠贞不渝的节烈女子，而正德皇帝为人诟病的自封将军、南征宁王的闹剧，也变成了正德重情重义的痴情举动。李渔突出了正德与刘倩倩的真情，使

① 褚人获：《坚瓠集》（《广集》卷一），《清代笔记小说大观》，上海古籍出版社2007年版，第1640页。

② 高士奇：《金鳌退食笔记》，丛书集成初编本，第26页。

③ 吴炽昌：《客窗闲话》，时代文艺出版社1987年版，第5页。

④ 王世贞：《凤洲杂编》，丛书集成初编本，第20页。

正德与刘倩倩的故事洗掉了史书上皇帝猎艳的污名，变成了纯而又纯的才子佳人式的爱情，正如剧中正德的道白：

> 从来富贵之人，只晓得好色宣淫，何曾知道男女相交，只在一个"情"字。民间女子随了富贵之人，未必出于情愿，终日承恩献笑，不过是慑于威严，迫于势力，哪有一点真情？这点真情，倒要输与民间夫妇。那民间女子遇着个贫贱书生，或是怜才，或是鉴貌，与他一笑留情，即以终身相许。势力不能夺，生死不能移，这才叫作真情实意。若使他知道是个皇帝，纵使极力奉承，也总是一团势力，有些甚么趣来？寡人这番出去，受尽千辛万苦，只讨得个"情"字回来，你们那里知道。[①]

从史籍中对皇帝荒淫无耻的批判，到文人笔下对正德与刘倩倩真爱的赞美，文人叙事起到了关键性的作用。虽然李渔的改编是以才子佳人的情调来雅化正德微服猎艳故事，然而从根本上说，李渔也不想看到君主是一副游戏无度、好色荒淫的面孔——与其是劣迹斑斑的酒色之徒，还不如是纯性纯情的风流才子。

围绕皇帝微服猎艳的"核心信号"，不同的阶层对故事倾注了不同的思想意识，于是民间叙事的文本与文人叙事的文本构成了"对话"。民间叙事以极大的好奇心编造皇帝在民间的"神迹"与身份差距造成的误会，在故事中表达了对于改变自身命运的期望；文人叙事极力生发皇帝微服猎艳的正面意义，对皇帝形象做了大幅度的美化，表达的是文人阶层对君主勤政爱民的殷切希望。

原载《南京师范大学文学院学报》2016年第4期

---

① 李渔：《玉搔头》，《李渔全集》（第五卷），浙江古籍出版社1991年版，第260页。

国香国色自相因，芳草美人原合并①

——燕梦卿形象文化渊源的互文性审视

汪泽、宁稼雨

摘要：以互文性视角审视燕梦卿形象，可突破单一作品研究的时空局限，梳理《林兰香》与前代、同时期乃至后世文本的联系，为其呈现找寻历史与现实的多重文化依据：文本层面以"兰"涵射其神情气貌，以"金谷""缇萦"寓其节孝美德，以"萧后"鉴其才女悲剧；文化层面追溯出天人哲学统摄下兰文化的流变脉络、家国一体与男女同构的思维理念；主体层面考虑到现实背景、文化历史影响下作者创作及读者接受的知性作用。在互文性视角的观照下，这一形象融合了对封建家族女性真实命运的关怀思考，纵深层次传统文化的累积归结，以及明末清初横向语境下男性文人的自我反观。

关键词：燕梦卿；《林兰香》；互文性文化

自20世纪80年代章回小说《林兰香》受到关注以来，对燕梦卿形象的研究虽未若林黛玉、薛宝钗等经典人物一般浩如烟海，亦可称小有规模，

---

① 本文标题化用清代戴永植为蒋士铨传奇《空谷香》所作题词。参见蒋士铨撰，周妙中点校：《蒋士铨戏曲集》，中华书局1993年版，第438页。

涉及命运悲剧、性别角色、思想归属、人格精神等诸多方面。[①]本文以互文性视角审视这一形象，突破单一作品研究的时空局限，梳理《林兰香》与前代、同时期乃至后世文本的联系，为燕梦卿形象的呈现找寻历史与现实的多重文化依据。

互文性，或被译为"文本间性"。按照当代法国文艺学家克里斯蒂娃的观点，"任何文本都是引语的镶嵌品构成的，任何文本都是对另一文本的吸收和改编"[②]。在中国古代文学与文化批评实践中，我们不妨参考陈洪先生的"广义互文"[③]概念，将相同意象语汇、典故关联、情节点化等统归入互文范畴。具体而言，笔者分文本、文化、主体三个层面予以归纳分析。

一、文本的显性层面

互文性视角着重于挖掘一个确定文本与存在其中的其他文本之间的关系，以所涉文本内涵参与该文本意义的生成。文中反复出现的意象及直接引用的语汇是文本关系最明显的反应，故而本文将"兰""金谷园""缇萦""萧后"等作为文本显性层面的互文依据。

（一）兰

"兰"以各种直接间接，或实或虚的形式贯穿《林兰香》始终，服务于人物塑造和情节设置。第一回中，作者现身说法，解释小说命名缘由：

> 林者何？林云屏也。其枝繁杂，其叶茂密，势足以蔽兰之色，掩兰之香，故先于兰而为首。兰者何？燕梦卿也，取燕钱梦兰之意。古语云："兰不为深林而不芳"，故次于林而为二。香者何？任香儿也。其色娇柔，足以夺兰之色。其香霏微，足以混兰之香。故下于兰而为

① 参见吴存存：《道学思想与燕梦卿悲剧——读〈林兰香〉随笔》，《明清小说研究》1988年第3期；聂春艳：《性别角色转换与文本深层内涵——解读〈林兰香〉》，《南开学报》1998年第5期；蔡美云：《〈林兰香〉与中国士人的"弃妇"情结》，《明清小说研究》2005年第2期；李文静：《对〈林兰香〉中燕梦卿的精神分析学解读》，《现代语文（文学研究版）》2009年第7期；等等。

② 王瑾：《互文性》，广西师范大学出版社2005年版，第1页。

③ 陈洪：《从"林下"进入文本深处——〈红楼梦〉的"互文"解读》，《文学与文化》2013年第3期。

三……然人非草木，谁能无情，有时感自外至，有时忧从中来，使不设一排遣之法，倘一旦雪冷霜寒，则兰也不空与艾萧同腐也哉……故睹九畹之良田，宿根尚在，国香不泯。①

《左传·宣公三年》叙郑文公妾燕姞梦天使赠兰，得幸生子，名之曰兰，即郑穆公；后穆公有疾，刈兰而卒。小说以此檃栝主人公姓名，将"兰"作为其命运图腾。燕梦卿母姓郑氏，二弟子知、子慧谐音"芝""蕙"俱为兰之别称，侍婢名春畹、春栏等，或指艺兰、护兰之所，或状兰之本色。

"林""香"于"兰"的"掩蔽""混夺"针对燕梦卿的婚姻悲剧。梦卿为御史燕玉之女，幼受泗国公支孙耿朗之聘；燕玉陷入科场之案，梦卿乞代父罪没名掖庭，耿朗改娶林云屏为妻。至罪名平反，梦卿依旧嫁入耿府，居林氏之次。"兰不为深林而不芳"化自《孔子家语》："芝兰生于深林，不以无人而不芳。君子修道立德，不谓穷困而败节。"②赋予梦卿身居逆境不改持守的儒家君子人格。相传孔子亦曾作《猗兰操》："孔子历聘诸侯，诸侯莫能任。自卫反鲁，过隐谷之中，见芗兰独茂，喟然叹曰：'夫兰当为王者香，今乃独茂，与众草为伍，譬犹贤者不逢时'乃止车援琴鼓之云云。"③小说中任香儿即以"小草""柔茅"为喻。第六回有回前诗"幽芳何日沾霖雨，小草先经茁茁肥"（《林兰香》，第41页），指香儿先于梦卿入耿府为妾，以媚色取悦耿朗，谗害梦卿。

"艾萧""九畹"典出《离骚》。兰作为灵淑、美好、高洁的象征，于屈赋中频繁出现。燕梦卿形象在拟喻于兰的同时内化了屈原人格，其名门望族的清贵出身、才色兼具的芳华内质、分春帝台的宏伟抱负、立德秉义的执着追求，乃至冷遇与重病中明妆雅服的持守，可使人联想到灵均的内美修能、政治理想、初服之志，其生命困境亦可由《史记》对屈子的评价

---

① 随缘下士编辑，于植元校点：《林兰香》，春风文艺出版社1985年版，第1—2页。以下所引此书皆据此版本，不再一一出注。

② 杨朝明、宋立林主编：《孔子家语通解》，齐鲁书社2009年版，第244页。

③ 逯钦立辑校：《先秦汉魏晋南北朝诗》，中华书局1988年版，第300—301页。

"信而见疑、忠而被谤"①加以概括。《离骚》云："兰芷变而不芳兮，荃蕙化而为茅。何昔日之芳草兮，今直为此萧艾也？"②本抒兰蕙变质之幽愤，小说则暗示梦卿枉有芳兰之质，被夫主视同艾萧。"滋兰九畹"表现灵均化育贤才的不懈努力，《林兰香》则敷演梦卿托孤于贤媵田春畹，教之续修其德，完成孝慈、规夫、训子的家族使命。春畹作为国香"后身"，与梦卿年貌、才德相仿，实为二位一体。

除象征主人公品德命运、统摄整体构思之外，"兰"也深入细节。如第七回叙梦卿婚前以兰花簪题诗结缘爱娘、耿朗；第十五回写其居所九畹轩香兰四绕；第二十七回中秋家宴，侍婢青裳弹唱东汉张衡《怨篇》，以咏兰鸣不平之辞暗伏梦卿美而见弃；第二十五回、三十回任香儿、平彩云逐弃受诬获罪的婢女采萧、采艾，二人被换至燕梦卿处，寓兰与萧艾同腐之意；第三十五回梦卿将死，梦见幽兰被树木掩蔽，兰香被柔茅混夺，后化为乌有。

及燕氏逝后，兰意象亦时现于文本，如第四十三回春畹燃放兰花烟火；第五十二回遗子耿顺佩带水晶兰花小簪；第六十回春畹以梦卿兰簪为子媳挽发；第六十一回婢妾悼念春畹，作《哀歌》曰"兰久枯兮畹已残，何汩汩兮性之澜"，"哀哉九畹兰，谁复种情圃"（《林兰香》，第470页），实悲燕田二人；同回耿顺辑梦卿诗文，命名《九畹轩集》。"国香""兰"等字眼更于小说章回韵文间俯拾即是。

（二）金谷、缇萦

作为梨园剧目，"金谷""缇萦"并列出现于《林兰香》第一回与第六十三回。前者是耿燕订婚作贺之际所搬演的历史故事，后者则是时过境迁以后旁人对梦卿生平及耿府盛衰的概述总结。前朝故事有预叙、类比小说情节与人物形象的作用，在首尾呼应中，历史故事与梦卿事迹的互文关系也得以强化。

"金谷"意象主题昭示出耿府"繁华事散逐香尘"的苍凉结局，其所包含的绿珠与翔风故事亦可与燕梦卿的品行命运形成参照。

---

① 司马迁：《史记》，中华书局1959年版，第2482页。
② 朱熹：《楚辞集注》，上海古籍出版社1979年版，第22页。

绿珠"金谷堕楼"故事包含着丰富的文化内涵①，既是红颜薄命的典型，又被用作君臣关系的比附。宋代乐史笔下，绿珠是"不知书"的卑微婢子，但"能感主恩，愤不顾身，其志烈懔懔"，节操高过"享厚禄，盗高位，亡仁义"②之流。元代杨奂《金谷行》直云："楼头小妇感恩死，君臣大义当何如。"③

明清之际，绿珠形象的节烈色彩极为浓重。生于明末、长于顺康的文人王晫著传奇文《看花述异记》，文中绿珠已成为魏夫人座下矜持幽独的女仙，仍以终身事石崇为荣，怒斥夫殁改嫁的谢仁祖妾阿纪。据《太平御览》引《世说》，阿纪本誓死不嫁，后为郗昙设计而得，终身不与昙言。珠、纪同为忠心专情之妾，但前者以死明志、全贞守节，伦理意义非同一般。康熙二十六年（1687）刊行的屈大均《广东新语》称绿珠清誉远胜西施："绿珠之死，粤人千载艳之，爱其人并及其井，使西子当时能殉夫差，则浣纱溪与此井，岂非同为天下之至清者哉。"④康熙四十七年（1708），广西博白为绿珠重修庙宇，称贞烈祠；知县程镶亲作祠记，将绿珠推崇为泽被山川、德荫千载的圣女。乾隆十九年（1754），蒋士铨以真人真事改编的传奇《空谷香》问世，剧中姚梦兰作为备受时人嘉许的贞姬良妾，明言自己不是"红颜慕色离魂女"，而是"堕楼人前身"，饮刃投缳非为"七情所感"，而为守"从一而终之义"⑤，明确将绿珠与杜丽娘一类为情爱献身的女子划清了界线。可见这一时期，"绿珠"作为贞烈符号，于正统士人乃至普通民众心中具有历代佳人难以企及的道德神圣感。

据陈洪先生考证，《林兰香》极有可能成书于康熙中期至雍乾之间。⑥作者既以"金谷"之门阀兴衰昭示耿府繁华幻灭，从绿珠故事中获得启发，塑造节义昭若日星的燕梦卿形象，亦是顺理成章。梦卿为完全名节力辞改

① 参见夏习英、宁稼雨：《绿珠故事的演变及其文化内涵》，《厦门教育学院学报》2009年11卷第2期。

② 鲁迅：《唐宋传奇集》，《鲁迅全集》第十卷，人民文学出版社1973年版，第410—411页。

③ 杨镰主编：《全元诗》，中华书局2013年版，第113页。

④ 屈大均：《广东新语》，中华书局1985年版，第158页。

⑤ 蒋士铨撰，周妙中点校：《蒋士铨戏曲集》，中华书局1993年版，第486页。

⑥ 参见陈洪：《〈林兰香〉创作年代小考》，《明清小说研究》1988年第3期。

聘；婚后截发断指疗救夫婿，与绿珠虽有生死之别，但在节女忠臣殒身不恤的文化品格上却趋于一致。①

"翔风失爱"是金谷园故事的另一段插曲。翔风初以姿貌文辞擅宠，稍长被少年者所嫉，谮毁之言闻于石崇，退其为房老。翔风作怨诗曰："春华谁不美，卒伤秋落时，突烟还自低，鄙退岂所期！桂芳徒自蠹，失爱在娥眉。坐见芳时歇，憔悴空自嗤！"②此事知名度远逊绿珠坠楼，但先后为《拾遗记》《太平广记》等说部书籍所载，对于《林兰香》作者而言盖非僻典，翔风在因美见谗、因谗失宠方面与梦卿同病相怜，或有人物原型意义。

"孝"作为燕梦卿品德的又一关键词，多次与"节"联袂出现③，最高统治者的旌表封诰亦为"孝女节妇""节孝夫人"。"金谷堕楼"寓节，"缇萦救父"则是孝女的典型。据《史记·扁鹊仓公列传》：

> 文帝四年中，人上书言意，以刑罪当传西之长安。意有五女，随而泣。意怒，骂曰："生子不生男，缓急无可使者！"于是少女缇萦伤父之言，乃随父西。上书曰："……原入身为官婢，以赎父刑罪……"④

燕梦卿上疏乞为官奴以代父罪，由此具备了"缇萦救父"的情节要素，但互文性不仅止于此。缇萦故事隐含着对生女无益之说的否定，班固《咏史》诗将其明朗化为"百男何愦愦，不如一缇萦"⑤。后人亦以此为证，反驳重男轻女观念：

---

① 参见《林兰香》第三十二回寄旅散人批："古来忠臣孝子杀身有所不顾，此割指一节，梦卿所以谓区区也。晋之卞壶，汉之诸葛，犹可为世受国恩也。若纪信韩成，未尝宠以位也，未尝专以权也，毅然孤行，不重可叹哉！吾于梦卿亦存此见！"

② 王嘉撰，萧绮录，齐治平校注：《拾遗记》，中华书局1981年版，第215页。

③ 参见《林兰香》第十一回："天子大喜，诏赐'孝女节妇'四字牌匾"；第二十四回："甥女节孝，已达天听，自宜编辑，以垂永久"，"燕祖圭之女节孝闻于四国"；第四十八回："朝廷嘉梦卿节孝，准其追封"；第四十九回："季狸等爱梦卿的节孝，凡事护蔽耿顺"；第五十六回："追赠生母燕氏为泗国节孝夫人"；第六十四回："后人看到此间，皆以为梦卿节孝之报。"

④ 司马迁：《史记》，中华书局1959年版，第2795页。

⑤ 逯钦立辑校：《先秦汉魏晋南北朝诗》，中华书局1988年版，第170页。

緹萦救父古今稀，代父从戎事更奇。全孝全忠又全节，男儿几个不亏移？①

《林兰香》中耿朗叔父亦盛赞梦卿："女子如此，我辈无所用之矣！"（《林兰香》，第12页）就小说全局来说，声称女子胜男，是作者通过燕梦卿为首的女性群像传达的重要意向：

果然士德无三二，闺阁淑媛即我朋。（《林兰香》，第122页）
谁知闺阁尤能此，慷慨何曾逊丈夫。（《林兰香》，第345页）
绮纨空负名家子，富丽风流属翠裙。（《林兰香》，第407页）

当然，显扬女子是明末以来人情小说的普遍风尚。但在《平山冷燕》《玉娇梨》诸作中，才子虽才华智识难胜佳人，仍不失为佳人之良配，而《林兰香》却将男主人公演为庸愦狭隘之辈，或与缇萦故事原型中包含的扬女抑男倾向不无关联。

（三）萧后

《林兰香》丛语曰："辽懿德萧后以写十香词被诬赐死，是即梦卿题壁书扇之前车。"（《林兰香》，第1页）丛语在小说情节之外，却能引导读者以互文性视角观照萧、燕故事。

《辽史》《契丹国志》《续资治通鉴》等对萧后事迹均有记载，但辽代王鼎《焚椒录》叙其受诬始末最详②，且与《林兰香》情节、主题存在一脉相通之处。

在《焚椒录》中，萧后工书好诗，善琵琶，作《回心院》词，伶官赵惟一能奏之。宫婢单登无与争能，且因出身叛家被遣职别院，遂心怀嫉恨谤萧后与惟一有私。耶律乙辛恨萧家对己不恭，勾结单登，承《十香》淫

---

① 冯梦龙编，许政扬校注：《喻世明言·李秀卿义结黄贞女》，人民文学出版社1958年版，第445—446页。

② 王鼎：《焚椒录》，明代宝颜堂秘笈本。

词与后，乞其手书。萧后应允，又题《怀古》一首居尾。乙辛得书，作《奏懿德皇后私伶官疏》，并呈道宗；称《怀古》藏"赵""惟""一"三字，为后心中所怀。道宗性偏疑忌，怒诘萧后，后百口莫辩，被敕自尽。

《林兰香》叙燕、林、宣、耿诸家出城扫墓，宣爱娘隐名作诗壁上。诗为燕梦卿所见，亦隐名以兰花簪题壁和之，后又自悔孟浪，而遗簪恰被耿朗拾得。燕、宣将归耿朗为妾，林云屏道破此事，以为佳话。然香儿妒之，谓题壁遗簪有嫌轻薄，耿朗遂生裁抑梦卿之心。既入耿府，梦卿才华受到众人爱慕，婢女采苹请其书爱娘所吟闺情诗于折扇之上。后该扇流落至耿朗族弟耿服之手，耿服不知书者，爱其诗字随身携带。耿朗识得笔迹，见而疑之，香儿暗中挑拨，称或为梦卿所赠。耿朗更为疏远梦卿，梦卿因其事暗昧保持沉默，以不弄笔墨自赎，后抑郁而终。

但以才受诬只是酿造不幸的表层动因。萧后歌奏《回心》、题书《十香》，实为寂寞之际"寓望幸之意"，所以失幸，皆因其"常慕唐徐贤妃行事，每于当御之夕，进谏得失……上虽嘉纳，心颇厌远"。梦卿亦因规谏失爱，"事事皆劝，以此耿朗又爱听又怕听"（《林兰香》，第217页），两人大有芥蒂，书扇之事终无从明辨。

萧后之"信而见疑、忠而被谤"同样笼罩着屈原的影子，但除此以外还有另一层意蕴深契《林兰香》题旨，即才女薄命。王鼎谓萧后"取祸者有三，曰'好音乐'与'能诗''善书'"；《林兰香》作者则通过题壁遗簪、书扇留疑两个偶然事件，揭示出封建才女所面临的必然困境：夫权的裁抑，同辈的排挤，乃至个人的矛盾。在诗书以外，维系国祚家风的进谏规劝更能为主流意识认可，是贤后、贤妻按照礼教标准塑造自身的需要，亦能满足萧、燕表现独立精神与才智卓识的内在渴望，故二人乐于为之。但道德幻想与世俗现实的抵牾却是始料未及的，以才德治国齐家而徒遭厌弃，无关要旨的诗书技艺更成为宵小之徒攻其妇德有亏的力证，从而加速了悲剧的发生。

对此作者也陷入迷茫，只能以宿命释之。《焚椒录》写萧后生辰不祥，长者预言"必大贵而不得令终"；出阁升坐，有白练飘落，上书"三十六"，隐其自缢亡年；《怀古》藏字，亦托天命使然。燕梦卿结缡在即，耿府现神秘老人喟叹"内助失人"(《林兰香》,第4页);梦中所见之像注定其遭逢不幸;题诗书扇所招致的种种误会归于"万般都由命"(《林兰香》,第52页)。这也成为萧后故事与《林兰香》文本互涉的重要表现。

二、文化的隐性层面

《林兰香》作者以象征君子人格的幽兰涵射主人公神情气貌,以金谷堕楼、缇萦救父寓其节孝美德,以萧后史事鉴其才女悲剧——笔者仅仅通过小说提纲挈领处的语言信息,对铸造装点这一形象的前代材料进行了一定程度上的辨取拾撷,事实上影响燕梦卿形象生成的因子或许是无量数的。就上述几个基本点而言,也应置于中国古代文学与文化的宏观背景下,即由文本互文延展到相对隐性的文化互文。

(一)天人哲学统摄下的兰文化

燕梦卿的"国香"之喻建立在天人一体的美学观念之上。古人致力于挖掘自然万物与人类生命形态、情感道德的同一性,《荀子》有"比德"说,屈原则创立了"香草美人"的抒情传统。受此沾溉,植物与人、花卉与女性的相互拟喻成为各体文学作品中的寻常现象。花卉意象在以色、香等自然物性美化人物的同时,也被投射上各种具有人文色彩的精神品格,使文学作品呈现出即花即人、浑融合一的美学效果。

兰于先秦至清代的漫长历史进程中积淀了丰富深厚的文化内涵。兰草以其芳香,曾被视作通灵驱邪之圣物。《周易·系辞》称"同心之言,其臭如兰"①;《诗经》《礼记》有秉兰被除、蓄兰沐浴的记载,《左传》燕姞梦兰故事反映了初民的崇兰、征兰信仰。小说中香兰涵射的燕梦卿"清真非邪祟所敢犯"(《林兰香》,第73页),逝后亦能归天为仙,职掌"蓝田旧府"(《林兰香》,第493页),数次显灵提点亲人避祸全身,其神异色彩与兰之原始意义形成对应。

孔子歌兰的故事缺乏正史依据,但芝兰由此与儒家文化结缘,成就了"王者香"的至高地位,也被赋予道德君子的精神品格。"凭将一掬灵均泪,

---

① 黄寿祺、张善文撰:《周易译注》,上海古籍出版社2001年版,第543页。

洗出茎兰万古香"①——在兰文化形成演变的过程中,屈原及其作品的相关故实于后世体现出压倒性优势,究其原因,与屈赋拓展强化比兴手法、完成兰的文学意象转变有关。幽兰寄托了灵均的爱国深情、远谪忧愤、美善追求。屈原以降,历代贤人君子常借咏兰道出内心深处种种幽约怨悱之情,或为嘉而不获用之士鸣不平,或作圣境神物及君子仙姝之衬。芳洁兰蕙既是抒情主人公美德良才的形象外化,又以其孤生弱植、含熏早谢的植物属性,暗合了作者侘傺不遇的现实困境。对兰的吟咏,大多贯穿着怅惘失落、郁勃难平的悲剧情调。

清代张潮《幽梦影》云"兰令人幽"②。古兰(兰草)、今兰(兰花)色调皆偏于淡雅素净,不以妖姿艳彩撩人,而以馨逸秀洁取胜,又多生于远离尘嚣、人迹罕至之地,因此与其他花卉相比,更容易给人一种端庄肃穆、含蓄深沉的印象。兰草香而遭焚、兰花质弱易萎的用途属性,使历代诗人在借此表达自身遗憾的同时,也联想到红颜薄命的女子。兰既呈现出贤人品质、君子道德,又成为女性矜持仪容与贞静节操的象征:"春兰如美人,不采羞自献"③(宋·苏轼《题杨次公春兰》);"况有兰蕙心,平生抱贞静"④(明·岳正《春日杂兴和陈宣之韵》);元明清以来,随着道学的日益兴盛,以兰比拟贞女、节妇成为风尚:"猗兰生石间,窈窕贞女姿"⑤(明·萧仪《题兰》);"兰则有馨,竹则有筠。嗟妇之贞,永保令名"⑥(明·朱善《饶州方贞妇诗》);"芝兰幽静明珠洁,天与贞女为肝肠"⑦(清·陶澍《陈贞女诗》);"妾自怀贞洁,长将兰桂同"⑧(清·屈大均《张节妇》)。

① 朱嶟瀛:《穆苪表姊丈以香草吟图寄题时方居忧久废吟咏意有所触率成数章聊当宋玉之九歌用佐灵均之一叹尔》,《金粟山房诗钞》卷四,清光绪二十七年刻本。

② 张潮撰,王峰评注:《幽梦影》,中华书局2008年版,第137页。

③ 苏轼著,冯应榴辑注:《苏轼诗集合注》,上海古籍出版社2001年版,第1610页。

④ 曹学佺:《石仓历代诗选》卷三百七十六,清文渊阁四库全书本。

⑤ 萧仪:《袜线集》卷十七,清乾隆五年重刻本。

⑥ 朱善:《朱一斋先生文集》卷九,明成化二十二年朱维鉴刻本。

⑦ 陶澍:《陶文毅公全集》卷五十五,清道光刻本。

⑧ 陈永正、吕永光、苏展鸿编:《屈大均诗词编年笺校》,中山大学出版社2000年版,第43页。

同类诗作还有元代张简《幽兰题姚节妇金氏传后》、明代汪舜民《兰竹篇美率滨程贞妇汪氏》、清代李绂《幽兰诗为何贞女赋也》、陶方琦《贞兰篇为衡山谭烈妇赋也》等。在与命途坎懔之贞节烈女同篇昭传的过程中，兰意象突出了礼教色彩，孤贞、哀静、凄婉的悲剧内涵也愈加深入人心。

《林兰香》作者自云每见"幽闲贞静，堪称国香"之闺人坎坷终身、悠忽毕世，乃"事之无可如何者"（《林兰香》，第1页）；又作回前诗慨叹主人公"屈身都只为纲常，薄命红颜谁见伤"（《林兰香》，第246页）。对礼教纲常的恪守使燕梦卿成为孝女节妇的典范，亦令其在"时运不齐、命途多舛"（《林兰香》，第234页）的悲剧道路上愈行愈远。以原聘身份屈居侧室，亦妻亦妾的地位在治家处事过程中倍显尴尬；羞于以色媚人、以淫自献，按照妇德要求箴规力谏，又使丈夫敬而远之、大有界限；洁身自好却被诬以淫行，面对铄金销骨的谣言毁谤，温良恭让、自裁自约只能成为高尚者的墓志铭；被怀疑、冷淡依然不惜以自残为代价维护夫婿的生命安全，非但未改变精神被弃的处境，反而使本已脆弱的形体生命也走向了毁灭的边缘。"以儒齐家"理想的破灭，使梦卿认识到人生的悲剧本质而溘然长逝，临终梦境中兰花"长细而不柔""清华而不艳""端庄幽静，世外仙姿"（《林兰香》，第272页）却瞬间消逝，既绘其形神亦寓其结局。

与此一脉相承，清代诸多小说戏曲皆有淑女节妇与兰比德的叙事倾向。白话小说如《红楼梦》《镜花缘》《兰花梦》《海上尘天影》，文言小说如《花仙传》《香畹楼忆语》《痴兰院主》，戏曲如《空谷香》《香祖楼》《兰桂仙》，等等。相关人物多以谪仙身份出现，集才、德、貌于一身，然均薄命早夭。作者用"兰"比附、称赏美好才德的同时，又借其宿命阐发种种悲凉的解悟，俱可视为文学人物与兰文化互文的例证。

（二）家国一体与男女同构

"家国一体"观念对中国古人濡染久矣。在传统政治体制下，天下乃一家之私产，血缘宗法是维系邦国与家庭的共同命脉。《周易·家人卦》以"正家"为"天下定"之前因[①]，《礼记·大学》以"家齐"作"国治"之基

---

① 黄寿祺、张善文撰：《周易译注》，上海古籍出版社2001年版，第302页。

础①，《诗经·大雅·思齐》则合"家邦"为一词②。

儒家"三纲"所谓"君为臣纲，父为子纲，夫为妻纲"，亦将君臣、夫妻类比视之。"臣"和"妻"同处于弱势从属地位，故而容易产生心灵感应与命运认同。文学作品中，屈原《离骚》云"众女嫉余之蛾眉兮，谣诼谓余以善淫"③，以譬喻象征手法打通了贤士遭忌、美人见妒两大历史主题的性别界限。金谷名姝翔风之"失爱在娥眉"即典出此处。但这一故事更深远的意义在于为男性文人的臣妾心态导夫先路：

> 申黜褒女进，班去赵姬升。周王日沦惑，汉帝益嗟称。心赏犹难恃，貌恭岂易凭。古来共如此，非君独抚膺。④（刘宋·鲍照《代白头吟》）
>
> 我本幽闲女，结发事豪家……自从富贵来，恩薄谗言多。冢妇独守礼，群妾互奇邪。但信言有玷，不察心无瑕。容光未销歇，欢爱忽蹉跎……闺房犹复尔，邦国当如何！⑤（唐·白居易《续古诗》）
>
> 与君结发未五载，岂期牛女为参商。古称色衰相弃背，当时美人犹怨悔。何况如今鸾镜中，妾颜未改君心改……不独人间夫与妻，近代君臣亦如此。君不见，左纳言，右内史。朝承恩，暮赐死……⑥（唐·白居易《太行路》）

唐代吴兢《乐府古题要解》称鲍照"自伤清直芬馥，而遭铄金点玉之谤，君恩似薄，与古文近焉"⑦。乐天二诗更是旨在讽喻，以"弃妇"写"逐臣"之悲，作为虚构叙事，已具有家族小说的雏形意味。

---

① 参见朱熹：《四书章句集注》，中华书局1983年版，第4页。

② 参见高亨：《诗经今注》，上海古籍出版社1980年版，第385页。

③ 朱熹：《楚辞集注》，上海古籍出版社1979年版，第9页。

④ 逯钦立辑校：《先秦汉魏晋南北朝诗》，中华书局1988年版，第1261页。

⑤ 白居易著，朱金城笺校：《白居易集笺校》，上海古籍出版社1988年版，第78—79页。

⑥ 白居易著，朱金城笺校：《白居易集笺校》，上海古籍出版社1988年版，第171页。

⑦ 吴兢：《乐府古题要解》卷上，明代津逮秘书本。

生长于此种文化土壤之上，《林兰香》所写家庭明显成为邦国的缩影。燕梦卿之节孝、博识、峻洁、坚忍，超越了妇德范畴而带有忠臣性格烙印；耿朗身为一家之主，"性不自定，好听人言"（《林兰香》，第3页）且又沉湎酒色，某种程度上体现出昏君的身份色彩；梦卿因才德被香儿谗害、被耿朗疏远的情节神似《离骚》中的相关叙写，第六回末又将其视为"不逢时贾谊"（《林兰香》，第45页）。作者似回避了"屈原""离骚"等字眼的直接出现，但正因如此，方能突破单一比附，以淑女贤妻身兼众美而见弃于人的婚姻悲剧，映射出政治环境中贤臣义士的普遍遭际，正如第二回前诗中所云：

> 薄命从来属丽娟，几回翘首问青天。世间惟有忠和孝，同气相悲自爱怜。（《林兰香》，第9页）

在文学传统与文化历史的多维空间中，同燕梦卿形象构成互文意义的语词、典故、文本于内蕴上也并非各自孤立，而是相互涵映、水乳交融。兰被赋予了神圣灵明、悲婉崇高的人格精神，又成为贤人君子、美人节妇的象征；贞姬淑女与忠臣孝子异质同构，其贞孝节义的种种品德往往在信而见疑、忠而被谤、美而见弃的生命困境中得以突显，弃妇逐臣的情感共鸣遂更加强烈。燕梦卿作为小说家精心塑造的人物形象，其绝美才行与悲剧命运超越了具体时代、身份、性别的局限，能引起读者关于经典忠臣义士、才媛淑姬的互文性联想。在中国古代君子运蹇、红粉时乖的普泛化背景下，其文化血脉有无限延伸的可能性。

三、主体的知性层面

创作和接受文本的双方都是制造互文性的主体。

中国古代小说作者大多秉承了模拟脱胎的叙事传统。从主观上，与先驱文本制造联系迎合了古典文学批评对既定思维的热衷。结合全篇来看，《林兰香》在极力追求诗文"无一字无来处"的雅化效应，《丛语》有意比对小说情节与历史故事，人物姓名亦各有出典。客观来说，人情小说的创作依托于"世上先有是事"①，但现实素材并非取之不尽，闺阁女性活动场域的局限更容易造成情节类型的重复。小说作者往往采用"犯之而后避"的方法推陈致新，即在有意无意接受先前同类文本的过程中，出于"影响的焦虑"而表现出某种反叛意识。继承、变异先驱经典所造就的文本间性有利于形成集大成的丰厚内蕴，又能提供比较的基础，显露剪辑加工的独特创意。

在表现女性才高命薄方面，《林兰香》似借鉴《焚椒录》，但燕梦卿才德兼备的形象比萧后更为完美。一方面，《林兰香》"女才"的范畴有所扩展。萧后之才表现为诗书歌乐，梦卿除题诗、书法、写真、抚琴、着棋等闺阁技艺之外，也极富治家方略，分派事务与人相称，同时赏罚得体、丰俭有度，使耿家"法度一新，诸事就绪，内外肃然"（《林兰香》，第116页）；作者又借梦境使梦卿化身执锐披坚的女元帅，胸中自有十万甲兵，深谙兴兵作战之术。另一方面是才女道德元素的强化。萧后贤淑，但因言语峻直，数次得罪于人而遭陷害；梦卿幽娴贞静、柔顺安详，阖家爱敬，唯任香儿深嫉之。面对不白之冤，萧后因事实无法澄清而服罪自尽；然《林兰香》强调梦卿从大局出发，为避免尊长不喜、丈夫怀羞、妻妾失和而忍辱含垢。这种以德报怨凸显了梦卿的自我牺牲精神，金谷、缇萦历史故事所蕴含的节孝叙事也从侧面加深了其道德的完美程度。

陈洪先生指出了文学作品产生的两个必要前提，即"文化/文学的血脉传承"和"作者所在族群当下的生存状态"，二者经由创作主体的作用呈现于文本之中。②于吸收转化过程中改造提升先驱文本，是创作主体的知性所在。《林兰香》撰人不详，具体经历和知识结构无从知晓，但作者对同一人物类型的变异阐释往往具有历史性，成书年代的现实背景与社会思潮必然在一定程度上左右其认知方式。

燕梦卿的美才修能带有刻意渲染寄托的意味，除却纵向历史文化的影

①无名氏：《水浒传一百回文字优劣》，朱一玄、刘毓忱编：《水浒传资料汇编》，南开大学出版社2002年版，第186页。

②陈洪：《从"林下"进入文本深处——〈红楼梦〉的"互文"解读》，《文学与文化》2013年第3期。

响，横向创作语境的规定作用也不容小视。白话章回小说的语言及篇幅优势为全面展现人物才干提供了更为广阔的平台，明清易代之际文人阶层的群体劣势也推动了此类形象的生成。汉族政权的灭亡，给肩负天下重任的男性士人带来沉重打击，产生"治国"领域内的挫败感与自卑感，从而容易叹服于女子在家庭内外的品德才干。清王朝的高压统治又进一步催化了士风的懦弱与颓丧，各级文人不顾节操、贪利忘义之流比比皆是。面对士不能保其恒心又无力于社稷的现实，人们更看重女性的贞孝德行与文武之才。在清初官方复兴道学礼教的同时，明末以来兴起的才女崇拜、"妇人三不朽"①等进步思想并未退潮，交织影响下，小说主人公呈现出五伦全备、才德俱佳的理想形象。

在互文性视野下，包括读者、批评者在内的接受一方也是知性的存在。作者认为独出心裁的情节、人物，亦能给读者带来似曾相识的感觉，从前代的文本网络及文化历史中找到原型，由此突出了接受主体的能动性。对于读者和批评者而言，寻觅、揭示不同文本乃至文本与非文本之间的对话关系，与其"前理解"有关。"前理解"理论由海德格尔的"理解前结构"发展而来，引入文学批评领域，包括文学、文化乃至人生阅历方面的种种先期储备。具有相关知识底蕴的读者更容易体悟到燕梦卿作为小说人物的隽永内涵，透视这一形象的文化折光。

燕梦卿形象浓缩了幽兰、金谷、缇萦、萧后等文化符号或历史原型的意涵质素，作者在人物塑造过程中有意迎合历史与现实的多重欣赏标准，又通过完美者殒身殉道的结局传达出浓重的悲剧意味。在互文性视角的体量下，这一形象释放出极深的生命价值和力量，既有对封建家族女性真实命运的关怀思考，也融合了纵深层次传统文化的累积归结，以及横向语境下男性文人的自我反观。

原载《明清小说研究》2017年第3期

---

① 叶绍袁称："丈夫有三不朽，立德立功立言，而妇人亦有三焉，德也，才与色也，几昭昭乎鼎千古矣。"参见叶绍袁原编，冀勤辑校：《午梦堂集》，中华书局1998年版，第1页。

《中国各民族创世神话基本母题索引》说明

王宪昭

《中国各民族创世神话基本母题索引》的依据是《中国神话母题 W 编目》[①]。本索引是一部以创世神话为专题的神话母题研究资料学著作，同时兼有中国各民族神话精华鉴赏的特点，具有神话研究工具书的功能。在此，向读者交代以下几方面问题。

一、创作目的与适用对象

（一）创作目的

本书通过对神话中创世神话基本母题的系统编码、实例及与实例相关信息的呈现，旨在帮助神话研究者或欣赏者宏观了解中国各民族创世神话对"世界与自然物"的叙事体系，发现其中的文化共性及文化创作规律。

本书作为中国神话母题综合研究资料，可以从某些角度验证中国神话母题 W 编目的客观性与真实性，并为建构神话母题学提供实证范例。

（二）适用对象

本书适用于神话研究者，以及对神话研究感兴趣的群体。本书内容适用于中国各民族神话比较研究，也可以作为中国少数民族非物质文化研究和传统口头文化研究的参考资料。

二、书名关键词解释

《中国各民族创世神话基本母题索引》可以析出"中国""神话""创

[①] 王宪昭：《中国神话母题 W 编目》，中国社会科学出版社 2013 年版。

世""母题"等关键词。择其相关概念解释如下。

（一）中国

指本书神话母题及实例涉及的对象和范围，包括中国各民族（含一定数量的古代民族）神话、中国古代典籍神话和中国近代及现当代采集的民间口头流传的神话。

（二）神话

1.神话的界定。神话是学术界莫衷一是的概念。本书从母题学本质出发，认为神话是关涉神及神性人物叙事性文化载体的统称。

2.神话的特点。神话作为人类早期最重要的文化产品之一，起源于民间，作用于信仰，传承于生活。它是人类漫长发展历程中积淀的非物质文化遗产，兼具文学、历史、哲学、宗教、民俗、法律、民族、地理等诸多学科的重要载体，神话具有跨学科的特点，充当着人类早期的百科全书。

（三）母题

1.本书母题所指。本书中"母题"主要指"神话母题"。

2.母题的界定。所谓"母题"，即神话叙事过程中最自然的基本元素，这些元素可以在神话的各种传承渠道中独立存在，也能在其他文类或文化产品中得以再现或重新组合。

3.母题的功能和特征。母题作为对各民族神话进行定量和定性分析的特定单位，具有关键词检索和神话语义分析等功能。母题有如下几个基本的特征：

（1）母题具有客观性和直观性。母题提取时会不可避免地附加主观色彩，但其本质反映出文本的客观性。

（2）母题具有组合性和流动性。母题的组合即形成母题链，可以在其他文类或文化产品不同的语境下进行组合，其本义或内核具有稳定性。

（3）母题具有典型性和普适性。母题的表述一般简单明确，语义典型，同时能够作为多文类或多语境下的分析元素。

4.母题与几个相近的概念的异同。下面列举文学批评中与"母题"关系密切又容易混淆的几个概念。

（1）母题与主题。"母题"不同于"主题"。"母题"本身不是"主题"。

"主题"需要若干"母题"通过一定的组合顺序去表现。在特殊情况下，"主题"可以与"母题"的描述语义相同。

（2）母题与原型。"原型"旨在找出文学、文化现象最原始的生发点，"母题"则有意识地淡化时空溯源，更关注它作为表意元素的平行比较功能。在数量方面，母题远远多于原型。

（3）母题与类型。"类型"一般是一个完整的故事或情节，"母题"则是具体的分析元素。二者在文本分析中相辅相成，类型由若干母题按相对固定顺序组合而成，不同的母题组合则会形成不同的类型。特定情况下，有些内涵丰富的母题本身也可以代表类型。

5.神话母题与神话的联系与区别。任何神话文本都由一定数量的神话母题构成。构成神话的所有元素不一定都是神话母题。虽然神话母题主要出现在神话作品中，但不能排除其他非神话作品也会应用到神话母题的情形。

6.母题的提取与划分。本书将母题作为神话研究中最自然的可分析元素，共划分出三个层级。中国神话母题W编目中"母题"的三种类型：

（1）情节性母题。这类母题一般与叙事主题密切相关，语言形式上表述为一个词组或含有主谓语的短句，有较为明确的含义，可以视为较强的叙事单元，其结构功能较强，往往可以在不同类型的神话中使用。如"人类的产生""人与动物婚""动物感恩""植物变形"等。

（2）名称性母题。这类母题主要是神话传承中积淀的特定的人或事物，在语言形式上表述为一个名词或名称性词组，在特定的神话语境中使用，如"天神""女娲""龙""神奇的武器"等。

（3）语境性母题。这类母题一般辅助于"情节性母题"和"名称性母题"叙事，其含义具有普适性，如与神话事件"产生时间""发生地点"等相关的一些母题。

总体来看，母题的提取就好像把一台机器拆成不同的零部件，我们从中虽然也许不会看到机器原来的整体面貌，但每一个零部件都有自己存在的价值，具有其特定的功能，对整体的影响不言自明。神话母题与神话叙事的关系亦然。

7.母题的描述

（1）母题一般为一个名词、名词性词组或名词性短语。

（2）同类母题表述为名词性词组时，采用相同的语法结构。

（3）同类母题表述为名词性短语时，尽量采用主谓语法结构，保持表述主体的一致性。

（四）W

该字母是王宪昭设计的中国神话母题编码著作权标志，也是一个兼具多种符号缩略功能的特定符号，以表示与汤普森母题索引和其他一些母题分类代码的区别。其表意为：

1.作者姓氏标记。"W"，为王宪昭姓氏"Wang"的首字母代码，以显示出本母题体系与"AT"（阿尔奈–汤普森）、"ATU"（阿尔奈–汤普森–乌特）等西方民间故事类型中母题编码的不同。

2.母题数量提示。"W"，为汉字"万"的拼音"Wan"的首字母代码，可以表示"W母题编目十大类型母题的一级母题编码（自然数编码）约有一万个母题"。

3.类别界定作用。"W"，在具体类型的标记中，与汤普森《民间故事母题索引》二十三类母题中的"W"（"品格"类母题，代码范围为W0—W299）类型具有编码的不同规则，没有相同的交叉母题编码，因此不会与汤普森母题的W产生交叉或混杂的情况。

（五）编目

1.母题编目序列。母题编目序列采用了以自然数为主线的排列方法。

2.母题编目具有层级关系。编目的本质在于体现学科的内在规则。本编目采用在"归纳"与"演绎"基础上，对所有神话三个层级的母题进行了小数点数位表示方法。

3.个别自然数母题代码的空缺。根据中国神话母题的丰富性和复杂性，有个别母题类型如果完全按照完整的自然数序列排列会削足适履或难以对应，因此有个别自然数母题代码会出现空缺形象，这也会为今后相关母题的开放式补充保留余地。

（六）"世界"与"自然物"

本索引反映的核心是创世神话。世界与自然物神话母题主要出现在创世神话中，这类母题是人们一般认为的"创世神话"的主体或核心。

1. "世界"。"世界"作为一个神话术语，其含义非常复杂。神话中关于"世界"的概念很难有统一的界定，从我们今天认知和学科界定的角度，"世界"与"宇宙""天地"等概念有明显的区别，但在神话叙事中，由于人类认知的限制，对这些概念并没有严格的区分。如研究者对创世的"世"也说法不一。"世"又可称为"世界"，典籍中说："古往今来曰世，上下四方曰界"，后来的"世界"是全部时间与空间的总称。但在不同的神话文本中，"世界"可以与"宇宙""天地"等同义。

2. "自然物"。世界中的自然物林林总总，许许多多的自然物会出现在神话叙事之中，但我们并不能把每一个自然物都提取为相应的母题。因此，在构思与表述过程中只选择日月星辰、山川河流等有代表性的叙事，作为相应母题的典型样例。神话对"世界与自然物"的关注与阐释往往具有复杂性和模糊性，即使当今人们对诸多文化现象仍是莫衷一是，实践与学理方面不能完全兼容是任何科学都会面临的问题。鉴于此，本索引中的实例及相关信息对某些有争议的问题不做相应考证。

选自王宪昭《中国各民族创世神话基本母题索引》

民族出版社2015年版

《中国神话母题索引》（节选）

杨利慧、张成福

　　世界上到底有多少神话和民间故事？这个问题大约没有人能说得清楚，因为几乎所有的族群都拥有自己五色斑斓的神话，故事的数量往往更是多得如同漫天星斗。但是，可以肯定的是，这些丰富多彩的民间叙事往往呈现出一定的模式性。比如，中国东汉时期的典籍《风俗通义》的佚文里，记载有女娲用黄土抟制人类的神话，不约而同，《圣经》里也说上帝耶和华用地上的尘土创造了人类的男性始祖亚当，古希腊神话中说普罗米修斯用土和水——一说是他的眼泪——塑造了第一个人体，而爪哇的神话里也说创造神用黏土造出了第一个男人。可见，泥土造人是一个流布广泛的神话元素，它在不同时期、不同的地区和族群中反复出现，具有模式性的特点。依据这种模式性特点，能够将世界上浩如烟海的民间叙事文本进行分类。而分类，不仅是科学研究的重要内容，也是其深入发展的基本前提。母题的划分及母题索引的编纂，就是为了达到这样的目的。

一、母题的划分以及母题索引的编纂

　　其实，在对母题（motif）进行划分之前，世界民间文学研究史上更早出现的是类型（type）的划分以及类型索引的编纂。这一分类法的集大成者要数芬兰的历史—地理学派（The Historical-geographical School）。这派学者认为民间文学研究的重要任务之一就在于广泛、详尽地研究故事情节，具体确定这些故事情节的最初发祥地及其流传的地理途径。为了便于比较众多的故事异文（version或variant），并且从中探求故事的原型和发源地，该派学者把世界各地、各民族中流传的类似或类同的故事情节划分为"类型"。"一种类型是一个独立存在的传统故事，可以把它作为完整的叙事作品来讲述，其意义不依赖于其他任何故事。当然它也可能偶然地与另一个故事合在一起讲，但它能够单独出现这个事实，是它的独立性的证明。"①例如在中国众多民族中广泛流传的兄妹婚神话，尽管它在不同地区、不同民族和不同的讲述人那里，情节往往有大大小小的差异，然而其基本的情节结构相对稳定。笔者曾依据自己近年来所搜集的四百一十八则兄妹婚神话，将中国各民族间流传的兄妹婚神话的一般情节结构——这个神话的基本类型——构拟如下：

    1. 由于某种原因（洪水、油火、罕见冰雪等），世间一切人类均被毁灭，仅剩下兄妹（或姐弟）两人。

    2. 为了重新传衍人类，兄妹俩意欲结为夫妻，但疑惑这样做是否合适。

    3. 他们用占卜的办法来决定。如果种种不可思议的事情（滚磨、合烟、追赶、穿针等）发生，他们将结为夫妻。

    4. 上述事情发生，于是他们结婚。

    5. 夫妻生产了正常或异常的胎儿（如肉球、葫芦、磨刀石等），传衍了新的人类（切碎或者打开怪胎，怪胎变成人类或者怪胎中走出人类）。②

芬兰学者安蒂·阿尔奈（Antti Aarne, 1867—1925）曾搜集世界各地（主要是欧洲）的故事资料，编纂了一部《民间故事类型索引》（*Verzeichnis der Marchentypen*, FF Communications, No.3, 1910）。该索引后经美国民俗学家斯蒂·汤普森（Stith Thompson，1885—1976）的翻译和多次补充、修订，

---

① ［美］斯蒂·汤普森：《世界民间故事分类学》，郑海等译，郑凡译校，上海文艺出版社1991年版，第499页。该书原名为 *The Folktale*，1977年出版。

② 参见杨利慧：《民间叙事的传承与表演》，载《文学评论》2005年第2期。

成为世界民间文学领域使用最为广泛的工具书之一[1]，为国际性的民间故事的分类和比较研究奠定了重要基础。民俗学者们通常把该索引的分类和编排方法称作"阿尔奈-汤普森分类体系"（The Aarne-Thompson classification system），或简称为"AT分类法"。

但是，汤普森觉得仅有类型及类型索引还不够，因为类型的划分有时依然失之粗疏，不利于开展更细的研究。他建议应该将类型进一步细分，划分为更小的叙事单位——母题。"母题"一词在汤普森之前已有不少学者使用[2]，汤氏采纳了这一术语，并"一直在十分宽松的意义上"（always in a very loose sense）使用它。[3]在他看来，母题"是构成传统叙事文学的元素"（the elements which make up traditional narrative literature），它"包括叙事结构中的任何元素"（include any of the elements of narrative structure）[4]，是一个故事中最小的、能够在传统中持续的元素，具有某种不寻常的、动人的力量。[5]比如平凡的吃和睡并不构成母题，因为它们缺乏不同寻常的、突出的特征，但是它们可能通过与某种突出的或者值得记忆的事物相联系而成为传统的一部分。比如在一张神奇的桌子上吃，吃由动物帮手提供的食物，或者吃能够赋予神奇力量的食物，这样才能使故事不同寻常，才有可能被故事的讲述者代代相传，从而使相应的行为成为故事中的母题。[6]母题大致可分为三类：第一类是故事中的角色，比如众神、非凡的动物、残忍的后母；第二类涉及情节的某种背景，比如魔术器物、奇特的信仰、不寻常的

---

[1] Antti Aarne, *The Types of the Folktale: A Classification and Bibliography*, Translated and enlarged by Stith Thompson, Second Revision, FF Communications, No.184, Helsinki, 973［1961］.

[2] 参见 Dan Ben-Amos, "The Concept of Motif in Folklore," in Venetia J.Newall, ed., *Folklore Studies in the Twentieth Century: Proceedings of the Centenary Conference of the Folklore Society*. Woolbridge, Suffolk D.S.Brewer, 1980, pp.17-36. 该文的中文译文可参考［美］丹·本-阿姆斯著，张举文译，李扬校：《民俗学中母题的概念》，参见刘守华、陈建宪编：《故事研究资料选》，中国民间文艺家协会湖北分会编印1989年版，第75—97页。

[3] Stith Thompson, *Motif-Index of Folk-Literature*, "Introduction", p.19.

[4] Stith Thompson, *Motif-Index of Folk-Literature*, "Introduction", p.1l, p.19.

[5] 参见［美］斯蒂·汤普森：《世界民间故事分类学》，郑海等译，郑凡译校，上海文艺出版社1991年版，第499页。

[6] See Stith Thompson, *Motif-Index of Folk-Literature*, "Introduction", p.19.

习俗；第三类是单一的事件，它们构成了绝大多数母题，可以独立存在，为数众多的传统故事类型就是由这类母题单一的母题构成的。①

那么，划分母题有什么重要性呢？汤普森的看法是："世界民间文学中有许多共同的东西，单个母题中的相似之处比完形故事中的更为常见。因此，假如我们要将全世界的传统叙事资料加以系统整理以使之井然有序（举个例子说，就像科学家们处理世界范围内的生物学现象那样），那么就必须通过对单个母题加以分类的方法，而正是这些细节组成了那些丰满的民间叙事，也正是这些简单的元素能够为全部传统文学的系统分类提供一个共同的基础。"②可见，因为母题比类型更为细小，反复出现的频率更高，更具相似性，所以划分母题，能够为民间文学的系统分类提供一个共同的基础，也更便于世界民间文学的比较研究。刘魁立在谈到世界各国的类型索引和母题索引时也明确地指出了这一点："对于民间文学作品进行深层的研究，不能不对故事的母题进行分析。就比较研究而言，母题比情节具有更广泛的国际性。"③比如，围绕"泥土造人"这一神话中反复出现的母题，可以对世界各地的造人神话的异同进行比较研究。研究兄妹婚神话的学者，也常常需要就这一类型之中的各个细小母题，例如世界大灾难（本索引编码850）、卜婚（153）、大灾难后人类的重新繁衍（970）、始祖结亲后生下怪胎（975）等——并展比较研究，从而分析各个不同地域和族群在传播上的不同特点，探索特定母题中蕴含的宇宙观念或与特定现实社会之间的联系，寻求其中可能的文化传播规律等。甚至其他学科的学者，例如研究灾害或怪胎的自然科学工作者，也可以从母题中找到古老神话对于相关现象的分类和想象，从而丰富资料、拓宽视野。陈建宪曾以神话母题的划分为例，谈到母题分类法的重要作用：第一，把母题作为分类的基本单位，可以将数量巨大、难以把握的神话资料整理得有条有理。第二，母题也是

---

① 参见［美］斯蒂·汤普森：《世界民间故事分类学》，郑海等译，郑凡译校，上海文艺出版社1991年版，第499页。

② Stith Thompson, *Motif-Index of Folk-Literature*, "Introduction", p.10.

③ 刘魁立：《世界各国民间故事情节类型索引述评》，《刘魁立民俗学论集》，上海文艺出版社1998年版，第376页。

"一个最佳分析单位"，由此出发，"既可以研究一个神话作品中的各个组成部分及其组合状态，又可以通过各个母题来源的分析，从纵向研究一个神话的发生、发展、变化过程；还可以从横向的比较研究，通过各个民族间相同母题的关系，了解神话的民族特点与文化差异"①在迄今为止的神话研究史上，母题的使用是非常普遍的。

为便于研究人员的检索和比较研究，汤普森编纂了六大本的《民间文学母题索引：对民间故事、歌谣、神话、寓言、中世纪传奇、说教故事、故事诗、笑话和地方传说中的叙事元素的分类》（*Motif-Index of Folk-Literature: A Classification of Narrative Elements in Folktales, Ballads, Myths, Fables, Mediaeval Romances, Exempla, Fabliaux, Jest-books, and Local Legends, 1932-1937, rev.* Bloomington: Indiana University Press, 1955—1958），其中的母题来自神话、民间故事、传说、民谣等诸多叙事文类，被按照从A到Z的顺序排列，A部分是神话母题（Mythological Motifs），B部分是动物母题，C部分涉及禁忌（Tabu），D部分有关魔法（Magic）……同《民间故事类型索引》一样，该索引出版后，也迅速成为世界各国民俗学者案头常备的工具书，为了解众多母题在世界各地的流传和分布状况进而展开比较研究奠定了极为重要的基础。美国民俗学家丹·本-阿莫斯（Dan Ben-Amos）曾盛赞该索引对于世界民间文学工作者的重要性"母题（motif）已成为民俗学中一个独具特色的概念。按照理查德·多尔逊（Richard Dorson）的观点，具备运用斯蒂·汤普森的《民间文学母题索引》的能力，成了民俗学家必不可少的技能，而且也是使他区别于其他文化领域学者的决定性特征。"②

不过汤普森的母题索引存在不少问题。第一，尽管作者参考的著述和期刊多达上千种，然而其中有关中国的资料十分有限。该索引第一版使用的著述有三部：法国汉学家爱德华·沙腕（Edouard Chavannes, 1865—1918）著的《汉文三藏经中的五百个故事和寓言》（*Cinq cents contes et apologues ex-*

<hr />

① 陈建宪：《神话解读——母题分析方法探索》，湖北教育出版社1997年版，第34—35页。

② Dan Ben-Amos, "The Concept of Motif in Folklore," in Venetia J.Newall, ed., *Folklore Studies in the Twentieth Century: Proceedings of the Centenary Conference of the Folklore Society.* Woolbridge, SuffolkDS.Bwer, 1980, p.17.

traits du Tripitaka chinois, 1910—1911）、英国汉学家倭纳（Edward Theodore Chalmers Werner, 1864—1954, 中文名为"文仁亭"）著的《中国的神话与传说》（*Myths and Legends of China*, 1922 年初版）、美国学者福开森（John C. Ferguson, 1866—1945）著的《中国神话》（*Chinese Mythology*, 1928 年初版）。第二版增加了两部：德裔美籍汉学家艾伯华（Wolfram Eberhard, 1909—1989）的《中国民间故事类型》（*Typen chinesischer Marchen*, 1937）、美国汉学家葛维汉（DavidC.Graham, 1884—1961）的《四川苗族的民歌和故事》（*Songs and Stories of the Ch'uan Miao*, 1954）。①五部书的出版年代都比较早，所涉及的地域和民族也较狭窄，而且均为外国学者撰写，其中对于中国神话的介绍有时失之偏颇，乃至于存在偏见。例如倭纳的书中就充斥着"中国神话贫瘠论"的西方中心主义观点，而且他介绍中国神话时依据的资料主要是较晚期的宗教经卷和神怪小说等，在大多数中国神话学者看来，他依据这些资料所构建出的中国神话世界不免有些驳杂散乱、光怪陆离。②资料的局限为汤氏的索引带来了局限：该索引并未充分展示中国神话母题的特点，比如中国神话中流布广泛而且形式多样的补天母题（本索引编号237，990）、始祖卜婚母题（153）、射日母题（232）等，在该索引中几乎完全未能得到反映。中国神话中十分丰富的神祇的婚姻母题（150，汤 A164）、治水母题（1000，A1028）、感生母题（111，T540）、神的死亡母题（270，A76，A192）等，汤氏索引中都较少（A1028"洪水的结束"下只有两条），而且出现比较分散，不便查找。比如感生母题，在 A 类的"神话母题"中几乎没有，要在另一册 T 类的"性母题"中去查找（T540 神奇的出生）；始祖的兄妹婚姻在 A 类中有（A164.1 神的兄妹婚姻），在 T 类中也有（T415 兄妹/姐弟乱伦）。

　　第二，在母题的编排上有一些不妥之处。金荣华曾批评它"归类不妥

---

① See Stith Thompson, *Motif-Indexof Folk-Literature*, "Introduction", p.14.

② 参见杨利慧：《一个西方学者眼中的中国神话——倭纳及其〈中国的神话与传说〉》，《湖南社会科学》2014 年第 1 期。

处有之，排列不妥处有之，失诸琐碎而无实际意义者有之"①。例如，神的婚姻与神的动物帮手、信使、斟酒人、巫师等都被笼统地归为"神的相互关系"（A160）；A815是"地球立在乌龟背上"，A844又是同类的"地球立在动物的背上"；A815与A815.1"地球源于巨蛇之头。地球赢立在一只漂浮在原始之水上的巨蛇的头上"应为并立的逻辑关系，而不应是不同层级的关系；等等。

第三，过于繁杂琐碎，不够简约扼要。金荣华批评汤氏索引"过于琐碎，使编码无意义地膨胀"②，刘魁立批评"汤普森在索引中兼收并蓄，巨细无遗，开列母题总数不下两万余条……使得研究者在使用这部索引时，既有不便之处，又时而感到不能尽如人意"，他建议"倘能由泛杂而返于简约，或可对研究者有更多裨益"③。

汤姆森的《民间文学母题索引》问世以后，一些学者也纷纷仿效他的体例编纂各地区的母题索引，如日本学者池田弘子（Ikeda Hiroko）编的《日本民间文学类型和母题索引》（*A Type and Motif Index of Japanese Folk-Literature*，Helsin-ki，1971），美国学者科特利（B. F. Kirtley）编的《波里尼西亚、美拉尼西亚与密克罗尼西亚叙事母题索引》（*A Motif-index of Poly-nesian，Melanesian and Micro-nesian Narraties*，NewYork，1980）。在中国，一些台湾学者对编纂民间文学的母题索引做出了探索性的贡献。20世纪70年代，正在美国攻读民俗学博士学位的学生何廷瑞（Ho Ting-jui）也根据汤氏索引，在其所著的《台湾原住民的神话传说比较研究》一书后，编附了相关神话传说的母题索引及主题索引。④金荣华不仅编有《六朝志怪小说

---

① 金荣华：《对汤普逊〈民间文学情节单元索引〉中归类排列的几点商榷》，《民间故事论集》，三民书局1997年版，第282页。

② 金荣华：《对〈汤普逊人民间文学情节单元索引〉中归类排列的几点商榷》，《民间故事论集》，三民书局1997年版，第282页。

③ 刘魁立：《世界各国民间故事情节类型索引述评》，《刘魁立民俗学论集》，上海文艺出版社1998年版，第378页。

④ See Ho Ting-jui, *A Comparative Study of Myths and Legends of Formosan Aborigines*. Taipei：The Orient Cultural Service, 1971.

情节单元索引（甲编）》（他主张把motif译为"情节单元"）①，而且他编辑的各种民间故事集后通常都附有母题索引②。胡万川编著的《台湾民间故事类型（含母题索引）》也在各故事类型之后附有母题索引。③我们编纂这部《中国神话母题索引》，便是力图在前人贡献的基础上，立足于神话这一特定的文类，将中国民间文学的母题分类工作继续向前推进。

选自杨利慧、张成福《中国神话母题索引》
陕西师范大学出版社2013年版

---

① 金荣华：《六朝志怪小说情节单元索引》，中国文化大学1984年版。

② 参见金荣华：《台东卑南族口传文学选》，中国文化大学中国文学研究所1989年版；金荣华：《台东大南村鲁凯族口传文学》，中国文化大学中国文学研究所1995年版；金荣华：《台湾高屏地区鲁凯族民间故事》，中国口传文学学会1999年版。

③ 胡万川：《台湾民间故事类型》，里仁书局2008年版。

课堂教学

中国叙事文化学的质量时代

——2012—2017课程的内涵式发展

梁晓萍

2012—2017年，是中国叙事文化学发展的第三个时段，中国叙事文化学已经形成规模，具有了显著的学界影响力，可谓进入了质量时代。与此相应，中国叙事文化学课程经过1994—2004年的酝酿基建和2005—2011年的体系完备，也进入了新的历史时期，以提高课程质量为核心，由外延式扩展转向了内涵式发展。

一、响应形势，凝练课程目标和培养目标

2013年是我国研究生教育历史上具有重要意义的一年，研究生培养规模经过十年的扩招已经基本稳定，提高培养质量成为高等教育需要解决的核心问题。教育部、国家发展改革委、财政部三部委先后发布了《关于完善研究生教育投入机制的意见》《关于深化研究生教育改革的意见》，后者确立改革目标为"到2020年，基本建成规模结构适应需要、培养模式各具特色、整体质量不断提升、拔尖创新人才不断涌现的研究生教育体系"。2013年7月10日召开的全国研究生教育工作会议，更是明确标志着我国研究生教育全面进入综合改革阶段。2014年，国务院学位委员会举行的全国研究生教育质量工作会议暨国务院学位委员会第三十一次会议，是我国恢复研究生招生后首次以质量为主题召开的全国性研究生教育工作会议，此后国务院学位委员会、教育部等在质量保证、学位授权点评估、论文抽查等方面出台的六个文件，被普遍认为是研究生教育进入"质量时

代"①的标志。

之所以回顾这一时期的研究生教育大事记，是因为相比与前一时段（2005—2011），中国叙事文化学的教学对象构成有了新变化，在硕士生人数基本不变的前提下，两年制硕士退出了历史舞台，授课对象出现了博士生为主、硕士生为辅的局面，与以往有着显著不同。这七年间，不仅宁稼雨教授博士生人数大幅增加，参与课程的其他导师的学生也多为在读博士。据粗略统计，2012—2017年约有四十名硕士、博士研究生修读了中国叙事文化学课程。笔者所收集到的四种听课笔记——王林飞2013年版、汪泽2014年版、李万营2015年版和陈玉平2016年版，也无一不是博士笔记。

博士生的大量涌现，意味着课程目标和培养目标的调整，不再是第二阶段初窥治学门径的"短平快""变现"，而是提高课程质量，真正引领学生走上治学之路和精英之路。对此，其实宁稼雨教授早就有所思考，2006年他就曾经提出古代文学专业研究生教学要培养精英素质，认为"研究生教学是研究生培养的主要环节，也是体现高等学校教书育人、培养高层次人才职能的一个主要方面。高层次人才的培养不能仅仅表现在知识和技能方面，更重要的是表现在素质方面。这种素质主要应该包括：对某一新鲜事物强烈的求知欲和征服欲，以及由此产生的创新意识；对这一求知和征服过程的各个环节有着正确的思维方法和操作方法；对实现这一过程有着坚定的信念和锲而不舍、持之以恒的意志。我想，这种素质不仅仅是作为高层次人才的研究生所必须的，同时也是社会上各行各业精英人士所必须的"②。经过近二十年的发展，中国叙事文化学初具规模，课程体系已基本完备，宁稼雨教授也就能更有余裕落实自己"精英教育"的想法，"去掉那种担心难为学生的思想顾虑，认认真真地用专业教学的方式来培养学生认

---

① 刘延东：《在全国研究生教育质量工作会议暨国务院学位委员会第三十一次会议上的讲话》，《学位与研究生教育》2015年第1期。

② 曹虹、周裕锴、刘扬忠、宁稼雨：《古代文学与通识教育笔谈四篇》，《中国大学教学》2006年第12期。

真做好一件事情的精英素质"①。因此，学术性和研究性成为2012—2017六年间中国叙事文化学课程教学目标和培养目标的重中之重。这在四版笔记的章节框架中就有具象化的体现，比如由1994—2011年课程笔记的四个部分扩充为七个部分：

绪论

第一章 叙事文化

第一节 关于叙事

第二节 关于叙事文学

第三节 关于叙事文化

第二章 叙事文化学的对象

第一节 关于故事主题类型的确定

第二节 个案主题类型的确定和整理

第三章 个案故事的文献搜集

第一节 目录学与故事类型文献

第二节 索引与故事类型文献

第三节 总集与故事类型材料

第四节 丛书、类书与故事类型材料

第四章 故事类型的文化批评

第一节 叙事文化学的文化分析

第二节 文化分析的角度简介

第三节 文化分析的注意事项

第五章 叙事文化学与比较文学

第一节 影响研究与叙事文化学研究

第二节 平行研究与叙事文化学

第六章 叙事文化学具体操作的方式和方法

① 曹虹、周裕锴、刘扬忠、宁稼雨：《古代文学与通识教育笔谈四篇》，《中国大学教学》2006年第12期。

再如，篇幅字数也由孙国江2006—2011年硕士、博士笔记的19183字符扩增到了王林飞2013年版笔记的36460字符，至陈玉平2016年版笔记更是达到了76613字符，可见其"认真"程度，也可见课程内容的完备性和系统性。而这种完备性和系统性，正是宁稼雨教授"进入21世纪后，立足中国文学之本来生态、同时利用西方学术资源之优点的'中体西用'式的中国叙事文学研究"①这一学术范式在课程建设方面的投影。

二、以西为用，发现问题，培养求知欲和创新意识

笔记的"绪论"开宗明义，从缘起、教学目的、教学内容、研究背景等方面，结合小说戏曲研究史的梳理，特别是对20世纪以来以王国维、鲁迅为代表的小说、戏曲研究方式的反思，肯定其依据西方学术思想构建文体史及作家作品研究范式，将中国叙事文学研究融入世界叙事文学研究的莫大功绩，但也指出文体史和作家作品研究与中国叙事文学本身固有本质之间的隔阂，提出借鉴西方主题学创设中国叙事文化学这一解决之道。第一章"叙事文化"和第二章"叙事文化学的对象"进一步通过概念和研究方法辨析搭建中国叙事文化学的理论框架。值得注意的是，第二章虽然名称未变，但节名和节数却有较大的调整，请见下表：

李春燕、孙国江、韩林 2005—2011年笔记	王林飞、汪泽、李万营、陈玉平 2013—2016年笔记
第一节 主题类型的确定	第一节 关于主题类型的确定 一、主题学方案 二、前人关于中国文学主题类型的处理 二、叙事文化学的处理方案
第二节 文本的应用	第二节 个案主题类型的确定和整理 一、个案故事类型的基本条件 二、关于个案类型的选择和梳理
第三节 文化分析	
第四节 叙事文化学与比较文学分析	

---

① 宁稼雨：《中国叙事文化学与"中体西用"范式重建》，《南开学报（哲学社会科学版）》2016年第4期。

可见，2005—2011年笔记中庞大第二章的三节内容已分别独立成为2012—2017年笔记中的第三章、第四章和第五章，第一节得以保留，但层次更清晰、思路更明确，同时增补了第二节"个案主题类型的确定和整理"。

结合宁稼雨教授同期在《天中学刊》上发表的系列"中国叙事文化学研究丛谈"，不难窥见这一调整的学理依据，即在广泛了解小说、戏曲学术史的基础上，对以20世纪以来以"西体"为主导的研究格局进行反思，以叙事文化学的理论框架从方法论上引导学生改变以往广泛接受既定知识的学习方式，启发和激励学生寻找和创造未定知识，培养他们在专业学习方面的积极性和主动性。如此一来，即使学生将来不从事专业研究，这种良好习惯也有利于其在社会工作中体现敬业精神和竞争意识。

三、以中为体，立足根基，夯实文献知识

笔记第三章由2005—2011年笔记第二章第二节"文本的应用"扩充升格而来，但更名为"个案故事的文献搜集"，分为"目录学与故事类型文献""索引与故事类型文献""总集与故事类型材料""丛书、类书与故事类型材料"四节，所涉猎或详述的书目也由1994—2004年笔记的125种、2005—2011年笔记的150种，再次扩充至304种，增补了一半之多。宁稼雨教授从开课之初，就十分注重古典文献学知识的讲述，要求学生能够熟练地运用各类古典文献和工具书目，掌握一手材料，认为这种训练是学生在学期间能够独立研究、毕业以后做事注重调查研究的前提。如果说课程内容的前两部分是教学生如何以西为用，"怎么做"发现问题的话，第三部分就是告诉学生叙事文化学的文献"是什么"。

从四版笔记来看，宁稼雨教授在授课过程中并未因为书目剧增而放松对学生接触原版书的要求。在李万营2015年版的博士笔记中，笔者甚至看到了他对《民国笔记小说大观》（54种）、《早稻田大学藏汉文古典小说作品25种》、《哈佛燕京图书馆藏齐如山专藏》（57种）、《子弟书全集》（509种）、《稀见旧版曲艺曲本丛刊》（127种）、《清末上海石印说唱鼓词小说集成》（33种）、《宝卷初集》（153种）、《中国民间宝卷文献集成·江苏无锡卷》（78种）所收故事的记录。可见，宁稼雨教授在这个阶段的六年里从数

量上就提高了对学生的文献研读要求。

除数量之外，这一时期宁稼雨教授还特别强调叙事文本材料在文体上的全面覆盖。第四节"丛书、类书与故事类型材料"中除了原有的条目——古籍版本的查找顺序和方法、以小说为主的丛书等之外，增补了海外小说戏曲收藏和通俗讲唱文学的内容。其中，海外小说戏曲收藏所谈及的《哈佛燕京图书馆藏齐如山小说戏曲文献汇刊》（2011）、《日本东京大学东洋文化研究所双红堂文库藏稀见中国钞本曲本汇刊》（2013）都是新生代丛书，显现出中国叙事文化学在课程内容的与时俱进、不断更新。至于子弟书、弹词、宝卷等通俗讲唱文学，以往课程对此只是一带而过，如今也是辟出专章介绍，在2012—2017年的四版笔记中都占有较大篇幅，可见宁稼雨教授对此的重视程度。

总体而言，笔记第三章体现了中国叙事文化学立足于学术本源，对中国叙事文学古典文献基础的强调。正所谓"博观而约取，厚积而薄发"，只有做到正确利用文献，方能避免日后出现因文献错漏导致的偏离真实的解读和推断。这也正是宁稼雨教授一直强调的"以中为体"，即"调动一切文献考据手段，对该故事主题类型进行地毯式的材料搜索。就其文体分布状况来说，应该以小说戏曲为主，同时兼顾史传、诗文、方志、通俗讲唱文学等一切与该故事主题类型"，尊重中国叙事文学的存在本源，通过一网打尽的文献查找功夫力争在前人研究的基础上有所继承和发展。

当然，正确利用文献并非易事，涉及目录学、版本学、编纂学、校勘学等多方面的知识，因此宁稼雨教授在该章讲述当中，除了专题讲述古籍版本的查找顺序与方法，逐一就今人整理本、古籍原刻本、古籍丛书、电子丛书进行说明之外，在介绍书目时还特别谈及版本问题，比如对《笔记小说大观》，他就提点学生：

> 此书共有四种版本。
> 最早为民国初年上海进步书局编，20世纪80年代中期广陵刻印社影印过。收书二百多种，每书前有提要，有一定的文献价值，但不足之处在于错误较多，如所收《夜雨秋灯录》只有1/3内容是原书。因

此慎用该书，如有其他版本，尽量不要使用。

第二种是台湾新兴书局出版的，收书两千多种，但所有的书都没有交代版本出处，而且所收书大部分都是常见书，学术价值不高，不建议使用。

第三种是河北教育出版社出版的一套，规模上和台湾那套相似，两千多种，采用影印的方式，保留了原貌。但此套书的问题在于编者小说观念和界限淡薄，收书标准比较宽泛，许多不是小说的作品也收入其中，但另一方面，其中许多书在版本上很有价值，如很难见到的清代笔记小说《在野迻言》即在其中。但是其中唐宋部分的书大量影印《四库全书》，令整套书失色不少。

第四种是上海古籍出版社出版的断代的《笔记小说大观》，为标点本，收常见书，学术可信性高于进步书局本，但校勘工作做得比较潦草，多数作品有更好的整理本或丛书本。原则上不推荐使用。

讲述中不仅有书况介绍，更有价值判断和使用建议，是师长对后学的肺腑之言。

四、严故事解析，重过程指导，强调跨学科的综合视野

叙事文化学课程第四章为"故事类型的文化批评"，分为"叙事文化学的文化分析""文化分析的角度简介""文化分析的注意事项"三节，其中第二节、第三节的相关内容与韩林2010年版博士笔记出入不大，在《以课程建设探索中国叙事文化学理论体系》（2005—2011）一文中已经有了比较详尽的介绍，此处不再赘述。值得注意的是第一节。

第一节分为"材料年代的考订确认"和"故事类型文化背景"两个部分。前者强调材料考订的重要性，是叙事文化学研究的基础和前提。宁稼雨教授叮嘱学生需慎之又慎地进行材料考订，还特别提醒学生关注"转引"材料，指出"转引者的时代和被转引者的时代都应该予以关注，'转引'现象本身也值得进行文化层面的探讨"。"威吓"之余，他也鼓励学生将材料

细致比勘清楚，因为"其成果可能成为研究的出彩点、创新点"。后者是在前者的基础上进行全局性的归纳和提炼，即了解材料之后从不同侧面解读材料，诸如爱情、婚恋、科举、君臣、宗教、政治、经济、民俗、地域、民族、思想、阶层、雅俗、风俗民情等，第二节正是这些"侧面"的展开。由于学生在解读材料时很容易陷入"只有树木不见森林"的困境，宁稼雨教授指导学生对个案故事类型进行表格式的线索梳理，要求学生做"三张表格"：

> 第一个是有关个案故事外在形态的解释：横向为该故事的要素，如情节、人物、结构、其他等，纵向为按时间排列的个案文献材料。
> 第二个是个案故事文化内涵的演变线索：如宗教、政治、士人心态或社会风俗等，是在上表基础上梳理出的几个文化侧面。做论文要考虑怎样反映？"点"在哪？不同时期整个中国的这种文化有什么内涵？再将文本中所体现的与之比较，看是吻合还是变异。
> 第三个是文学载体特定的艺术表现方式的演变轨迹：讲述同一个故事有哪些文体，不同文体如何表现、如何演变。文化演变通过怎样的文学形式得以表现？文学文体演变（如传奇小说、章回小说的出现）对于故事演变的作用？

或许在有的人看来，这样的教导有僵化、死板之嫌，但考虑到学生水平和灵慧程度的参差不齐，在课程讲授中提供模板有其必要，因为这是叙事文化学研究的收尾阶段，"其中最重要的就是在此前工作的基础上，对该故事主题类型进行故事演进过程所蕴含的核心意蕴进行归纳概括，提炼出能够贯通该故事全部材料和要素的核心灵魂，用以统摄全部研究过程，把握全部材料。"①事实上，这一模板有助于学生站在更高的角度、更深刻地理解和分析叙事文学作品，涉及了文学、历史学、哲学、民俗学、宗教学、

---

① 宁稼雨：《中国叙事文化学与"中体西用"范式重建》，《南开学报（哲学社会科学版）》2016年第4期。

社会学等知识领域，通过叙事文化学研究方法的系统传授无形中强调了跨学科知识的综合性掌握和开阔的学术视野，要求学生具备整体性眼光，关注故事演进与社会发展的动态变化。

抛开课程内容本身，笔者认为中国叙事文化学课程的第四章至第六章其实更侧重于培养学生的科研实践技能，通过具体的论文写作指导帮助学生搭建叙事文化学理论知识与故事类型文本收集和解读之间的桥梁，其实与自然科学领域培养研究生是依据实验室设备开展实践操作同理同源。当然，到了这一阶段，除了教师的指导之外，前辈和后学之间的交流沟通也很有必要。宁稼雨教授在课外也积极组织开展学术交流，老学生与新弟子常常济济一堂，分享学术资源和当年的"坎坷心路"，在笑谈当中对如何进行科研实践和创新、如何避免误入歧途亦卓有会心。

2012—2017年，是中国叙事文化学在学界形成规模的六年，也是中国叙事文化学课程提升质量、转向内涵式发展的六年。作为中国叙事文化学起步时期的受教者和参与者，笔者看到学弟学妹们洋洋七万言的课程笔记深为震撼。笔者想经过中国叙事文化学"艰苦学习"的训练，课程参与者们不管将来是否从事专业工作，都能从中领悟一番道理，在未来的学习和工作生涯中能持之以方、持之以恒。

2012—2017年课程教案节选

绪论

一、古代文学研究应该注意的三个问题

（一）传统方法的研究范式：义理、考据
（二）中西方研究方法的异同
（三）正确处理方法的"体""用"关系

二、叙事作品的研究的程序与属性

对于研究对象：文学作品，我们应该视之为一个文本固化现象。过程分为三个阶段：文本生成之前，文本，文本生成之后。以文本为研究对象，叙事文学作品的研究总体上可以分为以下三大部分：

（一）对文本自身的研究（中西方有差异）

1.中国传统的文本研究主要从以下两个角度切入。

2.西方研究方法。

（二）"前文本"研究（对文本产生之前的各种相关问题——各种社会因素对文本的作用与影响——的了解研究）

（三）"后文本"的研究

与前文本的研究密切相关。"前文本""后文本"研究在中国一直为人所关注，研究前、后文本的相互关联及其影响作用。后文本研究以客观存在的庞大现象为关注角度，注重创作之后的渊源、关系，文本诞生后在一定程度上与文本原貌有所差异。

三、从主题学到中国叙事文化学

中国叙事文化学首先面临的一个问题就是中西体用的抉择问题。主题学和中国叙事文化学研究之间是师生关系，但不是替代关系。后者是在借鉴西方主题学研究方法的基础上，结合中国叙事文学文本现状和文化传统的基础上综合形成的。以故事主题类型作为叙事文学作品的研究对象，其意义不仅仅是研究范围的扩大，更有其在转换研究方法基础之上创建中国叙事文化学这一新的学术增长点的作用。

主题学研究应该分为两个方面。一是对所涉对象的范围进行调查摸底和合理分类，二是对各种类型的故事进行特定方法和角度的分析。这两个方面西方主题学都为我们提供了坚实良好的基础和实践经验，但也都有从西体过渡到中体的必要。

（一）"以中为体，以西为用"

找到同一故事类型在不同地域及不同时间的不同反映，并找出其内在原因。借用民间文学的研究方法来研究古代文学主题学，这是基本思路，但是"AT分类法"无法表现中国民间文学的全貌，也更加无法显示中国叙事文学的全貌。

（二）古代叙事文学作品的部分民间传说属性

（三）演变形态的相似性

中国古代叙事文学作品中也有许多不是来自民间，而是来自文人独创，或者是文人间的社会历史逸闻。很多这类叙事文学作品和民间故事同样具有同一故事类型有多种文本演绎且形态各异的状况。

中国叙事文学作品同一故事类型多种演绎形态这一普遍现象还出现了民间故事与文人改编独创两种方式相互交融的情况。由于民间故事和文人创作的叙事作品同时具有同一故事类型多种演绎形态的特征，所以二者之间的相互交融就是水到渠成的结果。很多民间故事一旦进入文本状态，很快就引起文人的关注，产生了在与文人文学相互渗透中向前变化发展的趋势，如孟姜女故事的流传。还有一些史传传闻也在民间产生巨大的传说效应，出现民间传说与文人搬演同步推进的状况，如王昭君故事。

中国叙事文化学的初步构想（从先秦到"五四"）：

（1）中国叙事文学故事主题类型索引。（2）个案故事的主题类型研究。（3）中国叙事文化学的理论探索。

第一章　叙事文化

第一节　关于叙事（略）

第二节　关于叙事文学

一、中国古代叙事文学的范围

1.文体内和文体外的双重关注：文体内要关注比较明确的叙事文学体裁如小说、戏曲、史传等；文体外要关注本身不属于叙事文学，但和叙事文学有着非常密切关系的文献，如诗词、文物等。

在叙事文学之外，对于历史学、民俗学等学科中与叙事学有关资料的关注是从中国叙事文化学角度对于叙事文学研究的新角度。我们的进步突出表现在视野的扩大，包括非叙事文学，甚至非文学。这与中国叙事文化学的性质有关，首先是中国叙事文化学关注材料的丰富性，其次是叙事文化学致力于对于这些材料在文本上的不同寻求文化内涵上的解读。而每一个故事在某个时代内，不同体裁的材料的分布并不是均衡的，这就需要各种其他材料来对其补充，防止材料的断层。如西厢故事，元——董——王，之间几百年，有无积累、演变？因此不能仅关注这几部作品。

2.在表达方式上，具备叙事特征的作品与一般叙说的材料要加以区分，且同时关注。

3.注意书面文学与口头传承的区别。

第三节　关于叙事文化

一、叙事文学的文化内涵

1.对于叙事文学的个案单元，首先要关注其历史内涵。关注各个历史时期的社会文化对于叙事文学的影响，在全面掌握其广义叙事文本材料的基础上，努力挖掘这些材料背后的历史文化蕴含。比如西王母故事中的道教与寿庆文化内涵、木兰故事的易装文化内涵、唐明皇故事的帝妃恋情文化等。

2.关注叙事文化内涵的动态性。某一故事类型的文化内涵并不是铁板一块的，而是具有动态的流动性。

第二章　叙事文化学的对象

第一节　关于故事主题类型的确定（略）

第二节　个案主题类型的确定和整理

就某一个个案来说，要关注它的时空分布情况及背后的原因，具体应充分考虑是否具备以下条件：

首先，时间分布情况，这一点是充分考虑到主题学基本准则，主题学最关心的是文本在不同时间的分布情况，以及为何这样研究。其次，从空间上考虑文体的因素，对个案来说，个体分布越广越多，对个案研究就越有利。再次，围绕故事的分布，考虑有关的思想文化分析和艺术表现形态。

第三章　个案故事的文献搜集

第一节　目录学与故事类型文献

从目录学的角度来看，关注到具体的个案时，要最大可能翻阅目录学著作，查找相关联的作品的踪迹（一部作品在历史上存在的痕迹可以通过书目来了解，可以确定作品的基本年代不晚于收录它的目录书的年代）。

第二节　索引与故事类型文献（略）

第三节　总集与故事类型材料

总集本是集部以诗文为核心的集库，后世也包括小说，以文言小说居多，白话小说较少。总集与某些以小说为主的丛书界限不清，要注意小说戏曲的成分。同时对"总集"的名称不做严格界定。

第四节　丛书、类书与故事类型材料（略）

第四章　故事类型的文化批评

第一节　叙事文化学的文化分析

文化分析的角度简介：文化分析不能离开故事本身材料，也不能局限在故事本身的文化，要同时注意大局和局部。任何一个文化角度都不是静止、孤立的，有产生发展的过程，有具体表现的形态。

一、故事与历史相关记载的关系

文学中的故事，与历史记载多大程度上吻合、多大程度上背离，以及文化渗透的幅度和不同都与当时时代的创作者及本人的经历有着很大的关系，如某些作品的"自传说"。还有些故事与时代有着紧密的关系，如"李杨"故事在五代时期的大量涌现。

二、故事和政治的关系

有相当一部分文学作品与政治事件有联系。故事类型的流变，如果与某一政治侧面有关，那么要观察该侧面在该故事类型中的投影。用故事流变来解读政治文化流变，要积极辨认，但不能太过牵强。

具体操作方法：

其一，题材本身有政治性，抓最初政治内涵。

其二，作者作品有政治性，可能是后代增加的政治色彩，和原本的题材有关（如赵氏孤儿）。

其三，作品本身的政治性被消解（也可能反之）。

其四，政治主题的分化。

三、故事类型与思想和宗教的关系（略）

四、故事类型与社会生活的关系（略）

五、故事所体现的文学要素的变化

无论什么文学体裁，在故事发展中文学技巧巧取豪夺、文体要素的变化、人物形象、情节结构、文字语言等，都需要找出这些要素的演变轨迹。如，以史传为基础，后来增饰的诗词、小说，要思考文本变化是怎样的布局形态。在白话小说、戏曲成熟前，王昭君故事的规模小、零散，而到了后期元代《汉宫秋》、清代《双凤奇缘》，故事规模逐渐增大。

第五章 叙事文化学与比较文学

第一节 影响研究与叙事文化学研究（略）

第二节 平行研究与叙事文化学（略）

第六章 叙事文化学具体操作的方式和方法

关于叙事文化学故事主题类型学位论文的基本框架：

注意：有些故事类型不是没有前人研究过，但叙事文化学有三个特色。

其一，一般小说戏曲同源研究，材料挖掘不彻底。叙事文化学力求"竭泽而渔"。

其二，在内容分析上很少有人深入到文化研究的多方位、多角度。

其三，很少有论著对如此大的系统中的文类样式更新做出描述和分析。

对象界定（选题）：该对象的研究现状，明确逻辑的目的归属，有价值有意义；对象必须是具体的个案故事，与意象的故事群区分开来，同时研究对象必须具备一定规模和较大的时间跨度，文体、文种跨度。

2013年课件节选

绪论

缘起：关于古代文学研究方法的思考

学术研究和学位论文的困境焦点：方法的老化

研究方法讨论问题的回顾：

1. 五四运动

2. 1949年之后

3. 20世纪80年代

4. 21世纪以来

一、古代文学研究应注意的三个问题

（一）传统方法的研究范式（义理、考据）

（二）中西方研究的异同

文化的差异总会产生分歧，总体讲存在三种态势：彼此排斥、相安无事、兼而有之。

1. 同：研究对象相同，如版本学研究等。

2. 异：意识形态、文化背景的差异。

如国学、汉学之别，国学是国人对中华文化传统的反省、回顾、研究，汉学则偏重外国人对中国国学范围领域的研究。

（三）正确处理方法问题的"体用"关系

"西体中用""中体西用"。

二、叙事作品的研究程序与属性

对于研究对象——文学作品，我们应该视之为一个文本的固化现象。

文本的形成发生过程分三个阶段：文本生成之前—文本—文本生成之后。

以文本为研究对象，叙事文学作品的研究程序总体上可以分为以下三大部分：

（一）文本研究

面对文本自身的研究，中西对此有着区别差异。

（1）中国传统两种切入角度

一是从文献学的角度，对文本自身的真实性做出判断，主要从校勘、版本、训诂等角度探求文本原貌，力求接近文本自身真实原貌，尽量还原文本真实情况。类似古籍整理工作，是一切研究的前提和基础。

二是从文本鉴赏的角度对文本进行赏析，评价、品味、挖掘其中蕴含的深层含义和艺术韵味。这个传统方法由汉魏六朝的人物品藻引发开来。

（2）西方研究方法

西方的文本研究，主要关注作品自身，如文字、韵律等问题，而很少关注作品意义以外的东西，仅仅是从文本自身来挖掘欣赏，如新批评、形式主义批评等。

了解中西文本各自特点、差异，可以相互对比，参考借鉴，有利于开展各种研究活动。在做文本研究前要先了解这两种研究方法的特点和差异。东方的文献学研究和历史还原法用于确定作品发生的时间，厘清文本的年代归属，这是一切研究的前提和基础。在研究过程中要善于发现对自己研究有用的东西。

（二）前文本研究（文本产生之前的相关研究）

前文本研究指的是文本形成之前，各种社会因素对文本所产生的作用和影响。有关前文本研究，可从两个角度来观察。

中国传统的前文本研究：

一是对文本创作者背景的研究，了解作者生平思想，研究作者和文本的形成是否具有直接关系，作者为什么写这部作品等问题，比如传统的"知人论世"。

二是对于文本形成之前的源头的了解和研究。这在叙事文学研究中尤其值得重视。如诗词研究中的本事研究，小说、戏曲研究中的源流关系等（如谭正璧先生的《三言二拍资料》）。

西方有关前文本的研究，对于中国的叙事文学主题学的研究有一些启示，比如荣格的"集体无意识说""积淀说"，研究看似没有关系的事件、因素和对作家作品潜移默化的影响。

对于作家影响的研究，比较文学、法国学派的渊源研究、影响研究都和前文本研究有关。前文本研究关注的是文本生成的因素、渊源。

（三）后文本研究

后文本研究与前文本的研究密切相关。"前文本""后文本"研究在中国一直为人所关注，研究前、后文本的相互关联及其影响作用。

后文本研究注重创作之后的渊源、关系，文本诞生后在一定程度上与文本原貌有所差异。

后文本研究是文本产生之后社会效果的反映，即一个作品产生之后，随之而来的相关作品屡见不鲜。中国小说里面的续书现象，如"世说体""聊斋体""阅微体"等。另外，一本小说成功，相关的改编和搬演也会随之而来，如三国、水浒戏之类。

西方的后文本研究更强调文本接受者和阅读者的主体作用，如阐释学、接受美学等。西方的后文本研究与中国传统的后文本研究的区别在于——它注重文本接受者的作用，认为作品完成之后便与作者无关了。我们也可以从此角度理解一个文本的制造者改变前人作品的动因——他有自己的理解。

三、从主题学到中国叙事文化学

（一）西方主题学研究

1.西方主题学的研究概况

西方主题学大概有一二百年的历史，西方主题学源于民间文学，指的是对民间文学的一种特殊研究方法。

民间文学口头传承的特点，造就了民间文学内容的多样性、复杂性，因此也有失真的、差误的地方。正因为民间文学有此特点，主题学研究的任务是弄清同一题材的民间故事在不同历史时期、不同的地域传承中产生的差异性，而这种差异性来自某一文化的制约性和当时的历史文化背景，不仅仅是口头传承本身的差异，而更多是文化背景的制约。

主题学的研究任务：一方面弄清同一主题故事曾有着怎样的形态变化、时间空间上的变化。另一方面要学会分析产生这种变化，形成这种状况的背景和原因。在做好单个民间故事研究的基础上，梳理众多的民间故事，从而形成一个整体性的研究。

2.相关成果

3.主题学在中国民间文学研究中的应用

4.主题学研究的大致程序

5.主题学对于中国叙事文学研究的局限性

一是研究对象的差异。叙事文学在文本对象上和民间文学完全不同，前者以书面文学为主，后者的对象是非书面的、口头的。

二是这些书主要以西方民间故事为主，对东方尤其是中国的了解远远不够。

（二）中国叙事文学借鉴主题学的可行性

1.“以中为体，以西为用”的需要

2.古代叙事文学作品的部分民间传说属性

3.演变形态的相似性

相对于以往的小说戏曲研究，中国叙事文化学研究是完全不同的，是一个全新的研究体系。

（三）中国叙事文化学的初步构想

1.中国叙事文学故事主题类型索引

2.个案故事的主题类型研究

3.中国叙事文化学的理论探索

第一章　叙事文化

第一节　关于叙事

（一）叙事广义和狭义的概念

广义上，不需加以限定，范围较宽，叙事就是叙述故事。狭义上，叙事具有限定性。

（二）叙事与非叙事文学的联系和区别

（三）中国古代叙事文学的范围

1.文体内和文体外的双重关注。

文体内要关注比较明确的叙事文学体裁，如小说、戏曲、史传等；文体外要关注本身不属于叙事文学，但和叙事文学有着非常密切关系的文献，如诗词、文物等。

关于叙事文学之外对于历史学、民俗学等学科中与叙事学有关资料的关注是从中国叙事文化学角度对于叙事文学研究的新的角度。这与中国叙事文化学的性质有关：

首先是中国叙事文化学关注材料的丰富性，其次是叙事文化学致力于对于这些材料在文本上的不同寻求文化内涵上的解读，而每一个故事在某个时代内不同体裁的材料的分布并不是均衡的，这就需要各种其他材料来对其补充，防止材料的断层。

2.表达方式上具备文学叙事特征的作品与一般叙说的材料要加以区分，且同时关注。

3.书面文学和口头文学的区分与关注。

书面文学是我们关注的主体，口头文学作品是我们参考的对象。但有时书面文学与口头文学的区别不是很明显，很多书面文学作品只是口头文学的记录而已，如《搜神记》《夷坚志》《聊斋志异》。

第二节　关于叙事文学（略）

第三节　关于叙事文化

一、欧洲的史诗文化和东方的史传文化的对比

史诗文化强调矛盾冲突的范畴，史传文化和史诗文化的一个巨大区别就是史诗文化肯定矛盾的对立，从冲突中去感受文化的内涵；史传文化往往从矛盾双方的和谐性来把握和处理相关的文化属性。要了解受史传文化圈影响的叙事文化，就必须从史传文化自身的特征来关注和审视。

二、叙事文学的文化蕴含

对于叙事文学的个案单元（作品），首先要关注的是它的历史文化内涵问题，它所集结的文化要素是什么。这是文学自身的文化属性决定的。应该特别强调的是叙事文化的历史演变动态的流动性轨迹，因为历史是一个过程，历史的变化必然会投影到受它影响的个案作品上。

当一个故事发生形态变化时，它本身的文学要素变化也要随之关注，如叙事文学语言的变化。我们要关注特定的语言表达方式的变化和它所要强调的文化的关联是什么。

对文学的形式和技巧不能狭隘和孤立地看待，要认真、全面地把握认识，参照国内外的理论来讲，如英国艺术批评家克莱夫·贝尔曾说："一切真正的艺术都是有意味的形式，艺术有意味的形式能使人们产生审美情感。"

第二章　叙事文化学的对象

第一节　关于故事主题类型的确定

一、主题学的方案

对主题学的研究首先要确定民间故事类型的分类，在此基础上对个案的主题演变做研究。

二、前人关于中国文学主题类型的方案

中国民间故事：丁乃通《中国民间故事类型索引》照搬"AT分类法"。

中国小说：金荣华《六朝小说情节类型索引》没有采用"AT分类法"，采用中国传统的类书分类法。利弊参半。

三、叙事文化学的处理方案

第二节　个案主题类型的确定和整理

一、个案故事类型的基本条件

就某一个个案来说，要关注它的时空分布情况及背后的原因。

第一，时间分布情况。

第二，从空间上考虑文体的因素，对个案来说，文体分布越广越多，对个案研究越有利。

第三，围绕故事的分布，考虑有关的思想文化分析和艺术表现形态。

二、关于个案类型的选择和梳理

无论是在时间、空间，还是在内涵思想上，我们应奉行一个总的原则：全局把握，总体驾驭。在此精神指导下，应注意的是，个案动态变化趋势的动态过程，注意故事在发展的每一个阶段和前一阶段的差异。

第三章　个案故事的文献搜集

第一节　目录学与故事类型文献

从目录学的角度来看，关注到具体的个案时，最大可能地翻阅目录学著作，从书名中查找与研究个案相关联的作品的踪迹。

在此基础上，在传统分类模式中，看哪些门类与我们所研究的个案（叙事类课题）相关。一般看来，传统目录学与故事类型研究相关的有：

一、正史的目录学著作（主渠道）

正史的目录学著作需要关注的是和个案相关的目录学类目，在正史的艺文志、经籍志中，大概要参考两个方面的内容：一是子部，如小说家类、杂家类；二是史部的著作。

从《汉书》开始，我们应该对所有正史的经籍志、艺文志了解熟悉。另外，作补的也应关注。清代学者对经籍志、艺文志所做的研究考订，主要集中在《二十五史补编》（中华书局本）。

提示：使用时注意两点，首先，尽量使用中华书局标点本；其次，熟练使用四角号码。

二、带有目录学性质的笔记

（一）南宋（或说元代）罗烨《醉翁谈录》

该书主要记载南宋时说话、说书和当时勾栏瓦舍、说书人的情况，列举许多宋代说话话本的名录，这些原本绝大多数已佚失。对了解宋代话本的名称有很大的帮助，可以填补历史的传承，在演变过程中是很重要的。它是一个故事流传链条中不可或缺的部分。如所著录"莺莺六幺""赤壁鏖兵"虽已失传，但可了解相关故事的流变轨迹。

（二）元末明初陶宗仪《辍耕录》

该书全称《南村辍耕录》："凡六合之内，朝野之间，天理人事，有关于风化者，皆采而录之。"这部书记录了宋元时期的政治、经济、社会、文化等各个方面的史料，有掌故、典章、文物，还论到小说、戏剧、书画和有关诗词本事等方面的问题。相当篇幅记录了与说唱讲唱有关的故事，戏曲文学（院本、杂剧），其中不乏某些故事类型的阶段印记。

（三）明代沈德符《万历野获编》

该书记述起于明初，迄于万历末年，内容包括明代典章制度、人物事件、典故遗闻、阶级斗争、统治阶级内部纷争、民族关系、对外关系、山川风物、经史子集、工艺技术、释道宗教、神仙鬼怪等诸多方面，尤详于明代典章制度和典故遗闻。其中不少有关小说戏曲的材料（名称和故事内容）。

三、明清时期小说戏曲书目

（一）明代晁瑮《宝文堂书目》

此书是以收录通俗白话小说作品著称的私人目录学著作，其中第三卷全是白话小说和戏曲作品的名录。20世纪50年代有排印本。

（二）明代高儒《百川书志》

该书较早收录古代白话小说与戏曲著作的私家目录。

（三）明代赵琦美《脉望馆书目》

该书与前两部性质相似，特点是以收录戏曲作品为主，是研究明及明以前戏曲目录的重要参考资料。

（四）《永乐大典索引》《永乐大典引书索引》

该书虽不是目录学著作，但收录大量戏曲小说作品。

（五）清代钱曾《也是园书目》《也是集》

二者设专门门类，戏曲小说部，其中所收十六种宋代词话名目，具有独特价值。

（六）清代钱曾《也是园古今杂剧考》

该书专收戏曲作品，且有考证。孙楷第整理。

（七）近代武进人董康《曲海总目提要》

作者据《乐府考略》和《传奇汇考》编定，共四十六卷，著录杂剧、传奇六百八十四种。《曲海总目提要》汇录了自元至清代乾隆年间近七百种戏曲剧目，叙述了它们的故事情节，并辑录了很多考证材料。它所叙述的作品，很多现已失传或为世所罕见，今人只能从中窥见大概。因此，《曲海总目提要》为今人研究古代戏曲提供了丰富的珍贵资料，成为便于查检的重要的工具书。书名虽为"曲海总目"，但所收剧目却远远不全，遗漏甚多；提要部分，疏于考证，剧名和作者，或张冠李戴，或主观误定；有的剧情介绍与原作相距很远，应用时都需加以考订。

四、现代人所著戏曲目录书

（一）傅惜华《元代杂剧全目》《明代传奇全目》《明代杂剧全目》《清代传奇全目》《清代杂剧全目》

以时代、戏曲剧种为线索，主要对各时期戏曲作品进行简单介绍。

（二）庄一拂《古典戏曲存目汇考》

收入作品较全，材料准确，有对故事源流的介绍。

（三）郭英德《明清传奇综录》

（四）李修生《古典戏曲剧目提要》

所收均为现存作品，有梗概介绍，无评价。

（五）王森然《中国剧目辞典》

收录作品较全，且包括许多地方戏剧目。

五、现代人所著文言小说书目

（一）袁行霈、侯忠义《中国文言小说书目》

有著录、版本，无提要。

（二）程毅中《古小说简目》

介绍从先秦到唐五代的小说著录和现存版本的情况，没有内容提要。

（三）李剑国《唐五代志怪传奇叙录》《宋代志怪传奇叙录》

（四）宁稼雨《中国文言小说总目提要》

六、现代人所著白话通俗小说书目

（一）孙楷第《中国通俗小说书目》

第一次建立了中国通俗小说书目的格局，但无内容提要。

（二）江苏社科院出版社、江苏省社科院明清小说研究中心《中国通俗小说总目提要》

只收现存作品，在《中国通俗小说书目》的基础上加了每部书的提要。

（三）陈桂声《话本叙录》

主要收历代话本，有存书情况、梗概提要。

七、综合性的小说书目

（一）刘世德《中国古代小说百科全书》

百科全书体，有书目作用，收录文言、白话小说。

（二）刘叶秋等《中国古典小说大辞典》

不仅介绍小说作品，更有小说相关术语和学术成果的介绍。

（三）石昌渝《中国古代小说总目》

分为文言卷、白话卷和索引卷三卷

（四）朱一玄、宁稼雨、陈桂声《中国古代小说总目提要》

第二节　索引与故事类型文献

一、索引概述

索引不是中国传统排序的方式，而是近现代以来随着西方文化的传入而引进的。索引和目录学查找是相辅相成的，但是二者又有很大的区别。

（一）哈佛—燕京学社引得编纂处的系列成果

1.索引的类型

类书索引、史传索引、集部索引、子书索引、论文索引。

2.索引的编制和查找方式编制方式

书名和篇名的索引、人名的索引、主题词的索引、全文的索引。

检索方式主要是通过"四角号码"检索，目前也有少部分用哈佛-燕京学社引得编纂处（以下简称燕京引得处），此外，还有音序、笔画方式。

3.关于类书的索引

（1）刘叶秋《类书简说》

介绍历代重要类书基本情况。

（2）胡道静《中国古代的类书》

只写到宋代，介绍的类书数量不如《类书简说》，但内容更深入。

（3）张涤华《类书流别》

颇具类书书目性质。

4.类书综合介绍

（1）唐代类书

①徐坚《初学记》

中华书局排印本，有专门的索引。

②欧阳询《艺文类聚》

上海古籍出版社排印本，作用集中于文学方面，有索引。

③虞世南《北堂书钞》

天津古籍出版社1988年影印本。《北堂书钞索引》日本山田英雄编著，由台湾文海出版有限公司发行。

④白居易、孔传《白孔六帖》

该书不完全是唐代的书，"白"是唐代，"孔"是宋代，此书性质和《北堂书钞》相近。无排印本，有四库本，无索引。

（2）宋代类书

①李昉《太平御览》

燕京引得处编有《太平御览引得》，包括篇目和引书索引。

②李昉《太平广记》

以小说为主，有中华书局标点本。

中华书局曾出版《太平广记索引》，包括篇名索引和引书索引。20世纪90年代又出了新版索引，加入了人名索引。

③吴淑《事类赋》

中华书局出版的程毅中的校点本后附有索引，包括篇名索引和引书索引。

④叶庭珪《海录碎事》

上海古籍出版社影印四库本，无索引；上海辞书出版社编有排印本和索引。

⑤佚名《锦绣万花谷》

上海古籍出版社影四库本，无索引。

⑥陈元靓《事林广记》

中华书局影印本有索引。

（3）明清类书

①解缙《永乐大典》

有《永乐大典引书索引》。

②陈梦雷《古今图书集成》

规模最大的一部类书，未见索引，但有电子版，在一定程度上弥补了没有索引的缺憾。

③张英、王士禛等《渊鉴类函》

有影印本但无索引。

5.关于史传索引

主要是人物传记资料的索引，分两部分，一是正史的人物传记索引，二是正史之外的人物传记资料索引。

可用来查：作家生平事迹、作品中的人物（如果是历史上真实存在的人物）。

培养两个能力：给一个陌生书名，找到关于它的所有第一手资料；给一个陌生人名，找到关于他的所有第一手材料。

（1）正史部分

①张忱石、吴树平：《二十四史纪传人名索引》，中华书局1980年版。

②张忱石、吴树平：《二十四史人名索引》，中华书局1998年版。

（2）非正史部分

①"燕京引得处索引"，上海古籍出版社1986年版。

其中包括：《四十七种宋代传记综合引秘》《八十九种明代传记综合引得》《三十三种清代传记综合引得》。

②傅璇琮：《唐五代人物传记资料综合索引》，中华书局1982年版。

③方积六、吴冬秀：《唐五代五十二种笔记小说人名索引》，中华书局1992年版。该书可与《唐五代人物传记资料综合索引》结合使用，但需注意本书中人物不全是历史人物。

④王德毅等：《宋代人传记资料索引》，中华书局1988年版。

⑤王德毅等：《元代人传记资料索引》，中华书局1987年版。

⑥台湾"中央图书馆"：《明人传记资料索引》，中华书局1987年版。

以上三种台湾学者所编的索引对传主的生平也进行了简要介绍，因此也具有人名词典的作用。

⑦王钟翰：《清史列传》，中华书局1987年版。该排印本附人名索引。

⑧何英芳：《〈清史稿〉纪表传人名索引》，中华书局1996年版。

（3）碑传部分

①赵超：《汉魏南北朝墓志汇编》，天津古籍出版社2008年版。

②洛阳市新安县千唐斋管理所：《千唐志斋》，中国旅游出版社1989年版。

③周绍良、赵超：《唐代墓志汇编》，上海古籍出版社1992年版，有索引。

④周绍良、赵超：《唐代墓志汇编续集》，上海古籍出版社2001年版。

⑤钱仪吉等：《清代碑传全集》，上海古籍出版社1987年版。

（4）方志部分

①沈治宏、王蓉贵：《中国地方志宋代人物资料索引》，四川辞书出版社1997年版。

②高秀芳等：《北京天津地方志人物传记索引》，北京大学出版社1987年版。

（5）书注索引部分

①高桥清：《世说新语索引》，台湾学生书局1972年版。

②《〈水经注〉索引》

③萧统：《文选》，李善注，中华书局1977年版，后附索引。

附：年谱、家谱部分

①杨殿珣：《中国历代年谱总录》，书目文献出版社1980年版。

②谢巍：《中国历代人物年谱考录》，中华书局1992年版。

③来新夏：《近三百年人物年谱知见录》，上海人民出版社1983年版。

④国家档案局、南开大学历史系、中国社会科学院历史所图书馆：《中国家谱综合目录》，中华书局1997年版。

⑤上海图书馆：《上海图书馆馆藏家谱提要》，上海古籍出版社2000年版。

（6）集部索引

①《全上古三代秦汉三国六朝文篇名目录及作者索引》，中华书局1965年版。该排印本后附索引。

②《先秦汉魏晋南北朝诗》，中华书局1983年。该排印本也附索引。

③《全唐诗》《全唐文》《全宋词》排印本后都附有索引。

④〔日〕斯波六郎：《文选索引：唐代研究指南特集》，李庆译，上海古籍出版社1997年版。

⑤冯秉文：《全唐文篇目分类索引》，中华书局2001年版。引到单篇作品名称，但须知具体篇名才能用。

⑥《宋代散文篇目索引》台湾出版。

⑦陆峻岭：《元人文集篇目分类索引》，中华书局1979年版。该书体例与《全上古三代秦汉三国六朝文篇名目录及作者索引》相同。

⑧王重民、杨殿珣等：《清代文集篇目分类索引》，中华书局1965年版。

（7）论文索引

①中国人民大学复印报刊资料索引。

②CNKI期刊网。

③中国科学院历史研究所：《中国史学论文索引》，科学出版社1957年版。

该书分有数编，其中第一编最有价值。书中的史学是广义的史学，也包括我们的文学史。

④辽宁大学中文系古代文学研究生：《中国古代文学资料目录索引》。该书可与中国人民大学复印报刊资料索引与CNKI期刊网参照使用。

⑤于曼玲：《中国古典戏曲小说研究索引》，广东高等教育出版社1992年版。该书内容只收到1992年。

第三节　总集与故事类型材料

总集是集部以诗文为核心的集库，后来也包括小说，多数集中在文言小说，白话小说偏少一些。有些作品的总集和某些以小说为主的丛书界限不是很明显，应该多注意小说和戏曲的成分。

一、古代小说总集

（一）《异闻集》（参考《古小说简目》附录）

编者陈翰。《异闻集》原有十卷，已佚，现可以考知收入此书的唐人小说的代表作40余篇。《太平广记》所收的一部分唐传奇，很多是依据《异闻集》转录的；鲁迅《唐宋传奇集》所选唐人作品，有22篇曾见于《异闻集》，可见其选材较精。

（二）《丽情集》

编者张君房。《丽情集》二十卷，见《郡斋读书志》小说类著录。《类说》卷二九、《绀珠集》卷一一所摘《丽情集》和诸书所引佚文，共得遗文42篇。今见遗文中，绝大部分是唐人作品，唐传奇中涉及情爱的名篇几乎都网罗在内。

（三）《绀珠集》

编者朱胜非（存疑）。文言小说选集，序文作于绍兴七年（1137），"不知起于何代"，但其时朱胜非尚在人世，作者存疑，朱胜非当在南北宋之交，河南人。此书不太容易见到，有四库本、宋代绍兴刊本、明刊本，晁公武、陈振孙收录。书中主要内容是摘录前代笔记小说作品和其他史传作品。对于摘录的每段文字都加标题，标明出处、著者，既有作者还有作品信息，作者不详注明阙名，具有辑佚作用，考证和研究价值。该书收录作品数量一百三十三种，附三种，共有一百三十六种。书中绝大部分是文言笔记，一半以上已经失传，对于寻找亡佚作品很有帮助；对于考证作品、时代等也有参考价值。《绀珠集》带有一定的类书性质，是为了汇集词语和掌故，在编选文字的时候，有相当的随意性。摘录文字并非照搬原文，而是大概摘引，比较简略。阅读时对其文字的准确性要审视。

（四）《类说》

编者曾慥生于南北宋之间，大约绍兴六年（1136）成书，版本有明代天启刻本、宋刻本、四库本，均为六十卷本而《宋史艺文志》著录五十卷（卷数存疑）。《郡斋读书志》和《直斋书录解题》为六十卷。体例上看，它把文言小说做了一些分类，即以书为单位来摘录一些作品内容、作者等。

它和《绀珠集》的内容有相同的地方，搬来一些文字，增加到二百五十二种，收录范围更为广泛，"集百家之说"。除小说、笔记外，杂史、传说、佛典、道书、兵法、农书、饮茶、医术、花卉、文房四宝等均有收录，是带有百科全书性质的总集。该书具有辑佚校勘价值，不足在于转引文字时对文字做了删改。如果现在要转引文字，需对照原书，并与他书文字相校勘才稳妥。文字转引也有错误，可相互参看。

（五）《绿窗新话》

编者皇都风月主人。该书收录多为文言传奇小说作品，文学价值较高。《醉翁谈录》提到此书，"引话底话，须还《绿窗新话》"。该书在说书、说话艺术的发展进程中所起的作用很大，不亚于《太平广记》。20世纪50年代由周夷点校版本体例分为上下两卷，所收基本上是唐宋的传奇小说作品，也有少量诗话笔记作品，绝大多数作品，注明出处。书中共收录一百五十四篇，每篇重新拟定七字标题。

该书所收故事多为历史上流传很广的爱情小说名篇，也有已经失传的宋代作品，如《王子高遇芙蓉仙》《芙蓉城传》等。其作品和"三言二拍"、《青琐高议》都有关联，有承前启后的作用，有一定的辑佚价值，是介于文言小说和白话小说之间的一条纽带。

（六）《青琐高议》

编者刘斧。宋代志怪传奇小说选本，现存还有一些文献问题。

《郡斋读书志》著录十八卷，《文献通考》前集后集各十卷共二十卷（卷数存疑）。该版本有：明抄本、万历刻本。前集七卷，后集十三卷，别集七卷，共二十七卷。该书文献材料有很大的问题，所见版本卷次出入很大，上海古籍出版社程毅中标点本，附集录二十七卷之外的一些文字。目前所见版本不是原书原貌，书前序里提到，全书数百则故事，现在所见总数（程毅中标点本附集录二十七卷之外的一些文字）不过二百条。有理由推测，原书有相当规模。鲁迅认为误把《青琐摭遗》文字归入《青琐高议》，归为别集。但是《类说》收录《青琐高议》《青琐摭遗》，并把它们分门别类，所以鲁迅的说法不一定站得住脚。

此书作于元祐三年（1088），收录署名作品十三篇。辑录前人作品，还有一部分经过刘斧改造和加工。依照题材分类，志怪、传奇是主要的题材内容，包括少量的诗文作品，还有少量的评议性文字。价值较高是宋代的传奇作品，大多是爱情、家庭题材。《谭意歌记》《王幼玉记》《越娘记》等名篇在该书中首次著录。在体例上，与其他书都不一样，采用正副二题，鲁迅认为此为元杂剧的题自正名的来源，从而进一步推测宋代人的说话艺术模式，是一个相互循环影响的关系。书录文字也有其特征，文字显得浅显，接近白话话本作品。同时文字骈散相间，文章体制对于研究小说文体有帮助。在文言小说的发展过程中起了很重要的作用。从一些个案故事的源流演变看，此书的中转纽带作用很明显。宋代文言小说选集很多从《青琐高议》中摘录，《分门古今类事》《夷坚续志》《湖海新闻》《说郛》《情史》《青泥莲花记》等书都从中摘录文字，可看到他们不同程度受到了《青琐高议》的影响。《醉翁谈录》中提到过的作品都可以在《青琐高议》中找到。《青琐高议》有很多作品对后来的小说戏曲有直接的渊源传承关系，如《隋炀帝海山传》等被后来的白话小说改编使用。《流红记》《义蛇记》《韩湘子》等都有痕迹，这对研究很有裨益。

（七）《醉翁谈录》

编者罗烨。书中的内容有些属于作品性质，对了解故事变化源流有用。

（八）《清平山堂话本》《京本通俗小说》

宋元明话本集。使用时注意一本书要有时间问题，具体作品也要有时间问题。有的内容疑为后人伪作。

（九）"三言二拍"

同时注意使用谭正璧《三言二拍资料》。

二、今人编古代小说总集

（一）《古本小说丛刊》中华书局

选用重要小说的比较好的版本，收书二百多种，有些书的若干版本都一并收入。

（二）《古本小说集成》上海古籍出版社

收书二百多种，与《古本小说丛刊》有重复和交叉。书中内容主要以白话小说为主，也有少量的文言小说。

（三）《明清善本小说丛刊》台湾天一出版社

20世纪90年代编成，其规模和价值都相当大，包括文言和白话两部分，均收书两千余种，有珍贵的版本价值。

（四）《中国话本大系》江苏古籍出版社

专收话本小说，选用比较好的版本，有些是介于白话通俗小说之间的，如《绣谷春容》也编入其中。

（五）《中国古代珍稀本小说》春风文艺出版社

20世纪70年代末80年代初开始出版，先以单册形式发行，20世纪90年代重新汇编成正编十册、续编二十册的丛书，每册收书三五种。

（六）《明代小说辑刊》巴蜀书社

出过三辑，每辑四本，共十二本。主要收明代白话通俗小说。

（七）《古艳稀品丛刊》，台湾出版

（八）《思无邪汇宝》，法国国家科学研究中心、台湾大英百科股份有限公司

一些很珍贵的书如《姑妄言》皆收入其中。

（九）《中国小说史料丛刊》人民文学出版社

收书以白话为主，兼收文言，如《豆棚闲话》等。

（十）《全唐小说》《全唐五代小说》

1.山东文艺出版社，王汝涛编，作品都未交代出处，因此使用时很不方便。所收作品主要来自《太平广记》，因此尚有遗漏。

2.陕西人民出版社，李时人编。

三、戏曲总集

（一）《六十种曲》

主要收录传奇作品，范围是元明以来的作品，以明代为主，毛晋编。《古本戏曲丛刊》国家图书馆出版社，从"文革"前开始编撰。

（二）《缀白裘》

收录比较通俗的作品，也包括一些小调和民歌，中华书局有排印本。

（三）《盛明杂剧》

明代杂剧总集，20世纪50年代有影印本。

（四）《清人杂剧百廿种》

郑振铎编，共三辑。

（五）《元明杂剧》

清人编。

（六）《孤本元明杂剧》

"文革"以前由中华书局影印，大32开四大本。

（七）《新校元刊杂剧三十种》

元代刊印的作品，中华书局有排印本，1980年版。

（八）《杂剧选》（《脉望馆抄校本古今杂剧》）

明代藏书家赵琦美所编，大部分为抄本，大概有二百多种，都是元明时期杂剧。

（九）《古今名剧选合选》

明代孟称舜所编，近人吴梅也编有《古今名剧选》集子。

（十）《全元戏曲》

王季思主编，人民文学出版社出版。

（十一）《全元曲》

河北教育出版社出版，由徐征、张肿、张圣洁、奚梅编纂，内容包括杂剧和散曲。

第四节　丛书、类书与故事类型材料

一、关于古籍版本的查找顺序与方法版本遴选

（一）今人整理本—最早的单行原刻本—丛书本

1.《中国古籍善本书目》

此书有两个版本，一个是上海古籍出版社的首印本，因未设书名索引，故使用起来不太方便；另一个是线装书局的重排本，可以进行书名检索。

2.《四库简明目录标注》

此书交代书籍的版本，为清代乾隆以前的作品。

3.《贩书偶记》

孙殿起编，尤多清代乾隆以后的，对查清后期版本有重要价值，上海古籍出版社1982年版。

4.《贩书偶记续编》

由雷梦水整理。

5.《台湾国立图书馆善本书目》

据1948年正中书局版本影印。

（二）古籍丛书工具书与查找方法

1.《中国丛书综录》，上海图书馆编，中华书局1959年版、1962年版，上海古籍出版社1982年版。

共三本，可先从第二本开始用，有书名及作者索引。第一本，以丛书为单位排列，例如《百川学海》，记录其收哪些书，排列下来，包括馆藏单位；第二本，以书名为单位排列，记录哪些丛书收录该书。

2.《中国丛书综录补正》，阳海清编纂，蒋孝达校订，江苏广陵古籍刻印社1984年版。

3.《中国丛书广录》，阳海清编撰，陈彰璜参编，湖北人民出版社1999年版。

4.《中国丛书综录续编》，施廷镛编撰，北京图书馆出版社2003年版。

二、以小说为主的丛书

（一）《古今说海》明人陆辑编

基本上是古代文言小说丛书，有线装本也有排印本，收作品一百三十多种，与前面所说《绀珠集》《类说》相比，此书所收书都是原书原貌，很少删改。

（二）《虞初志》明人所编，作者存疑

（三）顾氏小说

指明人顾元庆所编的几部重要小说丛书，包括：

《顾氏文房小说》，收四十多种文言小说，都是比较好的版本，且经过作者校勘，大部分为单篇传奇，也有成本的书的节选，刊于嘉靖年间，1935年商务印书馆影印过。

《广四十家小说》，相对于《顾氏文房小说》所收四十种而言，同样收书四十种，以汉唐以来文言小说为主，元明以前重要的文言小说收入了不少，如《神异经》《绿珠内传》等；《顾氏明朝四十家小说》，在前面两部的基础上收录以明代为主的作品。"顾氏"系列是我们查找汉唐以来文言小说的重要版本。顾元庆以后，又有袁褧将《广四十家小说》和《明四十家小说》合刊，称为《前后四十家小说》。

（四）《烟霞小说》明人范钦编

主要收文言小说作品，范围是明代以来的吴中地区的名人轶事，规模不大，具体面目可以参考《丛书综录》，有一些作品不见于其他书，另外一些书和其他所收的文字上有差别。

（五）《稗海》明人商濬编

主要是以文言小说为主，范围是从六朝到宋元的小说作品，收四十多种，题材大概是志怪、志人小说，但有些书的收录存在问题，如将唐代八卷本《搜神记》误入干宝《搜神记》，还有许多作者名字有错误，因此使用的时候需要注意。

（六）《合刻三志》明人冰华居士编

主要收魏晋以来的志怪小说，其中很多是改编和摘录，但是有很多稀见书的版本只有《合刻三志》中有子目。此书只有一套，藏于中国科学院图书馆，《丛书综录》上面可以查到篇目。

（七）《笔记小说大观》（四种）

1.最早为民国初年上海进步书局所编，收书二百多种，每部书前有提要，有一定的文献价值，但不足之处在于错误较多，如其中的《夜雨秋灯录》就是一个只有原书三分之一左右篇幅的简本。20世纪80年代中期，广陵刻印社影印过此书。

2.台湾新星书局出版，收书两千多种，但所有的书都没有交代版本出处，而且所收书大部分都是常见书。

3.河北教育出版社出版的《历代笔记小说集成》在规模上和台湾那套差不多，收书两千多种，采用影印的方式，保留了原貌。但此套书的问题在于编者小说观念和界限淡薄，收书标准比较宽泛，许多不是小说的作品也收入其中；同时，其中许多书在版本上很有价值，如很难见到的《在野迩言》即在其中。但是其中唐宋部分的书大量影印《四库全书》，令整套书失色不少。

4.上海古籍出版社出版的断代的《笔记小说大观》为标点本，收录常见书，但校勘工作做得比较潦草。

（补充笔记知识：笔记小说既是一种文体名称，也是一种书籍分类方式，其为晚明小品发展来的随手而记的文体。刘叶秋《历代笔记概述》中将其分为三类：小说性质的笔记，例如《搜神记》《世说新语》；野史性质的历史琐闻；学术性、考辨性的文体。）

（八）《古今说部丛书》民国初年所编

和进步书局《笔记小说大观》规模差不多，收书二百多种，有一定的版本价值，20世纪80年代上海文艺出版社影印过。

（九）《说库》民国时期编

收书二百多种，每部书前面有简介，收书范围和《笔记小说大观》《古今说部丛书》有重叠，最初为巾箱本，20世纪80年代浙江古籍出版社影印了此书。

（十）《晋唐小说畅观》

所收为晋代到唐代的文言小说，版本价值较高。

（十一）《唐人说荟》又名《唐代丛书》，

主要收唐代小说，量较大，收书较多，但版本不佳。

（十二）《宋人小说》

商务印书馆以涵芬楼的名义影印的宋代文言小说，数量有限但价值较高。

（十三）《清代笔记丛刊》又名《清人说荟》

可补《笔记小说大观》收书之不足，版本相对较好，小说性质笔记较多，线装书局刊印。

以上丛书，大部分都可以在《丛书综录》上查到详细的子目。而关于小说、戏曲的丛书远远不止于此，有些丛书并非专收小说，如《百川学海》《学津讨源》《津逮秘书》《涵芬楼秘籍》等，其中实际上有很多小说作品。

三、小说戏曲收藏

（一）双红堂小说戏曲

双红堂小说部分一百七十二种；双红堂戏曲部分二百三十七种。

（二）早稻田大学藏汉文古典小说作品二十五种。

（三）哈佛燕京图书馆藏齐如山专藏五十七种。

（四）哈佛燕京图书馆藏齐如山小说戏曲文献汇刊。

（五）善本戏曲丛刊

王秋桂辑1984年至1987年台北台湾学生书局影印本一百零四册。

第四章　故事类型的文化批评

第一节　叙事文化学的文化分析

一、文化分析的基本准备

文化分析应该建立在研究对象的已有历史材料的确认和梳理上。

（一）材料年代的考订确认（这是基础和前提，需慎之又慎）

凡是转引的材料要特别注意其成书的年代，例如《太平广记》收录的唐传奇应看作唐代材料，而非宋代。

（二）故事类型文化背景的一般梳理

首先从形态观察入手，在充分的文献资料依据基础上，对个案故事进行表格式线索梳理：

一是有关个案故事外在形态变化的解释图，横向为该故事类型的各构成要素，如情节、人物；纵向为该个案故事各文献材料的时间排列。二是个案历史文化内涵的演变线索。三是文学载体特定的艺术表现方式的演变轨迹。

（三）文化分析的角度简介

1.故事与历史相关记载的关系

注意作为文学的故事，与历史记载多大程度上吻合，以及文化渗透的幅度和不同时代的创作者及其本人经历的关系。

2.故事和政治的关系

有相当一部分小说和文学作品与政治事件有关系。

3.故事与思想宗教的关系

4.故事与社会生活的关系

5.故事所体现出的文学要素的变化

（四）文化分析的注意事项

1.把握全局的动态过程：研究从最初到后来的动态发展过程。

2.有的故事在某个历史阶段其变化停滞了，后来又复活或就此停止，应将这种现象也看作一个值得探讨的现象去研究。

第五章　叙事文化学与比较文学

比较文学中两大学派，即平行研究与影响研究都可借鉴。其中后者对叙事文化学更有意义。因为后者本身是纵向研究，叙事文化学也是纵向研究。

第一节　影响研究与叙事文化学研究

影响研究：把时间上两种及其以上的作家作品（民俗文学思潮）作为研究的视角，与叙事文化学研究相似。

第二节　平行研究与叙事文化学

平行研究相对晚一些，发源于美国。表面上看起来无直接关系的不同时期、民族的文学作品在主题、题材、文体、情节、人物形象、风格特点等各种文学要素实际存在可共同追寻的相似、相异的地方，通过对这些异同的分析，发现带有某种规律性的影响。

附：关于叙事文化学故事主题类型学位论文的基本框架

对象界定：该对象的研究现状，明确逻辑的目的归属，有价值有意义。

附：中国叙事文化学学位论文写作范式

绪论：研究缘起。

第一章是文献综述，按照文献学的写法，材料出处要有根有据，版本、时间、流传情况都要有。例如某故事出自某书，除了介绍这本书，还要说明其中哪些故事有关联，对大致的情节要素变化做一个提要。

第二章开始可以采用两种模式：

第一种是按问题性质划分，例如道教、士人心态、婚姻爱情等，章节下应按朝代纵向排列；

第二种是按纵向时代线索划分，章节下应是问题的线索。

2016 年课件节选

绪论

缘起：关于古代文学研究方法的思考

一、古代文学研究应注意的三个问题

（一）传统方法的研究范式（义理、考据）
（二）中西方研究的异同
（三）正确处理方法问题的"体用"关系

二、叙事文学作品的文本研究类型

对于研究对象——文学作品，我们应该视之为一个文本的固化现象。

文本的形成发生过程分三个阶段：文本生成之前—文本—文本生成之后。

以文本为研究对象，叙事文学作品的研究程序总体上可以分为以下三大部分：

（一）文本研究
（二）前文本研究（文本产生之前的相关研究）
指的是文本形成之前，各种社会因素对文本所起的作用和影响。
（三）后文本研究
与前文本的研究密切相关。"前文本""后文本"研究在中国一直为人所关注，研究前、后文本的相互关联及其影响作用。西方的后文本研究与中国传统的后文本研究的区别在于——它注重文本接受者的作用，认为作品完成之后便与作者无关了。

三、从主题学到中国叙事文化学

（一）西方主题学研究

1.西方主题学的研究概况

西方主题学大概有一二百年的历史，西方主题学源于民间文学，指的是对民间文学的一种特殊研究方法。

2.相关成果

汤普森、阿尔奈两人完成《世界民间故事分类法》

3.主题学在中国民间文学研究中的应用

丁乃通（美籍华人）《中国民间故事类型索引》

艾伯华（德）《中国民间故事类型》

祁连休《中国古代民间故事类型研究》

4.主题学研究的大致程序

5.主题学对于中国叙事文学研究的局限性

（二）中国叙事文学借鉴主题学的可行性

1."以中为体，以西为用"的需要

2.古代叙事文学作品的部分民间传说属性

3.演变形态的相似性。

（三）中国叙事文化学的初步构想

1.中国叙事文学故事主题类型索引。

2.个案故事的主题类型研究。

3.中国叙事文化学的理论探索

第一章　叙事文化

第一节　关于叙事

一、叙事广义和狭义的概念

广义上，不需加以限定，范围较宽，叙事就是叙述故事。狭义上，叙事具有限定性。

华莱士·马丁《当代叙事学》："叙事是一个未来的计划，或对未来的计划。"没有明确规定和说明叙事的概念。

国内学者根据自身研究，做出如下概括："叙事即使用特定的目语表达方式来讲述一个故事。"

需要注意两点："特定的言语表达方式"与"故事"两个含义。

"特定的目语表达方式"，是指文学语言表达。这种特定的言语表达方式，是划分文学与非文学的界限。仅就故事而言是区分不开文学与非文学的。

"讲述一个故事"，是对对象做了说明，文学意义上带有情节性的、有完整时间的，时间的流程的过程故事。

以"特定的言语"加以区分，至少是在理论上可以成立的。还要特别注意的是，文学意义上的"故事"具有虚构的情节，具有相对完整的时间流程。就一般意义上的叙述完整故事而言，有时具有其中的某项条件也可被研究利用：如诗词中某个典故的使用，虽没有完整的交代故事，但可以成为大叙事中从属的某个构成部分。

二、叙事与非叙事文学的联系和区别

一方面，叙事文学特别关注时间流程，而诗词散文中的大部分作品以抒情为主，采用特定的心境角度，表现一种心理情感的释放。这需要我们对二者做出自觉区分。

另一方面，对非叙事文学也要予以关注。

首先，它起到对比、映衬的作用；其次，非叙事文学与某故事具有某种渊源关系，如史记与后代小说、戏曲上的渊源关系；最后，叙事性文学与非叙事性文学的界限有时也比较模糊，笔记、野史尤甚。因此，要做到"宁宽毋严"，毕竟我们关注的并不单是文学，还有文化。

第二节　关于叙事文学（略）

第三节　关于叙事文化（略）

一、欧洲的史诗文化和东方的史传文化的对比（略）

二、叙事文学的文化蕴含（略）

第二章　叙事文化学的对象

第一节　关于故事主题类型的确定（略）

第三章　个案故事的文献搜集（略）

第四章　故事类型的文化批评（略）

第五章　叙事文化学与比较文学（略）

2013年博士课堂笔记节选

王林飞

第三章　个案故事的文献搜集

第一节　目录学与故事类型文献

目录学为传统治学门径，它与故事类型关系密切。

目录书中多数是按书的性质来分类的，除了帮助我们根据已知书目查询下落外，还可以从该书所处类目位置去旁及其他同类书目情况，从而获得此书的有关信息。

从目录学的角度来看，关注到具体的个案时，要最大可能的翻阅目录学著作，查找相关联的作品的踪迹（一部作品在历史上存在的痕迹可以通过书目来了解，可以确定作品的基本年代不晚于收录他的目录书的年代）。

A：已知书名的查找索引；

B：未知书名的，先要确定对象范围，对目录学的基本分类模式要有了解。（注意：必须掌握四角号码检字法）

在此基础上，在传统的分类模式中，关注哪些门类与我们所研究的个案（叙事类课题）相关，一般看来，传统目录学与故事类型研究相关的有：

一、正史的目录学著作（主渠道）

正史中的目录学著作需要关注的是和个案相关的目录学类目，在正史的经籍志、艺文志，主要参考两个方面的内容：一是子部，如小说家类和杂家类；二是史部（野史、杂史、杂传等部分与小说关系密切）。

从《汉书》开始，我们应该对于所有正史的经籍志、艺文志了然于心。另外，后人所做的"补"、研究考订著作等也要加以关注，清代学者对经籍志、艺文志所做的研究考订，这些主要集中在《二十五史补编》（全6册精装，中华书局1998年版）。（宁稼雨教授补充两点：第一，尽量使用中华书局的标点本；第二，熟练使用四角号码。）

二、带有目录学性质的笔记

1.《醉翁谈录》[（南宋）罗烨，古典文学出版社1957年版]。此书主要记载南宋时说话、说书和当时勾栏瓦舍、说书人的状况，列举许多宋代说话话本的名录，虽然这些原本绝大多数亡佚，但对了解宋代话本的名称，有很大的帮助，可以填补历史的传承，在演变过程中是很重要的，它是一个故事流传链条中不可或缺的部分。如所著录"莺莺六幺""赤壁鏖兵"等虽已失传，但可了解相关故事的流变轨迹。此书通常认为是宋代的罗晔所著，但近年来有些学者据日本原书提出疑问，认为可能是元代人的作品。

（宁稼雨教授提点：第一，佚失的版本也应被记录，它们也是文学发展变化链条中不可缺失的部分。任何材料，包括佚失的信息都有存在的价值。第二，赵元任"说有易，说无难"，绝对的话不要轻易说，除非铁证如山。第三，《西厢记》的演变历程：元稹《会真记》——莺莺六幺（南宋）——董西厢——王西厢，但有人会忽视或不知道"莺莺六幺"。）

……

第二节　索引与故事类型文献

一、索引概述

索引不是中国传统的方式，主要是近现代以来随着西方文化的传入而引进的。索引与目录学查找是相辅相成的，但是二者又有很大的区别。

成果："燕京引得处"的系列成果。

（一）索引的类型

（二）索引的编制和查找方式

1.编制方式：

(1) 书名和篇名索引（集部、类书）

(2) 人名索引（史传，既包含了作品著者也包含了作品主人公）

(3) 主题词索引（这类少些，但用处较大）

(4) 全文索引（信息量最大，可以逐字索引，十三经索引、文选索引、世说索引等，对定量分析很有用）

2.检索方式：主要是四角号码，目前也有一部分是"燕京引得处"，此外还有音序、笔画方式。

二、关于类书的索引

（一）类书综合介绍

类书是文学成熟的产物，六朝文学以前实用性文学与文学界限不清，骈文、赋出现后要大量使用典故，类书由此出现，便于写文章你诗时查找资料。门类按宇宙、社会、人生排列。类书保存了失传的文献。

（二）唐代类书

（三）宋代类书索引

（四）明清类书

三、关于史传的索引

主要是人物传记资料的索引，分两部分：一是正史的人物传记索引，二是正史之外的人物传记资料索引。

可用来查：作家生平事迹，作品中人物（如果是历史上真实存在的人物）。

要培养两个能力：给一个陌生书名，找到关于它的第一手资料；给一个陌生人名，找到关于它的第一手资料。

四、集部索引

五、论文索引（尤其应该注意1949年以前的材料）

第三节　总集与故事类型材料

总集本是集部以诗文为核心的集库，后世也包括小说，以文言小说居多，白话较少。总集与丛书界限不清，要注意其内容。

一、古代小说总集

1.《异闻集》（参考《古小说简目》附录）

（宁稼雨教授提醒：留心发现《异闻集》佚文，不论是观点还是材料都可发现创新内容。）

2.《丽情集》二十卷，已佚，见郡斋读书志小说类著录。可见42篇遗文，大部分为唐代作品，有一些爱情名篇。丛书集成初编2734册。

3.《绀珠集》朱胜非编（存疑），是文言小说的选集。

4.《类说》曾慥编。成书时间在南北宋之间，大约是在绍兴六年（1136），有宋刻本、明刻本和四库本。体例上看，它把文言小说做了一些分类，即以书为单位来摘录一些作品内容，作者明确的放前面。中华书局影印本。所收书数量在252种，收录范围更广。

5.《绿窗新话》皇都风月主人编（必备）。

（宁稼雨教授补充：《绿窗新话》是小说传承的重要一站，是我们叙事学研究需要重视的一部作品集。明清小说中以爱情为主的《剪灯》系列，《国色天香》等皆可溯源于《绿窗新话》）有复印本。）

……

二、今人编著的古代小说总集

第四节　丛书、类书与故事类型材料

一、关于古籍版本的查找顺序与方法

版本遴选顺序：首先选今人整理本，也就是现今学者整理过的古人作品，该途径可以通过网络或图书馆寻找到相关书籍；其次是最早的单行原刻本，也就是该书籍最早刻录时的版本；再次是丛书本，需要注意的慎重使用四库全书本。如果在资料收集中遇到亡佚的书籍，则需要进行辑佚，这有可能会成为论文中的创新点。但是要注意对于前人的辑佚成果要慎重使用，不可盲从。

（一）古籍原刻本查找方法

（二）古籍丛书工具书与查找方法

（三）以小说为主的丛书

二、小说戏曲收藏

（一）双红堂小说戏曲

（二）早稻田大学藏汉文古典小说

（三）《哈佛燕京图书馆藏齐如山小说戏曲文献汇刊》

（四）善本戏曲丛刊

补充：对笔记、笔记小说、小说概念的界定

笔记：既是一种文体名称，也是一种书籍分类方式，是从晚明小品发展而来的随手而记的文体。刘叶秋先生在《历代笔记概述》中分为三类：一是带有小说性质的笔记；二是带有野史性质的历史琐闻性笔记；三是学术性、

考辨性的笔记。

笔记小说：指的是笔记中带有小说性质的笔记。

小说：古代人在界定小说概念时含糊不清。先确定小说的语体，分为文言和白话小说。子部小说绝大部分为文言语体的小说。因此就小说而言，在文言语体内，指的是带有小说性质的笔记；白话语体内，指的是章回体和话本体等类型的作品。

第四章 故事类型的文化批评
第一节 叙事文化学的文化分析

一、文化分析的基本准备

文化分析应建立在研究对象的已有历史材料的确认和梳理上。

1.材料年代的考订确认（这是研究的基础和前提，需要慎之又慎）：对材料的考订极为重要，这是后面文化分析的基础，否则对材料的解读将无法成立。注意材料的"转引"问题，转引者的时代和被转引者的时代都应该予以关注。

2.故事类型文化背景的一般梳理：要系统的对故事相关的多方面文化背景进行梳理。在了解材料的同时从不同侧面了解其文化背景。

从形态观察，在充分的文献材料的基础上对个案故事进行表格式的线索梳理。表格可以清晰表现故事变化，可以形成整体的把握。（三张表格）

一是有关个案故事外在形态的解释图，横向为该故事的要素，如情节、人物等，纵向为按时间排列的个案文献材料。

二是个案故事文化内涵的演变线索，如宗教、政治或士人心态等。

三是文学载体特定的艺术表现方式的演变轨迹。讲述同一个故事有哪些文体，不同问题如何表现、如何演变。

3.文化分析的角度简介

(1) 故事与历史相关记载的关系

文学中的故事，与历史记载多大程度上吻合、多大程度上背离，以及文化渗透的幅度和不同都与当时时代的创作者及本人的经历有着很大的关系，如某些作品的"自传说"。还有些故事与时代有着紧密的关系，如"李杨"故事在五代时期的大量涌现。

有一点需要注意，若故事的主人公是历史上的真实人物，则必须有故事与历史记载相对照的这样一个步骤。而且史书范围也不仅限于正史，其他史书也应包括在内，在此过程中还要注意，不要只关心故事的变化，故事没有发生变化的那部分也应给予足够的重视。

(2) 故事和政治的关系

有相当一部分文学作品与政治事件有联系。故事类型的流变，如果与某一政治侧面有关，那么要观察该侧面在该故事类型中的投影。用故事流变来解读政治文化流变，要积极辨认，但不能太过牵强。通俗文学作品中的政治表现要外露一些，文人作品则相对隐晦，参见卞孝萱《唐代小说与政治》。

故事与政治的关系，不止与外在的政治制度，如科举和政治政策有关，还与内在的政治思想史有关，参见刘泽华《中国政治思想史》《中国传统政治思维》。

(3) 故事类型与思想和宗教的关系

故事和思想宗教的关系需具体把握其有无关系和程度不同。

(4) 故事类型与社会生活的关系

在叙事文学作品中，要重视民俗风情。个案故事本身的发生年代都是固定的，如卓文君故事发生在汉代，但是不同时代的人去写就会表现出不同的民俗风情。作者往往会根据自己的生活经验写到作品之中，这些生活习俗对于文本这个时代的主题变化有着什么样的作用。参见《中华风俗志》《中国古代生活史》《风俗史》，还要看野史笔记各种历史记载等材料，做好充分的积累，使得内容与文化相关联。

(5) 故事所体现的文学要素的变化

无论什么文学体裁，表述描写方式的变化、人物形象、情节结构、文字语言等，都需要找出这些要素的演变轨迹。

4.注意事项

(1) 把握全局的动态过程，研究从最初到后来的动态发展过程。

(2) 有的故事在某个历史阶段变化停滞了，后来又复活或者就此停止，这种"变与不变"也值得作为一个问题去探讨。

第五章 叙事文化学与比较文学 （略）

第六章 叙事文化学具体操作的方式和方法

论文框架：

1.对象界定（选题）：该研究对象的研究现状、价值意义及逻辑的目的归属。

对象必须是具体的个案故事，与意象的故事群区分开来，其次是研究对象必须具备一定规模和较大的时间跨度，文体、文种跨度。

2.第一章：文献综述。按照文献学的写法，材料出处要有根有据。版本、时间、流传情况都要有。例如某故事出自某书，除了介绍这本书，还要说明其中哪些故事有关联，对大体情况变化做一个提要式的介绍。

文献综述排列方式有两种：一种是按照时代先后，另一种是按照故事材料的文本类型。可采用两者兼顾的方式，以时代为主线，在其下按照文体类型进一步说明，如果在某些文献的时代归属有争议的，在文献综述中要特别留意。

3.第二章开始，论文可以采用两种模式：一种是按照问题性质划分，如士人心态、婚姻爱情等，章节下按照朝代纵向排列；另一种是按照纵向时代线索排列，章节下是问题的线索。

2014年博士课堂笔记节选

汪泽

导入

自1994年起，中国叙事文化学在不断探索中走过了近二十年的时间，这是对20世纪以来既定的古代文学研究不断进行质疑和突破的过程。

研究背景：从研究历史看，中国叙事文学主要指小说戏曲，其产生晚于抒情文学，而对于中国古代叙事文学的研究也远远滞后于抒情文学的研究。中国古代小说戏曲研究可以分为三个阶段：

A.明清之前，对小说戏曲的研究零散、不成系统，多出现于笔记中。诗文领域，是鉴赏式的研究。

B.明清以来，小说戏曲研究渐多，最为完整系统的研究范式即为评点，如李贽、金圣叹等对小说进行点评、批注。

C.20世纪一百年间，西方的学术、思想大量传入促成全新研究局面。鲁迅、王国维、胡适等人确立了新的研究范式。主要体现为两方面：其一为小说戏曲文体史研究，如《中国小说史略》《宋元戏曲考》；其二为作家作品研究，如胡适对白话小说的考证。

其后，小说戏曲领域的文体史、体裁史、作家作品研究等，都没有超出二者范围。

然而，中国书面叙事文学除作家作品外，还有另外的串联存在形式，即故事类型。它们跨越文体的界限，不论是小说史研究还是戏曲史研究都无法进行跨越文体的完整研究。再者，故事类型是跨越了作家作品的。中国叙事文化学的研究主体既不是文体也不是作家作品，而是故事类型研究，从而弥补了20世纪以来古代小说和戏曲研究的不足。

教学内容和目的：1.提出中国叙事文化学的构想。2.介绍中国叙事文化学研究的内容和方法。3.扩大丰富学术视野。4.为学术研究和学位论文的写作提供参考。

缘起

1.关于中国古代文学研究方法的思考。（宁稼雨教授阐述：以往的研究范式是作家和作品的研究，往往形成一种老套的模式，对作家生平进行考证、作品梳理、分析、成就及其影响，研究视野大体一致，有封顶的限制。如李白的研究，写出新意则很难，材料的补充更加难。可见，对作家、作品、文学流派的研究，可写范围则是越来越小。）

初衷：解决和弥补文体史研究、作家作品的研究很容易、自然地形成的缺陷，对于故事类型忽略了。同一个故事类型，可以是跨越文体的，如《西厢记》，同时，又是跨越作家作品的。

小说、戏曲同源关系研究有人做过，客观评价来说，有其进步性，也有局限性。如对《西厢记》的研究，段景明先生的"三部曲"，除了这三部以外，还有笔记、诗词等，叙事文化学则是把和《西厢记》有关的材料全部进行搜罗。

2.学术研究和学位论文的困境。（没有题目可写）困境的焦点：方法老化。在文体、作家作品方面，无人涉足的领域很少。

3.对于以往研究方法的思考。

绪论

一、古代文学研究应该注意的三个问题

1.传统方法的研究范式：义理、考据。

2.中西方研究方法的异同：资本主义、马克思主义，均属西方范式。

文化差异导致产生分歧，产生三种态势——彼此排斥、相安无事、兼而有之。

(1) 相同：研究对象相同，如版本学研究。

(2) 不同：由于文化背景上的差异而导致的意识形态的不同。

国学、汉学之别：国学是国人对于中国传统文化的反省、回顾、研究；汉学则偏重于外国人对中国国学范围领域的研究。（宁稼雨教授阐述：对于同一问题会有不同的理解、判断和结论，对相关的学术理念，由于角度的不同，会有误解、误差。)

3.正确处理方法的"体""用"关系。

中国叙事文化学的提出也是基于这种思考。以西方学术思潮为主体框架构建起来的以王国维、鲁迅为代表的20世纪中国叙事文学研究范式，基本上是小说、戏曲的文体史及作家作品研究。这个研究取代了以往小说戏曲领域的零散批评和评点式研究，把中国叙事文学研究融入世界叙事文学研究的轨道，可谓功莫大焉。但随着叙事文学研究的深入，文体史和作家作品研究就逐渐暴露出它与中国叙事文学本身的固有本质产生隔阂，因而有削足适履和隔靴搔痒的不足。

小说和戏曲固然是中国古代叙事文学的主要文体构成要素。但文体要素只是叙事文学的外显形态，其内在实体是"故事"这一叙事文学本质属性的所在。这一本质属性的集中体现就是以故事类型为核心，以各种文体文本为载体的叙事文学发展形态。"王昭君故事""西厢故事""杨贵妃故事"等大批由各种文体文本组成的故事才是中国叙事文学的内在实体。

二、叙事作品的研究的程序与属性

对于研究对象：文学作品，我们应该视之为一个文本固化现象。过程分为三个阶段：文本生成之前，文本，文本生成之后。以文本为研究对象，叙事文学作品的研究总体上可以分为以下三大部分：

1.对文本自身的研究（中西方有差异）

所谓回归文本，主要还是回归文本本体。

(1) 中国传统的文本研究主要从以下两个角度切入。

一是文本文献研究。二是从文本鉴赏的角度对文本进行赏析，评价、品味、挖掘其中蕴含的深层含义和艺术韵味。

(2) 西方研究方法。

西方文本研究方法，如新批评、形式主义批评等。主要关注作品自身，如文字、韵律等问题，而很少关注作品意义以外的东西。如新批评完全把文本之外的一切因素与文本根本对立起来，不考虑作品与历史或现实的外在关系，把作品视为一种有自己的存在方式的文字解构。中国叙事文化学对于不同形态文本的文化内涵解读，不应该只从历史思想文化角度切入，也应该把形态演变中形式变异的因素充分考虑在内，从文化与文学、内容与形式的结合方面考量文本形态的变异和原因。

东西方文本研究的角度不同，但各自均有闪光的亮点。兼容并蓄，取长补短，会使中国叙事文化学研究的内蕴更加丰厚，构造更加合理。在做文本研究前要先了解两种研究方法的特点和差异，可相对比、参考借鉴。东方的文献学研究和历史还原法用于确定作品发生的时间，厘清文本的年代归属，这是一切研究的前提和基础。（在一定角度上，西方也关心文献资料，传统研究项目如莎士比亚研究，主张还原作品。）

2."前文本"研究（对文本产生之前的各种相关问题——各种社会因素对文本的作用与影响——的了解研究）

（1）中国传统的"前文本"研究主要从以下两个方面切入。

一是从作者（也就是文本的制造者）方面进行研究，研究作者和文本的形成是否具有直接关系，为什么写这部作品等问题。具体包括：作者的生平经历、思想倾向和特点，尤其是作者创作该文本有着怎样的动机初衷和用意寄托等。比如传统的"知人论世"之说，就是对此工作的最好表述。（除了对作家影响的研究，比较文学、法国学派的渊源研究、影响研究都和前文本研究有关。）

二是对于文本形成之前的源头的了解和研究。中国古代学术传统历来注重考据，其中对于文本内容的本源探索是重要的环节。比如诗词研究中的本事研究，就是要在充分了解诗词文本写作相关背景的基础上，对文本内容解读给予合理的定夺。这在叙事文学研究中尤其重要，比如对小说、戏曲研究中的源流关系研究历来是研究者关注的热点。其中有两种形式比较普遍。其一，叙事文学文本作者本人以所作文本的前言、题词、例言等各种形式对其叙事文本所依据的蓝本进行交代。如汤显祖介绍《牡丹亭》剧本主要故事情节的来源，洪升在《长生殿例言》中也对其《长生殿》剧本写作的缘起、蓝本依据和几次更改的情况做出交代。这些都为后人和读者了解故事文本的源头提供了第一手重要材料。其二，一些学者以各种零散的方式对某些故事文本的本事来源进行提示交代。例如谭正璧的《三言二拍资料》对于相关资料的搜集就相当丰富，可以参看。这些内容和方法对中国叙事文化学研究都具有直接的使用价值。但是，它们又并不能完全替代中国叙事文化学的研究方法。因为以往叙事文学的前文本研究基本上还局限在小说、戏曲故事题材互见的范围之内。对于中国叙事文化学研究来说，其前文本关注的范围还要继续扩大，甚至是全方位的，除以往叙事文学研究主要关注的戏曲小说外，还包括诗文、史传等其他各类文体中与文本相关、具有前文本意义的各种文本材料。它与以往叙事文学小说戏曲同源关系的前文本关注是衔接和继承的关系。

(2) 西方有关前文本的研究，对于中国的叙事文学主题学的研究有一些启示，比如荣格的"集体无意识说""积淀说"，研究看似没有关系的事件、因素和对作家作品潜移默化的影响。"集体无意识说"放在中国传统文化的大背景中，很容易让人将其理解为儒释道等传统思想在国人意识深处的烙印和痕迹。所以，它很容易让人把这些积淀的"集体无意识说"为与形成故事的前文本因素取得贯通。如果把这种贯通与中国传统的"知人论世"方法和认知结合起来，那么在中国叙事文化学研究中有关前文本研究与关注的视角范围就会更加立体和全面。此外，现代西方文论中有关文本研究"互文性"的提法和角度，在很大程度上与主题学及中国叙事文化学对于同一故事类型不同形态演变的视角有异曲同工、殊途同归的效果。而在西方比较文学中，法国学派的渊源研究、影响研究也都和前文本研究有直接的关系。在中国叙事文化学研究中充分考虑这些方法的积极作用和能量因素，是非常有必要的。

3. "后文本"研究

与前文本的研究密切相关。"前文本""后文本"研究在中国一直为人所关注，研究前、后文本的相互关联及其影响作用。后文本研究以客观存在的庞大现象为关注角度，注重创作之后的渊源、关系，文本诞生后在一定程度上与文本原貌有所差异。

(1) 后文本研究是文本产生之后社会效果的反响，即一个作品产生之后，随之而来的相关作品屡见不鲜。如中国古代白话小说的续书现象，"世说体""聊斋体""阅微体"，诗词中的唱和、模仿。另外，一本小说成功后，相关改编和搬演随之而来，如"三国戏""水浒戏"等。

（2）中国关注成为事实的后文本作品。中国的后文本研究把更多的精力放在文本社会效应的引导和评价上。其中最突出的就是"文以载道"观念作用下的教化说。中国的后文本研究以这种教化学说作为衡量文本社会价值的尺度，并将其贯彻到文本阐释和价值判断上。这个传统的积极意义是能够从整体上制造一种激励文本产生积极正面社会功能的作用，对于社会风气、道德伦理有一定正面导向的作用。但在封建专制制度下，这种教化学说很多时候实际上是封建皇权加强意识形态文化统治的工具手段。

正因为这个强大传统惯性的存在，所以在中国叙事文化学研究过程中，对这种强大惯性之于各种文本所起到的消长起伏作用，应当给予特别的留心和关注。既要看到后代评议研究文本中的教化理念作用，又要充分体察到文本制造者在这种背景下进行文本生产的创作心理。努力把后文本的解构还原工作建立在与其生长文化背景吻合的平台上操作运行。中国古代后文本现象另一突出表现是经典作品的续仿现象。翻开中国文学史，可以发现大量的经典续仿现象，不仅《三国演义》《水浒传》《红楼梦》续书可谓汗牛充栋，就连"世说体""聊斋体""阅微体""剪灯体""虞初体"等系列作品也是不胜枚举，蔚为大观。这个中国文学史的独特风景不仅是传统中国小说文体研究的重要课题，更是中国叙事文化学研究的主体任务。

西方的后文本研究则忽略后文本本身的存在及创造者的初衷，更强调文本接受者和阅读者的主体作用，如阐释学、接受美学等。西方的后文本研究与中国传统的后文本研究的区别在于——它注意文本接受者的作用，认为作品完成之后便与作者无关了。我们也可以从此角度理解一个文本的制造者改变前人作品的动因——他有自己的理解。

中国与西方关于后文本的研究和关注传统几乎是大相径庭，但其各自却都有真理的意义。这些闪光的部分如果兼容并蓄地融入中国叙事文化学研究中，必定会产生1+1>2的强烈效应。具体来说，在采用中国传统方法关注文本社会功能效应和关注叙事文学续仿现象的同时，最大可能地把研究者自己置放于文本参与的角色位置，拓展对文本内容和形式意义的想象空间，把文本后的解读复原工作实现效益最大化。

160

以上是文学现象繁盛发展的整个轨迹。所谓"前""后"有一定的相对性，只有确定了一个对象后才能论其前后。

三、从主题学到中国叙事文化学

1.西方主题学研究

(1) 研究概况：源于民间文学，约有一二百年历史，指的是对民间文学的一种特殊研究方法（如格林兄弟）。

"主题学研究是比较文学的一个部门，它集中在对个别主题、母题，尤其是神话（广义）人物主题做追溯探原的工作，并对不同时代作家（包括无名氏作者）如何利用同一个主题或母题来抒发积愫以及反映时代，做深入的探讨。"

主题学比较关注的是俗文学故事中的题材类型和情节模式。

民间文学口头传承的特点造就了民间文学内容的多样性、复杂性，因此也有了失真差误的地方。正因为民间文学有此特点，主题学研究的任务是弄清传承中同一题材民间故事在不同历史时期，不同地域传承中的差异性，这种差异性来自某一文化的制约性和当时历史文化背景，不仅是口头传承本身的差异，而更多是文化背景的制约。

(2) 相关研究成果：

汤普森、阿尔奈《世界民间故事分类法》，将世界民间故事分成几大类，然后大类下还有小类，借助不同模式，了解不同地域故事的流传，提出了"AT分类法"，带有符号性质。

(3) 主题学在中国民间文学研究的应用：

丁乃通《中国民间故事类型索引》

艾伯华《中国民间故事类型》

祁连休《中国古代民间故事类型研究》

三者弥补了"AT分类法"无涉中国故事的缺失，但仍站在民间文学研究立场。金荣华依据文本作品，不属于民间文学研究范畴。

(4) 主题学研究的大致程序：

编制分类索引（"AT分类法"，民间故事的全面梳理世界/国家/民族）

个案研究

（5）主题学对于中国叙事文学研究的局限性：

一是研究对象的差异，叙事文学在文本对象上和民间文学完全是两回事，前者以书面文学为主，后者对象是非书面的、口头的。对象范围的区别必然要带来研究方法和理念的差异。地域的广阔和时间的流逝所造成的各种文化背景差异应该是民间故事出现形态差异的主要原因。因此在某种程度上可以这么认为：造成民间故事同一故事类型多种演绎形态的情况往往不是故事陈述和笔录者的自觉文学创造，而是因口头传承过程中由于传送失真而形成的形态差异。

二是这些书主要以西方民间故事为主，对东方尤其是中国的了解远远不够。（"AT分类法"着眼于西方故事，中国乃至印度故事缺了不少。这一缺陷尽管在丁乃通的《中国民间故事类型索引》和艾伯华的《中国民间故事类型》二书中得到很大程度的弥补，但仍然还有很大的范围空间有待开发。尤其重要的是，他们的索引所用的分类体系还是西方人的"AT分类法"。这个体系作为西方民间故事的全面类型反映也许适宜，但很难说它能全面概括中国的民间故事乃至叙事文学作品。而且，作为美籍华人和德国人，他们所掌握的有关中国民间故事方面的材料是有限的。无论是书面材料，还是口头流传的民间故事，更多没有在他们的类型索引中得到反映。）

2.中国叙事文学借鉴主题学的可行性

现状：按照这种方法角度来研究中国文学的论著虽然尚在起步阶段，但已取得丰硕成果（诸如王立《中国文学主题学》、吴光正《中国古代小说的原型与母题》以及数量可观的论文等）。但平心而论，这些研究从总体上看，仍然还是处在以中国文学的素材来证明迎合西方主题学的框架体系的西体中用的阶段。作为中国化的主题学研究，有必要在借鉴西方主题学研究框架体系的基础上，从中国文学的实际出发，建构中国化的主题学研究。

主题学研究应该分为两个方面。一是对所做对象的范围进行调查摸底和合理分类，二是对各种类型的故事进行特定方法和角度的分析。这两个方面西方主题学都为我们提供了坚实良好的基础和实践经验，但也都有从西体过渡到中体的必要。

（1）"以中为体，以西为用"。找到同一故事类型在不同地域及不同时间的

162

不同反映，并找出其内在原因。借用民间文学的研究方法来研究古代文学主题学，这是基本思路，但是"AT分类法"无法表现中国民间文学的全貌，也更加无法显示中国叙事文学的全貌。

（2）古代叙事文学作品的部分民间传说属性。

由于古代承载方式的限制，只能通过书面文字记录口头讲唱。从这个角度看，很多作为民间故事记录的书面叙事文学作品，与民间故事具有水乳交融的一体关系。从小说的起源来看，原始形态小说的主要功能就是采风。班固在为《汉书·艺文志》"诸子略·小说家"所作小序中说："小说家者流，盖出于稗官。街谈巷语，道听涂说者之所造也。孔子曰：'虽小道，必有可观者焉，致远恐泥，是以君子弗为也。'然亦弗灭也。闾里小知者之所及，亦使缀而不忘。如或一言可采，此亦刍荛狂夫之议也。"《汉志》所录小说尽管与现代小说相去甚远，但对早期小说具有指导规定作用。魏晋以来的很多笔记小说，其主要功能之一就是采集民间传说故事。像《搜神记》《夷坚志》《聊斋志异》等文言小说集中的很多故事，作者都交代故事的来源出处是民间某种传说逸闻。干宝《进搜神记表》说："臣前聊欲撰记古今怪异非常之事，会聚散逸，使同一贯，博访知之者，片纸残行，事事各异。"洪迈《夷坚志》很多故事都明确标明其出处为"敦立说""张才甫说"等。《夷坚志·夷坚甲志》卷十五"犬啮张三首"条下附注曰："三事皆妻叔张宗一贯道说。"

既然如此，那么古代民间故事在流传过程中所呈现的那种反复出现和形态差异的规律也就必然在书面小说文献中留下痕迹。比如著名的"韩凭夫妇"故事，最早收录者为曹丕《列异传》，两晋时期干宝《搜神记》和袁山松《郡国志》也有记载，唐代以后转引或演绎这个故事的文献就更多了，《独异志》《岭表录异》《韩朋赋》《寰宇记》《物类相感志》《天中记》《山堂肆考》，以及李白、李商隐的诗歌，庾吉甫的杂剧，等等均有记载。与之相关的文献也有不少。可见从一定意义上可以说，古代民间故事那种同一故事在其发展演变过程中的多种形态展示过程，往往是通过书面文体的叙事文学体裁来实现的。作为古代民间故事主要渊薮的古代小说，与民间故事同样具有一个故事演变为多种形态的属性。

(3) 演变形态的相似性。

……

在题材范围领域，我们的叙事文化学研究对象不是仅仅用小说、戏曲这两种文体样式可以概括的，除此之外，还有大量其他文体，如诗歌、散文、史传文学、文物等。相对于以往的小说戏曲研究，中国叙事文化学研究是一个全新的研究体系，囊括若干体裁、若干作家作品，形成相对系统的文学观照单元。（宁稼雨教授阐述：戏曲和小说的同源研究，范围在两者之间，而中国叙事文化学则是"竭泽而渔"，如李杨故事，小说、戏曲、诗歌、散文全方位的材料进行准备。）

3.中国叙事文化学的初步构想（从先秦到"五四"）

(1) 中国叙事文学故事主题类型索引。

这相对于"AT分类法"是一个另起炉灶的工作，与西方的研究方法有很大的不同，中国叙事文学主要包括古代小说、戏曲以及相关的史传文学和叙事诗文作品。尽管从横向的角度看，它们各自作为一种文体或单元作品的研究不乏深入，但从纵向的角度看，同一主题单元的故事，其在各种文体形态中的流传演变情况的总体整合研究，似乎尚未形成规模。尤其重要的是，以文本文献为主的中国叙事文学，在整体上还缺少从故事主题类型——主题学意义上进行的反映其主题学全貌的大型基础工程。这就应该借助汤普森的"AT分类法"，整理编撰出"中国叙事文学故事主题类型索引"也就是说，应该在体系上另起炉灶，变西学为体而为中学为体。同时，中国古代小说和戏曲的基础工程建设近年来已经取得了巨大成就，尤其是在目录学建设方面，出现了大量基础性工程成果。但是，这些传统意义上的目录学著作的一个共同特点，就是它们的目录词单元，都是以一部具体作品为单位。以具体作品为单位与以主题类型为单元的根本区别，就在于前者关注的焦点是一件文本自身，而后者关注的焦点则是不同文本中同一主题现象的分布流变状况。很显然，后者的研究目前在国内学术界基本上还是一个空白。

(2) 个案故事的主题类型研究。

研究主题类型的方法和角度——既然在范围对象方面以中为体的中国叙事文化学的目标既不是母题情节类型，也不是完整的一部作品，而是具体的单元故事，那么随之而来的就是方法和角度上的变化。按照西学为体的主题学研究方法，母题、主题这些情节事件的模式是研究的重点要点。这种方法和角度对于民间故事和叙事文学故事的一般性和共性研究是有效的。它可以集中关注研究同一类型故事的演变差异及作者们在抒发情愫和反映时代方面的共同特征。但如果用这种方法来面对处理单元故事，就会有一定局限。作为以中为体的中国叙事文化学所关注的单元故事，在解读分析的时候会涉及很多具体情节发生变化的文化意蕴的挖掘分析。这显然不是能用一种较为笼统和一般性、模式性的分析所能奏效的。作为历史悠久，文化深厚的中国，其叙事文学故事所蕴含的文化意蕴非常深厚，绝非一般性的共性类型分析所能完全奏效的。

（3）中国叙事文化学的理论探索。

范例：1924年顾颉刚先生《孟姜女故事的转变》一文在时间上和德国人提出这一主题学方法的时间大致相同，却表现出明显的中国特色。其中最为精彩之处就是他几乎能把孟姜女故事每一次变化的痕迹都在所在时代的历史文化土壤中找到令人信服的答案。这种范本和楷模的意义只能说是对于更大规模叙事文学故事主题类型研究的启发和引导，呼唤作为一种学术范式和研究方法的学术研究全局性的到来。

第一章　叙事文化
第一节　关于叙事

一、叙事广义和狭义的概念

广义：一般的叙述事情，包括文学的、非文学的。狭义的"叙事"是指文学的叙事。

狭义：作为文学的叙事，是根据生活现象，进行虚构性、想象性的过程。

二、叙事与非叙事文学的联系与区别（故事、非故事涉及形态文本的问题，关注的广泛性是叙事文化学的特色。）

广义"叙事"是对狭义"叙事"的补充和延伸。叙事文学特别关注时间流程（即便不关注，也与时间流程有关），而诗词散文中大部分作品以抒情为主，采用特定心境角度，表现一种心理情感的释放。此外，对于非叙事文学作品也应该加以关注，非叙事文学作品的缺失可能会导致故事进程的断层。

首先，抒情文学也有叙事功能。其次，非叙事文学作品起到对比和映衬的作用。因此，要做到"宁宽毋严"，毕竟我们关注的并不单是文学，还有文化。

1.很多笔记体作品中"沙中有金"。

2.文言小说书目的收录标准。中国古代小说概念模糊（主要是笔记体造成的模糊），哪些书算文言小说需要仔细厘清。

正统目录学著作中，"小说"指子部小说。宁稼雨《中国文言小说总目提要》在概念上兼顾今古，既收录古代概念上的小说，也收录今人认为有小说意味的书。将未收入正文的作品收入副录，编为"剔除书目""伪讹书目"。

对于叙事范围的广狭宽窄问题，不能一刀切、绝对化，我们不需要在一本书是不是小说这个问题上纠缠，重要的是我们要挖掘那些有价值的成分，使它们不至于被遗忘。

第二节　关于叙事文学

一、叙事与文学的关系

中国古代叙事文学的范围至少还应该包括话本小说、戏曲与讲唱文学，以及大量史传散文等。如果说这只是对中国古代"叙事文学"狭义理解的话，那么对于中国叙事文化学来说，"叙事文学"的范围显然还是不够广泛和宏阔，还需要从更大的范围去寻找其原料基地。

诚然，叙事文学是一个文体概念，指的是小说、戏曲、叙事散文等，即所谓狭义叙事文学范围。但不能简单划线，从文体看其他不属于叙事文体的诗词散文或是其他文献材料中或多或少的有叙事成分的，都与叙事文学发展有关联。比如，《西游记》成书过程是元代瓷枕中会有唐僧师徒四人形象，由此可确认故事已经成型。孙昌武先生《中国古代神话和古小说》中认为，材料远超文本，各种文物上的图案，或铜镜文饰图像等都有利用价值。这些文物性材料，非文字、非书面的材料也与叙事文学的发展有着重要关联，不应忽略。叙事文化学，小说戏曲为主体（肉），其他为辅料（调味品）。

叙述故事是构成叙事文学的必要前提：在文学作品中，叙事文学最主要的是描述时间、故事为主，有一定叙述历程性的小说戏曲。小说戏曲同样强调历时性，与民间故事既有共性又有一定差异，绝大多数古代民间故事只能通过书面渠道得以保存。此外，我们看到的故事只是一种版本，不能代表全

166

貌。与民间文学联姻的也只是叙事文学作品中的部分作品，也不能代表叙事文学作品的全貌。

二、叙事与叙说的关系

叙说文学因口头传承，有了很大的变异性；叙事较为稳定，相对于对叙说变化较少，但也有版本变化。

关于民间文学和小说，既要关注书面文学，又要看到口头传承的民间故事现象，从两方面出发，对个案进行研究考证。

三、中国古代叙事文学的范围

第三节 关于叙事文化

作为文化的组成部分，叙事文学的文化属性本是不言自明的。但长期以来包括叙事文学在内的文学的文化研究没有得到足够重视。随着叙事学从经典向后经典的转变，叙事文学的文化学研究意义开始受到重视。广义叙述学是要建立一种涵括各种体裁、各门学科的广义理论的叙事学。它将不再以小说模式为中心，虚构或非虚构的叙事如广播新闻、电视广告、梦都纳入叙事研究的考察范畴。这样一来，中国叙事文化学的广义叙事文学观念就不再是孤军奋战，而是从属于广义叙述学的一块重要试验田，也是西方叙事学中国本土化的一个尝试。

一、欧洲的史诗文化与中国的史传文化的对比

注意：要加强从零散琐碎的文化现象中归纳问题、推导结论的能力。

二、叙事文学的文化内涵

1.某一叙事文学作品可能会经历漫长的历史过程，历史的变化投影在个案作品上，它的内涵必然会发生变化，我们从文化学角度审视它的时候，要关注它外部形态的变化，如文本文字的增删、人物的添加等。通过或大或小的现象把握其原因。

注："动态"不仅体现为差异性，也体现为延续性。不同历史时期对某一故事的认同与表现，本身有说服力。动态性研究是叙事文化学的主导和灵魂，过去小说戏曲同源研究很少涉及。

2.文学、文化研究不能割裂，但文化研究不可代替文学研究。当一个故事发生形态上的变化时，它本身的文学要素（语言、体裁）也要随之关注。如

叙事文学语言的变化，我们要关注特定语言表达方式和它强调的文化要素的关联，文学发展对故事类型变化的影响，要关注体制要素。戏曲、白话小说体制未成熟，许多故事类型只能粗陈梗概。戏曲、白话小说的产生发展为故事类型形成规模提供机遇和可能。

3.文学形式的"意味"性。

要有两条线：文化历史线、形式艺术线。

第二章 叙事文化学的对象
第一节 关于故事主题类型的确定

一、主题学方案

对故事主题的研究首先要确定民间故事类型的分类，在此基础上对个案的主题演变做研究。

"AT分类法"将民间故事分为五类：动物、普通、笑话、程序故事、未分类的（难以分类的）。

金荣华《六朝志怪小说情节单元分类索引》，不属于民间文学的研究范围，它的研究对象是书面文学。分类采用类书分类法，以名词、名词性词组来命名。而叙事强调动作性、过程性，类书分类法不能完全涵盖叙事类型，湮没了故事情节。

不能照搬"AT分类法"的原因："AT分类法"研究的是口头的民间故事，而我们研究的是书面文学。前者是以西方尤其是欧洲民间文学为主要研究对象的，与我们的也迥然不同。所以，我们不能按照"AT分类法"进行研究，但是不妨借鉴一下。（宁稼雨教授点睛："AT分类法"不具有同类可比性，不同类可比则会出现交叉的问题，论文的小节要同类可比。）

二、前人关于中国文学主题类型的处理

中国民间故事：丁乃通《中国民间故事类型索引》。照搬"AT分类法"（典型西体中用）

三、叙事文化学的处理方案

吸收前人成就，从中国叙事文学的实际出发，创立中国叙事文学故事主题类型索引。

不用类书的分类方法。我们的方法，以中为体，以西为用，中西结合，

168

对"AT分类法"进行借鉴，对金荣华的分类索引也加以充分注意，把中国的叙事文学分六大类：

a.天地类（体现自然现象的故事，和自然有关的叙事文学类型，一定程度上参考吸收传统类书的分类体制）

b.器物类（以器物为主题的故事）

c.动物类（借鉴吸收"AT分类法"，民间故事中的动物类多，叙事文学中较少）

d.人物类（以人物为中心的叙事性文学作品，做得较多。须具备两个条件，人物多半是指真实历史人物或虚构人物，情节是现实性的，以区别于超现实）

e.神怪类（与人物类相区别，在中国叙事文学作品中比较多，具有超现实和虚构的故事类）

f.事件类（是指前五类中有相互交叉情况的，涉及不止一个对象范围，如夸父逐日、精卫填海）。大类下又有若干小类，收入故事三千多个。

最后一步：个案的主题学研究，首先，对个案故事做全面发掘，文献材料工作尽量做到"竭泽而渔"；其次，在此基础上，对各个时期的流变情况进行梳理，勾勒其发展轨迹，并从文学角度与文化角度做出解释。

第二节　个案主题类型的确定和整理

一、个案故事类型的基本条件

就某一个个案来说，要关注它的时空分布情况以及背后的原因，具体应充分考虑是否具备以下条件：

首先，时间分布情况，这一点是充分考虑到主题学基本准则，主题学最关心的是文本在不同时间的分布情况，以及为何这样研究。（宁稼雨教授点睛：要有时间跨度，应该不少于两个或三个朝代，最好在三个或三个以上，这样能看出故事的演变轨迹及背后的文化内蕴。）

其次，从空间上考虑文体的因素，对个案来说，个体分布越广越多，对个案研究就越有利。（宁稼雨教授点睛：个案的时间跨度，以及这一时段的不同文本材料多少，影响了下一步工作。以研究对象为主人公的小说戏曲在所有材料中要占一定比重，达到相关学位论文材料规模。）

再次，围绕故事的分布，考虑有关的思想文化分析和艺术表现形态。

注：注意个案故事类型与意象故事主题的关系。

以《先唐叙事文学故事主题类型索引》为例：A010101 天地—起源—土地—混沌开窍

"天地—起源"为意象，"混沌开窍"为故事；研究最后一个层级（故事），可关注上一层级。

意象主题研究有其价值，但无需穷尽材料，既做不到，也没必要。

故事类型研究更有严谨性、扎实性，要求"竭泽而渔"掌握材料。

不是索引中每个故事都有做系统个案研究的必要，要分类处理。

二、关于个案类型的选择和梳理

无论是在时间、空间还是在内涵思想上，我们应奉行一个总的原则：全局把握、总体驾驭。在此精神指导下，应注意的是，个案动态变化走势的动态过程，注意故事在发展的每一个阶段和前一阶段的差异。

第三章　个案故事的文献搜集（略）

第四章　故事类型的文化批评（略）

第五章　叙事文化学与比较文学

比较文学中有两大学派，即平行研究（美国学派）和影响研究（法国学派）都可借鉴，其中后者对叙事文化学更有意义。因为后者本身是纵式研究，叙事文化学也是纵向研究。

第一节　影响研究与叙事文化学研究

影响研究：把时间上两种及两种以上的作家作品（民俗文学思潮）作为研究的视角，与叙事文化学相似。

一、影响研究的类型和模式

正影响与反影响有时是共同存在于一个故事中的，如《莺莺传》到《西厢记》，既有对于题材、情节等的继承与借鉴，同时在故事的倾向性上，从"始乱终弃"到"出走"，这就是一种"反影响"。（与故事要素也有关联，当面临情节上的舍取。）

二、影响的对象和视角

影响关注对象流动、走动过程。（在这个影响的现象发生过程中不同的角度可能会得出不同的判断来。比较文学研究的目的在于刻画出经过路线，被遗忘的文学影响被移到语言学之外）从三角度来看：

以放送者为研究对象，叫流传学；以传递者为研究对象，叫媒介学；以接受者为研究对象，叫渊源学。三者视角不同，形成独立价值的领域。

1.流传学，以放送者为起点，接受者为终点，探讨一个作家作品、文学现象在不同的时间、空间所产生的影响。放送者为核心。置放在叙事文化学中，故事源头在哪里，走向何方，流到何处。走向过程中，不仅是起点、流动的问题。有哪些具体层面，要具体化。产生的流传过程中，一些具体影响点是什么。

(1) 总体影响：放送和接受在整体上的影响。

(2) 个别影响：具体作家作品对后来接受者的直接影响。如以《莺莺传》为起点，《莺莺传》为放送者，流传的起点。到了"董西厢"，在流传过程中，技巧、形式方面成功、定型，无形中成了影响放送者、范式、楷模。又如"世说体"现象，以门类划分类别，被后世作品追寻、模仿。又如"虞初""剪灯""聊斋"系列等。

(3) 技巧影响：作为文学的放送者，其文学形式技巧对于作家作品产生的影响。（"世说体"）

(4) 内容影响：放送者对作品主题题材及他的思想内容对接收者的影响，不是完整的故事影响，尤其是长篇小说，相当多的故事的前后承袭大多在内容上，每个情节来源不同，取自多种作品，放送者被分解为小的情节单元对后来的文学产生影响。（有可能是局部的，例如唐明皇的故事，《隋唐演义》《长生殿》中的唐明皇故事是吸收了角度不同的各种故事集合而成，名字也可能发生了变化。）

同时有相当一批经典作品续书现象。如《水浒传》《西游记》。内容和题材的影响：放送者思想、题材为后代模仿，思想前后继承，题材发生影响，不见得思想同时发生影响，如《水浒传》的续书《荡寇志》题材类似，思想迥异。另外有思想总体接近，也有区别。如《莺莺传》的流传，题材被借鉴，不一定思想完全照搬。

(5) 形象的影响：从最初的形象（浮士德、唐璜）到后来流变之后产生的变化，找出放送者的形象，以此为坐标看后来的变化。尤其是以一两个人

171

物为中心的故事。当形象为历史人物是要注意正史记载，看文学变化之前的真实形象，看文学对真实形象的改造。要注意寻找放送的起点。

第二节 平行研究与叙事文化学

平行研究起源较晚，发源于美国，又称美国学派，是横向的研究。关注表面上看起来无关系的不同时期、民族的文学作品在主题、题材、文体、情节人物等方面的文学要素实际存在，可共同追寻的相似相异的地方，从比较中发现某种规律。

20世纪30年代出现，60年代70年代基本成为比较研究的主流。但影响研究并不是无工作可做，叙事文化学即为影响研究的延伸。

中国叙事文化学学位论文写作范式：

绪论：研究缘起，故事类型本身的描述，价值评价（文学、文化哪些方面）；研究现状。

第一章是文献综述，按照文献学的写法，材料出处要有根有据，版本、时间、流传情况都要有。例如某故事出自某书，除了介绍这本书（把握限度，如史记汉书有张良的内容，但无需过多谈论司马迁、班固），还要说明其中哪些故事有关联，对大致的情节要素变化做一个提要式的介绍。

文献综述排列方式有两种。一种是按照时代先后，另一种是按照故事材料的文本类型。可采用两者兼顾的方式，以时代为主线，在其下按照文体类型进一步说明，如果在某些文献的时代归属有争议的，在文献综述中要特别留意。

两个层面：文献梳理+材料简单归纳。

一个时代、故事出现过哪些主要人物，文献材料、故事形态产生变化的痕迹（表格）。

第一章的第二种方式：分开。

客观资料放后边做附录，生成演变状态放前面。

第二章开始可以采用两种模式：

第一种是按问题性质划分，例如道教、士人心态、婚姻爱情等，章节下应按朝代纵向排列（多数人用）；

第二种是按纵向时代线索划分（一时代一章），章节下应是横向的问题的线索。

2015年课堂笔记节选

李万营

第二章　叙事文化学的对象

第一节　关于故事主题类型的确定（略）

第二节　个案主题类型的确定和整理

一、个案故事类型的基本条件

就某一个个案来说，要关注它的时空分布情况以及背后的原因，具体应充分考虑是否具备以下条件：

首先，时间分布情况，这一点是充分考虑到主题学基本准则，主题学最关心的是文本在不同时间的分布情况，以及为何这样研究。（宁稼雨教授点睛：要有时间跨度，应该不少于两个或三个朝代，最好在三个或三个以上，这样能看出故事的演变轨迹及背后的文化内蕴。）

其次，从空间上考虑文体的因素，对个案来说，个体分布越广越多，对个案研究就越有利。（宁稼雨教授点睛：个案的时间跨度，以及这一时段的不同文本材料多少，影响了下一步工作。以研究对象为主人公的小说戏曲在所有材料中要占一定比重，达到相关学位论文材料规模。）

再次，围绕故事的分布，考虑有关的思想文化分析和艺术表现形态。

故事类型研究更有严谨性、扎实性，要求"竭泽而渔"掌握材料。

不是索引中每个故事都有做系统个案研究的必要，要分类处理。

二、关于个案类型的选择和梳理

无论是在时间、空间还是在内涵思想上，我们应奉行一个总的原则：全局把握、总体驾驭。在此精神指导下，应注意的是，个案动态变化走势的动态过程，注意故事在发展的每一个阶段和前一阶段的差异。

（变或不变，都是文化、文学的选择，是历史所赋予的东西，可以用某种理论来分析，如集体无意识、沉淀说）

第三章　个案故事的文献搜集

……

第四节　丛书、类书与故事类型材料

补充：对笔记、笔记小说、小说概念的界定

笔记：既是一种文体名称，也是一种书籍分类方式，是从晚明小品发展而来的随手而记的文体。刘叶秋先生在《历代笔记概述》中分为三类：1.带有小说性质的笔记（如《搜神记》《世说新语》等，可与"笔记小说"通用）；2.带有野史性质的历史琐闻性笔记（如《大唐新语》《隋唐嘉话》等，兼跨史料和轶事小说，或偏向其中一方）；3.学术性、考辨性的笔记（和小说无缘）。

笔记小说：指的是笔记中带有小说性质的笔记。"文言小说"不等于"笔记小说"。

小说：古代人在界定小说概念时含糊不清。先确定小说的语体，分为文言和白话小说。子部小说绝大部分为文言语体的小说。因此就小说而言，在文言语体内，指的是带有小说性质的笔记；白话语体内，指的是章回体和话本体等类型的作品。

第四章　故事类型的文化批评

第一节　叙事文化学的文化分析

首先从形态观察，在充分的文献材料的基础上对个案故事进行表格式的线索梳理。表格可以清晰表现故事变化，反映历时性的动态过程，形成整体的把握，后面每一章的文化分析都以表格的形态变化为依据，不能抛开形态变化另起炉灶。（三张表格）

一是有关个案故事外在形态的解释图，横向为该故事的要素，如情节、人物等，纵向为按时间排列的个案文献材料。

二是个案故事文化内涵的演变线索，如宗教、政治或士人心态等，是在上表基础上梳理出的几个文化侧面。（做论文要考虑：怎样反映？"点"在哪？）不同时期整个中国的这种文化有什么内涵？再将文本中所体现的与之比较，看是吻合还是变异。

第二节　文化分析的角度简介

从第二表格引分分化。文化分析不能离开故事本身材料，又不局限在故事本身的文化。要注意大局和局部。任何一个文化角度都不是静止孤立的，有产生发展的过程，有具体表现的形态。

注意：故事类型中的演变线索，先要考虑历史、社会、宗教总体的发展线索，掌握全过程。忌平板、静止。（同与异的分析）

操作：不能就文化分析来谈文化分析，要有感而发，"感"来自第一表格，给所有形态变化一个理由，以此为出发点，否则不会深化。一、二表格要贯通。

讲义只是笼统介绍，具体故事文化角度可能是现成的，可能不是。要反复调整，可能会出现矛盾。一个文化角度的设定应有一定量的材料做基础，构成过程研究的可行性。

（1）故事与历史相关记载的关系

作为文学中的故事，与历史记载多大程度上吻合，多大程度上背离，以及文化渗透的幅度和不同时代的创作者及本人经历的关系，以及随年代的不同，背离程度有什么规律。作者的经历有时会与故事有着很大的关系，如某些作品的"自传说"，还有些故事与时代有着紧密的关系，如"李杨"故事在五代时期的大量涌现。

有一点需要注意，若故事的主人公是历史上的真实人物，则必须有故事与历史记载相对照的这样一个步骤。而且史书范围也不仅限于正史，其他史书也应包括在内，在此过程中还要注意，不要只关心故事的变化，故事没有发生变化的那部分也应给予足够的重视。

（2）故事和政治的关系

有相当一部分小说和文学作品与政治事件有关系。故事类型的流变，如果与某一政治侧面有关，则要观察该侧面在该故事类型中的投影。用故事流变来解读政治文化流变，要积极辨认，但不能太过牵强，如《周秦行纪》。通俗文学作品中的政治表现要外露一些，文人作品则相对隐晦，参见卞孝萱《唐人小说与政治》。

故事与政治的关系，不止与外在的政治制度，如科举和政治政策有关，还与内在的政治思想史有关，参见刘泽华《中国政治思想史》《中国传统政治思维》。

政治主题的分化。昭君故事的爱国主题，由对抗自杀到民族团结；或有忠奸斗争。

(3) 故事类型与思想和宗教的关系

故事和思想或宗教等意识形态方面的关联需要具体地把握，有无关系及程度不同，有可能在文人笔下问题突出，也可能走到民间市井的时候问题又淡化。在内容里有哪些涉及思想、宗教、文化的内容。

操作：系统了解思想史、宗教史。叙事文学的思想、宗教不易被后人领悟。一个故事原始形态的思想宗教内涵与后面演绎的思想宗教内涵的走势有差别，类于与历史的关系。

(文化的区别，雅俗文化的对立表现。任何一个时代都有雅俗对立。唐宋士人文化为主，明清市民文化为主。)

(4) 故事类型与社会生活

在叙事文学作品中，要重视民俗风情。个案故事本身的发生年代都是固定的，如卓文君故事发生在汉代，但是不同时代的人去写就会表现出不同的民俗风情。作者往往会根据自己的生活经验写到作品之中，这些生活习俗对于文本这个时代的主题变化有着什么样的作用。社会生活历史的背景常识有相应的了解，应知道到哪里去找这些东西。参见《中华风俗志》《中国古代生活史》《风俗史》，还要看野史笔记各种历史记载等材料。

首先对这些问题最好的理想状态是做好充分的积累，内容与文化方面的关系。其次有些了解但不够清楚，通过一些渠道能找到相应的参考材料。达到这步，不会太遗漏。

(5) 故事所体现的文学要素的变化

各种文学体裁，故事发展中文学技巧、文体要素的变化，人物形象、情节结构、文字语言等，需要找出这些要素的演变轨迹。如以史传为基础，后来增饰诗词、小说，文本变化是怎样的布局形态。白话小说、戏曲成熟前，王昭君故事的规模小、零散，元代《汉宫秋》，清代《双凤奇缘》，规模逐渐增大。

操作：不同于前面的文化分析，大致两种方案：文学要素可放在每个文化分析的后面，作该章最后一节。各时段形态变化的文化动因+文学解读——文化展示是通过什么文学方式实现的，也可把所有文学化内容另加一章。

176

2016年博士课堂笔记节选

陈玉平

第一章　叙事文化

第一节　关于叙事

（此"叙事"与"叙事学"之"叙事"不完全是一个概念。叙事文学作品的文化解读，中国叙事文学作品的文学和文化解读。）

一、叙事广义和狭义的概念

广义的"叙事"是指（不需加以界定，范围较宽，叙事就是叙述故事）一般的叙述事情，包括文学的、非文学的。狭义的"叙事"是指文学的叙事。

狭义：作为文学的叙事，是根据生活现象，进行虚构性、想象性的过程。

（文学虚构不同于民间流传中的"走样"，"走样"是一种不自觉的失真。如诗词中某个典故的使用，虽然没有完整交代故事，却可以成为大叙事中从属的某个构成。）

二、叙事与非叙事文学的联系与区别

（故事、非故事涉及形态文本的问题，关注的广泛性是叙事文化学的特色。不能用叙事与非叙事将很多类型材料排除在外。一方面，自觉做出区分。另一方面，对非叙事文学也要加以关注。）

广义"叙事"是对狭义"叙事"的补充和延伸。

（对叙事概念的界定，涉及文学观念的宽严问题。所谓的叙事文学作品，如小说、戏剧、史传文学等，都有一个宽严的尺度。元杂剧、传奇类作品没有人质疑过它们是不是文学，《三国演义》《红楼梦》"三言二拍"亦是如此。但是文言小说不同，哪些文言是小说、哪些不是，文人历来对此有不同的看法。）

1.很多笔记体作品中"沙中有金"。《梦溪笔谈》中同时含有科技、历史、社会和精彩的叙事文学作品，如卷一的王俊民状元故事，被认为是王魁故事的较早记载。

2.文言小说书目的收录标准与叙事界定。中国古代小说概念模糊（主要是笔记体造成的模糊），哪些书算文言小说需要仔细理清。（与白话小说文体特征明确的情况不同，文言小说中的笔记体决定小说与其他内容的杂糅。因此如何定性文言小说的文体性质是明确叙事界限的重要问题之一。）

对于叙事范围的广狭宽窄问题，不能一刀切、绝对化，我们不需要在一本书是不是小说这个问题上纠缠，重要的是我们要挖掘那些有价值的成分，使他们不至于被遗忘。

第二节　关于叙事文学

一、叙事与文学的关系

狭义的叙事有限定性，它本身属于文学。

因为"叙事"与"叙述"关系的讨论只是在争论对同一对象应该冠以哪个相应符号而已。笔者认为更值得去思考的问题是这一对象本身的容量程度问题，因为这才是中国叙事文化学对于自己的研究对象进行科学界定的正确聚焦点。这里有两方面的问题需要合理明确定位。对于中国古代文学来说，卡冈说的"中长篇小说"主要指章回小说。这显然不足以容纳文体意义上中国古代叙事文学全貌。中国古代叙事文学的范围至少还应该包括话本小说、戏曲与讲唱文学以及大量史传散文等。如果说这只是对中国古代"叙事文学"狭义理解的话，那么对于中国叙事文化学来说，"叙事文学"的范围显然还是不够广泛和宏阔，还需要从更大的范围去寻找其原料基地。

（典故的出现，不能仅理解为抒情文学现象，而应为叙事文学的延展和扩大。诗歌和散文赋予典故以情景、剪影式的片段和意义，相当于电影的某一幅剧照。）

二、叙事与叙说的关系（叙述与叙说的关系）

（叙述是用书面的形式陈述一个故事；叙说主要是一种口头的语言表达方式。两者的差异在日常生活中也是存在的。同样叙述一个事件、一个人可以说得很文雅，也可以说得很口语化民间化。但是，在文学的领域里，两者的区分是重要的，正是有了这种区分，也才使得小说成功地从它的胚胎中分离

178

出来，成为一种文学的样式。）

叙事文学还有一个自身独有的特征，即书面文学与口头文学的相互作用，共同推演。当然，与民间文学联姻的也只是书面叙事文学作品中的部分作品，不能代表叙事文学作品的全貌。

然而，书面文学与口头文学毕竟不能完全等同，区分二者各自的特质无论是对中国叙事文化学整体的宏观认识，还是具体的个案故事类型研究，都同样必要。叙事是用书面形式陈述一个故事，叙说主要是一种口头语言表达方式。在文学领域中，正是由于两者的区分，使得小说成功地从它的口头传承阶段进入书面文学样式：神话传说/诸子寓言/史传文学/辞赋文学（早期为对话体）。

叙说文学因口头传承，有了很大的变异性，是随意性和变异性的结合；叙事较为稳定，相对于对叙说变化较少，但也有版本变化。

关于民间文学和小说，既要关注书面文学，又要看到口头传承的民间故事现象，从两方面出发，对个案进行研究考证（主题学研究就要从书面和口头两方面研究文本的变异现象）。

（虚构分为文学的虚构（文学的，主动的）与传闻的失实（被动的，非有意的），有学者将传闻的失实误认为有意的文学的虚构。六朝志人志怪小说是中国古代小说的雏形形态。小说的源头有：a.史书 b.子书、诸子寓言 c.神话 d.辞赋，辞赋设为主课问答的结构与小说生成有密切关系）。

三、中国古代叙事文学的范围

1.文体内和文体外的双重关注：文体内要关注比较明确的叙事文学体裁如小说、戏曲、史传等；文体外要关注本身不属于叙事文学，但和叙事文学有着非常密切关系的文献，如诗词、文物等。

2.在表达方式上，具备叙事特征的作品与一般叙说的材料要加以区分，且同时关注。

3.注意书面文学与口头传承的区别。

第三节　关于叙事文化

文学的文化学研究：

从广义大文学的视野来进行叙事文学的取景观摄，这本身就已经使叙事文学研究具有了文化研究的性质。这一点不仅为中国叙事文化学所恪守，也是近些年来叙事学研究的一个新动向。傅修延（研究方向是比较文学和叙事学《叙事》丛刊主编）在《先秦叙事研究——关于中国叙事传统的形成》一书中意识到，叙事学研究的范畴应该突破小说甚至文学叙事；赵毅衡则从理论高度将此现象总结为广义叙述学，他认为叙事学从经典到后经典，一个显著的特色就是发生了叙述转向，叙事学研究从单纯的小说模式转向了文化模式。小说叙事模式显然已不足以解释这种新现象。广义叙述学是要建立一种涵括各种体裁、各门学科的广义理论的叙事学。它将不再以小说模式为中心，虚构或非虚构的叙事如广播新闻、电视广告、梦都纳入叙事研究的考察范畴。这样一来，中国叙事文化学的广义叙事文学观念也是西方叙事学中国本土化的一个尝试。

一、欧洲的史诗文化与中国的史传文化的对比

注意：要加强从零散琐碎的文化现象中归纳问题、推导结论的能力。

二、叙事文学的文化内涵

关注叙事文化内涵的动态性。（应该特别强调的是叙事文化的历史演变动态的流动性轨迹，因为历史是一个过程，历史的变化必然会投影到受它影响的个案作品上。）某一故事类型的文化内涵并不是铁板一块的，而是具有动态的流动性。文化内涵的动态性是文化学研究的灵魂所在。

（当一个故事发生形态变化时，它本身的文学要素也要随之变化，如叙事文学语言的变化，我们要关注特定的语言表达方式的变化和它所要强调的文化的关联是什么？一定时期的文学形式、文学手法的发展变化给同时代的文本形态变化提供了什么契机？怎样通过文学手段实现文化的传达？）

文学形式的"意味"性。

要认真全面地把握研究对象。（对于叙事文学来说，就要努力寻找每次形态变化的美学和艺术含义。）

宁稼雨教授补充：同是王昭君题材，在元杂剧中，马致远的《汉宫秋》中对于昏庸奸臣的批判，是作者对元代历史的隐喻，反映的是元代之情事，借助于元杂剧，一本四折，一人主唱的特点，这一特殊的体裁，明快显豁淋漓尽致地表情达意，同时也因为元杂剧更为通俗化，传播广泛，更为底层群

众喜闻乐见，所以因为这艺术形式，昭君故事，在马致远笔下集大成，相对于诗词作品，杂剧形式的特点显而易见。

要有两条线：文化历史线、形式艺术线。

第二章　叙事文化学的对象
第一节　关于故事主题类型的确定

一、主题学方案

对故事主题的研究首先要确定民间故事类型的分类，在此基础上对个案的主题演变做研究。

（宁稼雨教授点睛："AT分类法"不具有同类可比性，不同类可比则会出现交叉的问题，论文的小节要同类可比。）

第二节　个案主题类型的确定和整理

一、个案故事类型的基本条件

就某一个个案来说，要关注它的时空分布情况以及背后的原因，具体应充分考虑是否具备以下条件：

首先，时间分布情况，这一点是充分考虑到主题学基本准则，主题学最关心的是文本在不同时间的分布情况，以及为何这样研究。（宁稼雨教授点睛：要有时间跨度，应该不少于两个或三个朝代，最好在三个或三个以上，这样能看出故事的演变轨迹及背后的文化内蕴。）

其次，从空间上考虑文体的因素，对个案来说，个体分布越广越多，对个案研究就越有利。（宁稼雨教授点睛：个案的时间跨度，以及这一时段的不同文本材料多少，影响了下一步工作。以研究对象为主人公的小说戏曲在所有材料中要占一定比重，达到相关学位论文材料规模。）

再次，围绕故事的分布，考虑有关的思想文化分析和艺术表现形态。

二、关于个案类型的选择和梳理

无论是在时间、空间还是在内涵思想上，我们应奉行一个总的原则：全局把握、总体驾驭。在此精神指导下，应注意的是，个案动态变化走势的动态过程，注意故事在发展的每一个阶段和前一阶段的差异。

（变或不变，都是文化、文学的选择，是历史所赋予的东西，可以用某种理论来分析，如集体无意识说、沉淀说。）

第三章　个案故事的文献搜集（略）

第四章　故事类型的文化批评

中国叙事文化学学位论文写作范式：

绪论：研究缘起，故事类型本身的描述；价值评价（文学、文化哪些方面）；研究现状

第一章是文献综述，按照文献学的写法，材料出处要有根有据，版本、时间、流传情况都要有。例如某故事出自某书，除了介绍这本书（把握限度，如史记汉书有张良的内容，但无需过多谈论司马迁、班固），还要说明其中哪些故事有关联，对大致的情节要素变化做一个提要式的介绍。

文献综述排列方式有两种。一种是按照时代先后，另一种是按照故事材料的文本类型。可采用两者兼顾的方式，以时代为主线，在其下按照文体类型进一步说明，如果在某些文献的时代归属有争议的，在文献综述中要特别留意。

两个层面：文献梳理+材料简单归纳

一个时代、故事出现过哪些主要人物，文献材料、故事形态产生变化的痕迹（表格）

第一章的第二种方式：分开。

客观资料放后边做附录，生成演变状态放前面。

第二章开始可以采用两种模式：

第一种是按问题性质划分，例如道教、士人心态、婚姻爱情等，章节下应按朝代纵向排列（多数人用）；第二种是按纵向时代线索划分（一时代一章），章节下应是横向的问题的线索。

不同角度视方便而定。

学位论文

迎难而上 形成规模

——本时段学位论文情况（2012—2017）

李春燕

一、个案研究学位论文概述

2012 年至 2017 年的六年间，是中国叙事文化学研究形成规模的时期，共完成个案故事研究硕士、博士学位论文三十篇。这些成果以宁稼雨教授指导的硕士、博士生毕业论文为主，外校硕士学位论文也形成了一定的规模。值得注意的是，宁稼雨教授指导完成的博士学位论文，不仅在数量上超过了硕士学位论文，而且因其在选题和写作方面特色明显，后续获得了不少基金支持，得以立项、出版，这为扩大中国叙事文化学研究影响起到了积极作用。

2012—2017 年，南开大学博士、硕士研究生完成的个案研究学位论文共十九篇，基本情况见下表：

2012—2017 年中国叙事文化学博士学位论文一览表

题目	作者	完成时间
《武则天故事的文本演变与文化内涵》	南开大学 2009 级博士研究生韩林	2012 年
《隋炀帝故事的文本演变与文化内涵》	南开大学 2009 级博士研究生刘莉	2013 年
《木兰故事的文本演变与文化内涵》	南开大学 2010 级博士研究生张雪	2013 年
《西王母故事的文本演变及其文化内涵》	南开大学 2011 级博士研究生杜文平	2014 年
《张良故事的文本演变及其文化内涵》	南开大学 2011 级博士研究生李悠罗	2014 年

题目	作者	完成时间
《钟馗故事的文本演变及其文化内涵》	南开大学2011级博士研究生姜乃菡	2014年
《项羽故事的文本演变与文化内涵》	南开大学2012级博士研究生董艳玲	2015年
《包公故事的文本演变与文化意蕴》	南开大学2012级博士研究生王林飞	2015年
《司马相如故事文本流变及其文化内涵》	南开大学2013级博士研究生汪泽	2016年
《曹操故事的文本流变及其文化意蕴》	南开大学2014级博士研究生李万营	2017年
《岳飞故事的文本演变与文化内涵》	南开大学2014级博士研究生李帅	2017年

2012—2017年中国叙事文化学硕士学位论文一览表

题目	作者	完成时间
《李师师故事的文本演变及其文化内涵》	南开大学2009级硕士研究生詹凌菲	2012年
《苏小小故事的文本演变及其文化内涵》	南开大学2009级硕士研究生陈少敏	2012年
《赵氏孤儿故事文本演变与文化内涵》	南开大学2011级硕士研究生柏桢	2014年
《钱镠故事的文本演变及其文化内涵》	南开大学2011级硕士研究生齐凤楠	2014年
《李亚仙故事文本演变及其文化内涵》	南开大学2012级硕士研究生蒙丹阳	2015年
《尉迟敬德故事的文本演变及其文化内涵》	南开大学2012级硕士研究生王晓南	2015年
《穆桂英故事文本演变及其文化内涵》	南开大学2013级硕士研究生黄婕慧	2016年
《荆轲故事文本演变与文化内涵》	南开大学2014级硕士研究生李芸	2017年

这一时期，也有不少外校研究生选取个案故事研究作为毕业论文。从院校分布看，可以说遍及全国；从时间看，持续出现、从未间断。现择其要者，列举十一篇，具体情况见下表：

2012—2017年间其他个案故事研究硕士学位论文举要

题目	作者	院校	完成时间
《柳永故事流变研究》	刘翠翠	江苏师范大学	2012年
《范蠡西施故事流变与文化意蕴考论》	朱芝芬	陕西理工学院	2012年
《赵氏孤儿故事演变研究》	兰桂平	河南师范大学	2013年
《西施母题的流变阐释》	李媛媛	济南大学	2013年
《元明清时期牛郎织女流变研究》	邓未	西北师范大学	2014年

题目	作者	院校	完成时间
《"赵氏孤儿"故事流变考论》	董亭	曲阜师范大学	2014年
《木兰故事研究》	李姣姣	延安大学	2014年
《〈琵琶行〉故事嬗变研究》	王艳辉	河南大学	2014年
《〈西游记〉故事流变及传播研究》	李雯	陕西理工学院	2015年
《狄青故事的演变及其文化意蕴》	张艳君	陕西理工学院	2016年
《〈新列国志〉故事渊源及流变》	王舒欣	陕西理工学院	2016年

二、个案研究学位论文选题分析

2012—2017年个案研究学位论文方面最大的发展，是博士学位论文选题超过硕士学位论文，选题规模，无论是广度还是深度上，都取得了长足的进步。在选题内容上，延续上一时段的以人物选题为主，博士学位论文选题集中在历史人物身上，帝王将相、文臣武将故事选题占了70%以上的比例，此外为神话传说人物和文学人物研究。硕士学位论文选题取得了突破，历史人物选题与文学人物研究持平，有超越后者的趋势。历史人物的文学研究，比单纯的文学人物故事演变，难度更大，这表明中国叙事文学个案研究的深化，在选题上敢于迎难而上。

（一）选题内容与入类情况分析

关于个案故事选题分类及研究对象的层级，宁稼雨教授指出："叙事文化学的对象层级分为四个级别，最高一级是宏观大类，分为'天地''神怪''人物''器物''动物''事件'六类；最低一级为具体的个案故事，中间则是从大类向个案具体故事过渡的层级。"①按照以上标准，2012—2017年第三时段的学位论文选题，十九篇均为个案故事研究。

2012—2017年第三时段的个案选题，以"人物"类故事为主：博士学位论文选题分别属于神话传说主题类（西王母、钟馗），帝王主题类（武则

---

① 宁稼雨：《随孙国江走进六朝志怪小说》，《博览群书》2021年第7期。

天、隋炀帝、曹操）和历史名人主题类（木兰、张良、项羽、包公、司马相如、岳飞）等三大类；硕士学位论文选题分为历史名人主题类（李师师、钱镠、尉迟敬德、荆轲）和文学形象主题类（苏小小、李亚仙、穆桂英）两大类。赵氏孤儿故事在宏观大类上属于"事件"类。

这些故事产生的时代不一，从先秦到宋代，规格体制各有不同。一般而言，硕士论学位文选题，产生时代早、文献材料时代跨度大的故事，往往围绕一个核心事件展开，产生时代稍晚的故事，则包含较多的情节单元。如春秋时期的赵氏孤儿故事，围绕春秋时期晋国赵氏惨遭灭门而后复立的故事展开，以家族复仇为中心；产生于战国时期的荆轲故事，围绕荆轲刺秦王事件展开，在《先唐叙事文学故事主题类型索引》中被列入"人物"类，C231301（人物—君王—复仇—燕太子丹募勇刺秦王）；产生于五代时期的钱镠故事包括射潮故事、钱镠后身故事、还乡故事、陌上花开故事等四个情节单元。

博士学位论文选题涉及的故事情节单元复杂，往往跨越几个大类。如西王母故事体系庞大，跨越神怪、人物、动物、事件四个大类，在《先唐叙事文学故事主题类型索引》中检索如下：

B040301（神怪—生活—饮食—三青鸟为西王母取食）

B040302（神怪—生活—饮食—西王母与汉武帝食桃）

C231401（人物—君王—驾崩—汉武帝不从西王母上元夫人言而崩）

E030206（动物—奇异—鸟—西王母却与燕昭王神蛾）

F010201（事件—人神关系—政治关系—西王母见周穆王）

F010202（事件—人神关系—政治关系—武帝向王母请不死之药）

F010203（事件—人神关系—政治关系—西王母献武帝山房嵘细枣）

F010204（事件—人神关系—政治关系—汉武帝会西王母于寿灵坛）

F010510（事件—人神关系—求仙—西王母荐汉武帝见上元夫人）

曹操故事涉及人物、动物、事件三个大类，其情节单元在《先唐叙事文学故事主题类型索引》中检索如下：

C050304（人物—君臣—纳贤—魏武帝令侍中欲得混沌）

C050501（人物—君臣—尊贤—曹操敕曹丕对宗世林执弟子礼）

C230106（人物—君王—宠幸—曹操夺甄后于曹丕）

C231302（人物—君王—复仇—曹操为报父仇讨伐陶谦）

C231501（人物—君王—评骘—许劭评曹操为能臣奸雄）

C231502（人物—君王—评骘—曹操问裴潜刘备才如何）

C231601（人物—君王—狠毒—曹操逃逸中杀吕伯奢一家）

C231602（人物—君王—狠毒—曹操佯冻眠斫杀小儿）

C231701（人物—君王—化险—曹操中牟遇险得救）

C270504（人物—性情—残暴—曹操杀声高性恶妓）

C272601（人物—性情—诡谲—曹操与袁绍劫人新妇）

C272602（人物—性情—诡谲—曹操令军士望梅止渴）

C272603（人物—性情—诡谲—佯眠斫杀覆被者）

C272604（人物—性情—诡谲—贴卧床上避袁绍剑刺）

E030104（动物—奇异—异兽—魏武帝得异兽救）

F010106（事件—人神关系—人制服神—曹操灭度朔君）

（二）选题特点分析

随着中国叙事文化学理论探讨和实践研究的深入，可供参考的研究成果越来越多，对于个案选题价值的判定，标准也日益明确，选题视野更加开阔，选题自由度有了提升。这一时期的学位论文选题，延续上一时段选题体量上的"三种规模"和内容上"四大体系"，价值判定体系进一步完善，操作运用也更加成熟。

在选题规格体量上，大型规模的选题做博士论文，中型规模选题做硕士论文，在综合考虑故事性文本分布、叙事性文体占比、故事演变的时间跨度三种因素的基础上，衡量选题价值，确定选题。在选题内容上，神话传说故事系列、帝王故事系列、历史名人故事系列、文学人物故事系列均有分布，此期选题聚焦历史人物故事研究，占到了将近70%的比例。

和此前选题相比，这一时段的选题有以下特点：

第一，历史人物故事选题激增。从1994—2004年第一时段历史人物选题的4/17，到2005—2011年第二时段的5/23，本时段的十九篇硕士、博士学位论文中有十四篇为历史人物故事研究，可谓跨越式的增长。历史人物故事研究需要进一步打破学科界限，文史兼通，在文献收集和文化分析上都提出了更高的要求。选题内容上的这一变化，有客观因素限制，也是中国叙事文化学研究不断开拓、迎难而上、自主向纵深方向发展的明证。

第二，得益于理论研究的推进，个案故事选题更加自由。其表现在两个方面：一是在选题时，故事演变时代跨度的考量占比降低，考量选题的规模，更看重现存叙事性文献的体量、故事性文本的数量等质的因素，把握住了这一点，博士学位论文可以选产生于宋代的岳飞、包公等故事，同时，硕士学位论文也可以选产生于先秦的如赵氏孤儿、荆轲等故事；二是随着方法论的明确和研究自信的树立，在选题时，单纯怕重复的顾虑减轻了，刻意避开他人涉足题目的简单操作变少了。用中国叙事文化学方法研究别人做过的一些题目，正可以凸显本方法系统研究、综合研究、深度研究的特色，如第一时段木兰故事、司马相如故事研究被写成硕士学位论文，本时段木兰故事、司马相如故事被写成博士学位论文；学界不乏杨家将故事演变研究，如泰籍华裔黄婕慧将穆桂英故事作为硕士学位论文选题。选题上的思想解放，来自中国叙事文化学作为一种研究方法的独立和自觉，在此过程中，研究者的理论自信不断增强。

第三，文化研究的深化与推广，创新性研究，创造性发展。关注历史人物作为文化符号的意义，如曹操选题，研究透过曹操形象、曹操故事来审视中国传统文化，"在是非善恶的褒贬中，在故事情节的流变中，曹操不再是单纯的历史人物，也不是纯粹的文学形象，而是一个寄托着人们的爱恨情仇、蕴含着丰富的文化意蕴的文化形象、文化符号"①。木兰作为中国历史上的女英雄，替父从军故事蜚声中外，至今仍有影视作品传播。很多选题涉及了民间信仰，如西王母、钟馗、张良、项羽、包公、岳飞、尉迟敬德等故事，其中包公故事在中国台湾、东南亚地区形成了"包公崇拜"现象，穆桂英故事在东南亚汉语圈中的流传，等等。选题的研究视野更加开阔，作品贯穿古今，影响遍及中外。

---

① 李万营：《曹操故事的文本流变及其文化意蕴》，南开大学博士学位论文，2017年。

三、个案研究学位论文写作模式分析

经过两个时段近二十年的探索，中国叙事文化学个案研究学位论文形成了"文学文献+文化内涵"的基本写作模式。这一模式的学理依据，宁稼雨教授有系统表述："按照中国叙事文化学的理论设定并经相关课程教学传授，故事主题类型学位论文在选题确定的基础上，大致包括以下程序：一是对该故事类型做'竭泽而渔'式文献材料挖掘搜集；二是在全面掌握材料基础上对相关材料进行阅读，按时间顺序和情节内涵属性进行归纳梳理；三是在文献材料梳理的基础上找出所有文献材料在情节形态流变过程中的异同变化；四是对所有情节异同变化现象做出历史文化学和文学的根源挖掘和原因解析。"①

本时段的学位论文写作实践，按照上述基本规程，不断充实、细化"文学文献+文化内涵"的写作模式，根据选题实际情况进行调整和创新，形成了"故事演变+文化内涵+文献附录"这一更为精细的论文写作模式，堪称"文学文献+文化内涵"模式的2.0版本。

在论文题目命名上，"××故事+文本演变（流变）+文化内涵（意蕴）"已经成为中国叙事文化学个案研究论文命题的标准形式。这一时段的论文，如《武则天故事的文本演变与文化内涵》《木兰故事的文本演变与文化内涵》《西王母故事的文本演变及其文化内涵》《项羽故事的文本演变与文化内涵》《包公故事的文本演变与文化意蕴》《司马相如故事文本流变及其文化内涵》《曹操故事的文本流变及其文化意蕴》《岳飞故事的文本演变与文化内涵》等，形制规整，一目了然。这一命名方式，对于标明研究对象、研究方法，形成中国叙事文化学个案研究的特色，具有重要的意义。

在论文结构安排上，这一时段的所有文章均采用文化分析主导型结构。文化分析章节普遍有二至六章的规模，是论文的主体部分。在文化分析基础上的文献搜集与故事形态梳理，为确保文化分析的具体、深入，研究者在对个案故事文献材料的处理上不断探索优化，论文的第一章，从之前的

---

① 宁稼雨：《探索科研教学论文推宣四位一体研究生培养模式》，《中国大学教学》2021年第5期。

故事文献综述转变为故事形态演变综述，故事的历代文献材料以附录形式出现。这一调整促成了论文写作模式的迭代升级，形成了"故事演变+文化内涵+文献附录"的论文写作模式。

文献附录的篇幅扩充，形成一章的规模，这是在文献处理上的优化尝试。为使故事研究建立在坚实的文献基础之上，中国叙事文化学追求个案研究在文献搜集上"竭泽而渔"。如何有效利用、合理安排辛苦搜集来的文献材料，同时避免文献资料汇编式的"述而不作"或"行文累赘"之讥，那就有必要将文献综述与故事演变形态梳理区分开来，前者确定故事研究的文献版图，作为研究基础，为后面的故事形态演变分析提供材料，既不喧宾夺主，又能确保出处可靠、材料翔实，将文献材料处理为附录不失为一个有效的办法。这一时段，2014年完成的部分论文及此后所有的博士学位论文，均采用第一章综论故事形态演变、文末分节以附录形式体现该故事历代文献材料的方式。

在论文写作模式探索方面，本时段最大的成就，是博士学位论文写作模式的定型和精细化发展。在上一时段，硕士学位论文写作模式定型，第一章是文献综述，按文体类别列出故事相关作品，部分论文会归纳故事演变轨迹或对人物形象的嬗变进行梳理。对于个案故事能否撑起博士学位论文规模问题，经过选题实践和写作尝试，得到了适应性良好的验证，2009—2011年完成的论文标志着博士学位论文"文学文献+文化分析"写作模式的定型，更多的尝试和探索出现在2012—2017年。此前时段"文学文献+文化分析"模式的论文，文学文献的篇幅与文化分析相比，悬殊较大，前者的基准是一章，有些会加一到两篇附录，但附录篇幅一般不超过5页。博士学位论文所选故事一般由若干故事群组成，一般没有专章梳理故事情节、人物或意象的演变轨迹。这一状况，在2014年完成的博士学位论文有所体现，同时也有了突破，形成了一种更为精细的论文写作模式："故事演变+文化内涵+文献附录"。

2014年完成的博士学位论文有三篇，李悠罗的《张良故事的文本演变及其文化内涵》，前四章的写法基本延续此前的博士学位论文写作惯例——"文学文献+文化分析"。第一章为张良故事文献综述，下分三节，分为汉唐五代、宋元、明清相关文献，下一层按实际情况又分小说、戏曲、诗文等若干类进行文献题录介绍；后面三章分别从游侠主题、成仙主题、帝王师主题探讨张良故事演变的文化内涵。该文在收束部分表现探索性，梳理张良故事的演变轨迹，试图推导出故事演变的规律，第五章"张良叙事话语的本质与文学转移"，下设两节，第一节"张良故事演变述略"，第二节"历史叙事的文学化：张良故事演变的规律"。

转变从杜文平的《西王母故事的文本演变及其文化内涵》开始，论文第一章为西王母故事的文本形态演变综述，"以人物、情节和意象为切入点，按照时代先后梳理西王母故事相关文本的流变过程"。从文献综述改为文本形态演变综述，标志着个案故事博士学位论文写作在梳理故事演变形态上的一大革新。之前研究故事演变，更多注重的是故事情节、人物形象等的演变，从第二时段开始论文题目逐渐从"××故事演变"改为"××故事文本演变"，考量在于强调对文学文本研究的重视，即树立研究的文学本位。然而，故事文本演变，既包含故事内容的演变，也不能忽视故事载体即外在文本形式的演变。

博士学位论文写作"故事演变+文化内涵+文献附录"的新模式，完善于姜乃菡的《钟馗故事的文本演变及其文化内涵》。该文第一章为钟馗故事演变轨迹的综述，"以魏晋至唐五代、宋元和明清三个阶段为基点，从人物、情节、文本形态三个方面对钟馗故事的演变进行分析，从文学文本的角度对钟馗故事进行整体把握，为钟馗故事文化内涵的分析，提供一个全局性的文本演变概观"[1]。第二至五章区分故事类型进行文化研究，分别对钟馗捉鬼、钟馗嫁妹、钟馗赶考、钟馗报恩进行了故事演变及文化内涵研究。正文后有附录，"附录为文献综述，采用文学文献学的研究方法，按照魏晋至唐五代、宋元、明清三个阶段分期梳理与钟馗信仰和钟馗故事相关的文献材料，每一个时代分段则按照文本形态再进行更为细致的分类"[2]。附录部分有96页，文献资料搜罗宏富，足见研究的态度及文献功底，大幅

---

① 姜乃菡：《钟馗故事的文本演变及其文化内涵》，南开大学博士学位论文，2014年。
② 姜乃菡：《钟馗故事的文本演变及其文化内涵》，南开大学博士学位论文，2014年。

提升了中国叙事文化学个案研究学位论文的品质。

2014年及以后完成的钟馗、项羽、包公、司马相如、曹操、岳飞故事研究等六篇博士学位论文，以及赵氏孤儿、尉迟敬德、荆轲故事研究等三篇硕士学位论文，均采用"故事演变+文化内涵+文献附录"这一论文写作模式，体现了中国叙事文化学在文献搜集、故事形态演变梳理和文化内涵分析上的优势和长处。

2014—2017年博士、硕士学位论文章节结构及内容一览表

论文题目	故事形态演变综述	文化内涵分析					文献附录
《钟馗故事的文本演变及其文化内涵》	钟馗故事形态演变综述	钟馗捉鬼与中国民间信仰	钟馗嫁妹与中国古代婚嫁文化	钟馗赶考与中国古代科举文化	钟馗报恩与中国古代王权主义		钟馗故事文献综述（96页）
《项羽故事的文本演变与文化内涵》	项羽故事形态演变述评	项羽故事中的悲剧英雄主题	项羽故事中的英雄美人主题	项羽故事中的项羽信仰	项羽故事中的楚文化精神		项羽故事文献综述（52页）
《包公故事的文本演变与文化意蕴》	包公故事形态演变述评	包公故事与清官文化	包公故事与忠孝文化	包公故事与民间信仰	包公故事与地域文化		包公故事文献综述（55页）
《司马相如故事文本流变及其文化内涵》	司马相如故事形态流变综述	司马相如故事的才士主题	司马相如故事的婚恋主题	司马相如故事的发迹变泰主题	司马相如故事的玩世主题		司马相如故事文献综述（88页）
《曹操故事的文本流变及其文化意蕴》	曹操故事流变形态梳理	英雄、奸雄——曹操故事与人物评判	帝魏、黜魏——曹操征战故事与正统观念	爱才、忌才——曹操与人才的故事与君臣遇合主题	智谋、奸计——曹操"多智"故事与崇智文化	多情、荒淫——曹操"好色"故事与君王女色主题	神术、评判——曹操的神异故事与神秘文化	曹操故事流变文献综录（100页）

194

论文题目	故事形态演变综述	文化内涵分析					文献附录
《岳飞故事的文本演变与文化内涵》	岳飞故事形态演变述评	岳飞故事与爱国主题	岳飞故事与忠奸斗争主题	岳飞故事与儒将主题	岳飞故事与岳飞信仰	岳飞故事与家教主题	一、宋元明清时期岳飞祠庙分布统计（6页）二、岳飞故事文献综述（43页）
《赵氏孤儿故事文本演变与文化内涵》	赵氏孤儿故事形态演变述析	赵氏孤儿故事与复仇文化	赵氏孤儿故事与忠义文化	赵氏孤儿故事与忠奸斗争			赵氏孤儿故事文献综述（17页）
《尉迟敬德故事的文本演变及其文化内涵》	尉迟敬德故事形态演变综述	尉迟敬德故事与武将文化	尉迟敬德故事与忠义文化	尉迟敬德故事与中国民间信仰			尉迟敬德故事文献综述（30页）
《荆轲故事文本演变与文化内涵》	荆轲故事形态流变综述	荆轲故事的刺客主题		荆轲故事的悲剧主题			荆轲故事文献综述（38页）

2014年之后完成的其他硕士学位论文，即使未设置故事文献附录，也在正文文献梳理章节注意到从总体上归纳故事的演变轨迹，如钱镠故事研究，第一章为钱镠故事文献综述及形态分析；李亚仙故事研究，第一章对历代李亚仙故事的相关文献进行综述和文本形态的分析。循着文献收集、整理——文本阅读、对比，故事演变轨迹梳理——文化内涵挖掘这一研究思路，将个案研究做扎实，不能跳过或轻忽其中任何一步。无论选题规模多么庞大，厘清文献之后，梳理故事内容的演变，以及外在文本形态的演变，都是研究链条上不可或缺的环节。"故事演变+文化内涵+文献附录"这一个案研究学位论文结构新模式，正是体现了中国叙事文化学文献、文学、文化研究三者结合的初心。

四、学位论文写作模式展望

2012—2017年第三时段是"文学文献+文化分析"学位论文写作模式在博士学位论文中全面实践、不断优化升级的时期，2.0版本"故事演变+文化内涵+文献附录"文章结构模式的形成，更利于研究生创新意识和研究能力的培养。学位论文写作模式的优化升级，是中国叙事文化学研究在实践过程中总结经验、不断探索、认真听取学界批评建议后做出的自主革新。这一过程，体现了理论探索者孜孜不倦的开拓精神和追求尽善尽美的恒心毅力，也昭示着这一研究方法旺盛的生命力。

"故事演变+文化内涵+文献附录"的文章结构模式，贴合中国叙事文化学"文献、文本、文化三结合"的研究定位，强化了个案故事研究的文学本位，凸显了文献的基础作用，有利于故事文化内涵分析的具体深入。个案故事研究的操作规程分为三步：清晰明确的文献综录—条分缕析的故事形态梳理—有深度的文化内涵分析。文本、故事既是研究主体，也是联系文献与文化的桥梁，没有清晰明确的文献综录和故事形态梳理，文化分析章节很难具体深入。如此看来，"故事演变+文化内涵+文献附录"的论文结构模式，既贴合了个案故事研究的操作实际，便于研究成果的最佳呈现，也有利于解决此前论文写作在不同程度上存在的文化分析机械生硬、以偏概全或论述浮泛问题。

在学位论文中，将文献综录与故事形态演变综述分开，可以更清晰地呈现选题的文献材料规模，在此基础上，"对全部文献材料进行阅读考证后进行时间顺序排列和故事主题倾向辨析梳理，找出全部文献材料所反映该故事在历代各种文献材料全部演变过程中的形态异同变化"，这是确定故事演变文化主题的重要依据。如果故事形态演变梳理做不好，那文化内涵分析就很难深入。

个案故事研究论文"文学文献+文化分析"的写作模式，优点在于入门简易，可操作性强。第一时段（1994—2004）电子文献普及度不高，个案研究论文的用力点在文献查询整理与文本阅读，勾勒出个案故事的文献版图，梳理出故事的演变轨迹。在此基础上进行文化分析，文献的亮点能够遮盖文化分析的不足。第二时段（2005—2011）出现了个案故事研究博士学位论文，文献综述、故事演变轨迹的梳理难度增大，文化分析主导型论文结构决定了一篇文章70%的篇幅是文化主题分析。特定的故事支撑相应的文化主题，为了防止重复，论文不再单设章节做故事演变轨迹的梳理。文献综述部分列举文献，划分故事类型，对于下面的故事小类，处理不够。如唐明皇故事由后妃故事、君臣故事、好道故事、梨园故事四部分组成，后妃故事对应帝妃爱情主题，君臣故事对应势道关系主题，好道故事对应道教文化主题，梨园故事对应梨园文化主题。后妃故事类中又分很多小类，如杨贵妃故事、梅妃故事等，杨贵妃故事下又有贵妃受宠、安杨私通、贵妃醉酒等具体的故事。划分故事层级，梳理最小单元故事的演变轨迹，有利于文化主题分析的深入。限于当时的主客观条件，笔者未能做到细致梳理。《唐明皇游月宫故事的文本演变与文化内涵》《梅妃故事的文本演变与文化内涵》《唐明皇君臣故事演变及其文化内涵》《"德艺双馨"与唐明皇梨园弟子故事的文学演变》等论文在笔者2011年毕业后相继发表。其中《"德艺双馨"与唐明皇梨园弟子故事的文学演变》一文，被中国人民大学复印报刊资料《中国古代、近代文学研究》2019年第12期全文转载。该文的文献材料出于笔者的博士学位论文，但文化分析部分却下了一番气力进行打磨提升。反观2020年3月被中国人民大学复印报刊资料转载的另一篇论文《从"富贵异心"到"才拥双艳"——相如聘妾与长门买赋故事关联演变的叙事文化学分析》，作者汪泽表示文章直接取自2016年完成的博士学位论文，改动不大。这种对比没有绝对意义，但也可从某种程度上看出，在具体故事情节单元的演变梳理方面，"故事演变+文化内涵+文献附录"的文章结构模式，单列故事形态演变综述章节，更有利于故事演变文化内涵的挖掘。

"文学文献+文化分析"2.0版学位论文写作模式的探索实践，使得个案故事研究气脉贯通，成果的分量更加一目了然。切实有效的科研训练，在成果创新、人才培养上成效显著。这一时段完成的博士学位论文，在著作出版、高水平论文发表及项目申报等方面成果亮眼，为青年学者的学术发展打下了坚实的基础。

目前已出版的博士论文有张雪的《木兰故事的文本演变与文化内涵》（花木兰文化出版社 2017 年版），韩林的《武则天形象的文化建构及阐释》（中国社会科学出版社 2018 年版）和李帅的《岳飞故事的文本演变与文化内涵研究》（武汉大学出版社 2021 年版）。围绕本时段的博士学位论文选题，已发表的高水平学术论文有十多篇，同时越来越多的故事演变类论文获得了认可，如张雪的《清代木兰故事婚恋主题的演变及其文化内涵》（《文艺评论》2013 年第 4 期）、李悠罗的《张良侠士形象的文化内涵》（《学术交流》2013 年第 8 期）、姜乃菡的《钟馗嫁妹故事的流变及其文化内涵》（《民族文学研究》2013 年第 5 期）、杜文平的《西王母会君故事的文本演变及其文化内涵》（《青海社会科学》2013 年第 6 期）、韩林的《武则天形象的嬗变及其性别文化意蕴》〔《东北师大学报（哲学社会科学版）》2014 年第 5 期〕、董艳玲的《南北朝时期项羽神信仰的文化内涵》（《齐鲁学刊》2015 年第 1 期）等。

"文学文献+文化分析"学位论文写作模式具有发展后劲，博士学位论文后续研究成果有李万营和宁稼雨教授的《嘉靖本〈三国志通俗演义〉军事影响论补证》（《明清小说研究》2018 年第 4 期），汪泽《从"富贵异心"到"才拥双艳"——相如聘妾与长门买赋故事关联演变的叙事文化学分析》（《天中学刊》2019 年第 4 期，中国人民大学复印报刊资料《中国古代、近代文学研究》2020 年第 3 期全文转载），《故事"新编"与"历史"的此刻意义——论〈故琴心〉对司马相如故事的幻灭书写》〔《四川师范大学学报（社会科学版）》2020 年第 5 期〕等。李万营在博士毕业论文基础上申报"曹操故事的文本流变及其文化意蕴"项目，2020 年获得国家社科基金后期资助（项目编号：20FZWB048）。

谈及中国叙事文化学研究学术训练，毕业多年的王林飞博士说："感谢老师在读博期间全面耐心严格的指导。中国叙事文化学研究范式对个人的引领是全方位的，文献、文学、文化三位一体的综合研究是非常扎实有效的。"据悉，截至 2022 年 1 月，王林飞的包公故事选题，已获得了湖南省教育厅科研一般项目"包公故事文本整理与廉洁文化新探"（项目编号 16C0311，2016 年 7 月至 2018 年 10 月，已结题）、湖南省社会科学成果评审委员会课题"湖湘地区包公信仰研究"（项目编号XSP19YBC014，2018年11月至2022年12月，在研）、湖南省教育厅优秀青年项目"历代题咏包公诗文整理与研究"（项目编号18B445，2018年9月至2023年12月，在研）三个厅局级项目支持。这些项目得以获批，离不开博士论文写作时打下的基础——扎实的文献综述，清晰的故事文本形态梳理，以及对包公故事演变文化主题的研究。这也印证了"文学文献+文化分析"模式的2.0版学位论文写作模式对于人才培养、学术创新及科研服务社会的价值。

学位论文目录

2012 年

一、南开大学学位论文

（一）博士学位论文

韩林：《武则天故事的文本演变与文化内涵》

（二）硕士学位论文

1.陈少敏：《苏小小故事的文本演变及其文化内涵》

2.詹凌菲：《李师师故事的文本演变及其文化内涵》

二、其他学校学位论文

（一）硕士学位论文

1.刘翠翠：《柳永故事流变研究》，江苏师范大学

2.朱芝芬：《范蠡西施故事流变与文化意蕴考论》，陕西理工大学

2013 年

一、南开大学学位论文

（一）博士学位论文

1.刘莉：《隋炀帝故事的文本演变与文化内涵》（附节选）

2.张雪：《木兰故事的文本演变与文化内涵》（附节选）

二、其他学校学位论文

（一）硕士学位论文

1.兰桂平：《赵氏孤儿故事演变研究》，河南师范大学

2.李媛媛：《西施母题的流变阐释》，济南大学

2014 年

一、南开大学学位论文

（一）博士学位论文

1.李悠罗：《张良故事的文本演变及其文化内涵》（附节选）

2.姜乃菡：《钟馗故事的文本演变及其文化内涵》（附节选）

3.杜文平：《西王母故事的文本演变及其文化内涵》（附节选）

（二）硕士学位论文

1.柏桢：《赵氏孤儿故事文本演变与文化内涵》

2.齐凤楠：《钱镠故事的文本演变及其文化内涵》

二、其他学校学位论文

（一）硕士学位论文

1.王艳辉：《〈琵琶行〉故事嬗变研究》，河南大学

2.李姣姣：《木兰故事研究》，延安大学

3.董亭：《“赵氏孤儿”故事流变考论》，曲阜师范大学

4.邓未：《元明清时期牛郎织女流变研究》，西北师范大学

2015 年

一、南开大学学位论文

（一）博士学位论文

1.王林飞：《包公故事的文本演变与文化意蕴》（附节选）

2.董艳玲：《项羽故事的文本演变与文化内涵》（附节选）

（二）硕士学位论文

1.蒙丹阳：《李亚仙故事文本演变及其文化内涵》

2.王晓南：《尉迟敬德故事的文本演变及其文化内涵》

二、其他学校学位论文

（一）硕士学位论文

李雯：《〈西游记〉故事流变及传播研究》，陕西理工学院

2016 年

一、南开大学学位论文

（一）博士学位论文

汪泽：《司马相如故事文本流变及其文化内涵》（附节选）

（二）硕士学位论文

黄婕慧：《穆桂英故事文本演变及其文化内涵》

二、其他学校学位论文

（一）硕士学位论文

1.张艳君：《狄青故事流变研究》，陕西理工学院

2.王舒欣：《〈新列国志〉故事渊源及流变》，陕西理工学院

2017 年

一、南开大学学位论文

（一）博士学位论文

1.李万营：《曹操故事的文本流变及其文化意蕴》（附节选）

2.李帅：《岳飞故事的文本演变与文化内涵》（附节选）

（二）硕士学位论文

李芸：《荆轲故事文本演变与文化内涵》

武则天故事的文本演变与文化内涵

2012年南开大学博士学位论文　　韩林

摘要

　　本文以中国叙事文化学的方法为主，以传统文献学、目录学为基础，兼顾心理学、西方叙事学、性别文化等方面的研究方法对武则天故事个案进行研究。

　　总体看来，武则天故事有两个层面，官方文字记载与民间口头传说，分别出现了贬低和褒扬两种相反的倾向。在官方男权文化框架中，如果不能成为"天使"，那么就必须成为"魔鬼"。这是"积极晕轮效应"与"恶魔效应"作用的结果。官方的武则天形象是一个被正统文化过滤过的，被不同群体出于维护自身利益的需要改变、加工、制造出来的多种观念的载体，是主流文化的产物。在民间故事中的武则天形象则是人们寄托美好愿望的载体。

　　从纵向上看，武则天故事可以分为四个发展阶段：发轫期、沿承期、转型期和繁荣期。唐五代是发轫期：该时段关于武则天的记载比较分散，多是片段性的、独立的小故事。内容涉及各个方面，是后世撰写武则天故事的起点。唐代的武则天故事都是在她的子孙当政时流传的，在"家国同构"的封建王朝，孝道及"为尊者讳"的原则使唐代的武则天形

---

　　* 本部分选录论文为该时段较具代表性的学位论文作品，为全面展示中国叙事文化学发展脉络，依照时间顺序和作者所属院校情况进行排序。

象总体上接近历史。宋元是沿承期：该时段也是无顾忌地评价武则天的开始。这一时期的作品沿袭了唐代的思路，并按照编撰者的主观意识开始甄别和分类。由于靖康之变、南宋偏安、元蒙入主中原，武则天故事在原本反对"异性"的基础上又加入了反对"异族"的思想，笼罩在正统性和民族性的观念之下。明代是转型期：由于商品经济的发展、市民阶层的兴起，使这一时期的武则天形象颠覆了传统基于史实之上的描绘，在小说和戏曲中出现了刻意歪曲、恶意贬损的倾向，产生了一大批艳情小说。清代是繁荣期：这一时期各种文体中都有关于武则天形象的艺术性较高的作品，并出现了妖魔化武则天的倾向。

从横向上看，武则天故事涉及许多不同的领域。论文第二、三、四、五章分别从政治文化、宗教文化、神秘文化、性别文化的角度上展开。每章以一个主题为中心，第一节是武则天与该主题的概说，然后按照时代顺序梳理这一主题在不同时代的流变、特点及文化内涵，最后一节是关于此类故事文学规律的总结，尤其注重考察故事从史学向文学移位的动态轨迹。论文整体结构如下：

第一章是关于武则天故事的文献综述。按照朝代的顺序排列，在朝代之下按照体裁分为历史典籍、野史笔记、小说戏曲、诗文等。每部作品简要介绍作品的体裁、作者、著录情况、版本及与武则天相关的内容等。

第二章是武则天故事中的女子干政主题，对武则天皇位正统性的批判贯穿始终。唐代时期的文本相对客观地展现武则天的功过，包括后宫干政与女皇执政两部分；宋元时期从正统性的角度批判武则天的僭越行为；明代时期武则天成为一个昏庸无能之辈，她的政治能力被弱化；清代时期把武则天丑化为祸水，并出现了此类故事中唯一的正面形象——支持女性参政的理想明君。

第三章是武则天故事中的转世报应主题。武则天与转世报应主题的关系有两条线索：一条是武则天对转世说法的利用。她利用佛教作为自己问鼎皇位的舆论先导，把它当作实现自己目标的工具和理论武器。另一条是封建士大夫阶层运用佛教中的因果报应观念惩罚武则天，歪曲她的形象。唐宋时期女皇利用佛教登基，元明时期人们用因果报应观念诋毁女皇形象，清代时期给武则天安排了皈依的结局。

　　第四章是武则天故事中的神秘文化主题。皇权必须被神化才具有威慑力。超现实的故事使君权在合法性之上更具有神秘性，从而变得不可置疑。唐宋时期的神秘故事主要是出于"圣人有异表"的观念和帝王出身不凡的思维定式；元明时期集中于武则天登基是天命所在；清代的此类故事把武则天神化。总的说来，这些故事都体现了命由天定、君权神授的思想。

　　第五章是武则天故事中的不伦之恋主题。讲述武则天的情感生活，主要有两条线索：一条是武则天与唐太宗、唐高宗的故事，另一条是武则天与男宠的故事。前者是公开化的夫妻，后者则是不见光的"地下情人"；前者是武则天攀登权利的阶梯，后者则是她晚年生活的开心果；前者因为触犯"乱伦"的禁忌而受人诟病，后者则因败坏"妇德"而成为众矢之的。唐宋时期，这些故事大体符合史实；宋元时则把反面因素夸大；从明代开始，两条线索并拢，都朝着艳情化的方面发展；清代时期武则天被全面妖魔化。

　　武则天被丑化，是封建社会性别哲学泛化到政治学、伦理学等领域出现的一种歧视现象。武则天故事总体上经历了从政治主题到情欲主题的转换，这是男性把政治失败转移到两性的战场上来，把武则天从政治领域排挤出去的结果。皇权强化的附带作用、男权文化的排斥作用、伦理道德的规范作用、恶魔效应的夸大作用使武则天的形象每况愈下。故事中武则天的话语早已经被男性霸权的口水所淹没，她被物化成一个符号，一个无意义的空洞能指，成为作者具有虐她性质的个人意志的伸张。武则天形象在传统文化中承担了补偿、宣泄、教育等功能。她的故事在历史长河中随着女性地位的起伏而波动，成为男女政治博弈的风向标。

目录

苏小小故事的文本演变及其文化内涵

2012年南开大学硕士学位论文　陈少敏

摘要

　　苏小小故事最早源于南朝陈徐陵《玉台新咏》卷十里的一首《钱唐苏小歌》。其故事有两个截然不同的版本：一个是从北宋开始，一直流传到清朝的"司马槱梦遇苏小小"，主要讲北宋人司马槱梦遇南齐名妓苏小小，梦中小小吟诗表衷情，司马槱接受爱意后暴亡；另一个是从清初开始的"苏小小慧眼识风流"，主要讲述了苏小小和阮郁一见钟情，之后又为情所弃；慧眼识得落魄才子鲍仁，并慷慨解囊资助其求取功名；不惧权贵，以机敏的才智征服暴戾的上江观察使孟浪。尽管史籍上并无苏小小的相关记载，但是文人们还是相信她曾真实地存在过，有关她的故事，从南朝到清代，一直不绝于诗歌、小说、杂剧、传奇、绘画等诸多领域。故此，本文运用中国叙事文化学的研究方法，从文学和文化的角度，研究苏小小故事的发展演变以及其背后所蕴含的文化内涵。

　　文章的引言部分主要陈述"苏小小故事"的研究现状，明确选题的价值意义，提出文章所要解决的问题，并简要介绍中国叙事文化学研究方法。

　　正文分四章：

　　第一章介绍苏小小故事的文本演变情况。按照时间顺序，分为唐及其以前、宋金元、明清三节。每个小节中，对相应时期内该故事文本的存佚情况进行介绍，比较故事情节、人物的异同。苏小小故事的源头可以追溯到南朝陈徐陵《玉台新咏》里的《钱唐苏小歌》一诗。这之后到中唐以前，有关苏小小的文献"三百年间，寥落莫睹"。从中唐开始，文人之间形成了一股吟咏苏小小的风气。苏小小的形象，被唐朝的诗人们塑造出来了。宋代，苏小小被写入了传奇和话本，"司马槱梦遇苏小小"的故事在民间广泛流传。金元时期，民间的散曲、绘画、杂剧等领域都出现了该故事。明清时期，"苏小小慧眼识风流"力压"司马槱梦遇苏小小"，成为苏小小故事的主流。

第二章分析西湖地域文化对"苏小小故事"演变的影响。第一节概述西湖地域文化的发展历程。后三节按照时间顺序，分唐及其之前、宋元、明清三个阶段。第二节介绍唐及其之前的西湖，虽秀美天成，但是还未经开发，更少人文点缀，就是在这样相对荒凉的西泠之下，苏小小故事开始演变。第三节写宋元时期，随着南方经济的发展，两宋时期的杭州一跃成为东南名郡，尤其是南宋时期定都杭州，西湖的繁盛达到了极点，被杭州人称为"销金锅儿"。真是西湖风光好，苏小也妖娆，这一时期的苏小小故事有了很大的变化发展。第四节写明清时期的西湖，经过一千多年的开发，它已经完全从一个自然的湖泊成为一个人工湖，并且积淀了丰厚的历史文化，苏小小故事再次有了新的发展。以西湖为背景，苏小小主演了两部情感剧集：一部剧的主题是苏小小故事与士人女性观，另一部剧的主题是苏小小故事中渗透出的青楼女子的柔情。

第三章探究苏小小故事与士人女性观主题。在中国几千年的封建历史中，男性一直处于统治者的位置，女人沦为男人的附属物，丧失了话语权，于是整个社会便以男人为中心建立起了一套相应的文化体系。第一节主要是中国古代士人

209

女性观的发展综述。第二节写唐代时期，在开明的文化背景下，以自我为中心的士人笔下的物化女性。第三节写宋代心态内敛的文人士大夫笔下的美人幻梦。第四节写明清时期，受启蒙思想影响，士人心态转型，女性的社会地位和独立人格得到提高和尊重。

第四章探究苏小小故事与"红颜"主题。"红颜"本意是女子艳丽的容貌，后借指美女。伴随着男性对女性既压抑又依赖、既期待又恐惧的矛盾心理，古往今来的文学作品中出现了众多的"红颜"形象，并逐渐形成了一系列和"红颜"有关的意象，如红颜美女、红颜知己、红颜易老、红颜祸水、红颜薄命、天妒红颜等。"红颜"以其独特的魅力丰富着文人们的创作灵感，如果没有这些"红颜"，中国文学恐怕要减色一半。第一节是探寻"红颜"主题溯源；第二节写唐宋时期，从红颜美女向红颜祸水的形象转变；第三节写明末清初时期，从红颜祸水到红颜薄命的人生长恨。

目录

李师师故事的文本演变及其文化内涵

2012年南开大学硕士学位论文　詹凌菲

摘要

　　北宋末年，宋徽宗慕李师师之名与她相识，二人曲折婉转的爱情故事中穿插着形形色色的"第三人"，其中既有宋徽宗与周邦彦争风吃醋，又有李师师举荐梁山好汉，还有李师师周旋于豪绅地痞，等等，由此构成了一幅广阔的社会文化图卷。从宋至清，李师师故事在文人笔记、传奇、章回小说、话本小说、杂剧、诗词等作品中流传，故事情节的嬗变，以及"第三人"描写对象的变化，体现出不同时代作者对这个故事系统的接受，以及根据当时主客观条件进行的再创造。本文运用中国叙事文化学的研究方法，对李师师故事的嬗变过程进行梳理，并尽可能揭示嬗变的成因及从中体现的文化内涵。

　　本文引言部分主要介绍李师师故事系统的主要特征，即固定的角色模式与变化的情节相结合，变与不变之间体现出历史文化的传承与发展。并且介绍了当前李师师故事的研究现状与不足，阐述中国叙事文化学研究的特点。

　　第一章主要对李师师故事历代流传的文本进行搜集和梳理，按照时间顺序共分为宋、元、明、清四节，介绍文本的存佚情况，比较故事系统内的情节差异。宋代李师师故事多集中于文人笔记，有《李师师外传》问世；元代文献杂剧作品基本已佚，仅有《宣和遗事》小说与残曲四支；明代文献颇为丰富，主要以《水浒传》记载为主，辅以狐媚妖怪之说；清代文献以《金瓶梅》续书为主要嬗变文本，故事情节、人物形象皆与前著大相径庭。

第二章分析李师师故事体现出的青楼遇合主题。第一节对青楼遇合主题进行溯源，蠡清"青楼""妓"的本意，梳理至唐代青楼遇合主题的发展脉络。其后根据主题嬗变的主要趋势分为宋代、元代至明初、明中叶以后三个时期，共三节：第二节从李师师故事看宋元时期青楼女性自我意识的觉醒和礼义观念之间的矛盾；第三节介绍明代青楼遇合主题从节义说教向世俗情色过渡；第四节着重分析青楼遇合主题在明末至清代走向艳情化的原因，以及故事中体现出来的金钱至上观念。

第三章介绍李师师故事中的帝王宫闱特权主题。第一节主要对帝王宫闱特权进行阐释说明和溯源，从帝王对女性的占有特权角度梳理历代的发展脉络。其后分为宋代、元代至明、清代三个时期，共三节：第二节分析宋代作品中，宋徽宗表现出对其宫闱特权不屑一顾背后的深层原因；第三节分析元明两代作品中，帝王的宫闱特权突然高涨所体现出的文化内涵；第四节通过清代小说、诗词等作品，管窥那个时代对帝王宫闱特权的反思。

第四章探究李师师故事中体现出的帝王政治特权主题。第一节对帝王政治特权进行主题溯源，梳理皇权政治从封建王朝出现之初到唐代这漫漫几千年的发展脉络。其后分为宋元、明代、清代三个时期，共三节：第二节写宋元时期中国古代封建王朝的中央集权加强，皇帝政治特权高涨，但仍与相权相互制衡；第三节写明代皇权恶性膨胀，对法制、人权等肆意玩弄与践踏是这个时期帝王政治特权的极端表现；第四节写清代延续了明代帝王目空一切的政治特权，尤其发展了针对文人的政治高压，使这一时期的李师师故事无论从情节上还是传播上都发生了与前不同的变化。

目录

柳永故事流变研究

2012年江苏师范大学硕士学位论文　刘翠翠

摘要

　　柳永是宋代历史上杰出的词人，他一生坎坷，却风流自赏，备受后人关注。以柳永为主人公，以他的生平、经历为框架创编的各类故事，自宋代起历经金、元、明、清，源源不绝、数量繁多、风格各异。后人在建构柳永故事、重塑柳永形象时，往往将其所处时代的社会思潮、文人心态融入其中，从而赋予其新的韵味和旨趣。也正因为如此，柳永故事才能够在长久的历史发展与文化积淀中延续下来，而其形象也成为中国文化中一个不可或缺的符号。

　　柳永故事为何有如此强大的生命力和迷人的魅力，这值得我们深入探讨和研究。本文从故事流变角度，着重探讨柳永故事从宋代至清代的衍化历程，包括小说、戏曲等各种类型的作品。文章分为三部分：第一章分析柳永故事在小说文本中的流变情况，梳理宋代各类笔记中的柳永故事，并从人物形象、故事情节等方面对宋元话本《柳耆卿诗酒玩江楼记》与明代话本《众名姬春风吊柳七》进行研究；第二章探讨柳永故事在戏曲文本中的流变历程，着重分析宋元南戏、元杂剧及明清戏曲著作中的"柳耆卿诗酒玩江楼"故事，并对元杂剧《谢天香》和清杂剧《风流塚》进行文本解读；第三章从柳永形象及其文化内涵、市井文学对柳永故事的建构、文人文学对柳永故事的建构这三方面深入剖析柳永故事流变的原因，并尝试对不同时代的柳永故事所呈现出来的特征进行文化解析。

目录

范蠡西施故事流变与文化意蕴考论

2012年陕西理工大学硕士学位论文　朱芝芬

摘要

　　范蠡西施故事源于吴越相争，然随时代变迁，其故事亦不断发展。先秦时期，范蠡与西施分别散见于诸子散文，成为诸子笔下才德兼备的谋臣与容貌动人的美女，但仅范蠡参与了吴越争霸，而西施不见记载，与范蠡更无瓜葛。汉代，《越绝书》首次将范蠡与西施联系在一起，范蠡西施故事开始形成。魏晋南北朝，受神仙思想影响，在《穷怪录》《博物志》等志怪小说中，范蠡与西施形象被神化，充满志怪色彩。唐宋，范蠡与西施成为文人寄托个体情感的对象，诸多诗词作品从不同角度对范蠡与西施加以描绘、评述。

　　金元杂剧中，范蠡西施故事产生了一定变化，尤其是西施，从正面形象发展到负面形象，成为文人剧作中被贬损的对象。至明清时期，戏曲与小说将范蠡西施故事推向高峰。传奇有《浣纱记》与《倒浣纱》，前者首次安排范蠡与西施相恋情节，塑造西施巾帼英雄形象；后者重写《浣纱记》中范蠡西施故事，虽情节沿袭《浣纱记》，然立意颠覆《浣纱记》。杂剧有《五湖游》《浮西施》等，一者写范蠡西施泛舟五湖，一者写西施被范蠡沉水而亡。小说有《东周列国志》《豆棚闲话》等，或完整展现了范蠡西施故事，或从各个方面解构了此前文学经典中范蠡西施故事。经历代文人吟咏创作，范蠡西施故事终成为最广为人知的历史故事之一。世人不同时期对范蠡西施故事的创作，其侧重点不同，先秦之才德、秦汉之方术、魏晋之神化、唐宋之结局、明清之批评，均与时代氛围息息相关，与作家本身密切联系。对范蠡西施命运的关注与人物的品评，亦是对生命与人性的表达。

目录

隋炀帝故事的文本演变与文化内涵（附节选）

2013年南开大学博士学位论文　刘莉

摘要

　　中国封建帝王无论是明君或是昏君、暴君，历来都是文学作品关注的对象。隋炀帝故事因其时代延续性、文体多样性、内容丰富性，成为暴君故事文学演绎中的典型，直至今日，仍为后人津津乐道。隋炀帝是中国古代臭名昭著的一位皇帝，在历代帝王中，他被赋予了少有的恶谥"炀"。他是历代臣子劝谏君主时常被作为反例引用的暴君典型。历代以炀帝为题材创作的诗文、戏曲、小说等层出不穷，在中国文学史上产生了深远影响。

　　隋炀帝事迹见于《隋书》《北史》《资治通鉴》《新唐书》《旧唐书》等历史典籍。隋王朝结束了南北朝长期的封建割据，建立了统一富庶的国家。炀帝继位后，采取一系列措施巩固政权，经济、军事、外交等都取得进一步发展，但终因残虐百姓而亡。其事富有传奇性，隋唐时期便出现关于炀帝故事的民间传说。自《隋书》后，文人士大夫更看重炀帝一朝之亡国借鉴，借此反思治乱之道，而野史笔记等则更重视对炀帝奢靡生活的展示。隋炀帝故事的演变过程是历代文人演绎历史、整合传说的过程。梳理隋炀帝故事发展的脉络，不仅能把握隋炀帝故事在不同时代的情节变迁、人物形象的变化，也更能发掘其故事形态发展演变之社会背景与文化意蕴。

本文采用中国叙事文化学的研究方法，在搜集、梳理历代隋炀帝故事文本的基础上，关注四大文化主题在其故事演变中之嬗变轨迹，剖析隋炀帝故事形态演变的规律及其折射出来的社会背景、思想状况的变迁。论文共由七部分组成：

绪论主要是对研究对象、研究方法、研究现状的阐述。在明确研究范围、研究方法的基础上，揭示本文创新点。

第一章为文献综述，按照时代顺序梳理与隋炀帝故事相关的文献材料，分隋唐、宋元、明、清四节论述。通过简述炀帝故事主要文本的作者、版本、基本内容等，旨在对炀帝故事在历代的分布情况、体裁样式、主要情节等做整体观照。

第二章梳理隋炀帝故事中暴君政治主题的发展演变，揭示暴君政治故事在隋炀帝故事系统中的演变态势及其折射的社会文化背景。隋末农民起义已将炀帝定义为"暴君"，唐代从总结"隋鉴"角度理性反思炀帝一朝之政治得失，叙述相对客观；宋元时期，则增加文学虚构的比重，着重于感性批判；明清时期，是隋炀帝暴政故事发展的集大成时期，在承袭前代故事的基础上，将对炀帝暴君政治的描写推到极致，以生动夸张的情节塑造了一个典型的暴君形象。

第三章以炀帝故事系列中的帝妃情感故事为研究对象，梳理帝妃情感故事的发展演变及人物形象的嬗变，并从文化角度剖析其演变规律与原因。隋唐时期，帝妃情感故事在炀帝故事系列中所占比重较小，主要是依史演绎，文学创作成分较少；宋元时期，帝妃故事在炀帝故事中颇受瞩目，不但为炀帝构建了庞大后宫，也塑造了若干生动的人物形象，并带有明显的市民审美倾向；明清时期，帝妃故事被进一步扭曲，在新的审美观照下，炀帝的后宫展现出与前代迥异的风貌，炀帝从一个有雄才大略的皇帝被扭曲为"色情狂"或怜香惜玉的风流天子。

第四章分析隋炀帝之帝王才情故事。隋炀帝是一个暴君，也是一位著名的诗人。历代炀帝故事对其才情亦有展示。隋唐时期，在才子情结的影响下，隋炀帝被塑造为文人形象，体现了士人的审美情趣；宋元时期，则更多受市民文化的影响，炀帝的诗才被限制于淫乐游逸范围内，并借此增加作品的传奇性与趣味性；明清时期，炀帝的诗才被有意忽略，成为一个平庸的帝王。

第五章论述隋炀帝故事中的神秘文化主题故事。在隋炀帝故事中，有很多关于梦征、相术、占气、占星、童谣、谶语等涉及神秘文化的内容。借助这些神秘手段，统治者通过神化王权以加强威慑力，而有野心的政治家也借此为改朝换代制造舆论。隋唐时期的神秘故事主要借相人术为隋炀帝登基、唐高祖称帝造势；宋元时期借梦征、妖物作祟等将炀帝形象进一步妖魔化，以示皇天不祐；明清时期则集中于炀帝身死亡国的结局及其最终归宿。

余论主要分析炀帝故事的演变态势，并对除四个主题外的其他炀帝故事进行简要说明。

目录

纵观中国叙事文化学视野下的隋炀帝故事，在中国历代封建帝王中，隋炀帝是特别引人注目的一位。他是我国历史上著名的亡国之君。在位期间，他凭借历代帝王少有的雄心与魄力，建立了种种功绩，如兴建洛阳、修通运河、开创科举制度、开发西域等，同时也因不恤民力、刚愎自用，导致江都之变，终结了隋王朝短暂的统治。他不仅拥有一定的军事与组织才华的谋略家，也是一位颇有城府、善于收买人心的政治家；他一方面儿女情长、多愁善感，另一方面又冷酷残忍，剪除皇权威胁毫不手软；他是一位杰出的文学家，有杰出的诗歌、散文作品问世，同时又是一个伪饰矫情之人。这是一个颇具争议性与传奇色彩的皇帝，后世的史学家对其评价毁誉参半，但文学作品却对他的政治上的作为选择性忽略，而对可能导致其亡国后果的种种行为进行夸大渲染，从而，使之成为中国文学史上暴君形象的典型代表。

隋炀帝有雄心、有抱负、有胆略、有才能，且具有历代帝王少有的坚决的执行力，但最终却以身死国亡为终结，其中体现的历史发展规律与治乱兴亡之道，值得后人思索。隋炀帝是一个很有个人魅力的皇帝，他为晋王时，就曾领导平陈之役，随后又采取种种措施维护了江南的稳定，表现出杰出的军事才能与管理才干；他登基后，兴修洛阳、开通运河等行为虽然给百姓带来痛苦，但在沟通南北交通运输、加强隋政权对全国的控制等方面发挥了重要作用。他有非凡的文学才华，诗歌内容丰富多彩，既有秾艳的宫体诗，又有清丽的山水诗，其沉浑豪迈的边塞诗更进一步拓展了隋代诗歌的题材；他爱好文艺，喜收集绘画、书法等各类作品，使得隋代以三十七万卷的藏书数量成为历代之最；同时，他还懂音律、擅作曲，有较高的音乐素养。尽管在大业末年，丧失了雄心壮志的炀帝开始耽溺于女色、寻求慰藉，但他对原配萧后一直礼遇有加、恩宠不绝。这样一个有才华、有理想、有情义的皇帝却将一个原本富庶的国家治理得民不聊生，主观意志与客观结果间形成了鲜明的对比。隋炀帝的惨痛经历提出了尖锐的问题，一个优秀的领导者到底该具有怎样的素质，隋炀帝失败的根源又在哪里。唐初君臣在总结隋亡经验教训的基础上，开创了大唐盛世。在当代，"隋鉴"亦有指导意义，值得今人深思。

隋炀帝故事以其内容的复杂性为后代提供了文学演绎的空间，隋炀帝成为人们津津乐道的暴君形象也主要是文学作品加工的结果。隋炀帝从史书记载走向文学文本的过程，是一个被逐渐丑化的过程。在其暴君暴政故事被强化的背景下，炀帝的才情逐渐消融，帝妃故事也演化为色情狂式的追欢逐乐。这一典型形象的塑造手法在中国帝王形象系列中是颇具代表性的。胡适先生在《〈三侠五义〉序》中指出，包龙图、诸葛亮等都是"箭垛式人物"，即为突出人物的某一特征，将其他人物的相关事件都安排在这一人物身上。这种"箭垛效应"在隋炀帝身上亦有体现。古往今来一切暴君之恶政、昏君之败德几乎都能在他身上找到对应。心理学上有"晕轮效应"理论，即以好、坏标签的形式夸大人物的一切品行。如在社会交往中，对某人第一印象良好，则此人的其他特质、品性也被认为是美好的；若对某人初步印象糟糕，则易于否定此人的一切品行。这种带有强烈成见、以偏概全的心理现象在隋炀帝故事中也有体现。在隋唐时期将炀帝定义为"暴君"之后，历代文学作品延续这一惯性思维，有意无意地忽略炀帝的政治作为，将一切昏暴之君可能有的荒淫恶行叠加于炀帝形象之上，同时，回避对炀帝才华的描述，聚焦于炀帝之恶及后宫生活的奢靡腐化。这种典型人物的塑造方法在中国文学史上有重要影响，明君、昏君、忠臣、能吏乃至传奇英雄的塑造，都或多或少的运用了"箭垛效应"与"晕轮效应"。隋炀帝作为其中的一个典型形象，对其丑化过程的研究有助于进一步探讨中国文学画廊之人物形象的塑造规律。

本文选取隋炀帝故事为研究对象，除考虑其帝王影响力、政治意义与文学价值外，还由于炀帝故事文本的延续性、内涵的丰富性与文本体裁的多样性。

本文主要运用中国叙事文化学的研究方法，在对隋炀帝故事做打通时代、跨越文体局囿的全面梳理基础上，从暴君政治、帝王才情、帝妃情爱、神秘文化四个角度切入，按照时代顺序勾勒其具体演变轨迹，并从政治谋略、文学思潮、民间信仰等不同角度对这种流变加以解释，将涉及社会学、伦理学、叙事学等诸多内容。如何有效地运用这些理论知识，尤其是源于西方的理论，真正水乳交融地应用于中国古代文学作品研究，以及更深刻、全面地揭示隋炀帝故事的文化内涵是本文研究的重点与难点。

木兰故事的文本演变与文化内涵（附节选）

2013年南开大学博士学位论文　张雪

摘要

　　木兰是中国古代著名的女英雄，她易装改服替父从军的传奇故事广为流传，对中国文学与文化有着深远的影响，历经千余年仍然有着不可忽视的价值。在历史上的各个朝代中，每一时代都会有一些受到表彰的女性道德模范，比如历代列女传中的贞女、烈女、孝女等等，但随着时代的变更和价值观的改变，很多曾经得到赞赏和崇拜的偶像被人们渐渐遗忘，而木兰则是极少数能够继续留存在当代文化中并影响当代人精神文化的偶像之一。木兰故事中的孝文化、易装故事、女英雄主题和婚恋故事这四个文化主题都是古今中外人类文化中永恒的主题，而集合在这一个故事中就使得木兰故事有了穿越千年的魅力。

　　从北朝的《木兰诗》到唐宋元时期的诗歌、笔记，乃至明清的杂剧、传奇、小说等，木兰故事在不同时期不同的文体中不断演变，其叙事规模、故事情节和人物形象也随之变化。研究木兰故事，梳理故事的形成演变轨迹，将木兰故事放到整个古代文化的总体中考察，对挖掘分析其在中国传统文化中的地位和作用具有重要意义。

　　本文在搜集古代以木兰为中心的各种文本，按照时代的先后顺序对文本的发展和演变的脉络进行梳理的基础上，对木兰故事中的各个文化主题在故事演变过程中所表现出来的文化演进脉络进行分析，挖掘导致情节演变和人物变化背后的文化内涵。论文共包括六个部分：

绪论部分是对研究对象、现状和研究方法的阐述。首先明确选题目的和意义，界定研究对象和研究范围，进而综述20世纪以来的研究成果，提出需要解决的问题，最后介绍中国叙事文化学的研究方法，阐明本文的创新点。

第一章为文献综述，旨在梳理与木兰故事相关的文献材料的基本情况。

第二章以孝文化主题为分析中心，这是木兰成为文学文化史上的典范人物的最重要原因，也是在千余年的故事流变中，始终受到关注、较为恒定的主题。在孝主题的背景下，木兰易装出走、进入男性世界获取功名的"越界"行为不仅不是对礼教秩序的背离，而且成为近似于奇迹的英雄传奇，被主流文化接纳并歌颂宣扬。本章分析木兰故事中孝文化部分的演变轨迹，首先追溯历史中孝女文化及其发展脉络，归纳各时代中孝女文化的时代特色；然后按时代分节，分别梳理从北朝到清代的木兰故事中的孝文化书写，分析其时代特色和流变轨迹，进而揭示出影响其演变的文化动因。

第三章分析木兰故事中的易装故事。木兰故事中的易装主题是极为重要的一个主题，也是对通俗文学和当代故事影响较大的主题。本章从易装文化角度关注木兰故事，首先梳理易装的文化渊源，总结易装故事在文学中的发展脉络；然后通过木兰易装故事历代的故事演变，考察故事的文化内涵，进而揭示影响故事生成和演变的内在文化动因。

第四章从女英雄故事主题切入木兰故事。木兰一直是我国历史中著名的女英雄形象，她的英勇和功勋使得她在后人的叙述中逐渐成为传奇女英雄的楷模，这种完美的功绩让木兰在古代众多受到赞美的女性典范中成为比较引人注目的一位。木兰故事中的巾帼英雄主题一直存在于北朝到清代的故事流变中，是故事中比较恒定的主题。但随着历代政治、经济背景、女性观、文人心态、社会风尚等因素的变化，这个比较恒定的主题也会在叙述方式和关注重点等方面发生变化。

第五章分析木兰故事的婚恋主题，这是唯一一个原始故事中没有涉及，而在后世的故事演变中新增加的主题。木兰故事的婚恋情节出现较晚，但却是对后世故事，乃至于现当代的木兰故事影视作品影响较大的故事主题。木兰的婚恋和女性的情感在明清的通俗文学中得到了重视，也使得故事的情节、人物等元素得到了补充和丰富。

结语部分总结以上各章的观点，归纳出木兰故事文本演变过程中的特殊节点，在情节内容和文化内涵的结合上，总结出四个文化主题的演变轨迹，指出木兰故事在文学文化史上的特殊意义，以动态的视角梳理文献和情节脉络，并揭示出暗含于文本之中的文化内涵。

目录

木兰故事是中国古代文学史上影响力极大的一个故事类型。从北朝民歌《木兰诗》到当代各种影视剧及戏曲作品，木兰故事活跃在小说、戏曲、诗文等各种文体中，历经千余年，至今仍然对人们的精神文化有着强大的影响力。在历代文献叙述中，无论是官方文献还是民间话语，无论故事经过了怎样的改编，木兰都是备受推崇，鲜少受到质疑的英雄女性形象。作为道德楷模的木兰形象由于受到官方和民间的赞扬和崇拜，被广泛地传播开来，是接受度较高的人物形象。

首先木兰是孝义的典范。孝文化是封建时代的核心价值之一，儒家文化将子女对父母的孝放大到臣子对君父的"忠"，维护孝道就是维护统治的根本。木兰的英雄行为不仅仅解救了自己亲人与家庭的危机，完成了子女对于父母出于天性之爱的"孝"，而且在历代的不同书写中，从《木兰诗》中淳朴的少女演变为后人崇拜赞美的道德典范。这种演变事实上促进了木兰故事的传播，使木兰形象得以活跃在历代各种文献之中。其次，木兰的英勇和功勋使得她在后人的叙述中逐渐成为传奇女英雄的楷模，这种完美的功绩让木兰在古代众多受到赞美的女性典范中成为比较引人注目的一位。再者，木兰故事的传奇性还在于她女扮男装混迹于男性之中并取得了丰硕战功的英勇行为。女扮男装混迹于男性世界本来是"越界"行为，但木兰的"越界"行为有着最为纯洁的初衷——孝道。为了维护儒家思想核心"忠孝"，而被迫违背规则，进入男性世界，木兰的越界行为不但被所有"卫道士"原谅，并且得到了最高的赞美。

木兰成为道德典范而使故事得以在民间广泛传播，并得到赞美和崇拜。木兰易装出走和以柔弱的女子之身完成男性也难以企及的伟大功勋的反差，使这个故事类型有着极强的张力，替父从军、易装出走的故事模式成为文学史上的一种经典叙事符码。木兰故事很容易被改编和再创作，重新加入符合新时代思想风潮的元素，这种特点让这个故事类型具有强大的生命力，使木兰故事得以在不同的时代焕发出新的光芒。

木兰形象及木兰故事中易装女英雄的叙事对通俗文学，尤其是对明清时期通俗文学的影响极大。明清时期的戏曲、小说、弹词等通俗作品中出现了一大批类似于木兰的杰出女性形象，尤其是在女性创作的弹词、小说中，女主角几乎都是像木兰一样因为要解救家族的灾难而易装出走，然后在战场或是在官场上做出一番几乎是传奇性的伟大事业。就经典形象和故事类型的影响力而言，木兰故事是一个极其值得研究的课题。

本文的研究对象是中国古代文学中的木兰故事，以木兰为中心或主要人物演绎成篇的叙事文学作品都将纳入考察范围。木兰故事文献材料丰富多样，包含了诗文、诗话、笔记、小说、戏曲、民间曲艺等各种形式，其中诗文、小说和戏曲是故事最为主要的文学载体。在诸多木兰故事文献中，既有脍炙人口、影响力极广的经典作品，如诗歌《木兰诗》和杂剧

《雌木兰》，也有大量被忽略的文本，如不甚知名的诗文、笔记、地方志中的记载等。

木兰故事研究一直是学界研究的热点，目前学界对木兰故事的研究主要集中在《木兰诗》年代本事考证、《木兰诗》主题研究、《雌木兰》杂剧研究等方面。这些研究已经取得了不小的成果，也解决了一些问题，但仍有不足之处。首先，在木兰故事研究中，对于文本的研究并不充分，主要集中在《木兰诗》与《雌木兰》两部作品上，对其他木兰故事文本关注不够，有些甚至无人提及；其次，目前学界对木兰故事的研究以单部作品的横向研究为主，对故事流变发展的纵向研究还不够充分，木兰故事仍有大量空间未被关注。

西施母题的流变阐释

2013年济南大学硕士学位论文　李媛媛

摘要

从古至今，西施因其倾国倾城的美貌和神秘莫测的境遇始终深得文人学者们的青睐，成为文艺创作中较为活跃的母题元素之一。千百年来，文学艺术家们或直接对西施发表同情、贬斥的感情，或借西施抒发自己的情怀与抱负，由此产生了各具特色又饱含时代特征的西施母题作品。立足于详实的史料记载和文学文本，本文将系统地梳理西施母题在时间维度上的具体演变情况，并重点对西施母题流变的社会各深层次原因进行分析，从而发现其流变的内在精神动力、思想价值和本质规律。在研究的思路与方法上，本文运用了大量的女性主义批评思想来作为文章的理论基础，对诗歌、戏曲、小说等文学作品中的不同西施形象进行综合地考察论述。

本文共分为五部分。第一章是绪论，系统地阐释了母题的产生、识别和定位，简要介绍了西施传说与西施母题研究，并对西施母题研究进行了文献综述。第二章通过梳理西施传说中的水的故事以及西施母题中的"水"意象，将水解释为西施的原型。西施母题中的"水"意象生动地体现了"水"具有女性化的温柔与美感，而西施死于水的不同传说与相关记载，正是"水"原型的验证。第三章对西施母题的历史演变进行了全面的追踪与阐释，西施形象的演变也从侧面反映了我国社会历史、文化思想的发展变化。之所以会有人物形象上的差异存在，是因为传播的过程中有着相异的传播者、文化背景和立场角度。西施形象在文学语境中的演变对于研究中国女性发展和社会进步具有直接的现实意义。第四章运用女性主义相关理论总结与分析西施母题演变的审美内涵与文化价值。借助女性主义理论，我们可以更好地解读在封建传统文化的古老沿袭中的中国女性形象，特别是西施母题流变中呈现出的女性观与自我意识觉醒等独特的思想价值。第五章对全文内容进行了总结，并进一步明确本文研究的贡献与价值。

真正使西施的美能够为世人所赞叹，其永久的魅力绝不仅仅来自她的外表美，更来自她牺牲个人幸福、甘为国家大计谋划成事的崇高精神和优秀品质。这种外在美和内在美相统一的审美定位，是我们中华民族审美观的核心所在。西施母题演变中的女性观、自我意识觉醒与人文关怀、爱国情怀等思想价值，仍具有鲜明的时代意义和持久的生命力，值得不断地传承与大力弘扬。

目录

赵氏孤儿故事演变研究

2013年河南师范大学硕士学位论文　　兰桂平

摘要

　　赵氏孤儿故事是我国古代历史上一个家喻户晓的传统悲剧。相关的历史事件记载最早见于《左传》，司马迁在史实的基础上进行创造性的改造，使其在官方和民间长期广泛流传。元代以来一直都有完整的戏曲、小说作品来敷演个故事，其中元杂剧家纪君祥的杂剧《赵氏孤儿》被著名学者王国维誉为"最有悲剧之性质者"，"即列之于世界大悲剧中，亦无愧色也"。它在18世纪的欧洲也产生了巨大的影响，被改编成不同的剧本在海外许多国家传播。一直到当代，赵氏孤儿故事仍然是艺术家改编的热点。

　　一个文学主题，经过时间和空间上的传播，必然导致诸如主要人物形象、情节、主题、时代背景等许多方面的变化。纪君祥在原主题的基础上加上舍子救孤的情节，同时把封建的侠义精神变成了忠君爱国的思想，这是原主题的第一次扩大和提高。后经南戏《赵氏孤儿记》、明传奇《八义记》改编，在保留基本框架的前提下，使主题发生新的变化。当代的艺术家们，出于对当今社会现实的审视，结合当代人的心理特征，对原主题进行了全新的、大胆的处理，赋予了这个历史故事新的时代意义。论文通过对不同时期的代表性作品进行整理分析，把"赵氏孤儿"故事的形成、发展，以及在各个时期的主题、主要人物、作品所处的时代背景、时代意识进行全面、系统地梳理，使其在各个时期的演变得到完善展现。

目录

张良故事的文本演变及其文化内涵（附节选）

2014年南开大学博士学位论文　李悠罗

摘要

　　张良，字子房，《史记·留侯世家》记载："韩破，良家僮三百人，弟死不葬，悉以家财求客刺秦王，为韩报仇。"辅佐刘邦建立汉朝，后被称为"谋圣"，与文圣孔子、武圣关羽、诗圣杜甫并列。统一天下后，张良得道成仙而从赤松子游。

　　张良有着传奇的帝王师人生，早在《史记》记录之后，文人就开始创作关于他的作品。简单而言，汉唐时期相关文献比较强调他的神仙形象，且道教类的著述很重视张良成仙故事；宋元时期相关文献关注张良的帝王师主题及成仙主题，而以平话、杂剧等的形式体现出这些主题及形象；明清时期相关文本主要着重于他的游侠主题、成仙主题、帝王师主题，并以小说、戏曲等文学体裁表现出他的这些形象。

　　本文以中国叙事文化学的方法，对张良故事做个案研究。在梳理历代张良故事文本的基础上，剖析情节演变、人物形象嬗变背后的文化内涵，简要阐述如下：

　　绪论部分是对研究对象、现状和研究方法的阐述。

　　第一章为文献综述。以时代为顺序，将张良故事文献划分为汉唐、宋元、明清三个阶段，清理各阶段的相关文献，做题录性质的介绍，在整体上呈现张良故事的文本规模，并揭示各情节系统内部不断演变发展的态势。

第二章从游侠主题切入，考察张良故事的演变。首先追溯游侠主题的发展脉络，归纳张良游侠主题的特色；然后按时代分节，分别透视汉唐、宋元、明清时代的张良故事游侠主题文本，并对原型故事进行叙事本身的特质及深层意义的探索，在该原型故事的分析基础上，考察其生成机制、流变轨迹，进而揭秘影响其生成与流变的内在文化动因。

　　第三章从成仙主题角度切入，考察张良故事的演变。首节为成仙主题的溯源，揭示成仙主题对宗教、文学等进程的影响。后三节主要从神仙思想、道教兴亡等宗教视角，考察张良故事神仙主题及神仙形象的演变，挖掘出宗教文化与张良故事之间的相互影响的痕迹。

　　第四章从帝王师主题角度切入，考察张良故事的演变。第一节为对帝王师主题的追溯，展示君臣关系及官僚制度发展与帝王师特质及形象演变的双向影响。后三节通过演变轨迹的梳理，归纳张良故事帝王师主题的文化内涵。同时，对张良帝王师形象进行深度剖析，揭示其形象本身的象征以及意蕴。

　　第五章整理张良故事的演变，在文学化的视野下，分析张良故事演变的规律。

目录

　　张良事迹见于《史记》《汉书》等历史典籍。历史人物故事逐渐走向文学领域是中国文学创作的一个重要特征，作为汉高祖的帝王师，张良亦逐渐成为文学创作的对象，其原型故事见于《史记·留侯世家》。在此之后，历代多有文学家、思想家、史家等关注张良故事，并以小说、戏曲、诗文、笔记等各种体裁形式，塑造出文学领域中的张良的各种形象。

　　张良（约公元前250—前186年），字子房，谥号文成，是汉高祖的帝王师，能"夫运筹帷幄之中，决胜千里之外"，与韩信、萧何并列为"汉初三杰"。张良出身于五代韩王之相的显赫家族，秦灭韩后，与沧海力士，在博浪沙刺击秦始皇，未成。因而，更姓改名，隐匿在下邳，遇黄石公，得《太公兵法》，修读、任侠十年后，遇刘邦，成为他的核心谋士，辅佐刘邦，终于建立西汉，封为留侯。晚年辟谷修道，从赤松子云游。

　　他不仅是帝王师，还是做过任侠的游侠，又是修道成仙的仙人。他丰富的人生经历，成为后代文学创作中各种张良形象的渊源。因此，就人生传奇性及形象的多面性而言，张良及其故事是一个极其值得研究的课题。

本文主要从张良的形象的多重角色——游侠、仙人、帝王师切入，分析故事本身的内涵，考察故事演变过程及其文化的背景。

本文以"中国叙事文化学"为主要研究方法，对于张良故事演变进行全面的研究。中国叙事文化学由南开大学宁稼雨教授首次提出，是结合西方的主题学和中国传统的文献学、目录学的一种新的研究方法。中国传统的文献学和目录学是众所周知的古代研究方法之一，是治学的基本方法和做学问的基础。

"中国叙事文化学"是将西方主题学运用于中国叙事文学的一种研究方法。以《中州学刊》2007年第1期刊登的《主题学与中国叙事文化学的构建》为标志，"中国叙事文化学"方法的提出，是宁稼雨教授多年来理论探索和应用实践的初步成果。西方主题学中国化的探索，起步于20世纪90年代初，二十年来，宁稼雨教授相继指导了大约三十篇故事主题学演变类的硕博士学位论文。《厦门教育学院学报》在2009年第1、2期设立"中国叙事文化学"专栏，刊登了宁稼雨教授及学生的个案故事研究论文六篇。从2013年开始，《中州学刊》设立"中国叙事文化学"专栏，刊登有关中国叙事文化学及其个案故事的研究论文，其作者也包括除宁稼雨教授学生之外的学者们的论文。

中国叙事文化学是一种以解决问题为追求的研究方法，立足寻求突破，扭转目前学术研究的某些怪现象。2008年《文学遗产》刊登了孙逊教授的文章《期待突破：新时期古代小说研究的问题与思考》，文中指出文学文本研究的缺失和文学研究对象的不均衡，是目前学术研究的突出问题。文章概括了近三十年古代小说研究中存在的不足，提出几个"不少"和"不多"：重复劳动不少，原创成果不多；八卦研究不少，实证研究不多；已有资料汇编不少，新材料发现不多。现在，传统文献学研究方法已然很有影响，致力于作者生平考证、版本目录研究以及历史史料的征引，取得了不小的成就。同时，各种时髦概念，诸如神话原型批评、叙事学、符号学、接受美学、心理学、结构主义等西方文化理论和方法也促成文化学的转型，面对文学本体的研究相对缺失的现状，有学者发出了"让文学研究回归文学"的呼吁，认为"文献、文本、文化研究三者融为有机整体"是古代文学研究的最理想境界。

　　除此之外，研究对象发展不均衡的问题更为明显，在发现新材料、涉足新领域上，当前研究者表现出勇气和兴趣的缺乏，也印证了建构"中国叙事文化学"研究方法的必要性。"中国叙事文化学主要包括古代小说、戏曲以及相关的史传文学和叙事诗文作品。尽管从横向的角度看，它们各自作为一种文体或单元作品的研究不乏深入，但从纵向的角度看，同一主题单元的故事，其在各种文体形态中的流传演变情况的总体整合研究，似乎尚未形成规模。"

　　张良故事的研究现况也存在着同样的问题，即上述的古代小说研究上的问题。至今，张良故事主要在历史学、文化学的领域进行研究，虽然张良故事本身具有丰富的叙事性、传播性，但尚未形成总体性的、整体性的研究，且尚未有从纵观的角度整理文献、分析叙事演变及其原因的研究。随着张良研究逐渐受到重视，作为张良故事的研究者，认为这是个好转变，但其研究方法与"中国叙事文化学"有所不同，研究对象颇有限制。

　　本文从"中国叙事文化学"的角度尽量搜集张良故事相关文献，勾勒其故事演变的脉络，在此基础上，考察其演变过程当中出现的各种异同点，并对此进行深层分析。以张良故事为研究对象的研究尚未出现，笔者希望本文成为将来张良研究的基础。

钟馗故事的文本演变及其文化内涵（附节选）

2014年南开大学博士学位论文　姜乃菡

摘要

　　钟馗是中国古代著名的捉鬼大神，他脱胎于中国道教信仰，最初在原始道教和上层统治阶层受到推崇，在经历了与民间信仰的融合后，成为中国古代最具特色和最受欢迎的捉鬼大神。钟馗信仰诞生以后，随着道教徒和文人对钟馗的不断神化，逐渐形成了以钟馗捉鬼为基本框架的钟馗故事。唐五代时期的钟馗故事以钟馗捉鬼为主要内容，同时兼及钟馗赶考、钟馗报恩等多个故事情节，涉及虚耗、唐玄宗等人物。这一时期的钟馗故事带有明显的道教色彩，在结构上与道教授经故事和神女降真故事异曲同工。宋元以后钟馗信仰与钟馗故事分流，钟馗故事的宗教色彩淡化，在前代钟馗故事的基础上形成钟馗嫁妹故事。明清时期钟馗故事完成文学化的转变。在文学作品中，钟馗从最初的道教信仰神变成典型的文学人物，刚正不阿的性格特点被逐渐放大，家庭亲属关系变得复杂，在由神到人的转变过程中，与明清公案故事和爱情故事融合，故事情节变得更加多样化。

　　通过对钟馗故事文本演变轨迹的梳理，可以看出钟馗故事在不同的时代侧重不同的情节单元，在不同时代的文本形态也有很大的不同。将钟馗故事置于整个中国文化的背景之下考察，会发现不同的情节单元和文本形态表现出不同时代的文化内涵，从宏观的角度对这些文化内涵进行分析，可以窥见中国古代文化的基本形态和演变轨迹。

本文采用中国叙事文化学的研究方法，最大限度地搜集钟馗故事的相关文本，按照时代的先后和文本形态的不同进行梳理。在此基础上通过对钟馗故事相关的文化内涵和演变轨迹的分析，考察钟馗信仰的文学化历程和整个中国古代文化的特质，探讨钟馗故事及其背后的文化内涵的互动关系。论文主要包括七个部分：

绪论部分是对研究对象、研究方法和研究现状的分析和总结。首先对20世纪以来的钟馗故事研究做一个整体的概括。其次，在此基础上总结研究成果的优缺点，针对钟馗故事研究的不足，提出一些新的研究思路和研究方法。最后阐明本文的研究方法和创新点，介绍中国叙事文化学的研究特点、优势及其对本文的指导作用。

第一章是钟馗故事演变轨迹的综述，以魏晋至唐五代、宋元和明清三个阶段为基点，从人物、情节、文本形态三个方面对钟馗故事的演变进行分析，从文学文本的角度对钟馗故事进行整体把握，为钟馗故事文化内涵的分析，提供了一个全局性的文本演变概观。

第二章以钟馗捉鬼故事为主要研究对象，这是钟馗故事最重要的情节单元，与钟馗的起源和钟馗信仰有着密切的联系，通过对钟馗捉鬼故事相关文本的分析，揭示钟馗信仰在历代的演变，探讨钟馗信仰背后中国古代民间信仰的演变轨迹。该章对一些涉及钟馗的具体问题，诸如钟馗之缘起、钟馗与道教、钟馗与佛教、钟馗与民间信仰进行了重新解读，并通过对《太上洞渊神咒经》在唐五代传播的考察，得出钟馗可能为道教所造之神的结论。

第三章以钟馗嫁妹故事为切入点，梳理钟馗嫁妹故事相关的文本，探讨钟馗嫁妹故事背后隐藏的中国古代婚嫁文化，以及婚嫁文化内涵对钟馗嫁妹故事在情节、人物、文本形态上的影响。运用敦煌愿文《儿郎伟》中的《障车文》，对钟馗嫁妹故事的起源进行探讨，是这一章的主要创新点。通过对中国古代婚嫁文化的分析，总结出中国古代礼法制度的演变方式和演变轨迹。

第四章分析钟馗赶考故事的文本演变和中国古代选官制度，尤其科举制度的演变轨迹，总结中国古代选官制度的基本特点，以及与选官制度密切相关的封建制度在历朝历代的变化。通过对钟馗进士身份、钟馗应举不捷等情节的考察，揭示中国古代武举制度在选官制度中的地位及其对士人生活的影响。同时从中国古代科举选官文化中"相人术"的角度，对钟馗貌丑和钟馗貌丑落第进行了分析，展现了相人术在选官制度中的重要性以及科举制度在时代的变迁中逐渐衰落的景象。

第五章是钟馗报恩故事与中国古代王权主义。钟馗报恩故事以《唐逸史》为发端，与钟馗之死有着密切的联系。本章以报恩对象和报恩原因在不同时代的转变为切入点，梳理了中国古代丧葬文化的演变轨迹，在此基础上总结出礼法制度背后中国古代王权主义历代的变迁。中国古代王权主义最初以王权即皇权的形态出现，周以后随着礼法制度的完善，封建王权分化为皇权与相权两个部分。在南北朝以前，贵族势力强大，以皇权为中心的贵族王权是王权主义的基本模式。隋唐以后，寒族势力上升。至宋，士人阶层完成对政权的掌控，王权主义在这一时期转变为以皇权为中心的士大夫王权的模式。明清时期，封建制度从根本上开始衰落，皇权与相权的矛盾因皇权的过度集中而变得无法调和，最终导致清末封建制度的崩溃。

附录为文献综述，采用文学文献学的研究方法，按照魏晋至唐五代、宋元、明清三个阶段分期梳理与钟馗信仰和钟馗故事相关的文献材料，每一个时代分段则按照文本形态再进行更为细致的分类。

目录

20世纪80年代以来，钟馗研究在继承前人成果基础上，呈多样化、全面化趋势，研究课题不再局限于钟馗起源，而是从人类学、民俗学、文学等多个学科进一步深化，尤其是90年代后，交叉学科介入研究领域后，文献被重新解读，产生了一些新的观点。但我们仍应看到，当代钟馗研究存在的不足：

首先是涉及学科交叉的钟馗研究不够深入，比如年画中的钟馗有门神、福神、花神等多个身份，钟馗画与民俗研究的交叉仅涉及钟馗年的门神形象，福神、花神等形象却少人问津。由傩仪到钟馗戏曲的演变，研究多有涉及，但往往流于形式，不同历史时期演变的动态化过程研究有待深入。学科交叉研究可能的研究趋向还需继续探索，比如从文化人类学角度来进行钟馗信仰与钟馗文学关系的研究等。

其次是不同研究角度之间缺乏必要的融会贯通。比如对钟馗文人画与民间信仰的关系方面的研究还有待进一步挖掘。钟馗与道教的关系虽然已经有学者提到，但对不同历史时期他们之间的互动，以及钟馗成为道教神的过程的研究仍显不足。另外，不同体裁中有关钟馗形象演变的研究已较为充分，但缺乏将钟馗故事作为整体来探究钟馗形象的演变及其背后隐藏的文化内涵的研究。

这些不足是整个学术界钟馗研究的不足，具体到大陆的钟馗研究，与我国台湾地区和其他东亚国家相比，大陆范围内比较研究严重不足。如我国台湾地区和其他东亚国家均有钟馗与其他人物形象（台湾地区的钟馗与关羽，韩国的钟馗与处容、铁拐李）的比较研究。钟馗故事延伸而来雅俗文化关系的探讨以及钟馗故事所体现出的中国古代王权演变的研究也较为缺乏，这些都是钟馗研究继续深入的途径。

鉴于钟馗故事研究的现状，中国叙事文化学的研究方法正可以起到补充空白的作用。中国叙事文化学与叙事学不同。学界对叙事的关注从柏拉图时代开始，至20世纪60年代叙事学逐渐形成一门正式的学科。叙事学的研究主要着重于故事层面或话语层面，目的是为话语或者叙事寻找普遍的结构性理论，其产生与俄国形式主义有关。以往学界在对话语和叙事形式上的关注较多，使叙事学尤其是经典叙事学局限于单纯的文本话语结构等形式方面的研究，缺乏对叙事整体机制的产生、发展及变化进行全面探讨。20世纪90年代以后，叙事学出现了新的动向，开始倾向于将叙事看作是一个动态的过程，并逐渐吸收其他学科的研究方法，但叙事结构和普遍性规律研究仍是其主要研究目标。中国叙事文化学则在动态性上弥补了叙事学的不足，除了对叙事文本和叙事结构的关注，中国叙事文化学更注重对叙事文本文化内涵的动态性解读，尤其强调叙事文本的演变及其动因。可以说，中国叙事文化学是在叙事学对叙事文本研究的基础上，更进一步的文学、文化、艺术研究，它不局限于叙事文本本身，而是放眼整个中国的文化语境，较叙事学研究视野更加开阔。

西王母故事的文本演变及其文化内涵（附节选）

2014年南开大学博士学位论文　杜文平

摘要

　　西王母是中国古代的重要神灵之一，在战国以来的神仙信仰、汉末以来的道教信仰以及明清时期的民间宗教信仰中都占据重要地位。从西王母信仰的演变中可以大致窥见中国古代宗教信仰的演变轨迹，而西王母故事的演变过程则不仅仅与宗教相关，还与政治社会背景、民间通俗文化和文学艺术的发展有关。因此以西王母故事相关文本为基础，深层探讨文学文本与文化内蕴之间的互动关系是十分有必要的。

　　全文结构分为六大部分。第一部分为绪论，第二部分为西王母故事文本的形态演变综述。第三到第六部分为论文的主体部分，选取了西王母故事中的三个故事类型，探讨其文本演变的过程及其背后的深层文化内涵。

　　绪论部分为20世纪以来的西王母研究综述。在1949年以前，对于西王母的探讨集中在两个问题：一个是以章炳麟、丁谦、顾实为代表的学者利用文献学的方法探讨西王母之种族和地望；另一个是以鲁迅、茅盾、吴晗、吕思勉为代表的学者引进西方的人类学和文化学方法开展的西王母神话演变研究。这两种研究思路为后来的西王母研究提供了珍贵的参考价值，具有开创之功。新中国成立以后，西王母研究不再局限于传统上的文学和文字研究，这主要表现在多种学科的交叉、多种研究方法的引入，使西王母研究成为一个集文献学、考古学、哲学、历史学、民俗学、人类学等为一体的多学科交叉的研究课题。

第一章为西王母故事的文本形态演变综述，以人物、情节和意象为切入点，按照时代先后梳理西王母故事相关文本的流变过程。西王母故事由先秦诸子和史籍中粗陈概要式的发展为汉魏六朝道经和仙话小说中充满瑰丽想象的王母降授传说，最终演变为宋代以后通俗小说和戏剧作品中祥瑞化的王母蟠桃会故事。在这个过程中，西王母故事中的人物、情节和意象都在不断丰富，西王母本身也经历了一个由凶神转变为长生女神，再上升为道教至尊女仙，直至元代以后成为民俗化的祥瑞之神的过程。

第二章为王母会君故事与中国古代的君神关系。王母会君故事始于《竹书纪年》和《穆天子传》中的穆王见王母故事。在此之后，相继有禹、舜、尧、燕昭王、汉武帝、宋徽宗等成为西王母的座上宾。在人物和情节变化的背后，隐含的是宗教之"神"与王权之"君"之间的互动关系。这具体表现在为神立言的文本中，如道教仙话，帝王求仙王母来会的故事情节是神仙实有、仙道可致的最有效的例证，同时借君王之权位抬高自我。在为君立言的文本中，如儒家的政治神话，君王有道、王母来朝的故事情节是四海升平、安定祥瑞的标志。这种状况随着明清时期君主专制达到顶峰和宗教的式微而逐渐趋于沉寂。

第三章为王母献授故事与中国古代的灵物崇拜。王母献授故事最早始于先秦时王母献舜美玉的传说，体现了中国自上古以来对于美玉的崇拜。两汉开始，受到儒学神学化和道教思想的双重影响，王母献授故事在谶纬之书和道教典籍中呈现出完全不同的双线发展趋势。一个沿着符瑞化的方向发展，成为儒家政治神话的一部分；另一个沿着道教化的方向发展，成为道教传经仙话的一部分。宋代以后，王母献授故事被赋予了庆寿的主题，蟠桃灵物因为王母蟠桃会情节而得以彰显，其他灵物趋向于没落。

第四章为王母开宴故事与中国古代的宴饮寿庆文化。王母开宴始于西王母与周穆王的瑶池之会，宴饮唱和。两汉起，王母之宴的主人公换成了"好为仙道"的汉武帝以及慕仙求道的茅盈和魏夫人，王母群仙会情节开始形成。与此同时，王母这一人物开始出现在汉魏六朝的乐舞百戏和唐代的戏剧雏形中，这些都为宋元明清四朝王母蟠桃会故事在通俗小说和戏剧中的繁盛奠定了基础。

第五章为西王母故事和西王母信仰。西王母故事自《山海经》起就已经带有了原始信仰的色彩，在战国以来的神仙思想影响下，西王母逐渐被美化和神化。汉末道教兴起后，上清经派将其纳入自己的神仙体系，并尊之为女仙之首。元代以后，道教渐衰，西王母信仰在与民间宗教和民间信仰相结合的过程中逐渐走向了民间化和民俗化。

目录

西王母作为中国古代神话人物之一，她的神迹已流传数千年，是中国女神的代表，鲁迅先生在《中国小说史略》中说："中国之神话与传说，今尚无集录为专书者，仅散见于古籍，而《山海经》中特多……其最为世间所知，常引为故实者，有昆仑山与西王母。"经历了神话传说、道教仙话以及文学通俗化的改造，西王母故事所涵盖的文化领域已涉及文学、艺术、宗教等方方面面。但是迄今为止，对于西王母的研究仍然处在千头万绪、不成系统的状态之下，也许正如叶舒宪先生所说："由于各种分歧矛盾的记载，彼此抵牾的功能纷纷加诸这位西王母头上，以至于使她成了古今争议最多、身份和性质最不明确的一个神话人物。"尽管现今笼罩在西王母身上的迷雾还没有完全散去，但是20世纪以来，尤其是近二三十年以来，多种研究方法的使用和多学科的介入使得这个课题已经取得了丰硕的成果。

一、1949年以前

这个时期西王母故事为学者们所关注与20世纪初神话研究的热潮相关。此阶段的研究仍是以传统的文献整理为基础，重点关注西王母的种族地望以及西王母神话的演变过程。这个时期的学者具有深厚的学术功底，并且采用了西方的研究方法，厘清了一些基础问题，给进一步研究打下了基础，他们的工作具有开创性和启发性。

（一）西王母地望研究

20世纪初，基于对于中国人种起源问题的关注，许多学者利用古文献来考证"西王母"的种族和地望。他们大多持有"中国人种西来说"，认为西王母本源于西亚地区。章炳麟在《訄书·序种姓》中认为"西母"即"西膜"："至周穆王始从河宗柏夭，礼致河典，以极西土。其《传》言西膜者，西米特科，旧曰西膜，亚细亚及前后巴比伦，皆其种人。"蒋智由《中国人种考》以西王母传说来证明"中国人种西来之说"，考证玉山与昆仑的地理位置，确定了西王母国的大体范围。丁谦在《穆天子传地理考证》中认为西王母国即古代加勒底国，西王母则是其国的月神。顾实《穆天子传西征讲疏》用数十万言证明穆天子西征见西王母皆为事实，他在自序中说道："穆天子所见之西王母，即穆天子之女，建邦于西方者，在今波斯之第希兰附近。故穆天子也，西王母也，皆我民族上古男女有至伟大活动之能力者也。"他将《穆天子传》看作是周穆王的起居注，西王母是周穆王派去安抚边疆的。这种判断过于武断，已为后学所推翻。刘师培《穆天子传补释》考证穆天子西巡路线及西王母之名，"西王母"本是西方地名，后由于东西民族交往而逐渐东移。此外，日本学者小川琢治有文章《昆仑与西王母》，探究了西王母在《山海经》《穆天子传》《列子》中逐渐神仙化的过程，认为《穆天子传》中的"西王母"本是西方女王，后逐渐诗化、仙化，成为女神。

五四运动以后，对于西王母种族地望的研究以岑仲勉和张星烺为代表。

（二）西王母神话演变研究

五四运动以后，西方的文化人类学、神话学、民俗学等学术思潮涌入

251

我国，以鲁迅、茅盾、吴晗、吕思勉为代表的学者引进西方的人类学和文化学方法对这个古老的课题进行了具有创新性的研究。

鲁迅先生在《中国小说史略》中对比《山海经》与《穆天子传》的西王母形象，认为后者"其状已颇近于人王"，为西王母神话的演变研究开了先河。1929年茅盾《中国神话研究 ABC》第三章《演化与解释》中以西王母神话作为"演化"的例证，认为"西王母的神话之演化，是经过了三个时期的。"这三个时期的划分方法在很长一段历史时期内成为定论。1935年谭正璧编《中国小说发达史》第二章第四节《西王母故事的演化与东王公》，梳理西王母故事在古代神话与汉代神仙故事中的演变脉络，分析初民时期朴野的故事经过文化进步的陶冶是怎样一步步变化的。1936年陈梦家在《燕京学报》发表《古文字中之商周祭祀》，考证殷墟卜辞中的"西母"就是"西王母"的前身，这一说法为后来的许多学者所继承。1939年吕思勉在《说文月刊》发表文章《西王母考》："西王母古有两说：一以为神，一以为国，然二说仍即一说也。"

历史学家吴晗受"古史辨"史学思想影响很大，他关于西王母的文章有三篇：《西王母与西戎》《西王母的传说》《西王母与牛郎织女的故事》，今都收于《吴晗文集》。吴晗用"层累造史说"来解读西王母神话，具有启发性。他不仅通过文献整理对西王母传说的演变进行了历时性的梳理，而且还对西王母故事在横向上所涉及的其他几个方面进行了较多的阐释，如羿与嫦娥、王母上寿、西王母与西戎等等，较前人的研究更为丰满和立体。

1946年方诗铭有文章《西王母传说考——汉人求仙之思想与西王母》（原载《东方杂志》1946年第42卷第14期）引用多部秦汉典籍和汉镜铭文，来说明汉代求仙思想与西王母故事之间的关系。同年，郑振铎出版《民族文话》一书，其中《穆王西征记》一文谈及西王母在《山海经》中的形象："大似一个女神或女巫，和河宗伯天的性质有些相同。"

赵氏孤儿故事文本演变与文化内涵

2014年南开大学硕士学位论文　柏桢

摘要

　　赵氏孤儿故事主要讲述春秋时代赵氏惨遭灭门而后复立的传奇故事，其中既有君王与士大夫的权谋之争，又有忠臣义士的抗奸除暴之举，还有扶孤人十五年来忍辱负重下的艰难复仇路，等等。这些承载了中国传统文化的故事元素，共同构成了赵氏孤儿的故事图谱。从春秋一直到清代，赵氏孤儿故事在史书、文人笔记、杂剧、传奇、章回小说等作品中广为流传，故事的人物、情节、环境也都各有变化，由此展现了同一个故事在流传中总会经受不同时代书写者再创造的过程。本文运用中国叙事文化学的研究方法，对赵氏孤儿故事的历代流变情况进行梳理，以求对其变化的成因给予社会文化方面的阐释。

　　本文绪论部分主要介绍研究赵氏孤儿故事的意义以及故事系统的主要特征。整个故事以保孤救孤为主线，不断增添新的忠臣义士助孤复仇，同时辅以奸恶势力为阻挠力量，从而构成了忠奸势力围绕赵氏孤儿命运展开的一系列斗争。同时，还介绍了当前赵氏孤儿故事的研究现状与不足以及叙事文化学研究方法的特点。

　　第一章主要对赵氏孤儿故事的形态演变进行简要勾勒，按照时间顺序共分为先唐、唐宋、元明清三节。先唐时期的赵氏孤儿故事尚处于故事形态演变的雏形期，展现出质朴的历史原貌，而文本则多集中于经书和史书中，始于《春秋》，以《左传》和《史记》为扛鼎之作；唐宋时期的赵氏孤儿故事处于稳定期，《左传》版和《史记》版故事同时流行于世，文献多集中于史书和笔记中；元明清时期的赵氏孤儿故事无论是人物还是情节都出现重要变化，属于故事转变期，涉及文献也颇为丰富，杂剧、传奇、小说遍地开花，故事内容则主要以元明两个刊本的杂剧《赵氏孤儿》记载为主线，辅以各时代政治或文化上的鲜明色彩。

第二章分析赵氏孤儿故事体现出的复仇文化。第一节首先对中国古代复仇文化进行溯源，梳理自春秋至清代中国古代复仇文化的发展脉络；其次，分析了赵氏孤儿故事与复仇文化的关联，凸显赵氏孤儿故事在复仇文化系统中的独特性；最后根据故事体现出的主题嬗变趋势分为先唐、唐五代至元代、明清三个时期三节分别论述。第二节从赵氏孤儿故事的视角审视先唐时期儒家复仇观的兴起与确立。第三节介绍唐五代至元代故事中恩仇并举观的出现与诛仇虐杀思想倾向的严重性。第四节着重分析故事里复仇文化主题在明清体现出的冥漠诛罚现象，以及史学家对复仇价值的多元化判定。

第三章介绍赵氏孤儿故事中的忠义文化。第一节主要对中国古代忠义观进行阐释和溯源，从忠义的内涵指向、范围方面梳理其历代发展脉络。同时，对赵氏孤儿故事与燕赵地域文化的关联进行了相关阐述。其后分为先唐、唐宋、元明清三个时期共三节。第二节分析先唐作品中，故事由对义文化的着重描绘到忠义文化并重叙述格局转变的原因。第三节分析唐宋两代作品中，对故事相同褒扬背后隐藏着的差异文化心态。第四节通过元明清杂剧、传奇、小说等作品，管窥当时社会对忠君思想的极度强调与对存续心理的凸显。

第四章主要写赵氏孤儿故事中体现的忠奸斗争主题。第一节对中国古代忠奸斗争的嬗变进行梳理，"奸"的从无到有正体现出古代政治的权谋变化。之后分为宋前、宋元、明清三个时期共三节。第二节写宋代以前从君臣矛盾突出到后来以君王尊、为君王讳的转变，忠奸斗争得以渐渐凸显。第三节写宋元时期融入了家国沦亡情绪的忠奸斗争，忠奸之争上升到关乎国运存亡的高度。第四节写明清二元对立模式的忠奸斗争，忠与奸的二元化对立，使这一时期的赵氏孤儿故事忠奸色彩鲜明，忠君思想得到极端化强调。

本文结语部分主要对电影《赵氏孤儿》和电视剧《赵氏孤儿案》做比较论述，探究现代文化濡染下赵氏孤儿故事新的发展演变。

目录

钱镠故事的文本演变及其文化内涵

2014年南开大学硕士学位论文齐凤楠

摘要

　　钱镠故事主要讲述了在唐末藩镇割据的大背景下，钱镠成为吴越国国王并治理吴越国的事情。相关史实被后人改写和演绎，这使得该故事具有丰富的文化内蕴。从作品形式上看，涉及钱镠故事的题材既有诗文，也有小说、戏曲；从故事形态演变来看，射潮故事、钱镠后身故事、还乡故事、陌上花开故事等在流传中都发生了不同程度的变化。本文运用中国叙事文化学的研究方法进行研究，尽力梳理清楚相关故事文本数量，厘清相关故事的形态演变轨迹，并尽可能地找出故事在流传中变与不变的原因。

　　本文引言部分主要介绍钱镠故事的特征，即钱镠故事在文体上跨越诗、文、曲等形式，在时间上又跨越五代、宋、元、明、清。另外还介绍了该故事的研究现状和不足及中国叙事文化学研究方法的特点。

　　第一章主要对历代有关钱镠故事的文本进行搜集和梳理，以朝代为序分为唐末至五代、宋元、明、清四节，并分别勾勒出不同时期的故事形态及特征。唐末至五代时期，钱镠故事文本仅有四种，主要是史部文献；宋元文本不仅在数量上大爆发，故事性亦增强，文学性也开始出现；明代文献在前代基础上，又增四种白话小说；清代文献以《金刚凤》

《鲠谳诗》为主要嬗变文本，故事情节、人物形象皆与前代大相径庭。

第二章分析钱镠故事体现出的割据"称雄"主题。第一节对割据"称雄"主题进行溯源，厘清"英雄"和"称雄"之意，梳理该主题的发展脉络。其后根据主题嬗变的主要趋势分为唐至五代、宋元、明清三个时期共三节。第二节从钱镠故事看钱镠顺应时势而"称雄"的选择。第三节介绍宋元故事中钱镠"称雄"后枭雄与明君形象的统一。第四节着重分析明清时期在市民意识改造下，钱镠成为草莽英雄的原因及此形象的特点。

第三章介绍钱镠故事中的"发迹变泰"主题。第一节主要对"发迹变泰"主题进行溯源和分析，从"感生异貌"母题等角度出发梳理该主题发展脉络。其后分为唐末至五代、宋元、明清三个时期共三节。第二节分析唐末至五代作品中，钱镠"发迹变泰"故事文本较少的原因。第三节分析宋元作品中，钱镠"发迹变泰"主题故事骤然丰富的背景及原因。第四节通过清代小说、戏曲等作品分析亡国易代背景下，文人士子对主题故事的理解和接受。

第四章主要探索钱镠故事中体现出的"霸王"主题。第一节对"霸王"主题进行溯源，并分析钱镠故事与该主题的关系，同时以"领主""霸主""霸王""天子"为线索梳理该主题的发展脉络。其后分为唐末至五代、宋元、明清三个时期共三节。第二节写唐末至五代时期钱镠是"霸王"的原因及唐王朝认可其"霸王"身份的背景。第三节写宋元时期，在宋高宗偏安的背景下，主题故事多凸显钱镠在地理意义上的"霸王"；第四节写明清时期，在专制主义中央集权达到顶峰的背景下，钱镠"霸王"身份流传的地域性及教化性。

目录

《琵琶行》故事嬗变研究

2014年河南大学硕士学位论文　　王艳辉

摘要

　　《琵琶行》是白居易的代表作品之一，诗歌所具有的魅力让后人每提起它，都不得不被它所折服。诗人透露出来的真挚情感，引起了后代许多士大夫的共鸣。随着时代的发展和戏曲艺术的兴盛，很多戏曲家愿意从历史中寻找题材，因此《琵琶行》故事也就成了戏曲改编的热门题材。元、明、清三代都有相关的戏曲作品。

　　前人对白居易《琵琶行》和以它为底本而改编成的戏曲作品的研究，大多是侧重于对单个作品的研究，或从作品本身，或从思想内容，或从艺术特色等角度入手，把它们作为一个整体进行比较研究的分析则不够全面，以及缺乏对文本的细致解读，并且与作品创作的时代背景结合不够紧密，挖掘亦不够深入。本文以此为切入点，以文本为依据，通过系统具体的分析，将《琵琶行》故事嬗变的过程、各个时代作品的不同面貌及那个时代作者的内心思想和深层意识展现给读者。

　　本文引言部分对《琵琶行》故事的研究现状、创新之处、研究意义进行了阐述。正文分为四章对其进行论述。第一章主要论述了《琵琶行》故事本质及其主题；第二章分别从琵琶亭前说司马、琵琶名曲播新声等两方面阐述了《琵琶行》

故事在后世的流传情况；第三章分别从内容嬗变、人物形象嬗变和主题嬗变等三个方面阐述了《琵琶行》故事嬗变的过程；第四章结合各个时段的时代背景，及作者的生平、思想对其嬗变的原因进行了分析。

通过对白居易的《琵琶行》和以此为底本改编成戏曲作品的研究，探求《琵琶行》对后世文学的影响。另外，还探索了各个时代作品的不同面貌，及那个时代作者的内心思想和深层意识，从而更全面深入地展现了《琵琶行》故事在后世文学中的发展演变过程。

目录

木兰故事研究

2014年延安大学硕士学位论文　李姣姣

摘要

　　木兰故事的研究尽管近些年十分活跃，但是仍有大量木兰故事没有得到应有的重视。木兰故事历史悠久，关于木兰姓氏、里居、所处时代、种族等众说纷纭，学界诸家各执一词。木兰故事在唐代就已经大范围流传，在明清时期，有关木兰的小说、戏曲也开始出现。木兰替父从军的故事经历了民歌、诗词、小说、戏曲、戏剧、电影、电视剧等不同表现形式的演变，内容从最初的几百字发展到上百万字。木兰故事中的人物不断增加，故事情节不断变化，形成了一个庞大的故事谱系。随着木兰故事的流传，木兰的形象也在不断演变。木兰故事在不同时代的流传体现出不同时代的特征、价值观念与文化心理。木兰故事中最受到传扬的是孝道、英雄及女性主义方面的精神价值。木兰故事广泛流传，在民俗文化生活中更有其独特意义，这些年来随着各地对文化的重视，木兰的形象发展成为一种文化现象，有些地方的政府借助木兰形象大力发展旅游业，木兰已经成为旅游业的一张名片。本文主要从木兰故事的流变、木兰形象的演变以及木兰故事中蕴含的精神价值三个方面进行研究，分析木兰故事流变和木兰形象演变的原因。试图梳理出木兰故事在流变过程中的基本脉络。

目录

"赵氏孤儿"故事流变考论

2014年曲阜师范大学硕士学位论文　董亭

摘要

　　"赵氏孤儿"的故事在中国可谓源远流长，此段故事的本事最早见于《春秋》中的一段晋国诛杀卿大夫赵氏的史实，其在《左传》的记载中得以丰富，并在汉代司马迁的《史记》中开始成型。此后，经过历代作家不断丰满和改编，该故事得以流传至今。在此段故事流传的过程中，后代在继承前代作品的基础上，不断有新的人物加入、有新的情节出现，因而故事表达的主题也在不断进行着升华。正是这绵延不断的薪火相传，才使"赵氏孤儿"这个故事在今天仍然具有生命力。

　　文章的引言部分从研究的起因着手，通过对目前国内外关于"赵氏孤儿"这个题目的研究成果的分类和梳理，说明了本文的研究意义并点明了研究方法。文章正文部分由以下五章组成：

　　第一章："赵氏孤儿"故事的本事记载。本章对《左传》中的记载进行了详细探究，弄清了故事本事的真相。

　　第二章："赵氏孤儿"故事的产生与其逐渐扩大的现实意义。本章先对汉代《史记·赵世家》中的故事记载与《左传》中的本事进行了对比分析，后对唐宋时期民间关于"存孤"英雄的祭祀记载进行了梳理说明。

第三章："赵氏孤儿"故事的空前繁荣和对外传播。本章以元杂剧《赵氏孤儿》为代表的戏剧进行研究，先对杂剧《赵氏孤儿》与《史记》中记载进行对比研究，后对元杂剧《赵氏孤儿》的域外传播进行了详细论证。

第四章："赵氏孤儿"故事的现代呈现和当代改编。本章以电影《赵氏孤儿》为代表的当代影视改编进行研究，先找出了电影《赵氏孤儿》与元杂剧《赵氏孤儿》的差异，后对当代整体影视改编的背景进行了说明。

第五章："赵氏孤儿"故事的演变规律和流传原因。在前四章按照时间顺序详细论证的基础上，本章对"赵氏孤儿"故事流变的整体概况和流变规律做出了分析。

目录

元明清时期牛郎织女流变研究

2014年西北师范大学硕士学位论文　邓未

摘要

　　牵牛、织女最初作为星辰崇拜的对象为原始先民们所敬仰，后来才成为牛郎织女传说故事的主角流传至今。从先秦到汉代，牵牛织女的神话传说一直在民间广泛流传，到了魏晋南北朝时期，这个传说故事才基本定型。《殷芸小说》是其雏形，它记载的故事情节是牛郎织女传说的核心，此后历代的牛郎织女故事多是在此基础上的发展演变。唐宋时期的七夕诗词格外繁荣，并且七夕风俗也在民间蔚为壮观。随着时代和俗文学的发展，各种形式的文学体裁相继出现，为牛郎织女传说提供了不同的表现方式。

　　在戏曲、小说等叙事文学中，文人们开始关注长期流传于民间的牛郎织女传说故事，把它作为题材写进文学作品中，如明代万历年间的中篇小说《新刻全像牛郎织女传》和清代初期文人邹山的《双星图》传奇。

　　此外，宫廷还有专门的七夕承应戏。清末的《牛郎织女传》是在吸收民间传说的基础上，由文人写的章回小说。在京剧的繁荣发展下，还出现了牛郎织女相关的京剧。牛郎织女传说的故事正是在历代的这些小说戏曲、诗词歌赋和民间传说的基础上形成的，它们递相传承，叠加演变，共同推动着这个故事的发展演变。即在整理、分析元明清时期牛郎织女的相关文学作品上，并且借助七夕风俗为佐证，厘清元明清时期牛郎织女传说的流变情况。

目录

包公故事的文本演变与文化意蕴（附节选）

2015年南开大学博士学位论文　　王林飞

摘要

历经千年，借助口头传说、书面记载、碑刻遗迹等媒介，包公故事历久弥新。时代背景不同，包公故事的文本形态、内容情节、人物形象发生了不同程度的改变。运用中国叙事文化学的研究方法梳理包公故事的流变轨迹，分析变化原因，发掘文化内涵，对于审视中国传统文化具有重要意义。本文分六个部分论述包公故事的演变。

绪论从三个方面展开。一是选题意义和研究范围。包公研究在文献整理、流变细化、文化方面还有开拓的空间。以历时性研究为主，兼作共时性研究，研究地域文化使用部分民间故事资料。二是简要回顾包公研究现状。三是本文的研究思路与研究方法。

第一章按时代划分，将包公故事分为发轫期、拓展期、集成期、繁盛期，对包公故事的文本形态及人物形象做出简明的解说，并论及包公故事文本材料与清官文化、忠孝文化、民间信仰、地域文化四个主题之间的联系。

第二章是包公故事与清官文化。清官文化可以说是包公故事最重要的主题。无论是在朝廷任职，还是担任地方官，包公始终不懈怠，不动摇，忧劳国事，勤政为民，超越一般的良吏清官。包公自己仅留下一首诗作，但其清廉行为却得到其他诗人肯定。元杂剧里，包公与权豪势要斗争的情节，兼具幽默风趣。明清时期，包公披上理学袈裟，理刑狱，护卫道统。包公的清官形象愈来愈完善。

第三章以忠孝文化为主轴，分析作为真实历史人物的包公，包公的忠孝行为是传统文化与北宋特殊的历史背景相结合的产物。包公孝亲不仕，主要得益于儒家传统文化的熏陶。宋初统治者推崇《孝经》、旌表孝行、振兴科举，推动丁忧制度化和程序化，决定了包公的孝行是必然的历史产物。包公忠谏仁宗，根源于古代中国朴素的民本思想、良好的谏诤习气、强劲的士人气节和难得相偕的君臣际遇。这使得包公成为忠孝完人。元杂剧中描绘的包公，为褒奖和维护孝道，使用情理法判案。明清时期的文本，增加包公由嫂娘抚养的情节，且着力表现包公在忠奸斗争中的忠臣形象。

第四章从民间信仰角度论述包公形象的演变。自宋代起，包公成为缙绅士人、普通民众共同敬奉的偶像，吟诵包公祠堂的诗文不在少数。包公任职速报司，逐渐神化。元代文本中包公有窥见鬼魂的能力，最终为鬼魂申冤，这与古代中国繁盛的鬼神文化有莫大关联。汉唐时期，已有日判阳，夜判阴的事例。靠鬼魂提示断案也与中国传统的思维习惯有关。明清时期，包公出身神化、相貌黑化，手握降妖伏魔、驱鬼还魂的法宝，神判能力不断强化，成为人神合一的化身。包公出生成长的历程，是感生、弃子母题的再度演绎。包公相貌变黑，源于文昌星青面赤发，司法鼻祖皋陶面相青绿，还受到传统文化中五色理论的影响。

第五章从地域文化角度探讨包公故事。择要概述包公在庐州、端州、沧州任职时留下的民俗风物及民间传说。还简要分析了包公故事在其他地方的传播，特别是中国台湾地区、东南亚国家对包公的崇拜。

目录

宋代是中国古代文化发展的一个繁盛期和转折期，文才辈出，灿若群星。包公便处在这个时代背景里。包公本名包拯。包拯（999—1062），字希仁，谥孝肃，安徽合肥（今肥东县）包村人。宋代吟诵成风，文人雅集甚多。而包公自己仅留下一首诗和一则家训，以及由门人整理的《包拯集》。

包公的名垂青史，不因其妙笔生花的文学才华，也不因其超群拔类的政治才能。作为北宋著名的直臣，包公因清廉公正、不畏权贵、革新吏治、严惩腐败、关心民瘼，成为历史上的清官代表。

胡适在1925年发表的《〈三侠五义〉序》中说：

历史上有许多有福之人。一个是黄帝，一个是周公，一个是包龙图。上古有许多重要的发明，后人不知道是谁发明的，只好都归到黄帝的身上，于是黄帝成了上古的大圣人。中古有许多制作，后人也不知道究竟是谁创始的，也就都归到周公身上，于是周公成了中古的大圣人，忙的不得了，忙的他"一沐三握发，一饭三吐哺"！

这种有福的人物，我曾替他们取个名字，叫作"箭垛式的人物"；就同小说上说的诸葛亮借箭时用的草人一样，本来只是一扎干草，身上刺猬也似的插着许多箭，不但不伤皮肉，反可以立大功，得大名。

包龙图——包拯——也是一个箭垛式的人物。古来有许多精巧的折狱故事，记载在史书，或流传民间，一般人不知道他们的来历，这些故事遂容易堆在一两个人的身上。在这些侦探式的清官之中，民间的传说不知道怎样选出了宋朝的包拯来做一个箭垛，把许多折狱的奇案都射在他身上。包龙图遂成了中国的歇洛克·福尔摩斯了。

尽管包公文采不如欧阳修、苏轼，施政不如范仲淹、王安石，但包公在宋代已经声名卓著。历经一千多年的演绎，不同时期的书写者和传播者更将包公推上与圣人等崇的地位。他的称号有包希仁、包兼济、包孝肃、包龙图、包待制、包相爷、包青天、包文正等，其中以包公之称最为响亮。

诚如胡适所言，箭垛式的人物往往包含着多层面的文学意义与价值。

其中既有官方意识形态的渗透，也有民间朴素审美的融汇，更兼有文人群体的价值取向。就历史人物的真实原貌来说，包公在宋代，文采不如欧阳修、苏轼，政绩不如范仲淹、王安石，这一切似乎决定了包公很难对后世文学产生深远的影响。然而事实恰好相反，自宋人将包公的逸闻趣事当作笔记小说的创作素材后，历经宋元明清四代的演绎，包公故事多次成为文学创作的主题，是文人士大夫笔下的重要关注点。而从笔记小说的零星记录到戏曲舞台的清官形象，再到世俗小说的符号人物，包公故事既包含着文学的时代变迁因素，又暗含着创作主体的审美趋向。因此，探究这一箭垛式的人物形象变迁，对于研究包公故事的演变以及文学价值有着一定的积极作用和价值。

包公既是历史的，也是文学的；既得到士大夫文化的青睐，更受到民间通俗文化的追捧。有关包公的研究成果已有不少，但正如朱万曙先生在《包公与文学研究概况》一文中所指出，包公研究尚开拓的空间还有：第一，文献有待继续发现和整理；第二，包公故事流传演变的细致研究；第三，包公故事的文化学研究。

就文献资料方面来讲，除了各地的地方戏中的包公戏与各种唱本及各地民间传说，在传统文本样式里，尚有很多资料整理与研究。首先，以往的包公文学研究仅侧重于小说、戏曲，对诗文的关注往往不够，甚至忽略。其实在宋代，就有不少赞扬包公的诗词。及至元明，特别是清代，文人墨客有大量题咏包公或包公祠堂的诗。包公"不持一砚""一笑河清"的典故常出现在诗作中。一些诗话作品如《诗话总龟》《苕溪鱼隐丛话》《诗谭》《雪桥诗话》等论述了跟包公有关的诗作。

其次，自宋迄清，文人作品集里不乏对包公的论述。或引包公事例说理，或记包公奏议读后感，或为包公奏议作序跋，或为包公祠宇作记，这些作品也是值得提高关注程度的。民间文学传播固然是包公故事流传广泛深远的重要因素，但文人士大夫对包公的褒扬推崇，说明包公的政绩优秀与品质优良是有目共睹的。而且，大传统与小传统并非截然对立，而是有极强互动性，相互交替影响，二水中分，齐头并进，形成雅俗共赏的局面。

再次，包公虽然三十九岁才正式出仕，但辗转任职，担任过多地的地方官，各地方志就载有不少包公的故事和遗迹，这些资料需要继续梳理和发掘。并且，这些地方志可反证包公良好的口碑，绝非凭空捏造。

就故事演变方面来论，包公故事流变中有些故事仍值得开掘。除了熟知的狸猫换太子、铡美案等故事之外，胭脂记故事、双钉案故事、包公出身故事、五鼠闹东京故事都可条分缕析，做更详细全面的研究。"和实生物,同则不继"，中国古代文学素有融汇通变的传统，故事流变研究未尝不可使用古代文学理论的方法。

项羽故事的文本演变与文化内涵（附节选）

2015年南开大学博士学位论文　董艳玲

摘要

　　项羽事迹见于《史记》《汉书》等历史典籍，自司马迁为项羽立传开始，就注定了项羽故事在文学史上顽强的生命力。《项羽本纪》模糊性叙事和特定场景的设置，使项羽故事在后世得以演绎并发展。项羽是历代君臣鉴戒的对象，也是诗词文、小说、戏曲等文学样式中重要的文学素材。

　　项羽故事从汉代一直延续至今，形成了一个独特的故事体系，项羽故事的发展演变是演绎历史、反思历史、民间信仰、整合传说的过程。梳理这一故事，我们不仅可以看到项羽故事的变化，而且能够挖掘到故事背后掩藏的社会思想文化因素。

　　本文采用中国叙事文化学的方法，竭泽而渔地搜集并整理项羽故事的有关材料，按照时代顺序和文本形态的不同来梳理项羽故事，揭示故事发展演变所折射的思想文化背景。论文主要分为七个部分：

　　绪论部分是对选题意义、研究现状、研究方法、研究范围的分析和总结。首先明确选题意义和选题目的，并对20世纪以来的项羽故事研究做整体的概括，在此基础上总结前人研究成果，针对研究的不足和薄弱环节指出可用中国叙事文化学方法来解决这些问题，以求达到研究目的。

第一章是项羽故事演变述评。分汉魏六朝、唐宋、元明清、民国至今四个阶段，从人物、情节和文本形态三个方面来对项羽故事的演变进行归纳分析，对项羽故事进行宏观把握，为项羽故事演变的文化内涵的分析奠定基础。

第二章梳理悲剧英雄的发展演变，分析相关的思想文化背景。首先对悲剧英雄进行了定义，来说明项羽是悲剧英雄并对历史上的项羽进行正名并从"英雄"的角度来指出项羽失败的原因。唐宋时期的文人士大夫对项羽褒贬不一，吸取总结项羽失败经验的同时又在文学作品中呼唤这样的英雄。项羽悲剧形象的完成时期是在明清，政治悲剧和爱情悲剧两者的结合使项羽悲剧形象厚重起来。悲剧英雄每个阶段的变化都暗含了时代文化和文学自觉的影响。

第三章分析英雄美人主题及其文化因素。霸王别姬故事确立英雄美人的模式，但《项羽本纪》中的英雄美人更多的是一种人文关怀，并不能算是爱情描写。在魏晋南北朝时期，由于受玄学思潮等影响，霸王别姬故事处于失语期。唐宋时期，诗词对英雄美人的情感描写更多倾向于虞姬对项羽的忠贞和哀怨，因而，虞姬往往成为哀怨和贞节的符号，这和诗词的本质、传统贞节观念、理学兴起都不无关系。元明清三代，英雄美人故事开始呈现宣扬贞节和张扬爱情两种模式。明中期后，项羽虞姬英雄美人开始有情感的描写，开始向"情"回归，这又和经济发展、文化思潮等密切相关。近代时期，英雄美人的重心开始向虞姬倾斜，逐渐体现了女性的自我觉醒。现当代时期，在商品经济和消费文化的影响下，这一故事主题再次发生变化。

第四章是项羽故事中的项羽信仰，项羽信仰和民间信仰有着密不可分的关系，但作为神人信仰又是独特存在。南北朝时期是项羽信仰的起源时期，文章分析了影响项羽信仰的因素，唐宋时期为项羽信仰兴盛期，虽有政府的打击，但民间对项羽的祭祀却没有中断，地方官员和民众尤甚。宋代从地方到中央对项羽神都颇为敬重，这和时政有很大关系，而宋之后，项羽信仰逐渐式微，但文人对项羽神却情有独钟，衍生出了文人哭项羽庙独特的文化现象。

第五章是项羽故事中楚文化精神，首先对楚文化精神进行了概括，分析了司马迁和项羽身上所蕴含的楚文化精神。在不同的历史阶段，楚文化精神有不同的影响，体现在项羽故事中的侧重点也有所不同。唐宋时期是在屈骚精神指导下的项羽故事创作，而宋后期的开始重视武官，和项羽的气质、楚文化精神一脉相承。明清时期则是在庄子思想对李贽"童心说"的影响下，项羽故事往"情"和"个性"的方向发展。

附录为文献综述，采用文学文献学方法，分汉魏六朝、唐宋、元明清、民国至今四个阶段对项羽故事的相关资料进行梳理，每一时代的材料又以文本形态进行分类。

目录

　　项羽事迹主要见于司马迁《史记》、班固《汉书》、司马光《资治通鉴》等史传作品。演绎历史是中国古代叙事文学的重要特征，秦末动乱、楚汉风云是中国历史上浓重的一笔，这段历史给后世文学留下了太多阐释空间和文学素材。作为这段历史中颇有争议且不可或缺的英雄人物——项羽，其自然成为后人津津乐道的对象。项羽不仅是历代君臣鉴戒的对象，更是历代文学作品中的题材来源。

　　第一，项羽故事影响的深远性。首先，项羽作为失败者，在成王败寇的时代和王权政治环境下，项羽作为君臣鉴戒对象，往往是反面教材，让君主吸取教训，以免重蹈覆辙；其次，项羽是英雄，他的军事才能和个人勇猛的战斗力也备受后人崇拜和敬仰；再次，霸王别姬故事凄美动人，至今影响着后人。所以，正是这种影响力，使项羽故事出没在史传、变文、诗词、小说、戏曲等各种文学体裁中。

第二，项羽故事内容的丰富性。自司马迁《项羽本纪》、班固《汉书》后，项羽故事走向低潮，不再成为一个体系，而是零散地分布在各种文献中。但这并不影响故事内容的丰富性和载体的多样性，项羽故事内容的丰富性主要体现在政治悲剧、英雄美人和项羽信仰等方面。承载项羽故事的载体包括史传、方志、散文、诗词、小说、戏曲等各种文献样式。文学是一种意识形态，它是社会现实的反映，因而在项羽故事逐渐丰富的过程中，受到了时代政治、经济、思想、宗教等因素的影响与制约，探究项羽故事和这些因素之间的关系，是研究项羽故事所要解决的问题。

第三，项羽故事演变的延续性。项羽故事自秦汉时期产生一直流传至今，它不是一成不变的，在不同的历史阶段，项羽故事表现的侧重点有所不同。项羽故事的发展既受到文学发展的内部因素决定，又受到各种外力的影响，因而我们应该用发展、动态的眼光来看待项羽故事，从而找出影响项羽故事发展的具体内因和外因。

第四，项羽故事的张力性。项羽故事留下了太多的阐释空间，这就让项羽故事有很强的张力。《项羽本纪》和《项籍列传》中许多隐晦或模糊的阐述，被后世文人运用丰富的想象力、民间传说等来创作和改编，不同的时代有不同的创作，使这一故事系统在发展流变中掺杂了不同的价值观、审美观以及评判标准，赋予其不同的文化属性。

项羽故事的这些特殊性为我们提供了研究的可行性。鉴于以往项羽故事是针对《项羽本纪》、京剧《霸王别姬》等具体作品和事件的研究，缺乏对项羽故事体系的整体梳理和宏观把握，所以，在全面占有并梳理材料的基础上，对相关主题单元进行文化上的分析是有趣味且有价值的课题。

总之，项羽故事的研究希望达到两个目的：

首先，利用传统历史考据学和文献学的方法对项羽故事文本进行梳理，以求最大程度的竭泽而渔，以时代为序勾勒出每个情节单元故事的变化。

其次，在梳理文献的基础上，归纳项羽故事情节单元的变化，寻绎每个故事单元变化的原因，对变化背后深层次的社会文化因素进行阐释。

李亚仙故事文本演变及其文化内涵

2015年南开大学硕士学位论文　蒙丹阳

摘要

　　李亚仙是中国古代一个虚构的文学人物，她最初的名字叫"李娃"，由唐代文人白行简所著传奇《李娃传》而得名。讲的是荥阳生赴京赶考，邂逅长安名妓李娃，并为之散尽资财，后流落凶肆，沦为乞丐，生命垂危之际得李娃救助，最终考取功名得授官爵，李娃亦因节行瑰奇被册封为汧国夫人的故事。《李娃传》在中国文学史上具有重要的历史地位，其故事情节之回环复杂，人物刻画之细腻生动，书写市井风俗之鲜活可观都可谓开唐传奇之先河，为中国古代世情小说、才子佳人小说之滥觞。李娃的故事自唐代诞生以来，历经宋元至明清，一千多年来一直活跃在小说、戏剧舞台上，并不断地被改编、搬演于勾栏瓦肆之中，乃至今天仍有几十种地方戏曲保留着这出经典剧目。

　　纵观李娃故事的时代演变，其文本形态可分为以下几类：一是以笔记小说、杂谈的形态被收入历代的总集、汇编、丛书、类书、杂编之中，如《太平广记》《类说》《青泥莲花记》《虞初志》《绿窗女史》等。二是被翻为话本，供说书人演绎，如宋明两代就出现了《李亚仙记》《李亚仙不负郑元和》《李娃使郑子登科》等多部改编的话本著作。三是改编成戏曲，元明两代是李亚仙故事戏曲创作的高潮，出现了由石君宝、朱有燉创作的《李亚仙花酒曲江池》同名杂剧，徐霖、薛近兖、郑若庸等人创作的不同版本的《绣襦记》传奇。这些戏曲作品都成为戏曲史上的经典之作。四是李亚仙故事进入了诗文、绘画领域，有许多歌咏李娃的诗歌出现，如唐代元稹的《李娃行》、明清时的《李娃歌》《绣襦歌》等。此外，一些展现李亚仙故事的绘画作品、题画诗也层出不穷，反映了李亚仙故事的丰富性和艺术魅力。本文运用中国叙事文化学的研究方法，对李亚仙故事的历代流变情况进行梳理，以求对其变化的成因给予社会文化方面的阐释。

论文的绪论部分主要介绍李亚仙故事的选题原因及意义，对已有的研究成果进行分类梳理，说明当前研究的现状以及有待进一步深入的问题。同时介绍本文的研究方法和研究框架。

第一章是对历代李亚仙故事的相关文献进行综述和文本形态的分析。根据该故事的发展演变特征，将其分为唐宋、元代、明清三个时期来说明。唐宋时期是李亚仙故事的形成期，最初由民间口头流传的"一枝花"话本发展为唐代传奇作品《李娃传》以及宋代的诸多话本小说，李亚仙故事的基本人物和内容情节得以定型。元代是李亚仙故事的发展期，该故事第一次进入戏曲领域，出现以李亚仙故事为题材的多部元杂剧，其中石君宝的《李亚仙花酒曲江池》对后代产生了较大的影响，故事文本形态的演变，导致了故事人物的增加、情节的增删和变异，故事的思想主题也相应发生了变化。明清时期是李亚仙故事的成熟期，小说、戏曲、话本、诗文、书画的创作全面开花，其中有代表性的是集大成的戏曲作品《绣襦记》，该戏曲吸收了诸多演绎李亚仙故事的南戏作品的素材，在人物、情节设计、回目安排，唱词、唱腔方面都达到了很高的艺术水准。此外，李亚仙故事也被明代"三言二拍"、清代众多世情小说、才子佳人小说加以借鉴吸收，在思想性和文学性方面呈现出了丰富的多样性。

第二章是从科举文化的视角来分析李亚仙故事中的文化内涵。李亚仙故事的形成发展与科举制度的兴盛有密切关系，本章第一节总体概述中国古代科举制度的确立与文学创作、士人心态的关系，第二、三、四节以时代为序，透过李亚仙故事的文本变化分析不同时代所呈现出的科举文化差异。唐宋时期，科举制度的确立和发展，极大地冲击了世族门阀的政治地位，以李亚仙故事中的男主人公荣阳郑生为代表的世家子弟需要借助科举考试来维护和复兴家族。到了元代，蒙古统治时期，科举长期废除，平民书生仕进无门，反映在文学中即表现为科举情节的淡化与落魄书生借助科举求得出路的幻想。明清时期是科举制度的稳定成熟期，科举成为读书人获得荣华富贵的主要途径，因此，在李亚仙故事的发展演变中，策射功名、发迹变泰的主题思想得到彰显。

第三章分析李亚仙故事中的士妓之恋主题。李亚仙故事是中国古代小说戏曲"士妓之恋"传统模式的早期代表，第一节就士妓之恋传统模式的形成原因、思想主题以及文学表现进行综述，第二、三、四节以李亚仙故事历时演变为例，说明在不同朝代该主题的时代特色。唐宋时期的李亚仙故事体现出对门第观念的极为推崇，而故事以妓女得封国夫人这种超现实的大团圆结局收尾，虽具有一定反封建的进步意义，但其内在也暗含着世族门阀衰微的政治隐喻。元代士妓之恋主题出现了较大的新变，元代读书人的社会地位极为低下，借小说戏曲中士妓之恋的描写浇胸中块垒，得到心理慰藉，同时出现了平等思想、挑战传统伦理、门第观念的端倪。明清时期社会伦理教化更为严格，但随着经济的发展及启蒙思想的萌芽，在李亚仙故事中，对爱情自由的自主追求与礼教的自觉回归并行不悖，情与理得到调和，达到"情理合一"。

第四章从民间市井文化的角度对李亚仙故事加以分析，李亚仙故事之所以流传千年经久不衰，与其叙事文本中生动、鲜活的民间市井生活密不可分，故事中塑造的形形色色的平民形象以及不同朝代不断增加的民间市井的风俗信仰、节庆习俗都使之具有持久的生命力。本章从以"长安"为核心的空间文化视域、"曲江宴乐"文化与"三月三"岁时节令的文学呈现、古代丧葬习俗与阜田院乞儿的市井生活、竹林神崇拜与民间信仰四个方面加以分析，每一节以历时的角度、宏观的视野结合当时当地的地域文化风习，还原李亚仙故事发生的时代生活，探究文学作品与社会生活之间的深层联系。

结语部分对于李亚仙故事历经千年演变的总体特征进行概述，揭示该故事具有的文化内涵和艺术价值，同时对李亚仙故事的域外传播情况以及现代地方戏的改编进行了简要梳理，以引发学界对该研究的进一步思考。

目录

尉迟敬德故事的文本演变及其文化内涵

2015年南开大学硕士学位论文　王晓南

摘要

　　尉迟敬德是唐朝著名的开国勋将之一。一方面他作为历史上真实存在的人物，史书、戏曲、小说等文体中均有他的记载。他忠心不二、骁勇善战和鲁莽率直的性格一直为世人所称扬。另一方面，他又是中国古代传统门神之一，时至今日他和秦琼的门神年画依旧常见于人们生活中。从唐代至清代，不同文体中的尉迟敬德故事在保留其忠勇内核的同时也发生着改变，展现了同一个故事在不同时代、不同文体中的再创造和发展的过程。因而本文采用中国叙事文化学的方法，对尉迟敬德故事的文本资料进行系统梳理，力图展现其文本的演绎变化，并深入分析其背后的文化内涵，对中国古代文化的继承和流变给予观照。

　　本文第一章是尉迟敬德故事形态演变述评。根据文本中故事情节、人物形象等外在形态的变化趋势，将该故事的文本演变分为唐宋、元明、清三个阶段。第一节是唐宋时期，这个阶段是尉迟敬德故事的雏形期，主要是以史传记载为主，重点突出的是尉迟敬德对唐太宗的忠心耿耿和其在军事上的骁勇善战、政治上的深谋远虑。与此同时，尉迟敬德尉也开始了被神化的过程。第二节是元明时期，在继承尉迟敬德忠勇品质的基础上，故事内容得到了极大丰富和发展。众多以尉迟敬德为主角的杂剧、传奇的出现，使得尉迟敬德的形象开始丰满起来，其鲁莽率真的性格特点开始凸显，同时尉迟敬德"富不易妻"的记载也大量出现，表现出其对中国传统道德品质的继承。这个时期，尉迟敬德也完成了由人到神的转变，成为中国传统门神之一。第三节是清代，有关隋唐故事的演义小说大量出现，尉迟敬德的故事也繁荣发展。随着市民阶层兴起，尉迟敬德故事日益世俗化。这个时期尉迟敬德的忠君特质依旧得到继承，并增加了其对刘武周的忠诚和在酷刑面前依旧对李世民忠贞不贰的情节，使其忠贞形象更加高大。同时尉迟敬德对薛仁贵的"义气"也得到了重点描写，成为一个忠义精神高扬的武将。此时期在小说戏曲中尉迟敬德的生平经历神异色彩浓厚，众多民间传说的出现显示出尉迟敬德在民间信仰中强大的生命力。

论文第二章主要从武将文化的角度来剖析尉迟敬德故事。本章依旧根据文本的演变情况，分别从唐宋、元明、清时期来阐释武将主题的变化。第一节对中国武将文化进行简要论述，指出武将群体的特殊性；第二节论述唐宋时期，尉迟敬德作为有勇有谋武将形象的出现及其原因；第三节重点论述尉迟敬德在元明时期从有勇有谋到勇猛鲁莽的变化轨迹，并分析其背后的文化内涵；第四节则是探讨清代在市民文学的影响下，尉迟敬德如何日益世俗化，成为世俗世界武将的过程。

第三章则是从忠义文化出发阐释尉迟敬德故事。第一节对中国古代忠义文化进行概述，对其内涵和后世的变化做整体的勾勒；第二节论述唐五代时期尉迟敬德故事中忠君主题突显的原因；第三节在关注宋元时期忠君主题得到继承的同时，察觉到此时期富不易妻故事的多次描写，对尉迟敬德故事中的"变"与"不变"进行文化上的分析；最后一节着重分析清代尉迟敬德故事从忠君到忠主的扩大和义气的高扬，并探究其背后的文化原因。

第四章主要论述尉迟敬德故事中的民间信仰。第一节是对中国古代民间信仰的缘起、内容和特征进行概述；第二节论述唐宋时期尉迟敬德故事中体现的由人到神的转变；第三节重点分析元明时期尉迟敬德是如何完成由人到神的转变，以及其门神形象在此时期确立的原因；第四节以清代众多有关尉迟敬德的民间传说以及其传奇英雄形象为对象，分析尉迟敬德故事中神异色彩彰显的原因。

目录

《西游记》故事流变及传播研究

2015年陕西理工学院大学硕士学位论文　李雯

摘要

　　众所周知，文学经典《西游记》同《水浒传》《三国演义》一样属于世代积累型作品。从最初玄奘前往天竺探求佛法的真实故事到最终神魔小说《西游记》的诞生，西游故事经历了近千年的流变，故事内容也在流变过程中以不同形式广泛传播，直到明代大文豪吴承恩最终以小说形式确立了其不可撼动的地位。但西游故事的演绎并没有因此停止，随着科学技术的进步，西游故事又以影视剧这种新的形式重新出现在大众面前，并且继续流变传播着。

　　基于此背景，本论文试图以西游故事（从玄奘取经的历史事件到吴承恩版《西游记》成书期间所有西游故事）的流变过程及其影视改编为主要研究方向，结合传播学相关知识，通过分析各时期西游故事承载体裁的传播特点、方法及途径，从而总结出故事流变及传播载体之间的相互关系，并探讨影视改编对西游故事的影响。因此，论文主要从三个方面来阐述：

　　首先，结合历史，按照时间顺序，对西游故事从最初产生到小说《西游记》形成期间所有流变进行梳理，探析小说中四位主人公的演变过程。

　　其次，分析西游故事在俗讲、说话、元杂剧以及小说四种不同传播体裁中的传播方式与特点，从传播学角度探究各种文学体裁与西游故事间的相互影响关系。

最后，探讨在电脑等新媒介兴起的大众传播时代，动画片、电视剧及电影对小说《西游记》的改编情况，分析影视剧对小说传播的现实意义。

目录

司马相如故事文本流变及其文化内涵（附节选）

2016年南开大学博士学位论文　汪泽

摘要

　　司马相如的生平经历与轶事传说在由汉至清的各类文献中得到转载、重释，其文才事业、婚恋姻缘、发迹经历、人格性情每每引来后人的遐想与评议。作为千百年来历久弥新的文化主题，相如故事几乎维系了古代士人关于自身人格与命运的全部想象，流露出不同生存处境及学养襟抱下，古人对势道、情理、穷通、出处等问题的不同态度，与此同时亦伴随着市民意识和官方思想的渗透。以中国古代文学为考察范畴，运用中国叙事文化学方法，搜罗梳理司马相如故事，在审视文本流变的基础上剖析文化内涵，探求其可行性与必要性。

　　文章分为六个部分，第一部分为绪论，其后五部分列为正文第一至五章。

　　绪论首先阐述选题缘起及意义。其次回顾20世纪以来相关课题取得的学术成就，总结以往司马相如故事研究在文献考据、义理解读、文章分析诸方面存在的局限性。最后指出，中国叙事文化学方法可针对前人工作的不足之处，竭泽而渔地挖掘文献材料，从才士、婚恋、发迹变泰、玩世四个主题入手延展文化研究领域，兼顾文体分析与作家作品解读。

　　第一章为司马相如故事形态流变综述。按照两汉、魏晋六朝、隋唐两宋、元明清的时代先后顺序，相如故事大致经历了原型记录、增饰发展、守成过渡、多样并存的发展流程，故事文本形态的流传演变体现在事件、情节、人物三个方面。

第二章探讨相如故事的才士主题。伴随着帝王文化、士大夫文化、市民文化的消长递嬗，才士主题及其解读也发生着变化。两汉学者对司马相如创作内容的评述立足于国君与政治问题，魏晋六朝故事转而关注个人才情和艺术构思，唐宋时期"相如"成为男女通用的才子符号，元明清的相如文才叙事出现神异化倾向。在文章才士之外，相如也间或以经师身份出现，反映出学术思想的时空差异。有关司马相如与汉武帝遇合与否的种种说法则迎合了不同时代的势道关系问题。

第三章探讨相如故事的婚恋主题。这一部分可大致分缕出主次两条线索。主要线索围绕司马相如与卓文君的婚恋经历，不同的人物形象与悲喜意蕴传达出情感与礼教、色欲艳情与知音真情的磨合消长。次要线索针对相如的婚恋代言问题，即陈皇后长门买赋故事的情节和人物流变。两条故事线索分别包含着"求女"与"弃妇"的政治隐喻，两线交织所衍生的情节逻辑折射出现实婚恋文化的随时变迁。

第四章探讨相如故事的发迹变泰主题。史传中司马相如始困终亨的人生经历在历代皆有流传，相如可作为失志贫贱与得意富贵之两极的代表。唐宋以来不同文本对其发迹故事的阐释折射出雅俗阶层文化理想的历时演变。相如在由穷至富、由微至显的过程中所经历的人情冷暖，揭示出中国封建社会的官本位传统及明清时代思想异变下市商地位的变迁。

第五章探讨相如故事的玩世主题。司马相如的玩世情怀表现在"放诞"与"隐逸"两大支脉，二者萌发自汉史，于魏晋六朝得到理想构建。唐宋时人对相如放诞的态度随礼教加强而由臧至否，隐逸事典于延续原意的同时亦走向反面。

在明清专制加强的历史背景中，二者一内敛、一明朗，殊途同归地反映出封建末世文人心性的弱化与内化。

　　附录为司马相如故事文献综述。分四个时代阶段（两汉、魏晋六朝、隋唐两宋、元明清），按照文体类别（史传、地志、子杂、小说、戏曲、诗文、图像等）罗列与相如故事相关的文献材料，补益于正文论述。

目录

作为著名历史人物，司马相如经过史书文献、诗词文赋、小说戏曲各具思想倾向的剪辑加工、渲染增饰，由单一个体衍生出多种面貌；其人物故事在历史与文学的并存互动中产生、发展，孳乳出丰厚的文化内涵。相如自叙传早已亡佚，从现存材料来看，《史记》是其真实人生所经历的第一个叙事阶段，也是后代作品共同参照的零点坐标。《司马相如列传》作为纪实资料带有明显的文学意味，其"窃卓"始末与传奇小说差堪比拟。故而在后人的接受视野中，相如的真实人生即呈现出浓重的传奇色彩，此亦为其进入文艺世界打下基础。司马长卿风光旖旎的婚恋姻缘，浪漫不羁的人格性情，否极泰来的发迹经历，文才遇合的君臣际会，在各体文学作品中经过了一次又一次的点染、增润与重释。与相如有关的史实、传闻、创作，或真或伪，衍生出无数内涵丰富的文化语码——"倦游""咏雪""琴挑""求凰""夜奔""典裘""病渴""题桥""荐赋""买赋""谏猎""通夷""封禅""白头吟"等，成为古籍中俯拾即是的事典故实。

相如故事留给后世无尽的遐想与评议空间，而作为文学形象和文化符号的司马相如则缱绻于历代士女的心间笔下。他弹奏出归凤求凰的爱情绝唱，也流传出二三其德的婚变传说；既是空闺弃妇的代言，也是负心移情的主角。他有貂裘换酒、犊鼻涤器的玩世狂态，也有读书著赋、雅言谏上的用世孤忠；有驷马题柱的雄飞之志，也有闲居避事的雌伏之心。他一度以赀为郎、家徒四壁，又一朝因文得荐、衣锦荣归；穷至渴病交加、倦游无依，又达至长使负弩、父老郊迎。他因才气凌云令天子恨不同时，又因为赋悦主被人视同俳优；是风流的词客，又是端严的经师。司马相如以不尽相同甚至截然对立的姿态游走于历代士人心灵深处。他的每一段经历都伴随着不同的猜测与评价：结姻卓氏，是琴瑟知音，还是窃色夺财？奋笔题桥，是励励进取，还是汲汲竞奔？无为吏隐，是栖逸之乐，还是失志之悲？摘彩献赋，是微言谕谏，还是阿谀逢迎？司马相如的多情与薄情、玩世与用世、得意与失意、知遇与不遇，成为历久弥新且难以道尽的文化主题。

将史志传记、诗词文赋、小说戏曲等各种资料中的司马相如故事进行钩辑梳理，结合文化蕴涵及文体要素阐释其流传递嬗，相如故事几乎维系了关于古代士人人格与命运的全部想象，流露出不同生存处境及学养襟抱下，古人对势道、情理、穷通、出处等问题的不同态度。"司马相如"体贴着中国文人微妙复杂的自伤、自怜、自矜、自许、自信、自励之情。受笔者学术能力及学位论文的客观容量所限，本文将考察畛域截至晚清，对于现当代以来相如故事的流传演变状况不敢妄下断语。但文化的血脉毕竟是绵延不断的，司马相如人生故事对于当今知识分子的持守与选择而言，亦应不乏思考和借鉴意义。

穆桂英故事文本演变及其文化内涵

2016年南开大学硕士学位论文　黄婕慧

摘要

　　穆桂英是中国四大巾帼英雄之一，善战、勇敢大胆，超过一般女性且胜过男性。对于她的文本记载情况，从明后期《杨家将演义》《南北两宋志传》初次发现穆桂英，到清代关于她文本及形象的增多，至近现代时期穆桂英故事进入繁荣阶段。虽然在学术界仍未对穆桂英故事的真相做出正确的判断，但是穆桂英在中国文学中开启了一种新鲜的、男女平等的创作。本文运用中国叙事文化学的方法对穆桂英故事的文本材料进行处理，展示故事的演变过程以及分析故事的文化内涵，对穆桂英故事进行新的研究。

　　第一章是穆桂英故事文献演变综述。根据材料可以分为三个阶段：明代、清代和近现代。第一节是明代穆桂英故事，这时期是穆桂英故事的雏形期，主要以明代杨家将故事为主。第二节是清代穆桂英故事,这时期是穆桂英故事的丰富时期，不仅在小说中，也在戏曲和地方传奇有所展现。最后一节是近现代穆桂英故事，主要出现在戏曲中，并且更加广泛传播于国内外，成为巾帼英雄的代表。

　　第二章主要研究穆桂英故事中的巾帼英雄主题。本章分为四部分，第一节主要叙述中国的巾帼英雄主题，第二、三、四节是以不同社会背景的三段时期：明代、清代和近现代，分别分析穆桂英故事中的巾帼英雄主题内涵。第二节注重探究穆桂英以女将英雄形象出现的原因，第三节探讨穆桂英故事里母子英雄的教育问题，第四节考证穆桂英故事中女强男弱关系的成因。

第三章主要分析穆桂英故事中的忠勇文化主题，根据材料可以分为三个时期：明代、清代和近现代。第一节对中国忠勇文化进行简要论述，第二、三、四节分别从明代《杨家将演义》中穆桂英忠于家国的勇女特点、清代忠君的勇将特点，以及近现代由忠转勇的行为转变入手，对穆桂英故事的忠勇文化做分析。

第四章主要从爱情主题的角度来分析穆桂英的故事。第一节对中国古代男女英雄之情做出概述，第二、三、四节分为明代、清代和近现代，明代部分是以女性爱情反映社会对女性的对待，清代部分要从男将女将婚后之恋分析穆桂英故事，近现代部分通过分析穆桂英故事不同时期的爱情关系探寻女将之恋的原因。

目录

狄青故事的演变

2016年陕西理工学院硕士学位论文　　张艳君

摘要

狄青是北宋时期的名将,《宋史》《续资治通鉴长编》以及一些宋代文人笔记中都有关于他事迹的记载。狄青故事从两宋发端,元、明、清时期一直是戏曲、小说创作中的热门题材,直至当代,狄青故事的影视剧改编也有逐渐兴起的迹象,《狄青》《新狄青》《大英雄狄青》等优秀影视剧被搬上电视荧屏,加速了狄青故事的传播。

狄青故事在古代文献中的流变有着清晰的轨迹:创作题材由依据史实到想象虚构,人物形象定位由正面到负面再到正面,思想主题由军事斗争到军事斗争与忠奸斗争并重再到忠奸斗争,叙事风格由史实化到传奇化再到平实化,艺术形式也愈来愈多样化。狄青题材在文献中的演变,不仅反映了狄青形象的变化,更体现了鲜明的时代烙印。

作为狄青故事的集大成之作,清代四部狄青题材小说有着较为高超的叙事艺术和丰富的文化意蕴。从叙事艺术方面来看,分为民间叙事和宗教叙事。民间叙事包括程序化的叙事模式、类型化的人物塑造和以“奇”为美的审美追求;宗教叙事主要体现了长生不死、神人羽化登仙、宝物与佛教关系、转世、因果轮回情节、阴阳五行观念等“三教”文化对小说创作的影响。从文化意蕴方面来看,狄青作品中“忠”

"孝"伦理观，"齐之以礼"的治国观主要受大传统文化影响；小传统文化则以对草莽英雄反抗性格和"发迹变泰"故事的描写等隐性方式存在于作品中。

进入新时代，狄青故事的创作具有了更多的现代元素和价值，除了传统民间艺术中的狄青故事在现当代的流传呈现外，狄青故事还借助影视剧、网络等大众传播媒介，呈现出速食化、娱乐化等新特点，这就需要通过与古代文学中的狄青故事进行对比分析，从而把握新时期狄青故事传播的新动态与新趋势，以及狄青故事在当代所承载的现实意义。

目录

《新列国志》故事渊源及流变

2016年陕西理工学院硕士学位论文　王舒欣

摘要

　　《新列国志》叙述春秋战国时期五百余年历史，而此段时期是中国古代历史发展中极重要的一个转折期。自万历中后期至明朝灭亡，最高统治者日益骄奢淫逸，世风道德日益败坏。《新列国志》正编写于明末之时，于明亡背景下重温先秦历史，有以史为鉴之意。有鉴于此，冯梦龙用文学弘扬道德教化，将新的思想与向往融汇于《新列国志》中，认为《新列国志》是可以作为治世思想与规范的一部历史演义小说。

　　由于《新列国志》故事内容多半在史书上有据可依，因此本文在前人研究的基础上，结合《左传》《史记》《吴越春秋》《燕丹子》等，将《新列国志》中与史书相关的故事整理分类，着重研究文学叙事对历史叙事的重写。本文对敷演列国故事的变文、平话、小说等也进行了研究，与《新列国志》进行对比，梳理列国故事的来源与演变。同时对与列国故事相关的戏曲进行搜集整理。

　　《新列国志》讲述故事过多，内容又过于碎片化，有不够完整之嫌，因此对故事的分类研究较为吃力。在《新列国志》的故事分类方面研究者也相对较少。本文整理了《新列国志》中三部分脉络清晰的故事，追溯其本事来源，梳理故事后世流变过程。

《新列国志》中，叛乱故事涵盖三十九章，共五十个故事，分为三类：第一，争权夺利；第二，君主昏庸；第三，乱臣篡逆。对叛乱故事的研究有着重要的教化意义。叛乱故事多源于先秦时期史书记载，自秦汉以后流变较少。一直到元明时期，才重新开始对其进行改编更定。

《新列国志》中，复仇故事共二十六个，分为三类：第一，血族复仇；第二，士族复仇；第三，君臣复仇。依据中国古代的特殊伦理道德机制，本文以两个典型复仇故事为例，研究孙膑复仇故事与伍子胥复仇故事的史料渊源与后世流变。通过分类的方法分析复仇的原动力是最为实用有效的研究方法之一。

《新列国志》中，故事情节完整的先秦神话共七十六个，分为四类：第一，天命神话；第二，幽冥神话；第三，精怪神话；第四，超人神话。由于其时间跨度大，依据史料多，所以其选取的神话内容之丰富，也是其他同类型历史小说所不能比及的。

最后，本文研究了《新列国志》中人物形象的流变，包括君主形象与女性形象，从中体现出作者依据自身的社会责任感而传达出的价值观，并且提供了对于历史兴亡的重要鉴戒。

目录

曹操故事的文本流变及其文化意蕴（附节选）

2017年南开大学博士学位论文　李万营

摘要

　　曹操是一个饱受争议的人物，生前身后毁誉不断；关于曹操的故事也丰富多彩、千古流传。在是非善恶的褒贬与故事情节的流变中，曹操不再是单纯的历史人物，也不是纯粹的文学形象，而是一个寄托着人们的爱恨情仇、蕴含着丰富文化意蕴的文化形象、文化符号。运用中国叙事文化学的思路与方法，梳理承载曹操故事的文本，考察曹操故事情节流变的轨迹，分析故事流变的原因，发掘其中蕴含的文化内涵，对于透过曹操形象、曹操故事审视中国传统文化，具有十分重要的意义。

　　文章分为八个部分。

　　绪论首先说明了本文的选题意义和研究范围，然后对曹操研究的现状进行了梳理总结，指出了研究中存在的视野不够开阔、材料不够丰富、研究方式陈俗老套等问题，最后提出以中国叙事文化学的研究思路与方法来研究曹操故事。本文尝试开阔研究视野，掌握极大丰富的材料，以故事情节的流变为核心，注重对文化内涵的挖掘分析，以期取得更大的创新和突破。

　　第一章从故事情节与人物形象两个方面，按照时间的维度，将魏晋、唐宋、元明清、民国至新中国"十七年"时期等历史时段的曹操故事及文献进行梳理，总结曹操故事流变的总体概况。

第二章抓住人物评判这个曹操故事流变的核心问题进行论述。随着人物评判的道德性因素逐渐增强，曹操的评价由魏晋时期的"雄"，经历唐宋时期"雄"向"奸"的过渡，至元明清时期定型为"奸"。在封建王朝解体以后，曹操的评价又出现了由"奸"到"雄"的转变。曹操所受到的评判与不同历史时期的政治意识、思想文化、社会环境等因素密切相关。

第三章论述曹操征战故事与正统观念的问题。正统观念的变化，影响了曹操故事的流变，尤其是曹操征战故事的流变。魏晋时期，受曹魏为正统的观念影响，《三国志》肯定了曹操的征战行为及其在征战中的作为。正统观念发生变化，受帝蜀黜魏的正统观念影响，宋元以来出现了大量重修三国史的著作，这些著作对曹操征战的叙述发生变化。戏曲小说也受到了帝蜀黜魏的正统观念的影响，否定了曹操征战的正当性，夸大了曹操的战败。民国以来人们开始抛弃正统观念的影响，讨论曹操征战的性质。

第四章论述曹操爱才与忌才的问题。曹操的爱才与忌才是曹操与臣属的故事的两条线索，曹操爱才的故事经历了由肯定爱才到非议爱才的转变，曹操忌才的故事经历了由政治迫害到嫉贤妒能的转变，故事的流变引发了古人对择主、"义节"、扬才与自晦等君臣相处之道的深刻思考。

第五章论述曹操"多智"故事的流变。在流变中，曹操的"智"被认定为"诈"，曹操的智计殊绝变成了斗智失败、急智逃生，曹操的"诈"也被人们屡屡揭发，变成了"瞒不过"，这一过程反映出崇智文化既推崇智又节制智、仁智统一的复杂内涵。

第六章论述曹操"好色"故事的流变。曹操"好色"是极不显眼的个人生活的侧面，然而铜雀妓、二乔、张济寡妻甚至蔡文姬等女性与曹操的"好色"产生了联系，在这些故事的流变中，人们的态度也经历了由欣赏曹操的多情到贬斥其好色恶性的转变，显示出君主女色主题的丰富内涵。

第七章论述曹操故事中的神异情节。政治神学色彩、道教与佛教的思想意蕴是曹操神异故事流变的三条线索，道德理性的参与成为三条流变线索的动力：由借神异情节宣扬政权的神圣性，到以政治神学的逻辑思维虚构神异情节、解释历史进程，由以方士故事表现崇道弘教的宣教意识到以"戏曹"情节表现对曹操的评判与惩戒，由借曹操故事宣传佛教教义到借教义宣泄对曹操的愤恨，三者的流变表现出道德理性与天命观念、神仙方术、佛教理论的冲突与融合。

目录

308

　　生前叱咤风云、死后毁誉不断的历史人物很多，但曹操绝对是最典型的一个。无论是"超世之杰""奸雄中第一奇人"，还是"民族英雄"，曹操故事的每一次讲述，都有其鲜明的时代文化特色；而"帝魏""寇魏"的争论，"英雄""奸雄"的争论，则代表着不同时代不同阶层的思想意识与文化意蕴的"对话"。可以这么说，曹操故事的流变，俨然是观察中国历史文化变迁的一个侧影。

　　无论是历史人物的曹操，还是文学形象的曹操，在中国历史文化的长河中，已经变成了一个"刺眼"的文化符号。之所以称为"刺眼"，是因为在这个文化符号身上，国人往往没有了一贯的平和中庸的态度，而是表现得尖锐而极端。历来曹操研究的核心，即是对于曹操所受到以及应受到的评价的争论，其中也不免有极端之论。然而，执着于以人物评价为中心的曹操研究，显然会掩盖许多问题，最主要的，是将眼光集中于与曹操功业或恶行有关的故事，而忽视其他类型的故事。要知道，与曹操有关的故事极为丰富和复杂，故事中蕴含的也不只是人物的善恶功过，还有更为深邃的意义和内涵，忽视了曹操故事的丰富性，岂不是曹操研究的一大缺憾？

　　此外，名篇巨著《三国演义》的产生，无疑是文学史上的头等大事之一，围绕《三国演义》为中心的研究，诸如人物塑造、主题倾向等，自然是文学研究的重中之重。然而，炽日的光辉是否会遮蔽小星星的闪耀呢？文学史上还存在大量以三国故事为题材的戏曲和其他通俗文艺作品，对于这些文学艺术水平不如《三国演义》的文本，学术研究是应该搁置呢还是旁及呢？显然这两种态度都不够公平。如果换一种视角，以审视文化现象的眼光来探索研究这些文本，由于艺术水平高低造成的研究偏重应该会得到扭转。诚然，《三国演义》是伟大的文学作品，然而在其出现后的几百年间,《三国演义》俨然是一种文化存在,众多敷演三国故事的戏曲和其他通俗文艺作品显然也是文化存在,他们共同构成了敷演三国故事的文化现象。曹操故事更是如此,曹操死后的千百年间,人们每一次提及、每一次评论、每一次敷演其故事,都是不容忽视的文化现象,我们在研究曹操时,必然不能略过《三国演义》这样宏大的叙事,也不能忽视诸如"曹操疑冢"这样微不足道的传说。

由此可见,曹操故事的研究需要更新视角和方法,将曹操作为一个文化形象、文化符号,将曹操故事的每一次被讲述视作文化现象,从曹操故事的流变中探察所蕴含的文化意义,对于曹操故事的研究来说,不但增加了研究的厚度,而且具有方法视角的革新意义。以中国叙事文化学的方法来研究曹操故事,无疑是适用且妥帖的。

中国叙事文化学为宁稼雨教授吸收西方主题学的合理内核,结合中国叙事文学的实际情况而提出的一套视野开阔、操作性较强的研究思路与方法。宁稼雨教授针对近百年来中国学术深受西方学术体系影响的问题,撰写了多篇文章论述中国学术体系的重建,而宁稼雨教授提出的"以中为体,以西为用"的中国叙事文化学,恰恰是对学界长期依赖西方模式的扭转和反拨。

在正文中,笔者将对曹操故事的流变进行梳理,以充分掌握曹操故事流变的趋势。曹操故事流变的实质,是一个历史人物在历朝历代的评价问题;而在这个问题中发挥着巨大影响的,是正统观念的流变。因此,在接下来的章节中,笔者将首先处理曹操的评价问题,其次处理正统观念的问题,再分析曹操故事的情节内容所蕴含的不同的文化主题,以及文学在表现不同文化主题时的途径和方式。

岳飞故事的文本演变与文化内涵（附节选）

2017年南开大学博士学位论文　李帅

摘要

　　岳飞是中国古代家喻户晓的民族英雄、忠臣、民间信仰之神、儒将，也是一位善于"齐家"的家庭管理者。他精忠报国的爱国精神、文武全才的综合素质、满门忠孝的家庭教育、含冤致死的悲剧命运，都为后人留下了丰富而又宝贵的动人传说。

　　从纵向上看，岳飞故事的发展过程可分为宋代发轫期、元代延承期、明清繁荣期三阶段。从横向看，岳飞故事涉及许多不同的文化领域，在这诸多文化领域中，岳飞故事与爱国主题、忠奸斗争主题、儒将主题、民间信仰主题、家教主题结合得最为紧密。基于这种认识，本文主要采用中国叙事文化学的研究方法，在搜集整理南宋、元、明、清岳飞故事文本的基础上，关注爱国主题、忠奸斗争主题、儒将主题、民间信仰主题、家教主题中岳飞故事的文本动态演变，并通过这些演变轨迹来挖掘导致人物和情节变化的文化内涵。大而言之，本文分为七个部分：

　　绪论部分是对研究现状和研究方法的阐述。首先综述20世纪以来的研究成果，提出有待解决的问题，然后介绍中国叙事文化学的研究方法，阐明本文的书写思路。

　　第一章对岳飞故事的形态演变进行综述。旨在厘清岳飞故事在文本、人物和情节上的发展变化情况。

第二章以爱国主题为分析中心。这是岳飞成为文学史、文化史上典范人物的最重要原因，也是一个千百年来受到广泛关注的话题。本章首先对岳飞是否能够称为"民族英雄"这一问题进行了探讨，然后分析了爱国文化的内涵与表达方式。接下来以时代为序，勾勒出从南宋到清代岳飞爱国故事的发展演变轨迹，并分析了各种演变现象后面的文化动因。

第三章以忠奸斗争文化主题为分析中心。"忠臣"是岳飞的重要身份标签和文化坐标。本章首先对忠奸斗争文化做一个总体上的回顾与探讨。然后以时间为序，分析忠奸斗争主题笼罩下岳飞故事在宋、元、明、清阶段的变化，并分析各种变化的文化动因。

第四章以儒将为主题进行分析。岳飞和中国古代绝大多数武将的区别在于，他不仅在军事上卓有建树，而且文化修养很高，是一名文武双全的儒将。首先，我们爬梳整理了"儒将"一词的历时性变化。然后以时间先后为序，分析各种变化的相关文化动因。

第五章以岳飞信仰主题为分析中心。岳飞自南宋开始，就一直是民间信仰里面的重要神灵，承载着不可忽视的文化价值。首先，我们就"民间信仰"的概念、范畴做一番探讨。然后，分析南宋、元、明、清阶段岳飞神形象的发展变化，分析其中包含的文化意蕴。

第六章以家庭教育主题为中心进行分析。岳飞的家庭文化是他成长为一代忠贯日月爱国儒将的沃土。"有其母必有其子"，"有其父必有其女"。本章以岳飞母亲和女儿银瓶为突破口，探寻岳飞的家庭文化。首先对家庭文化的概念、方式和重要性进行一番探讨。然后分别从岳母、岳飞女儿两个角度挖掘岳飞家庭教育故事的演变与文化内涵。

目录

岳飞是中国古代杰出的军事将领，也是家喻户晓的民族英雄、传奇人物。岳飞在世时，各种围绕他的故事就已纷至迭出；去世后，与之相关的文学作品逐渐达到汗牛充栋的程度。从南宋时期的诗文、笔记，到明清的各种小说、杂剧、传奇，岳飞故事在不同文体中不断演变，叙事规模不断壮大，人物形象和故事情节也不断变化，构成了中国文学和中国文化中的一道瑰丽景观。然而迄今为止，运用中国叙事文化学方法全面、系统梳理岳飞故事演变，并以此为基础分析岳飞故事文化内涵的研究型作品尚未出现。

学界通常从民俗学角度对"故事"一词进行阐发。例如段宝林在《中国民间文学概要》曾说："民间故事是人民口头创作中叙事散文作品的总称，按题材内容及流传的不同情况可分为神话、传说、生活故事、笑话、寓言、童话等六类。"钟敬文主编的《民间文学概论》认为："从广义上讲，民间故事就是劳动人民创作并传播的、具有假想（或虚构）的内容和散文形式的口头文学作品。也就是社会上所泛指的民间散文作品的通称。有的地方叫'瞎话''古话''古经'等。本章所说的民间故事，是狭义的，指神话、传说以外的那些富有幻想色彩或现实性较强的口头创作故事。"这些民俗学视角中的故事强调的共同属性是口头叙述性。与此不同的是，本文所指的故事包括但绝不等同于民俗学上的故事，我们强调的是故事的叙事性，并不强调它必须是口头创作作品，因此本文所要研究的岳飞故事，包括但不限于口头创作作品，主要是指与岳飞相关的、具有叙事性的书面文本。本文将研究的时间跨度锁定在南宋、元、明、清四个阶段，以这个时间段涌现出的与岳飞相关的史书、笔记、小说、戏剧、诗歌、说唱文学、绘画、雕塑为考察对象，考察岳飞故事的动态发展历程和文化内涵。

荆轲故事文本演变与文化内涵

2017年南开大学硕士学位论文 李芸

摘要

　　荆轲是历史上著名的刺客之一，喜欢读书击剑，为人慷慨侠义，曾游说卫元君，不为所用，后游历到燕国，随之由田光推荐给太子丹。此后所发生的刺秦故事成为自先秦至明清历代小说、戏曲、诗歌的重要题材。荆轲的故事跨越了若干朝代、若干文体，而目前学界对于荆轲故事的探索仍然停留在对于几部经典作品研究的阶段，整体的故事类型被割裂，缺乏系统性，还有很多文献材料没有进入到学术研究视野，跨文体的研究几乎没有，故事流变背后的文化成因尚待探察，在广度和深度上还存在进一步研究的空间。中国叙事文化学的方法研究的是故事类型，主张"竭泽而渔"地搜集材料，超越文体限制，在对文本流变情况充分把握的基础上进行文化主题的探索，正弥补了此前研究的弱点与盲点。本文即运用中国叙事文化学的方法广泛地搜罗梳理荆轲故事，并在此基础上做了进一步的文化内涵剖析。

　　绪论回顾了20世纪以来关于荆轲及其故事在史学领域、古代文学领域、艺术领域的研究情况，以中国叙事文化学的视角观照与反思了此前研究中所存在的局限和问题，提出运用中国叙事文化学的研究方法"竭泽而渔"地挖掘与荆轲故事相关的材料，系统梳理荆轲故事文本的发展演变轨迹，并在此基础上做出合理的文化分析。

第一章为荆轲故事形态流变综述。按照先秦两汉、汉魏唐宋、元明清的时代先后顺序，荆轲故事大致经历了发轫期、雅化、世俗化的三个发展阶段，故事文本形态的流传演变主要体现在情节方面。

第二章探讨荆轲故事的刺客主题。第一节简要对刺客主题进行了概述，分析了刺客产生的政治历史背景、思想文化基础、地域民风等因素，并回溯了历代的刺客文学发展情况。"义""勇""游"是荆轲故事刺客主题在不同时期发展演变中最核心的三个因素，是人物所彰显的刺客精神。第二、三、四节以"义""勇""游"为切入点，研究了不同时代对于荆轲故事中的刺客精神的不同书写与态度，及其背后不同的文化内涵。

第三章探讨荆轲故事的悲剧主题。第一节主要概述美学范畴内的悲剧，解释了悲剧意识与悲剧精神，以及慷慨悲壮与凄婉哀艳两种风格不同的审美体验，同时回顾了中国古典文学中的经典悲剧文学。第二节秦汉时期，是荆轲故事悲剧主题的历史原型期，这一时期荆轲故事中所蕴含的悲剧因素都已基本具备。第三节汉魏至宋元时期，受到时代背景与士人文化的影响，悲剧因素凝练抽象，进入荆轲故事悲剧主题的审美意象化时期。第四节到了明清时期，悲剧主题异变，出现了一系列补恨的作品，结局与以往时期的文本呈现出了迥然不同的面貌。

结语部分简要阐述了论文所取得的研究成果，以及荆轲故事得以反复被书写的原因。

附录为荆轲故事文献综述。分四个时代阶段（先秦两汉、魏晋南北朝、隋唐两宋、元明清），按照文体类别（历史典籍、哲学著作、地理图志、子杂笔记、小说戏曲、诗词文赋、造型艺术等）罗列与相如故事相关的文献材料，补益于正文论述。

目录

理论建设

研究范式的建构与个案成果的爆发

——中国叙事文化学第三生长时段的理论成就

孙国江

2012—2017 年，是中国叙事文化学研究理论建设的第三时段。经过前两个时段的理论思考与实践积累，在此时段中国叙事文化学的研究理论日趋完善，形成了相对完整的理论框架和研究范式。同时，有越来越多的学者参与到了中国叙事文化学相关理论的研究和探讨之中，为中国叙事文化学的理论建设提供了宝贵的经验和意见，也将中国叙事文化学研究的讨论热度推向了一个新的高度。总体而言，中国叙事文化学理论建设的第三时段既是中国叙事文化学发展的关键期，也是黄金期。这一时期，无论是在理论建设方面，还是在相关的个案研究成果方面，中国叙事文化学的发展都呈现出爆发的态势。

一、本时段中国叙事文化学相关研究成果概况

经过了前两个时段的理论探索，到了中国叙事文化学理论建设的第三时段，中国叙事文化学的理论框架和学术体系日趋完善，越来越多的学者参与到了中国叙事文化学的研究和讨论之中。在中国叙事文化学蓬勃发展的同时，专门针对西方主题学的研究，以及运用主题学的研究方法进行中国古代叙事文学的研究也取得了很多新成果，如刘守华教授的《佛经故事与中国民间故事演变》、孟昭毅教授的《中国比较文学 30 年的主题学研究》、王立教授的《传统故事与异域传说——文学母题的比较文化研究》《文学主题学与传统文化》《中国古代报恩故事的主题学研究》《主题学的理

论方法及其研究实践》等论著和文章都是其中代表，这些研究成果与中国叙事文化学的研究形成了良好的互动关系。

不过需要指出的是，中国叙事文化学的研究在早期虽然受到了西方主题学的影响和启发，但在西方主题学的基础上结合了中国叙事文学研究的理论经验和具体实践进行了大刀阔斧式的改革和创新。经过前两个时段的探索，中国叙事文化学逐渐明确了自身与主题学研究的联系与区别，形成了更为确切的研究方法和理论特色。在前期关于中国叙事文化学与主题学相关理论与方法辨析的探索过程中，以及以《先唐叙事文学故事主题类型索引》为代表的相关实践研究的基础上，中国叙事文化学的研究理论框架得到了进一步的完善，在理论建构与研究实践方面都取得了突飞猛进式的发展。为此，宁稼雨教授先后发表了《中国叙事文化学与中国学术体系重建》《文本研究类型与中国叙事文化学的关联作用》《重建"中体西用"中国体系学术研究范式——从木斋的古诗研究和我的叙事文化学研究说起》《中体西用：关于中国神话文学移位研究的思考》《叙事·叙事文学·叙事文化——中国叙事文化学与叙事学的关联与特质》《从"AT分类法"到中国叙事文化学的故事类型分类：中国叙事文化学研究丛谈之五》《关于个案故事类型研究的入选标准与把握原则——中国叙事文化学研究丛谈之六》《中国叙事文化学与"中体西用"范式重建》《目录学与故事类型的文献搜集——中国叙事文化学研究丛谈之七》《对〈关于叙事文化学研究的若干思考〉的回应意见》《文学移位：精卫神话英雄主题的形成与消歇》《精卫神话冤魂主题的文学移位》《索引与故事类型研究文献搜集》等多篇文章，对中国叙事文化学研究相关理论问题及具体研究实践方法进行了系统的阐释。

同时，很多青年学者受到中国叙事文化学的影响和感召，自觉运用中国叙事文化学的研究方法进行个案研究。在此阶段相关个案研究也呈现出爆发式增长的态势，涌现出一大批优秀的研究成果。这些研究成果主要集中在几个大的方面，包括：

第一，神话人物故事主题类型研究，相关成果有颜建真《〈聊斋志异〉中的恶神形象研究》、孙国江《中国古代"旱魃"形象的起源与嬗变》《虎伥故事的历史根源》《从崇拜到禁忌：姑获鸟形象之演变》等文章。

第二，古代帝王及后妃故事主题类型研究，论著方面有韩林《武则天形象的文化建构及阐释》，论文方面则有李春燕《唐明皇游月宫故事的文本演变与文化内涵》《梅妃故事的文本演变与文化内涵》《唐明皇君臣故事演变及其文化内涵》《论唐明皇故事传奇书写的秘闻化、艳情化态势》《浅论明代叙事文学中的唐明皇形象》、刘莉《宣华夫人故事文本演变及其文化内涵》、韩林《武则天形象的嬗变及其性别文化意蕴》《武则天故事与宋元文人心态》、董艳玲《温太真玉镜台故事的演变及文化意蕴》、刘杰《汉武帝求仙故事的演变及其文化分析》《互文性视野下明正德皇帝微服猎艳故事研究》《明武宗游幸猎艳故事的文本演变及其文化意蕴》等文章；古代宗教人物故事主题类型研究，如时晨《女仙杜兰香故事之演变及其文化意蕴》、姜乃菡《钟馗嫁妹故事的流变及其文化内涵》《钟馗赶考故事的流变及其文化内涵》、任正君和石彦霞《韩湘子故事的神化历程及其文化意蕴》、孙国江《〈搜神记〉"赵公明参佐"故事中的早期道教》、曹廿《佛印东坡交往故事流变及其文化意蕴》等。

第三，古代历史文化名人故事主题类型研究，论著方面有郭茜《苏东坡故事流变研究》，论文方面则有杜文平《东方朔偷桃故事的演变及其文化阐释》、张雪《木兰易装故事的文本演变及其文化内涵》《木兰故事的孝文化演变及其文化内涵》、雷斌慧《王魁故事演变及其文化阐释》、郭茜《论东坡转世故事之流变及其文化意蕴》《风雅与狂欢：东坡与妓女交往故事类型探析》《中国叙事文化学视域下的东坡故事研究》、柏桢《韩寿偷香故事的演变与文化内涵》《赵氏孤儿故事的演变与忠奸斗争》、齐凤楠《马周故事文本演变及其文化意蕴》《钱镠故事的文本演变与割据称雄主题》、李悠罗《张良故事侠主题演变及其文化内涵》、夏习英《绿珠故事的演变与知遇情结》《浅谈绿珠故事殉情主题的嬗变》、王君逸《羊角哀、左伯桃故事的演变及其文化内涵》、王晓南《苏小妹故事文本演变及其文化内涵》、蒙丹阳《黄崇嘏故事的主题演变与古代科举文化》、汪泽《〈朱蛇记〉故事文本流变与文化分析》《长门买赋故事形态流变及其文化分析》《国香国色自相因，芳草美人原合并——燕梦卿形象文化渊源的互文性审视》、蓝勇辉《严子陵钓台故事的流变及其文化意蕴》、王林飞《狸猫换太子故事的演变及文化意蕴》、李帅《郁轮袍故事的演变及文化内涵》、徐燕《隋唐故事中女将形象演变发展的文化解读》、李芸《史弘肇故事的文本演变与文化分析》、杨晓丽《庄子"蝴蝶梦"故事类型演变及其文化内涵》、李万营《由鼓盆到劈棺——论庄子鼓盆故事在戏曲小说中的流变及其文化意蕴》、许中荣《苏秦故事的文本演变及其文化内涵》、郑祥琥《李白故事流变及其文化意蕴》、陈玉平《柳永故事的文本流变及其文化意蕴》、杨程远《燕青故事的文本流变及其文化意蕴》、李彦敏《貂蝉故事的文本演变及其文化意蕴》等。

第四，文学原创人物故事主题类型研究，主要成果有姜乃菡《步非烟故事的文本演变及其文化内涵》、李冬梅《红线女故事演变与封建集权观念》《红线女故事演变与道教文化意蕴》、刘莉《萧后形象的文本演变及文化内涵》等。

在此基础上，还涌现出很多运用中国叙事文化学的研究理论进行中国古代叙事文学故事主题研究现状和研究背景分析的研究成果，如李春燕《唐明皇故事及其研究现状与发展前景——以中国叙事文化学为依据》、孙国江《大禹传说研究综述与前景展望——以中国叙事文化学为依据》、刘杰《汉武帝故事研究现状与展望——以中国叙事文化学为观照背景》、王林飞《中国叙事文化学视域中的包公故事研究述论》、颜建真《蚩尤神话及其研究现状与发展前景——以中国叙事文化学为依据》、刘莉《隋炀帝故事研究综述与前景展望——以中国叙事文化学为依据》、董艳玲《项羽故事研究综述与前景展望——以中国叙事文化学为依据》、李万营《曹操故事研究综述及其前景展望——以中国叙事文化学为依据》、张雪《木兰故事研究综述与前景展望》、韩林《武则天故事的研究回顾及其前景展望——以中国叙事文化学为依据》、汪泽《司马相如故事研究综述与前景展望——以中国叙事文化学为依据》等文章，都是此类研究的代表。

随着中国叙事文化学学术影响的不断扩大，很多学者和同人对中国叙事文化学所产生的学术影响进行了讨论，如齐裕焜教授的《开辟叙事文学研究的新领域》、杜贵晨教授的《植根传统 锐意创新——"中国叙事文化学"评介》、程国赋教授的《拓宽古代叙事文学研究视野的成功实践——评宁稼雨教授倡导的"中国叙事文化学"》、胡胜教授的《尝试与创获——中国叙事文化学的理论建构》、苗怀明教授的《建立民族本位的中国叙事文化学》、张培锋教授的《关于叙事文化学研究的若干思考——以"高祖还乡"叙事演化为例》、纪德君教授的《建构中国叙事文化学,培植新的学术生长点》、王平教授的《中国叙事文化学的研究对象、方法与意义》、万晴川教授的《努力建构具有中国特色的叙事学理论——宁稼雨教授的叙事文化学研究述评》、李桂奎教授的《热眼旁观"中国叙事文化学"》等文章,都对中国叙事文化学所取得的成果和做出的贡献给予了很高的评价。

二、中国叙事文化学研究理论框架的进一步完善

针对20世纪中国叙事文学研究主要呈现出以小说戏曲为中心的文体史和大量作家作品研究,而忽略了中国叙事文学普遍存在的跨文体和跨作家作品的故事类型研究的弊病,中国叙事文化学研究提出了以故事主题作为叙事文学作品的集结方式和研究对象,展开围绕故事主题类型来构思研究体系的新的理论范式。

中国叙事文化学研究是围绕由情节、人物及相关意象为核心构成要素的故事主题类型的研究。正如宁稼雨教授在《中国叙事文化学与"中体西用"范式重建》一文中所说:"与单一的范畴研究有所不同,故事主题类型研究关注的是同一构成要素不同阶段形态变异的动态走势。具体而言,故事主题类型中的情节要素,是指在同一主题类型中不同文本在情节形态方面的异同对比。因为只有清晰地厘定不同文本故事情节的形态差异,才能为故事主题类型的文化分析提供可能。与之相类,故事主题类型中的人物要素研究既要关注同一人物在该类型故事演变过程中的流变轨迹,也要注意该故事流变过程中各个人物形象的出没消长线索,从而为文化分析寻找契机。显而易见,它与单篇作品和文体研究所关注的情节人物的最大区别就是离开了单一情节和人物,去关注多个作品中同一情节和人物的异同轨迹。正是这些情节和人物在不同作品中的变异轨迹,才能为整个该故事主

题类型的动态文化分析提供依据和素材。"①同时，中国叙事文化学研究还以消弭不同文体之间的研究藩篱为研究特征。在研究故事主题类型的同时，中国叙事文化学注重与情节、人物有关的内容意象、诗文作品、文学典故等非叙事文体中的相关材料的研究。中国叙事文化学的研究超越了文体和单篇作品范围界限的限制，它的视野不再局限于小说、戏曲、诗歌、散文这些文体樊笼和单个作品的单元壁垒，而是把故事主题相关的各种文体、各样作品的相关要素重新整合成为一个新的研究个案。可以说，这一研究范式的建立，为中国古代叙事文学的研究打开了一扇新窗户，提供了一个新领域。

在关于中国叙事文化学的概念界定方面，宁稼雨教授认为："所谓'中国叙事文化学'，是关于中国古代叙事文学文体的文化学研究。"宁稼雨教授指出中国叙事文化学所要关注的叙事文学对象要注意"文体内和文体外的双重关注。文体内要关注比较明确的叙事文学体裁如小说、戏曲、史传等；文体外要关注本身不属于叙事文学，但和叙事文学有着非常密切关系的文献，如诗词、文物等。对于叙事文学之外的历史学、民俗学等学科中与叙事学有关资料的关注，是从中国叙事文化学角度对于叙事文学研究的新角度，这与中国叙事文化学的性质有关"。"在表达方式上，具备叙事特征的作品与一般叙说的材料要加以区分，且同时关注。"更为重要的是，中国叙事文化学"在研究过程中需要努力挖掘所有这些文本材料当中所蕴含的各种文化内容传承演变轨迹"，包括："首先，关注各个历史时期的社会文化对于叙事文学的影响，在全面掌握其广义叙事文本材料的基础上，努力挖掘这些材料背后的历史文化蕴含。""其次，在把握故事类型文化内涵的基础上，关注该文化主题在该故事类型演变过程中不同时段不同文本形态受到不同文化背景影响制约的线索轨迹。因为故事类型的文化内涵并非铁板一块，而是具有动态的流动性。某一故事类型在漫长的传播过程中，其内涵必然会发生或延续或变异的文化现象。我们从文化学角度审视它的

---

① 宁稼雨：《中国叙事文化学与"中体西用"范式重建》，《南开学报（哲学社会科学版）》2016年第4期。

时候，要从它外部形态的变化入手，如文本文字的增删、人物的添加等，进而深入内部去探寻其文本形态变化的历史文化缘由。""再次，文学形式自身的演变对于一个故事类型的文化内涵演变同样具有揭示意义，因此需要关注所谓特定言语表达方式的演变与文化内涵演变的关联。当故事发生形态上的变化时，往往通过文学形式的外在状态表现出来。比如一种新出的文学样式所具备的功能（如篇幅体制、语言功能等）会给该故事类型的文化演变带来多大的膨胀空间，同时还要关注文学形式的'意味性'在该故事传承过程中起到的审美愉悦功能。一个单元故事的变化既是社会文化内涵的变化，也是故事美学和艺术含义的变化。"①

在建构研究理论范式的同时，中国叙事文化学还建立了完善的研究框架和研究体系。具体而言，中国叙事文化学的研究分为两个相互关联的组成部分：一是编制中国叙事文学故事主题类型索引，二是对各个故事主题类型进行个案梳理和研究。

在主题类型索引的编制方面，《先唐叙事文学故事主题类型索引》为中国叙事文化学研究打下了良好的理论基础。正如宁稼雨教授在《从"AT分类法"到中国叙事文化学的故事类型分类——中国叙事文化学研究丛谈之五》一文中所说："故事类型是中国叙事文化学研究的主体对象。所以科学合理地确定故事类型的分类原则是中国叙事文化学研究的首要工作和任务。这一工作是在参照吸收前人合理因素并剔除不适合部分的过程中完成的。因此需要将其正反两方面的因素厘定辨析清楚，从而明确中国叙事文化学故事类型确定的依据和原则。"②可以说《先唐叙事文学故事主题类型索引》的编制为中国叙事文化学的个案研究奠定了基础，并且进行了高屋建瓴式的实践引导。

在个案研究方面，经过前期的理论探索和实践，中国叙事文化学研究总结出了广泛适用于不同故事主题类型的个案研究方法：

---

① 宁稼雨：《叙事·叙事文学·叙事文化——中国叙事文化学与叙事学的关联与特质》，《天中学刊》2014年第3期。

② 宁稼雨：《从"AT分类法"到中国叙事文化学的故事类型分类——中国叙事文化学研究丛谈之五》，《天中学刊》2015年第2期。

"首先，调动一切文献考据手段，对该故事主题类型进行地毯式的材料搜索。就其文体分布状况来说，应该以小说戏曲为主，同时兼顾史传、诗文、方志、通俗讲唱文学等一切与该故事主题类型相关的材料。"①这一步是个案研究的前期准备工作和研究基础，"好比是厨师把需要烹饪的原材料采购进货到家一样"，应遵循"竭泽而渔"的原则，打破文体的限制，将一切与故事个案有关的材料和信息统统收入囊中，为展开下一步工作提供便利。

"其次，在对已经掌握的尽可能多的材料进行充分阅读的基础上，对该个案故事主题类型进行要素解析。其中分为外显的结构层面和内在的意蕴层面。外显的结构层面是指那些通过文字阅读可以直接了解认知的外部可见的结构要素，包括情节、人物、背景与环境等等。所谓要素解析工作主要是就某一要素（如情节或人物等）在该主题类型不同文本中的形态流变进行细致比勘。"②这一步的关键在于通过对比发现故事主题类型发展线索内部的变化，既要发现不同时代、不同作家笔下的故事在情节、人物等方面哪些地方发生了变化，也要发现哪些成分是一成不变的。对于故事中的要素信息进行仔细比对，才能够为更深层次的文化意蕴的分析和结构层面的把握和观照奠定基础。

内在意蕴的分析则是建立在前期材料挖掘搜集工作和故事要素梳理比对工作基础上，更为高层次地深入研究分析。"内在的意蕴层面是指在对结构层面诸要素的观照把握和细致分析的基础上，对该个案故事主题类型中所蕴含的文化意义进行耙梳厘定。一般来说，一个故事主题类型在其演变过程中，往往也涉及多方面的文化要素。这些文化要素往往要随着文本形态在不同时代和作家手中的变化而呈现出动态的演进。研究者一方面要对该文化侧面的全貌有基本的了解，更需要对这一文化侧面在该故事主题发

---

① 宁稼雨：《中国叙事文化学与"中体西用"范式重建》，《南开学报（哲学社会科学版）》2016年第4期。

② 宁稼雨：《中国叙事文化学与"中体西用"范式重建》，《南开学报（哲学社会科学版）》2016年第4期。

展中的呈现有清晰的辨认。"①可以说，到了这一步，运用中国叙事文化学进行的个案故事主题类型研究已经呈水到渠成之势了，我们也有了对于该故事个案全面、具体和深入地理解和把握。

最后，经过前期的材料搜集工作和文化分析工作，可以"对该故事主题类型的特色和价值做全面的归纳和提炼，并进入到具体成文的收尾阶段。其中最重要的就是在此前工作的基础上，对该故事主题类型进行故事演进过程所蕴含的核心意蕴进行归纳概括，提炼出能够贯通该故事全部材料和要素的核心灵魂，用以统摄全部研究过程，把握全部材料"②。

总之，中国叙事文化学在其发展的第三时段，已经全面跨过了对于"主题学"的学习和借鉴环节，正式形成了极具自身理论特色的研究框架和一整套行之有效的操作流程。中国叙事文化学的理论建构是对20世纪以来中国文学研究"西体中用"传统范式的先破后立，打破了传统叙事文学研究以文体史、作家作品史为核心的理论樊笼，率先跨过了中国叙事文学研究理论重建阶段的"冰河时期"，是中国叙事文学研究在"中体西用"思想指引下的可贵尝试。

三、中国叙事文化学相关个案研究的爆发式涌现

自2012年开始，宁稼雨教授与《天中学刊》编辑部协商，开办了"中国叙事文化学"专栏，专门刊载中国叙事文化学研究方面最新的理论成果和个案研究成果。该专栏自2012年第6期起，每年四期，每期三篇文章。此后，大量的中国叙事文化学研究的优秀成果通过该专栏得以与读者见面，中国叙事文化学的影响力也通过专栏不断扩大。以此为契机，在中国叙事文化学理论发展的第三时段，运用中国叙事文化学进行的个案研究成果呈现出爆发的态势。

在神话人物故事主题类型研究方面，宁稼雨教授关于"中国神话文学

---

① 宁稼雨：《中国叙事文化学与"中体西用"范式重建》，《南开学报（哲学社会科学版）》2016年第4期。

② 宁稼雨：《中国叙事文化学与"中体西用"范式重建》，《南开学报（哲学社会科学版）》2016年第4期。

移位"的研究与思考为这一类型的研究成果提供了理论指导和实践引导。正如宁稼雨教授所说："中国神话的文学移位研究是中国叙事文化学的系列个案研究组群中的一个。它以重建中国叙事文学研究体系为使命，以中国叙事文化学研究为方法依托，旨在对中国神话各主要原型与中国古代文学的密切关联进行全面彻底梳理和研究，为中国神话乃至整个中国叙事文学研究摸索一点创新做法。"[①]

此时段在中国叙事文化学理论引导下进行的关于神话人物主题故事类型研究相关的成果包括：宁稼雨教授的《文学移位：精卫神话英雄主题的形成与消歇》一文分析了精卫填海神话的生成演变历程及其背后的文化意蕴。颜建真《蚩尤神话及其研究现状与发展前景——以中国叙事文化学为依据》一文从中国叙事文化学的应用角度分析了蚩尤神话的研究背景和研究前景。孙国江的《大禹治水传说的历史地域化演变》一文分析了大禹治水传说相关叙事由区域性的传说不断向全国性的传说扩展背后的历史文化动因。

在中国叙事文化学理论引导下进行的关于古代帝王故事主题类型研究相关成果中，韩林的著作《武则天形象的文化建构及阐释》以唐代以来的相关材料为基础，通过武则天串联起一系列的以武则天为表现对象的文本，研究武则天的文化建构，揭示其背后的社会文化内涵，她的《武则天故事中唐太宗形象的文本演变及文化内涵》《武则天故事与宋元文人心态》《武则天形象的嬗变及其性别文化意蕴》系列文章分析了武则天故事的演变及其背后的文化内涵。刘杰《汉武帝求仙故事的演变及其文化分析》一文梳理了汉武帝求仙故事的演变，并分析了故事主题背后的文化因素。李春燕《唐明皇游月宫故事的文本演变与文化内涵》一文运用中国叙事文化学的方法梳理了唐明皇游月宫的故事演变轨迹，并从帝王仙游主题与雅俗之变角度剖析其文化内涵。刘莉《萧后形象的文本演变及文化内涵》一文梳理了萧后形象从历史走向文学的过程及其背后的文化内涵，她的《宣华夫人故事文本演变及其文化内涵》分析了隋炀帝故事系统中的宣华夫人形象发展

---

① 宁稼雨：《中体西用：关于中国神话文学移位研究的思考》，《学术研究》2014年第9期。

演变的轨迹及其背后的文化内涵。齐凤楠《钱镠故事的文本演变与割据称雄主题》一文梳理了唐五代吴越国国王钱镠主题故事的演变轨迹及其背后的文化意蕴。

在中国叙事文化学理论引导下进行的关于宗教人物故事主题类型研究相关成果包括：吕堃《济公形象的演变及其文化阐释》一文梳理了济公形象神化的历程，并分析了其背后的文化现象和文化传统。刘杰《目连故事在中国的演变及其文化分析》一文梳理了源于古印度的目连故事传入中国后经历的三个主要演变阶段及故事演变背后的佛道文化背景。任正君《韩湘子故事的演变与道教修炼思想》《韩湘子故事的文本演变及其仙话意蕴》《韩湘子故事的神化历程及其文化意蕴》等文章梳理了"八仙"之一的韩湘子形象演变的过程及其与道教文化的关系。姜乃菡《钟馗嫁妹故事的流变及其文化内涵》一文梳理了不同时代文本中的"钟馗嫁妹"故事，并分析了这一故事的演变与古代傩文化的关系。时晨《女仙杜兰香故事之演变及其文化意蕴》一文分析了杜兰香故事的演变过程及其受到的道教发展和世俗文人心态两方面的影响。

在中国叙事文化学理论引导下进行的关于历史文化名人故事主题类型研究相关成果包括：郭茜的著作《苏东坡故事流变研究》以历代苏东坡故事为研究对象，梳理了自宋代至清代苏东坡故事的流变轨迹，并结合士大夫文化、市井文化进行故事文化内蕴的解读，她的论文《论东坡转世故事之流变及其文化意蕴》则梳理了"东坡转世"故事的演变过程，并分析了故事背后轮回果报思想的影响。李春燕《"人面桃花"故事的演变与文化内涵》一文梳理了崔护"人面桃花"故事的演变轨迹，并分析了桃花意象在推动故事传播演变中所起的作用，她的《燕子意象与燕子楼故事的文化意蕴》则梳理了始于中唐的燕子楼故事的发展演变及其背后的文化意蕴。雷斌慧《王魁故事演变及其文化阐释》一文梳理了王魁故事文本流传情况，并探讨了科举制度、理学思想对王魁故事演变的影响。李冬梅《朱买臣故事演变及其文化意蕴》一文分析了汉代朱买臣休妻故事在演变背后所折射出的古代士人婚、宦观念。张雪《木兰易装故事的文本演变及其文化内涵》《木兰故事的孝文化演变及其文化内涵》两篇文章分析了花木兰故事的演变过程及其背后的历史文化风俗和文化内涵。曾晓娟《从将军到男王后——"韩子高"形象演变分析》分析了陈朝将军韩子高形象在历代文学作品中的变化及其形象演变背后的文学与文化方面的深层原因。詹凌菲《李师师故事的演变与古代青楼文化》一文梳理了宋代李师师故事的来源、演变及其与古代青楼文化的关系。夏习英《绿珠故事的演变与美女祸水论》《绿珠故事的演变与知遇情结》两篇文章梳理了绿珠故事的演变及其背后的男权社会、女性地位等问题。杜文平《东方朔偷桃故事的演变及其文化阐释》一文梳理了东方朔偷桃故事的演变过程，分析了故事背后道教神仙思想的文化意蕴。董艳玲《温太真玉镜台故事的演变及文化意蕴》一文梳理了温太真玉镜台故事的演变轨迹，分析了其背后的文化内涵。柏桢《韩寿偷香故事的演变与文化内涵》一文梳理了"韩寿偷香"故事的演变及历代对此故事怀有肯定与贬抑倾向并存的态度。齐凤楠《马周故事文本演变及其文化意蕴》一文梳理了马周故事的演变及以该故事为代表的"发迹变泰"故事在不同时代的文化内涵。蒙丹阳《黄崇嘏故事的主题演变与古代科举文化》一文梳理了黄崇嘏"女状元"故事的流传演变轨迹，并分析了古代科举文化在黄崇嘏故事发展中的作用。王晓南《苏小妹故事文本演变及其文化内涵》一文分析了苏小妹故事的演变及文化内涵。王林飞《狸猫换太子故事的演变及文化意蕴》一文梳理了包拯故事中的狸猫换太子故事的演变过程及故事背后的文化意蕴。李帅《郁轮袍故事的演变及文化内涵》一文梳理了王维郁轮袍故事的嬗变及其背后折射出不同的时代文化内涵。汪泽《长门买赋故事形态流变及其文化分析》梳理了司马相如长门买赋故事的演变及文化意蕴。此外还有欧阳春勇《"扬州梦"故事的文本流变及其文化意蕴》、王君逸《羊角哀、左伯桃故事的演变及其文化内涵》、徐燕《隋唐故事中女将形象演变发展的文化解读》、蓝勇辉《严子陵钓台故事的流变及其文化意蕴》等文章也是运用中国叙事文化学理论进行历史文化名人故事主题类型研究的优秀成果。

在中国叙事文化学理论引导下进行的关于文学人物和文学故事主题类型研究的相关成果包括：李冬梅的《红线女故事演变与封建集权观念》和《红线女故事演变与道教文化意蕴》两篇文章则梳理了红线女故事的演变，

并分析了故事背后的政治思想和道教文化等因素的影响。韩林《〈红楼梦〉中"剖腹藏珠"母题的渊源及嬗变》一文梳理了《红楼梦》中"剖腹藏珠"母题故事在不同文学作品中的演变过程，并探讨了故事背后的宗教因素及民间文化影响。姜乃菡《步非烟故事的文本演变及其文化内涵》一文梳理了步非烟故事的文本演变进程及故事背后浪漫爱情故事与婚外偷情故事并行的发展轨迹。汪泽《〈朱蛇记〉故事文本流变与文化分析》一文梳理了《朱蛇记》的文本形态，发掘了故事情节、主题在流传演变过程中所融汇的丰富的文化意蕴。柏桢《赵氏孤儿故事的演变与忠奸斗争》一文梳理了赵氏孤儿故事在宋元明清时期的演变及其背后的忠君思想。

此外，虽然还有很多研究成果并没有完全使用中国叙事文化学的理论和方法，但是使用了主题学或故事学的方法进行个案研究，其研究内容也为中国叙事文化学提供了可资讨论的对象。这些研究成果既包括专门的理论研究，也包括相关的个案研究。理论研究方面，王立教授《主题学的理论方法及其研究实践》一文系统介绍了主题学的研究方法和使用场景。马良霄《复兴·回顾与挑战——陈鹏翔〈主题学研究的复兴〉论析》一文以陈鹏翔《比较文学研究的复兴》为切入口，从主题学产生、发展为引发点，以其定义与研究方法为基础，阐述了新形势下主题学的发展走向。张璐《主题学研究方法概述》一文系统介绍了主题学的研究方法及其在中国文学中的应用场景。赫云《主题学与艺术史关系研究》一文则探讨了主题学的研究方法在艺术史领域中研究和应用的可能性。个案研究方面，董秀团的《白族螺女故事类型及文化内涵研究——以大理剑川石龙村流传的故事为例》运用民俗学和故事学的方法对大理白族地区流传的螺女故事进行了探讨。张丽娜的《类型与变异——论东亚文学视野下的"杜子春故事群"》一文梳理了东亚范围内形成的"杜子春故事群"，并运用类型学理论对这些故事进行了阐释。王晶波、钱光胜的《中国古代"死而复生"故事的类型与演变》将古代的"死而复生"故事划分为五种类型，依次分析了各个类型的特点、内涵，并探讨了其中所体现之宗教信仰及人生观念。李丽丹《彝族"灰姑娘"型故事〈阿诺楚〉的类型研究及反思》一文运用主题学和类型学的方法分析了中国黔西南彝族地区流传的"灰姑娘"型故事《阿诺楚》。王军涛《裕固族〈格萨尔〉故事类型解析》一文运用主题学的方法研究了裕固族史诗《格萨尔》的故事类型。李苗苗《〈聊斋志异·鸲鹆〉故事主题源流与文言小说故事问题思考》一文以《聊斋志异·鸲鹆》故事为中心，发掘了同一故事主题随文言小说发展在形式和审美性方面的演变。丁晓辉《中国民间故事类型索引的盲点——兼论中国传统文人故事的雅与俗》一文探讨了中国传统文人故事形"雅"而实"俗"的特征，以及此类故事增补入中国民间故事类型索引的可能性。

四、中国叙事文化学研究第三阶段理论建设的评价与展望

随着中国叙事文化学研究成果的不断涌现，其影响力也随之不断扩大，受到越来越多的学术界同人的关注与肯定。2018年2月28日《中国社会科学报》发表李永杰文章《学者倡议构建中国叙事文化学》，归纳总结了中国叙事文化学研究方法的基本特征和学术价值，并向学界推介。很多学者就中国叙事文化学的研究方法提出不同视角的理解和讨论，同时也对中国叙事文化学未来的发展提出了殷切的期待。

福建师范大学齐裕焜教授在《开辟叙事文学研究的新领域》一文中充分肯定了中国叙事文化学在中国文学研究理论和研究方法方面的创新意义，并提出："叙事文化学是借鉴西方主题学研究方法，并结合中国叙事文学文本现状和文化传统的基础上综合形成的。它是西方理论的'中国化'，是理论的创新……这样叙事文化学就为我们叙事文学的研究开辟了一个新的领域。"①

山东师范大学杜贵晨教授在《植根传统　锐意创新——"中国叙事文化学"评介》一文中强调了中国叙事文化学从个案研究中概括出一般规律的理论意义，指出中国叙事文化学的创新之处一是在于"打破了向来叙事学研究多就一部作品或一种文体内部叙事特征进行探讨的狭小格局"，二是个案研究"因为研究对象之间所呈现异同性的复杂多样，使鉴别与分析能够比前人更加深入，从而使得研究提高到文化哲学的层

---

① 齐裕焜：《开辟叙事文学研究的新领域》，《天中学刊》2013年第6期。

面，并向纵深开拓"。他提出："'中国叙事文化学'上述两个创新点的共同必然性，则是在中国叙事研究可能的范围内，实现了近二三十年来陆续兴起的诸如小说叙事学、戏曲叙事学、诗文叙事学、史传叙事学等的整合，建立起中国叙事学更加宏观的视野、思路与方法，那么其贡献或至少是其尝试之功，确实是值得称道和拥护的，尤其是在这个多研究现象而甚少产生理论的时代！"①

暨南大学程国赋教授在《拓宽古代叙事文学研究视野的成功实践——评宁稼雨教授倡导的"中国叙事文化学"》一文中分析了中国叙事文化学研究体现出的三个特点和优势："一是强调中西结合，中体西用。我们不主张全盘西化，盲目'跟风'，但并不意味着完全排斥西方文学理论。""二是强调理论架构与文献资料并重。中国叙事文化学研究借鉴西方主题学研究方法，而主题学关注俗文学故事中的题材类型和情节模式。""三是'中国叙事文化学'理论体系之中包含多种科学而行之有效的研究方法。"②

辽宁大学胡胜教授在《尝试与创获——中国叙事文化学的理论建构》一文中强调了中国叙事文化学在打破当下学术研究"理论困境"方面的积极意义，并指出："宁稼雨先生所主张的中国叙事文化学，是一种在完成了对西方主题学吸收、借鉴、本土化基础之上形成的具有民族特色的研究模式。这对于中国古代叙事文学研究来说，具有特殊意义。它试图引导我们将目光从文本上拉回，而将研究对象还原为故事，这本身就能在一定程度上克服以往学界聚焦文本（尤其个别经典文本）的研究倾向之消极影响。"③

南京大学苗怀明教授《建立民族本位的中国叙事文化学》一文分析了中国叙事文化学与西方叙事学的区别，并充分肯定了中国叙事文化学在研究领域和观察视角方面的拓展意义，指出："中国叙事文化学将表层的叙事结构与深层的文化内涵有机结合起来，这是对叙事学、主题学理论和方法

① 杜贵晨：《植根传统　锐意创新——"中国叙事文化学"评介》，《天中学刊》2013年第2期。

② 程国赋：《拓宽古代叙事文学研究视野的成功实践——评宁稼雨教授倡导的"中国叙事文化学"》，《天中学刊》2014年第1期。

③ 胡胜：《尝试与创获——中国叙事文化学的理论建构》，《天中学刊》2015年第3期。

的重要修正与推动，因而更符合中国小说戏曲自身的发展实际。""中国叙事文化学是一种具有开放性、包容性的理论和方法，随着研究的不断深入，相信它还会继续吸收其他相关理论与方法，因而更具张力和弹性。宁稼雨先生等人研究中国叙事文化学的成果具有重要的学术价值，其提倡的研究思路和方法对相关的学术研究同样具有启发性。"①

山东大学王平教授在《中国叙事文化学的研究对象、方法与意义》一文中介绍了中国叙事文化学的研究对象和研究方法，并高度评价了中国叙事文化学的学术价值与意义，他提出："中国叙事文化学通过分析故事主题类型各要素在不同体裁、不同文本中的形态流变，以及在不同历史环境下的不同表现，可以窥见该故事受到时代因素的影响而发生的变异，最终提炼出贯通该故事全部材料和要素的核心灵魂，体现出文化对文学价值和审美价值的某种规定性。这样一来，叙事文学作品的时代价值与文化价值就得到了充分的彰显，这也正是中国叙事文化学的意义所在。"②

山东大学李桂奎教授在《热眼旁观"中国叙事文化学"》一文中充分肯定了中国叙事文化学研究文学叙事，抓住"故事"进行"主题类型"分析的研究方法，指出"这一理论体系在构建'主题类型'叙事原理方面已成为精彩看点"，并提出两点建议："其一，由'事件'或'故事'主题类型向'事情'主题类型延展。""其二，用'事理'类型来统摄主题类型，同时对'中国叙事文化学'进行学理升华。"③

在中国叙事文化学研究热潮引发的热烈讨论中，除了很多学者对中国叙事文化学研究取得的成绩进行了高度评价以外，也有学者根据自己的理解对中国叙事文化学提出了问题，张培锋教授《关于叙事文化学研究的若干思考——以"高祖还乡"叙事演化为例》一文以"高祖还乡"为例阐述了他对于叙事文学研究的理解，并提出了"有关叙事文化学的大多数研究成果，论述的多是研究者选取的叙述故事表现出的文化内涵，而对于'叙

---

① 苗怀明：《建立民族本位的中国叙事文化学》，《天中学刊》2015年第6期。
② 王平：《中国叙事文化学的研究对象、方法与意义》，《天中学刊》2017年第3期。
③ 李桂奎：《热眼旁观"中国叙事文化学"》，《天中学刊》2018年第4期。

事文化'——即叙事作为一种文化现象自身的内涵却少有揭示"①的疑问。对此，宁稼雨教授在《对〈关于叙事文化学研究的若干思考〉的回应意见》一文中做了详细的解答和回应："从哲学的角度看，事物矛盾对立的双方中，必有一方居主导主流位置，对事物发展走向具有决定性作用，也就是人们常说的矛盾主要方面。很显然，在'一般''个别'这一对矛盾中，起统摄主导作用的还应该是'一般'这一主流方面。""'个别''例外'等特殊现象虽然需要关注，值得关注，但它毕竟是矛盾的次要方面，不能因为关注它而动摇了对'一般'规律的把握认定。""在史实与文学文本的对比中能够比较清晰地发现故事形态的变化轨迹，在形态变异描述基础上的文化动因分析，也恰恰就是我们所理解的对于'叙事作为一种文化现象自身的内涵'探究和分析。"②

总之，在中国叙事文化学理论建设的第三时段，中国叙事文化学受到了越来越广泛的关注，充分说明这一学术理论和研究方法的影响力正在以前所未有的规模不断扩大。尽管我们可以看到在理论探讨的过程中也存在着不同视角带来的讨论和争议，但随着中国叙事文化学理论建设的不断成熟，它作为一种新理论和新方法必将取得更多的研究成果和更具影响力的学术成就。

---

① 张培锋：《关于叙事文化学研究的若干思考——以"高祖还乡"叙事演化为例》，《天中学刊》2016年第6期。

② 宁稼雨：《对〈关于叙事文化学研究的若干思考〉的回应意见》，《天中学刊》2017年第1期。

相关论文著作目录

论文

1.万晴川：《努力建构具有中国特色的叙事学理论——宁稼雨教授的叙事文化学研究述评》，《天中学刊》2017年第6期。

2.王平：《中国叙事文化学的研究对象、方法与意义》，《天中学刊》2017年第3期。

3.王君逸：《羊角哀、左伯桃故事的演变及其文化内涵》，《天中学刊》2014年第6期。

4.王林飞：《狸猫换太子故事的演变及文化意蕴》，《天中学刊》2015年第1期。

5.王林飞：《中国叙事文化学视域中的包公故事研究述论》，《天中学刊》2017年第6期。

6.王晓南：《苏小妹故事文本演变及其文化内涵》，《天中学刊》2014年第4期。

7.冯仲平：《宁稼雨教授的学术追求——以叙事文化学研究的理论与实践为视角》，《天中学刊》2017年第4期。

8.宁稼雨：《故事主题类型研究与学术视角换代——关于构建中国叙事文化学的学术设想》，《山西大学学报（哲学社会科学版）》2012年第3期。

9.宁稼雨：《中国叙事文化学研究为何要"以中为体,以西为用"——中国叙事文化学研究丛谈之一》，《天中学刊》2012年第4期。

10.宁稼雨：《中国叙事文化学与西方主题学异同关系何在?——中国叙事文化学研究丛谈之二》，《天中学刊》2012年第6期。

11.宁稼雨：《中国叙事文化学与中国学术体系重建》，《天中学刊》2013年第4期。

12.宁稼雨：《文本研究类型与中国叙事文化学的关联作用》，《天中学刊》2013年第6期。

13.宁稼雨：《重建"中体西用"中国体系学术研究范式——从木斋的

古诗研究和我的叙事文化学研究说起》，《学习与探索》2013年第6期。

14. 宁稼雨：《叙事·叙事文学·叙事文化——中国叙事文化学与叙事学的关联与特质》，《天中学刊》2014年第3期。

15. 宁稼雨：《中体西用：关于中国神话文学移位研究的思考》，《学术研究》2014年第9期。

16. 宁稼雨：《从"AT分类法"到中国叙事文化学的故事类型分类——中国叙事文化学研究丛谈之五》，《天中学刊》2015年第1期。

17. 宁稼雨：《关于个案故事类型研究的入选标准与把握原则——中国叙事文化学研究丛谈之六》，《天中学刊》2015年第4期。

18. 宁稼雨：《目录学与故事类型的文献搜集——中国叙事文化学研究丛谈之七》，《天中学刊》2016年第3期。

19. 宁稼雨：《中国叙事文化学与"中体西用"范式重建》，《南开学报（哲学社会科学版）》2016年第4期。

20. 宁稼雨：《对〈关于叙事文化学研究的若干思考〉的回应意见》，《天中学刊》2017年第1期。

21. 吕堃：《济公形象的演变及其文化阐释》，《天中学刊》2012年第6期。

22. 任正君：《韩湘子故事的演变与道教修炼思想》，《天中学刊》2012年第3期。

23. 任正君：《韩湘子故事的文本演变及其仙话意蕴》，《天中学刊》2014年第6期。

24. 任正君、石彦霞：《韩湘子故事的神化历程及其文化意蕴》，《天中学刊》2015年第4期。

25. 刘杰：《目连故事在中国的演变及其文化分析》，《天中学刊》2012年第3期。

26. 刘文：《古代文言小说中"人狐之恋"故事类型的文化解读》，《课程教育研究》2014年第31期。

27. 刘杰：《汉武帝求仙故事的演变及其文化分析》，《天中学刊》2015年第6期。

28.刘杰：《汉武帝故事研究现状与展望——以中国叙事文化学为观照背景》，《天中学刊》2016年第6期。

29.刘秋芝：《藏族机智人物故事类型及其民俗文化解读》，《西藏大学学报（社会科学版）》2012年第4期。

30.刘莉：《萧后形象的文本演变及文化内涵》，《天中学刊》2013年第3期。

31.刘莉：《宣华夫人故事文本演变及其文化内涵》，《天中学刊》2014年第3期。

32.刘莉：《隋炀帝故事研究综述与前景展望——以中国叙事文化学为依据》，《天中学刊》2017年第4期。

33.齐凤楠：《马周故事文本演变及其文化意蕴》，《天中学刊》2013年第6期。

34.齐凤楠：《钱镠故事的文本演变与割据称雄主题》，《天中学刊》2015年第6期。

35.齐裕焜：《开辟叙事文学研究的新领域》，《天中学刊》2013年第3期。

36.许中荣：《苏秦故事的文本演变及其文化内涵》，《天中学刊》2016年第3期。

37.孙国江：《大禹传说研究综述与前景展望——以中国叙事文化学为依据》，《天中学刊》2016年第3期。

38.孙国江：《大禹治水传说的历史地域化演变》，《天中学刊》2012年第4期。

39.纪德君：《建构中国叙事文化学，培植新的学术生长点》，《天中学刊》2016年第1期。

40.杜文平：《东方朔偷桃故事的演变及其文化阐释》，《天中学刊》2013年第1期。

41.杜贵晨：《植根传统 锐意创新——"中国叙事文化学"评介》，《天中学刊》2013年第1期。

42.李万营：《明武宗游幸猎艳故事的文本演变及其文化意蕴》，《天中学刊》2016年第1期。

43.李万营：《由鼓盆到劈棺——论庄子鼓盆故事在戏曲小说中的流变及其文化意蕴》，《湖北社会科学》2016年第3期。

44.李帅：《郁轮袍故事的演变及文化内涵》，《天中学刊》2015年第3期。

45.李冬梅：《朱买臣故事演变及其文化意蕴》，《九江学院学报（社会科学版）》2012年第2期。

46.李冬梅：《红线女故事演变与封建集权观念》，《天中学刊》2013年第1期。

47.李冬梅：《红线女故事演变与道教文化意蕴》，《天中学刊》2014年第4期。

48.李芸：《史弘肇故事的文本演变与文化分析》，《天中学刊》2016年第4期。

49.李春燕：《"人面桃花"故事的演变与文化内涵》，《九江学院学报（社会科学版）》2012年第2期。

50.李春燕：《燕子意象与燕子楼故事的文化意蕴》，《天中学刊》2012年第3期。

51.李春燕：《唐明皇游月宫故事的文本演变与文化内涵》，《天中学刊》2013年第6期。

52.李春燕：《梅妃故事的文本演变与文化内涵》，《语文学刊》2015年第20期。

53.李春燕：《唐明皇故事及其研究现状与发展前景——以中国叙事文化学为依据》，《天中学刊》2016年第4期。

54.李悠罗：《张良故事侠主题演变及其文化内涵》，《天中学刊》2014年第1期。

55.杨晓丽：《庄子"蝴蝶梦"故事类型演变及其文化内涵》，《天中学刊》2016年第4期。

56.杨慧茹、权绘锦：《东乡族民间故事类型及文化内涵探析》，《牡丹江大学学报》2016年第5期。

57. 时晨：《女仙杜兰香故事之演变及其文化意蕴》，《天中学刊》2013年第1期。

58. 汪泽：《〈朱蛇记〉故事文本流变与文化分析》，《天中学刊》2015年第1期。

59. 汪泽：《长门买赋故事形态流变及其文化分析》，《科学经济社会》2015年第4期。

60. 汪泽：《司马相如故事研究综述与前景展望——以中国叙事文化学为依据》，《天中学刊》2016年第1期。

61. 张国风：《中国小说、戏曲研究新视角——简评宁稼雨中国叙事文化学理论》，《天中学刊》2012年第4期。

62. 张培锋：《关于叙事文化学研究的若干思考——以"高祖还乡"叙事演化为例》，《天中学刊》2016年第6期。

63. 张雪：《木兰易装故事的文本演变及其文化内涵》，《天中学刊》2013年第3期。

64. 张雪：《木兰故事的孝文化演变及其文化内涵》，《天中学刊》2014年第6期。

65. 陈文新：《叙事文化学有助于拓展中西会通之路》，《天中学刊》2012年第3期。

66. 陈玉平：《柳永故事的文本流变及其文化意蕴》，《天中学刊》2017年第4期。

67. 苗怀明：《建立民族本位的中国叙事文化学》，《天中学刊》2015年第6期。

68. 欧阳春勇：《"扬州梦"故事的文本流变及其文化意蕴》，《天中学刊》2014年第1期。

69. 郑祥琥：《李白故事流变及其文化意蕴》，《天中学刊》2017年第6期。

70. 胡胜：《尝试与创获——中国叙事文化学的理论建构》，《天中学刊》2015年第3期。

71. 柏桢：《韩寿偷香故事的演变与文化内涵》，《天中学刊》2013年第

4期。

72.柏桢：《赵氏孤儿故事的演变与忠奸斗争》，《天中学刊》2015年第3期。

73.姜乃菡：《步非烟故事的文本演变及其文化内涵》，《天中学刊》2013年第4期。

74.姜乃菡：《钟馗嫁妹故事的流变及其文化内涵》，《民族文学研究》2013年第5期。

75.姜乃菡：《钟馗赶考故事的流变及其文化内涵》，《天中学刊》2017年第3期。

76.夏习英：《绿珠故事的演变与美女祸水论》，《九江学院学报（社会科学版）》2012年第2期。

77.夏习英：《绿珠故事的演变与知遇情结》，《学理论》2014年第4期。

78.徐燕：《隋唐故事中女将形象演变发展的文化解读》，《天中学刊》2015年第3期。

79.郭英德：《构建中国叙事文化学的学理依据》，《天中学刊》2012年第3期。

80.郭茜：《论东坡转世故事之流变及其文化意蕴》，《河南师范大学学报（哲学社会科学版）》2013年第6期。

81.曹廿：《佛印东坡交往故事流变及其文化意蕴》，《天中学刊》2017年第1期。

82.董秀团：《白族螺女故事类型及文化内涵研究——以大理剑川石龙村流传的故事为例》，《民俗研究》2012年第6期。

83.董国炎：《谈叙事文化学研究的推进》，《天中学刊》2012年第6期。

84.董艳玲：《温太真玉镜台故事的演变及文化意蕴》，《天中学刊》2014年第1期。

85.董艳玲：《项羽故事研究综述与前景展望——以中国叙事文化学为依据》，《天中学刊》2017年第1期。

86.董晓萍：《〈荆楚岁时记〉的文献故事类型》，《励耘学刊（文学卷）》2014年第1期。

87. 韩林：《〈红楼梦〉中"剖腹藏珠"母题的渊源及嬗变》，《明清小说研究》2012年第2期。

88. 韩林：《武则天故事中唐太宗形象的文本演变及文化内涵》，《天中学刊》2012年第4期。

89. 韩林：《武则天故事与宋元文人心态》，《大连大学学报》2014年第4期。

90. 韩林：《武则天形象的嬗变及其性别文化意蕴》，《东北师大学报（哲学社会科学版）》2014年第5期。

91. 程国赋：《拓宽古代叙事文学研究视野的成功实践——评宁稼雨教授倡导的"中国叙事文化学"》，《天中学刊》2014年第1期。

92. 曾礼军：《〈太平广记〉人鬼遇合故事的主题类型与文化蕴涵》，《辽东学院学报（社会科学版）》2013年第4期。

93. 曾晓娟：《从将军到男王后——"韩子高"形象演变分析》，《天中学刊》2012年第6期。

94. 蓝勇辉：《严子陵钓台故事的流变及其文化意蕴》，《天中学刊》2015年第4期。

95. 蒙丹阳：《黄崇嘏故事的主题演变与古代科举文化》，《天中学刊》2014年第3期。

96. 雷斌慧：《王魁故事演变及其文化阐释》，《名作欣赏》2013年第11期。

97. 詹凌菲：《李师师故事的演变与古代青楼文化》，《天中学刊》2012年第4期。

98. 颜建真：《蚩尤神话及其研究现状与发展前景——以中国叙事文化学为依据》，《天中学刊》2017年第3期。

著作

1. 王立：《传统故事与异域传说——文学母题的比较文化研究》，人民文学出版社2015年版。

2.王军涛：《裕固族〈格萨尔〉故事类型研究》，西藏人民出版社2017年版。

3.王宪昭：《中国人类起源神话母题实例与索引》，中国社会科学出版社2016年版。

4.龙江莉：《云南民族民间故事类型及流变研究》，云南人民出版社2013年版。

5.成风：《宁波民间故事类型索引》，中国文史出版社2012年版。

6.刘卫英、王立：《金庸小说母题及中外比较研究》，北京师范大学出版社2012年版。

7.刘守华：《佛经故事与中国民间故事演变》，上海古籍出版社2012年版。

8.刘惠卿：《佛经文学与六朝小说母题》，中国社会科学出版社2013年版。

9.肖远平、杨兰、刘洋：《苗族史诗〈亚鲁王〉形象及母题研究》，中国社会科学出版社2017年版。

10.张春晓：《两宋民族战争本事小说戏曲故事演变》，暨南大学出版社2013年版。

11.邰银枝：《青海蒙古族民间故事类型研究》，民族出版社2014年版。

12.林继富：《汉藏民间叙事传统比较研究：基于民间故事类型的视角》，人民文学出版社2016年版。

13.殷学国：《青山青史：中国诗学渔樵母题研究》，东方出版中心2017年版。

14.萨仁托雅：《新疆卫拉特蒙古〈机智女性故事〉类型研究（蒙文）》，民族出版社2016年版。

15.曾永义主编，陈丽娜著：《元杂剧情节单元与故事类型研究》，《古典文学研究辑刊》（四编第16册），花木兰文化出版社2012年版。

16.魏霞：《〈西游记〉故事流变及文化传播研究》，西北工业大学出版社2017年版。

努力建构具有中国特色的叙事学理论
——宁稼雨教授的叙事文化学研究述评

万晴川

摘要：宁稼雨教授倡导"叙事文化学"，其研究从概念的辨析到研究原则的确立及研究方法、路径的选择，层层推进，科学而又操作性强，具有方法论的意义，取得了不俗的研究实绩，对建构具有中国特色的叙事学理论做出了重要贡献，但仍有进一步开拓的空间。

中国叙事文化学的研究对象、方法与意义

王平

摘要：中国叙事文化学有其研究对象、方法与意义。对同一故事类型在不同时间和地域中所呈现的异同样貌进行形态的掌握梳理和内在形成动因的理论解读，是主题学研究的对象；运用的研究方法有主题类型分类法、文献考据法、要素解析法、归纳概括法等；其意义是通过分析故事主题类型各要素在不同体裁、不同文本中的形态流变，以及在不同历史环境下的不同表现，发现该故事受时代因素的影响而发生的变异，体现文化对文学价值和审美价值的某种规定性，从而使叙事文学作品的时代价值与文化价值得到充分彰显。

宁稼雨教授的学术追求

——以叙事文化学研究的理论与实践为视角

冯仲平

摘要：宁稼雨教授坚持古代文学研究理论与方法的发明张扬，始终将理论方法与学术实践相结合，尤其注重对中国叙事文化学理论的探索建构、批评实践和群体培育，并以卓越的研究实绩证明了理论方法的重要性和以之指导学术实践的必要性与正确性。中国叙事文化学的研究具有美好的学术前景。

中国叙事文化学研究为何要
"以中为体，以西为用"

——中国叙事文化学研究丛谈之一

宁稼雨

摘要：中国叙事文化学研究是在借鉴西方主题学研究方法、结合中国叙事文学文本现状和文化传统的基础上形成的，秉持的原则是"以中为体，以西为用"。以中为体的中国叙事文化学研究还有中西文化对话的文化学意义。

中国叙事文化学与西方主题学异同关系何在？

——中国叙事文化学研究丛谈之二

宁稼雨

摘要：由于民间故事与中国古代书面叙事文学之间有多种相似性，所以使中国叙事文化学借鉴西方主题学方法成为可能。同时，由于民间故事与书面文学之间存在差异，主题学不能全面反映揭示和解读中国民间故事和书面叙事文学，所以需要在借鉴主题学研究的基础上对其进行合理改造，使之适合中国古代叙事文学的研究。

中国叙事文化学与中国学术体系重建

宁稼雨

摘要：20世纪以来的中国学术范式，基本上是近代以来西方文化传入中国后"全盘西化"文化价值观作用下"西体中用"文化价值观的产物。这一范式在中国古代叙事文学研究中表现尤为明显。应该用"中体西用"的文化价值观重建中国体系的学术范式，结束"西体中用"一统天下的传统学术范式。

文本研究类型与中国叙事文化学的关联作用

宁稼雨

摘要： 在肯定强调文本研究价值意义的基础上，对中西方各种与文本研究相关的类型进行梳理，从中可摸索辨析与中国叙事文化学的关联与启示意义，为中国叙事文化学建设寻找值得参照借鉴的营养因素。

叙事 · 叙事文学 · 叙事文化
——中国叙事文化学与叙事学的关联与特质

宁稼雨

摘要： 中国叙事文化学学科内涵涉及叙事、叙事文学、叙事文化三个层面，可以从广义和狭义两个维度予以理论定位，设定操作指南。中国叙事文化学与叙事学尤其是广义叙述学之间有其异同与关联，明乎此，则可明确中国叙事文化学的属性定位。

从"AT分类法"到中国叙事文化学的故事类型分类

——中国叙事文化学研究丛谈之五

宁稼雨

摘要：故事类型是中国叙事文化学研究的主体对象，科学合理地确定故事类型的分类原则是中国叙事文化学研究的首要工作和任务。对于中国叙事文化学的故事分类原则来说，"AT分类法"的积极作用在于它提供了一种宏观范式，将浩如烟海而又零散繁杂的世界各地民间故事系统地归纳为条理简略清晰的类型索引。但中国叙事文化学的故事类型分类又不能简单照搬"AT分类法"。中国叙事文化学的叙事文学故事类型编制方案原则是在吸收前人成就的基础上，从中国叙事文学的实际出发，创立中国叙事文学的故事主题类型索引。

对《关于叙事文化学研究的若干思考》的回应意见

宁稼雨

摘要：针对张培锋教授《关于叙事文化学研究的若干思考——以"高祖还乡"叙事演化为例》一文对中国叙事文化学研究提出的建议和质疑，可以从关于"叙事文化"问题的理解、个案故事类型文献材料的叙事文化学意义以及叙事文化学研究的历史观问题等三个方面做出回应。

济公形象的演变及其文化阐释

吕堃

摘要：济公本是南宋临济宗的一名僧人，饮酒逞才，因圆寂火化时出现舍利而被杭州民众认为是高僧，由此开始了济公神化的历程。在宋代杭州浓厚的罗汉信仰氛围下，济公被传说为罗汉。济公传说被不断附会，明中后期小说中济公成为一名异僧，神通与破戒并存。到了清朝中后期，北京济公故事兴起，济公成为一位市井神侠。在济公形象演变过程中，多种社会力量都参与其中，以他们各自的文化传统改造着这位民间英雄。

韩湘子故事的文本演变及其仙话意蕴

任正君

摘要：作为道教俗神八仙之一，韩湘子故事广为流传。自唐至清，韩湘子故事情节逐渐增饰，从元代起，度化韩愈成为其主要情节。作为真实存在的历史人物，韩湘子和韩愈的形象经历了一个由人到仙再到民间俗神的演化过程，体现了道教典型的造神方式，这与仙话的发展呈现出同步的世俗化趋势。

目连故事在中国的演变及其文化分析

刘杰

摘要：源于古印度的目连故事传入中国后经历了三个主要演变阶段，演变的过程即目连故事的中国化过程，其中加入了诸如孝道等具有中国特色的思想内容，故事的载体则由佛经向变文、戏曲、宝卷等多种形式转变，佛道交融、市民思想兴盛等现象则是目连故事演变的文化背景。

汉武帝求仙故事的演变及其文化分析

刘杰

摘要：汉武帝求仙故事的发展经历了两汉、魏晋南北朝、隋唐五代和宋元明清四个时期，根据信奉主体不同，可称为帝王仙话、道教仙话、士人仙话、市民仙话，受道教演变、神仙思想和社会审美趣味等文化因素的影响，汉武求仙故事在每个时期呈现出不同的特点。

汉武帝故事研究现状与展望
——以中国叙事文化学为观照背景

刘杰

摘要：汉武帝故事流传甚广，叙事层面表现出内容含量丰富、传播载体多样、影响范围深远、叙事者主动选择性强等特点。20世纪以来，汉武帝故事在文献钩沉、文化研究等方面取得了很大的成就。以中国叙事文化学来观照汉武帝故事，必将为本研究提供一种新的学术范式和学术增长点。

宣华夫人故事文本演变及其文化内涵

刘莉

摘要： 宣华夫人是隋炀帝故事系统中的重要人物。她本是文帝妃嫔，后入炀帝后宫。唐代，宣华夫人故事基本成形。在以《隋书》为代表的史传中，杨广因调戏庶母之事败露而弑父与杨广登基后烝母两大情节单元已基本确立；宋元时期，与炀帝后宫故事繁荣的现象形成对比的是，宣华夫人故事比较受冷落，相对沉寂；明清时期是宣华故事的繁荣期，不仅作品数量可观，情节也有一定的变迁，宣华夫人的形象也更为复杂。

钱镠故事的文本演变与割据称雄主题

齐凤楠

摘要： 钱镠故事讲述了钱镠自唐末五代崛起，并逐步成为吴越国国王的经历，这个过程体现了丰富的社会历史文化意蕴。钱镠从唐末五代起的顺势称雄，到宋元时期枭雄和明君的统一，再到明清时期的草莽英雄，其中展现出割据称雄主题的发展轨迹。

植根传统　锐意创新

——"中国叙事文化学"评介

杜贵晨

摘要：宁稼雨对于"中国叙事文化学"研究有开创之功，这一理论方法的提出除得益于西方理论的启发外，其本根依然深植于中国文化的深厚传统。中国叙事文化学的开创有打破中国文论创造方面的沉寂，为理论创新提供范例之意义。

明武宗游幸猎艳故事的文本演变及其文化意蕴

李万营

摘要：明武宗正德皇帝游幸猎艳的故事，历代有数量可观的文学文本流传。运用中国叙事文化学的思路与方法，对敷演明武宗游幸猎艳故事的文本进行梳理，可以看出青楼文化、才子佳人文化、民间文化极大地影响了该故事的流变，分别形成了嫖院故事、玉搔头故事和戏凤故事，而儒家正统文化则在该故事的流变中时显时隐。

郁轮袍故事的演变及文化内涵

李帅

摘要：王维郁轮袍故事体系的嬗变伴随传奇、诗词歌赋、诗话、戏曲等多种表现样式的掺入，人物形象不断变化，故事情节也越来越复杂，评论者的态度一变再变，这些文本形态变化的背后折射出不同的时代文化内涵。

"人面桃花"故事的演变与文化内涵

李春燕

摘要：以中国叙事文化学方法，对崔护"人面桃花"故事做个案研究。通过梳理这一故事在历代诗评、小说、戏曲中的文本流传情况，在此基础上归纳故事的演变轨迹，并进一步从题材和意象互动的角度，阐释桃花意象在推动故事传播演变中所起的作用。

唐明皇游月宫故事的文本演变与文化内涵

李春燕

摘要：以中国叙事文化学方法，对唐明皇游月宫故事做个案研究，搜集历代流传文本，梳理故事演变轨迹，并从帝王仙游主题与雅俗之变角度剖析明皇游月的文化内涵。

张良故事侠主题演变及其文化内涵

李悠罗

摘要：张良故事从《史记·留侯世家》开始一直流传于世，张良故事中的侠主题主要表现为在博浪沙狙击秦始皇事，在《史记》《汉书》正史里表现为复仇、游侠的形态，形成了固有的侠风色彩。随着历史潮流的变迁和文学的发展，不同时期张良故事的侠主题受到当时社会、政治、思想的影响，而展示了不同的内涵。

司马相如故事研究综述与前景展望
——以中国叙事文化学为依据

汪泽

摘要：20世纪以来，中国古代文学与文化领域的司马相如故事研究取得了一定成就。在成果类别上，包括原始文献整理，论文与专书章节著述；从研究对象来看，涉及通俗文学中的司马相如其人其事，传记史料对相如生平行迹的载录阐释，以及诗文作品中的相如本事、相如典故等。相关研究于文献考据、理论解读、文章分析三方面存在不足之处。中国叙事文化学可以为司马相如故事研究激发出新的学术增长点。

关于叙事文化学研究的若干思考

——以"高祖还乡"叙事演化为例

张培锋

摘要： 当前，以宁稼雨为代表的一批学者所进行的中国叙事文化学研究，已形成较为系统且具有开放性的研究模式，成果丰硕。然其中部分著述，论述的多是研究者选取的叙述故事所表现出的文化内涵，而对于"叙事文化"——即叙事作为一种文化现象自身的内涵却少有揭示。叙事类型的演变，大体可以分为简单发挥、局部改造、颠覆性改造三个层面，"高祖还乡"这一个案恰好可以找到这三个层面的例证。叙事文化学研究应根据已有史料，真正还原每个时期作品背后表现出来的不同心态，从而揭示其真正的文化内涵。

叙事文化学有助于拓展中西会通之路

陈文新

摘要： 20世纪的中国古代小说研究领域，对于"小说"概念之理解与认识多有分歧，相关理论的运用多存误区，因而给中国古代小说研究带来一些困惑与难题。宁稼雨首倡中国叙事文化学，将其引入中国古代小说研究领域，无疑是走向中西会通之路的有益尝试。

"扬州梦"故事的文本流变及其文化意蕴

欧阳春勇

摘要：与唐代诗人杜牧相关的"扬州梦"故事，在历代诗评、词作、小说和戏曲中，有丰富多样的文学表现形式，梳理、比对各代之流传文本以及故事的演变轨迹，可以看到故事演变背后的文化推手。

李白故事流变及其文化意蕴

郑祥琥

摘要：李白故事的历代流变，涉及数十种与李白相关的戏曲、小说以及众多的诗文材料，在上千年的流变过程中自有其因革关系。借助叙事文化学的方法，对李白故事千年流变过程中各种亚文化所起的作用进行总结剖析，可以解释清楚为什么李白故事会向某个方向发展，或者为什么从前的故事发展方向会被打断而代之以另一个发展方向。

韩寿偷香故事的演变与文化内涵

柏桢

摘要："韩寿偷香"的典故自晋代以来广为传播，被历代文人化用于诗词、戏曲、小说中。采用中国叙事文化学的方法，对各种文学体裁中有关韩寿偷香故事的材料进行尽可能的搜集与归纳整理，可以发现：历代对此故事怀有肯定与贬抑倾向并存的态度，同时，韩寿偷香故事的历代演变总是以偷情故事为不变内核，以二人结合时的条件变化为演变依据的变化线路。

论东坡转世故事之流变及其文化意蕴

郭茜

摘要： 在辗转流传却又庞杂的东坡故事系统之中，总能看到关于东坡转世的故事。这些故事时代不同，趣旨各异，然而却都将转世作为故事的重要内容，甚至许多戏剧小说中更是以东坡的前身后世作为主要线索来组织素材，建构情节，也不乏借东坡在前生后世的轮回故事来宣扬佛理、点化众生的作品。这些东坡转世故事一方面呈现了苏轼在身后的文化进程中其形象不断被重塑、创造的历史，另一方面也可以看到轮回果报思想对于作家、作品深刻的影响。

谈叙事文化学研究的推进

董国炎

摘要： 叙事文化学研究的成绩主要有三个方面：一是叙事学研究，二是主题学研究，三是母题与故事类型学研究。长期以来，宁稼雨在母题和故事类型研究方面用力颇勤，亦着力于主题学和叙事学研究，并在取得可观研究成果的基础上，首倡"中国叙事文化学"，这无疑是对叙事文化学研究的有力推进。

温太真玉镜台故事的演变及文化意蕴

董艳玲

摘要：温太真玉镜台故事经历了魏晋志人小说、唐宋诗词典故、元代杂剧、明代传奇等多种表现样式，人物形象不断发生变化，故事情节也越来越复杂，这些文本形态变化的背后是不同时代文化内涵的折射。

《红楼梦》中"剖腹藏珠"母题的渊源及嬗变

韩林

摘要：《红楼梦》中"剖腹藏珠"母题来源于古代文学中大量的"剖身藏珠"类故事，而这一母题的滥觞则是异域佛教信仰。主人公的身份、所持的宝物、自残肢体的思维方式等诸多因素都来源于佛教，虔诚的宗教信仰是藏珠者剖腹的动力。佛教文化与本土文化的契合使故事进入中原，但龃龉之处使其变成一种有限度的接受。此类故事经历了一个复杂的嬗变过程。体裁上从早期的佛教传说演变到唐代的叙事母题，至明清成为寓言故事；传播范围从民间口传提升到官方语言，最后又下移至民间；词的内涵从褒义到中性最后到贬义。

《太平广记》人鬼遇合故事的
主题类型与文化蕴涵

曾礼军

摘要：《太平广记》人鬼遇合故事按其主题可分为婚配型和偶合型两种亚类型，每种类型又可分为若干次生类型。这些故事蕴含了冥婚习俗、世俗情爱和阴阳哲学等文化观念。

从将军到男王后
——"韩子高"形象演变分析

曾晓娟

摘要：陈朝将军韩子高在历代文学作品中形象均有所变化，这种形象演变有着文学与文化上的深层原因。不仅如此，这一形象在明代出现了彻底颠覆，而这一颠覆与当时的社会风气有着直接关系。

严子陵钓台故事的流变及其文化意蕴

蓝勇辉

摘要： 古代吟咏严子陵故事的文本繁多，其中又以表现严子陵钓台为最。严光故事在历代的流变过程中折射了文人复杂的心态，或嘉其不屈光武、傲视权贵，或慕其淡泊名利、廉顽立懦，或钦其高行、全身远祸等。从不同的故事文本流变及文人迥异的评价中，我们可一窥严子陵故事多重的文化意蕴。

黄崇嘏故事的主题演变与古代科举文化

蒙丹阳

摘要： 黄崇嘏女状元的故事在中国古代流传甚广，自唐五代至宋元明清，见诸小说、戏曲、笔记、诗文集、书画录等各种体裁。黄崇嘏故事的主题随时代变迁自有其演变轨迹，其中，古代科举文化在黄崇嘏故事发展中起着推动作用。

李师师故事的演变与古代青楼文化

詹凌菲

摘要： 李师师故事讲述北宋末年李师师与宋徽宗以及不同身份"第三人"之间的互动故事，体现出丰富生动的社会文化内涵。从宋至清，"第三人"形象发生较大变化，由宋代的文人士子，到元明之际的江湖好汉，再到清代的市井无赖，其中展现出青楼文化由强调节操义行到向世俗艳情转变的轨迹。

蚩尤神话及其研究现状与发展前景
——以中国叙事文化学为依据

颜建真

摘要：20世纪以来，蚩尤神话的研究成果丰富，但也存在着一些问题。采用中国叙事文化学的方法，系统全面地整理相关文献，进而梳理蚩尤神话的演变轨迹并探究其中的原因，还蚩尤神话以本来面目，具有多方面的学术价值与社会意义。

《传统故事与异域传说
——文学母题的比较文化研究》

王立

内容提要：本书为作者多年在主题学与中印文学的文化比较研究方面学术成果的集成，涉及佛经文学来源、母题的传播与中印文化等诸多课题，其中，对《封神演义》《残唐五代史演义传》《镜花缘》《金瓶梅》等中国古典文学作品中的叙事母题及其同中印文化、佛教的渊源及流传做出了独特阐释。

《中国人类起源神话母题实例与索引》

王宪昭

内容提要：《中国少数民族语言与文化研究书系：中国人类起源神话母题实例与索引》是为了适应当今大数据背景下学术研究方法变革而进行的学术创新，基本依据是《中国神话母题W编目》，在具体制作过程中又对原来的母题编目作出新的修正和补充。《中国少数民族语言与文化研究书系：中国人类起源神话母题实例与索引》列举的母题为《中国神话母题W编目》中划分的10大类型中的W2，本类母题实例与索引共分为11个类型，4个母题层级，5000多个母题。

《宁波民间故事类型索引》

成风

内容提要：本书以浙东宁波在"民间文学三集成"和"非物质文化遗产田野调查"中收集到的民间故事为基础材料，严格按照国际通用的阿尔奈-汤普逊（即"AT分类法"）编码系统和德国学者艾伯华《中国民间故事类型》中的编码编撰而成。从中可以清楚有效地看出宁波一地流传的民间故事中的类型与我国及世界民间故事中相同类型进行比对后的基本面貌和数量。作为工具书，查阅简易，操作方便。同时，通过作者的"前述"和"附文"，本书还增加了对非专业使用的可读性。以一个地域为对象编著民间故事类型索引，具有尝试和开创的意义。

《佛经文学与六朝小说母题》

刘惠卿

内容提要：佛教由两汉之际传入中土，在六朝走向繁荣，作为佛教文化重要载体的中土译经，对当时的文学艺术影响很大。本书选取文学性较强的译经——佛经文学作为切入点，研究其对六朝小说的影响。在研究实践中，引入母题研究法，具体论述了佛经文学对六朝"世说体"小说、宣佛小说、仙道类小说的创作影响，指出"世说体"小说对佛经故事存在袭用现象，《佛说维摩诘经》影响"世说体"小说对人物形象的塑造；宣佛小说以佛教倡导为中介，在题材和情节上较多向佛经譬喻故事借鉴。

《汉藏民间叙事传统比较研究：
基于民间故事类型的视角》

林继富

内容提要：本书从藏族文化的历史进程中看民间叙事，或者说，通过民间叙事理出藏族文化发展的历史影像。本书将民间故事作为讨论汉藏文化关系的视角和对象，并且落笔在汉族、藏族民间叙事传统的共同性与差异性上，讨论了汉藏文化交流场域、《格萨尔王传》中记录的汉藏关系、关羽信仰如何传入西藏等问题，并对几千年来在汉藏民族之间流传的民间故事一一重点比较分析。

故事主题类型研究与学术视角换代

——关于构建中国叙事文化学的学术设想（节选）

宁稼雨

摘要： 文章在对20世纪古代小说戏曲以单篇作品和文体本位为主体研究视角的历史功绩给予充分肯定的基础上，对其所忽略和掩盖的跨越单篇作品和文体本位的故事类型研究的内涵和构成进行了初步构想，并进一步推论其对于构建中国叙事文化学所具有的学术视角换代意义。

关键词： 故事类型；学术视角；叙事文化学

从1904年王国维发表《红楼梦评论》一文和1913年他完成《宋元戏曲考》到今天，已经有百年历程了。如果说这两部论著是中国古代小说和戏曲从以往的评点式研究走向现代学术范式的转折点的话[①]，那么现在是否有理由提出这样的问题：《红楼梦评论》和《宋元戏曲考》所开创的所谓现代学术范式的基本内涵和主要特征是什么？百年之后，这种范式是否已经凸现出某些不足或局限？这些不足和局限是否应该由新的学术视角来取代或补充？什么是扮演这种取代或补充那些传统范式的有效视角？

与此相关的是，中国古代小说与戏曲同源共存的情况人所共知，但在研究的程序上，人们却仍然习惯于将其作为两种不同的文体分别研究。尽管有人从题材源流和艺术对比分析的角度进行二者的交叉研究，但也仅限

---

① 刘方、孙逊：《中国古代小说研究现代学术范式的历史生成》，《文艺研究》2007年第12期。

于二者之间的文学观照而已。如果要把某种文学题材的源流摸清说透，眼光只落在小说戏曲两者上面显然是不够的。

另外，作为一种文化现象，小说和戏曲在其共同演进的过程中，包含了怎样的文化意蕴？这种文化意蕴是通过怎样一种文学的要素关联扭结起来，形成一个完整链条的？

一、20世纪学术视角特色与强势所在

20世纪中国古代小说戏曲研究现代学术视角形成的标志是王国维、鲁迅、胡适三位大师相关研究成果的问世。王国维的《红楼梦评论》《宋元戏曲考》、鲁迅的《中国小说史略》，以及胡适有关几部经典小说的考证评论文章等结束了中国古代小说戏曲研究以非系统的散点关注为特征的早期研究，进入到以系统和逻辑为主要特征的现代研究视角阶段。

20世纪小说戏曲研究现代视角的学术方法贡献主要表现在两个方面：从宏观上看，他们从材料入手，不仅系统钩稽了中国小说史和戏曲史的主体史料，而且还系统勾勒了中国小说史和戏曲史的基本轮廓，构建了中国小说史和戏曲史的基本体制框架。《中国小说史略》《宋元戏曲考》都是此类成就的奠基之作。从微观上看，他们把对于小说史和戏曲史的研究，建立在对相关作品（尤其是经典作品）的社会历史内涵和艺术技法成就深入分析的基础之上。从王国维的《红楼梦评论》到胡适的几大考证论著，都是后来的古代小说戏曲的作品研究的精彩典范。

纵观20世纪中国古代小说戏曲研究，尽管在意识形态和分析评价的社会尺度上有过很大的改变和起伏，但从整体上看，研究的目标和范围主要还是集中在史的研究和作家作品的专题研究上。这个格局的形成，完全要归功于20世纪初三位大师筚路蓝缕、惨淡经营之功。

在20世纪之前，个案的小说戏曲的作家作品研究和整体的小说史、戏曲史研究，基本上处于研究者各自为战，并且以零散的方式逐渐累积和提高相关研究的量化比重的阶段。如果以盖房子为例，他们的工作好比日积月累地为建房做好了诸多准备：找好了地点、尝试挖了几处土方、采集了一些石块瓦块、砍伐了一些木料等。但是，从单个房屋的构造蓝图到整个

园区的规划，他们都还没有虑及。中国古代小说戏曲研究的单个房屋构造蓝图和整个园区的规划图，都是由王国维、鲁迅、胡适等大师共同完成的。

由此可见，20世纪现代视角的小说戏曲研究结束了此前相关研究的零散状态，使其进入系统和科学的新天地。其成就和贡献主要在于，不仅为其规划了系统蓝图，而且还提供了具体的操作范式。如同一个知名品牌有了品牌的设计理念和产品规格后，可以进入批量生产的阶段了。

在此范式的引导示范之下，20世纪的小说戏曲研究在作家作品和小说史、戏曲史的研究方面取得了突飞猛进的发展。以作家作品研究为基础的小说史、戏曲史的文体和文体史研究已经日趋成熟。小说戏曲在这两个方面的研究无论是在数量上还是在质量上都达到了前人难以估量的程度。但与此同时，对古代小说和戏曲的作家、作品研究和史论研究在深度广度上已经趋于饱和，如同百米赛跑进入十秒大关——水平和质量很高，但难以有很大的提升空间。

二、20世纪学术视角掩盖或忽略了什么问题

20世纪小说戏曲研究视角在作家作品和文体史的研究方面开创了崭新局面，但同时也掩盖和忽略了一些重要的研究视角和方法。这一点，今天应该引起我们的重视，并寻求一些改进和补救措施。

作家作品研究一方面把研究者的视线引入对作家生平履历、思想及其与作品内容关系的关注，另一方面又要把主要精力投入对作品内容相关的思想和社会意义以及艺术技法的总结等诸多作品本体的研究上。在关注作品内容（尤其是题材）的时候，有时会对该题材的源流做出适当的勾连，但这种勾连只是学者了解认识作品题材内容的一种辅助手段，而不是以该题材源流演变作为主体研究的主导方面。这样，以某一主题为中心的故事系列，就容易受到单个作品的局限，没有得到应有的关注和系统的研究。

小说史、戏曲史研究是一种文体史的研究。20世纪初大师们提供的研究视角主要是以作家作品为基础的同类文体的贯通研究。它所关注的重心是同一文体的作家作品在内容和形式方面在不同时期的展演和走向趋势，

总结出生发和推动该文体破土成长的各种成因要素。从文体史的角度看，某种题材类型可能是组成某种文体类型的依据。如"三国戏""水浒戏"等。但这种文体类型的研究范围，一般也很少超出其自身范围，与其他所有相关材料组合起来关注把握其相关全部材料。所以，文体的视角同样也是屏蔽故事主题类型系统观照的障碍之一。

不难看出，作家作品和文体史的研究，其重心主体分别是作家生平思想和作品思想内容，以及作为文体历程的小说、戏曲的体裁历时发生过程。尽管这两个重心主体的构想和操作范式对于 20 世纪学术局面的形成功莫大焉，但如果换一个角度，从故事主题类型学的角度看，无论是作家作品研究，还是文体史的研究，都无法全面揭示和解释那种既超越单一作品，又跨越单一文体的个案故事主题类型的发生过程及其动因。

原载《山西大学学报（哲学社会科学版）》2012年第3期

"中体西用"

——关于中国神话文学移位研究的思考

宁稼雨

神话是文学的母亲，这本来是基本的常识。但以往的神话研究的角度多半集中在历史学研究、宗教学研究，以及文化人类学研究方面。在这些研究中，神话材料扮演的角色是这些研究由于史前文字材料匮乏而起到的史料替代作用。而神话的文学价值，尤其是它对后代文学所产生的母体哺乳滋养作用没有得到足够的关注和研究。鉴于此，本文通过对中国神话研究历史的反省，借鉴西方"原型批评"关于神话文学移位学说的理论，以及西方民间文学研究领域主题学的研究方法，从构建中国式神话研究体系的角度，提出在神话研究领域以"中体西用"取代"西体中用"的理论设想和具体操作程序，试图扭转中国古代神话研究的角度和视野，把中国神话的历史学、宗教学和文化人类学研究拉回到文学研究的本体中来。

一、中国古代神话研究的扫描回顾

神话研究在中国起步较晚。虽然秦汉以来的各种典籍中不乏与神话相关的材料，但多为对各种神话题材的文学演绎，其涉及神话研究的部分零散而不系统。现代意义上的中国神话研究是受20世纪以来包括学术研究范式在内的西方文化渗透影响的结果。这个期间的神话研究有过三种有代表性的神话研究热潮。

一是20世纪20年代以顾颉刚为代表的"古史辨"派的疑古思潮。其疑古工作的重头戏就是推翻主要由神话传说构成的中国上古历史认为，"盘古开天地""女娲造人""三皇五帝"等所谓中国上古历史记载都是虚诞的神话传说,并非信史,应该将其剔除中国历史之外。[①]这种学术背景是胡适以"大胆假设,小心求证"为手段的"整理国故"思潮。而该思潮来自19世纪以来盛行西方学界的实证主义思潮。因此,"古史辨"派的学术根基在西方,是通过中国古史的考证来体现实践实证主义学术思想。它解决的核心问题是中国古代神话能否当作信史的问题,至于神话是产生中国文学历史的母体功能并未得到关注和解决。

二是20世纪以来,尤其是1949年以来受马克思主义影响的历史唯物主义神话研究。20世纪50年代以后的各种与神话有关的多数文学史、小说史均属这个潮流。虽然在古代神话的系统整理和材料发掘方面是这个时期神话研究的重要收获(如袁珂先生的系统神话研究工作),但此说把中国古代神话材料作为历史唯物主义对于人类文明和历史起源产生规律解释的一个侧面。其核心理念就是马克思在《〈政治经济学批判〉导言》中关于神话"是已经通过人民的幻想用一种不自觉的艺术方式加工过的自然和社会形式本身"的说法,是通过神话来解释和揭示远古时期人类创造世界和历史的途径之一,并且用来阐明阶级斗争推动人类社会历史发展的意识形态理念。

这种研究有其两面性,一方面,作为文学史和小说史,他们的确发现了神话与后代文学之间的关联。如游国恩本《中国文学史》列数了古代神话对于诗赋散文和小说戏曲在文学题材和形象方面影响的轮廓,但这一影响的线索在后面历代文学描述时没有能够得到系统的勾连和贯通,无法形成一个对早期神话各种题材在后代展衍形态的完整系统印象。另一方面,该书有关神话内容的核心主线基本上是对马克思那段神话定义的诠释。如编者认为《女娲补天》神话在后代"俗说中的解释部分渗入了阶级社会的意识,它把被剥削阶级的'贫贱凡庸'说成是先天注定的,同时为剥削阶级的特殊地位找到了理由"。类似的阶级斗争口吻在书中每每可见,这种以意识形态理念统摄古代文学研究的方式显然偏离了学术自身的科学客观精

---

① 参见田旭东:《二十世纪中国古史研究主要思潮概论》第五章、第六章,中华书局2003年版。

神，不利于神话所反映的历史文化真实面貌的准确解读。

三是20世纪80年代改革开放以来，在西方学术文化思潮再次强烈冲击中国的背景下，神话学研究再次呈现热潮。自80年代以来，何新、萧兵等人的神话学研究在继承传统神话学研究的基础上又吸收借鉴了西方人类学的研究方法，在很大程度上开拓了神话学研究的视野，使中国神话学研究呈现出一个崭新的面貌和阶段。近年来，叶舒宪的一系列神话学研究著作又在前者的基础上有较大突破，被称为中国文学人类学的重大创新与突破。

在这个学术背景下起步形成的中国神话研究有两个突出特点：一是其研究范式的体系是"西学为体，中学为用"，即以西方的学术范式为体系框架，以中国神话的内容为材料加以论证分析；二是其研究领域主要集中在历史学、考古学、文化人类学方面，即把神话材料作为还原解析没有文字记载的远古时代的珍贵史料，来复原勾勒那个遥远的时代。尽管他们的切入角度和各自结论各有差异，但在这两个特点上基本上是共同具备的。

尽管三个阶段的中国神话研究各自取得不菲的成就，但总体上可谓殊途同归，都是20世纪以来西方文化和学术范式铸造的产物，而这个结果和过程在很大程度上带有被迫性和盲目性。一个半殖民地半封建的国家不仅在国家主权方面受到外力干涉和左右，而且文化学术诸多方面也必然受到波及，成为政治主权受制的副产品。遗憾的是，一旦政治主权得以恢复，文化和学术的话语权与研究范式没有随之得以复归，而是继续延续被外来文化和学术范式左右的惯性定势。

二、如何寻找构建中国神话研究的体系

自1949年以来，从党和国家领导人到各种媒体使用频率很高的一个声音就是中国人民站起来了，重新当家作主了。这当然是好事，但人们在欢呼政治主权的恢复的同时似乎没有深入反省文化主权和学术主权的恢复与建立问题。如果上述关于20世纪以来中国神话研究的回顾中对此命题已经足以管中窥豹、一叶知秋的话，那么进入21世纪后，中国神话研究的本位复归就是十分必要而且迫切的任务了。

因此，在政治主权当家作主已经半个多世纪之后，反思文化价值和学术话语权的民族主体权力已经是刻不容缓的重要问题了。在此背景下，关于中国神话研究的深化笔者以为应该把两个问题寻找突破口。一是要不要变"西学为体，中学为用"为"中学为体，西学为用"，寻找和建立中国自己的学术研究体系？二是要不要跳出以历史学、考古学、文化人类学为研究归宿的神话学研究，回归神话的文学研究本体上来？

平心而论，尽管神话研究在诸位先贤的努力下已经成果斐然，但还有巨大的潜力空间需要挖掘和弥补。而中西体用关系的置放顺序和神话的文学本体回归，则是其中的要点所在。这两个问题的解决不但关系到中国神话研究本身的创新出路所在，更关系到整个中国学术研究范式的母体血液是姓"西"还是姓"中"的问题。

首先，用西方格局的学术研究范式来研究包括神话在内的中国叙事文学作品存在一些削足适履的困境，需要重新考虑体用关系。现代意义上的以小说戏曲为主的中国古代叙事文学研究始自20世纪初，以王国维《宋元戏曲考》和鲁迅《中国小说史略》为两面旗帜，拉开了现代史上中国叙事文学研究的大幕，奠定了中国古代叙事文学研究的现代框架格局。20世纪中国叙事文学研究的学术范式主要集中在文体史研究和作家作品研究，这两个方面的确取得了历史上无与伦比的成就，但同时也掩盖了其难以克服的矛盾问题。作家作品和文体史的研究，其重心主体分别是作家生平思想和作品思想内容，以及作为文体历程的小说、戏曲的体裁历时发生过程。尽管这两个重心主体的构想和操作范式对于20世纪学术局面的形成功莫大焉，但如果换一个角度，从故事主题类型学的角度看，无论是作家作品研究，还是文体史的研究，都无法全面揭示和解释那种既超越单一作品，又跨越单一文体的个案故事主题类型的发生过程及其动因的全面阐释。以著名的《西厢记》故事类型为例，除了大量与西厢故事有关的诗词散文和通俗讲唱文学之外，最能代表西厢故事类型发展演变阶段特征的作品至少有三种：文言传奇小说《莺莺传》、诸宫调《西厢记》、元杂剧《西厢记》。按照20世纪以来的文体史和作家作品的研究模式，这三部作品分别属于不同的文体体裁阵营，对它们的研究也就自然形成三个不同的营垒。然而它们相互之间所构成的"西厢"故事类型系统却没有成为研究的重心和主角。这种情况在神话母题研究中表现得更为鲜明。比如女娲、精卫神话均为中国神话的重头戏，但在以往的神话研究中，后代女娲、精卫神话在各类文学作品中的演绎再生情况却鲜有涉及。事实上，女娲、精卫神话是中国文学中女娲、精卫两类题材的渊薮，后代不但相关题材的诗词散文数以百计，而且把女娲、精卫神话故事题材作为故事蓝本搬演的叙事文学作品也数量可观。然而由于文体研究和作家作品研究的樊笼所限，很少有人能从故事类型的系统角度关注研究二者各自故事的系统流变过程形态和内在原因。这就有必要从中国叙事文学作品的实际出发，考虑以故事类型作为叙事文学关注切入的研究视角，并以之作为中国叙事文学研究的体制范式。①

其次，包括神话在内，人类早期的文字记载具有多方面的功能价值，应该得到全面开发。迄今为止，人们对于中国神话的研究范围，主要集中在历史学、考古学、人类文化学，以及民间信仰等方面。比较突出的是"古史辨"派的神话研究。该派参与学者多，均为学术名家，且成果也煌煌可观。但该派关注问题的重心是历史学，从历史学本位出发，经过充足的考证，证明与上古历史内容相关的神话内容多为虚妄，故应将神话剔除在信史之外。在考古学方面，学者们希望把考古成果作为神话研究的重要源泉："神话研究离不开考古学，考古学家为了解释自己的发掘品，再现历史的本来面貌，也要熟悉神话学，只有把神话研究同历史学、考古学、民族学、宗教学等结合起来，才能达到上述目的。"从这些角度进行神话研究的确非常必要，不能丢弃。但是神话的文学属性及其相应研究却没有引起足够关注和研究，这是非常遗憾并迫切需要弥补的。事实上，神话与包括诗词歌赋、小说戏曲在内的中国古代文学殿堂之间的千丝万缕联系，尤其是作为个案的神话原型在后代文学宝库中不断演绎再生而且浩如烟海的盛况，至今尚未得到足够的关注重视和全面系统的深入研究。不仅如此，除了神

① 参见宁稼雨：《故事主题类型研究与学术视角换代——关于构建中国叙事文化学的学术设想》，《山西大学学报（哲学社会科学版）》2012年第3期。

话题材在后代的不断演绎外，随着中国文学各种文体的不断成熟和繁荣，不同文体对于同一神话母题的不同阐释和演绎也是五彩缤纷的，既具有阅读价值，也具有学术研究价值。从文学角度对于中国神话的关注与研究，是一项意义重大而又十分有趣的研究课题。

回归"中学为体"以故事类型研究为范式的研究角度和打通神话与中国文学宝库的关联，回归神话的文学本体研究都是有意义的工作，它的体系建构和操作程序就成了亟待解决的重要问题。

"中体西用"指的是在中国体制格局的前提下适当采用西方学术营养，并不意味着对西方学术要素的彻底剥离。好比使用那么几块来自西方的装饰琉璃，并不影响和改变一栋四合院建筑的中国风韵，相反会起到相得益彰的作用。

三、"它山之石，可以攻玉"

构建中国体系的文学神话研究来自两块"他山之石"的启发。一是神话原型批判理论的神话"移位"说，二是民间文学领域的主题学研究理论。两者的结合，就是本文中国神话的文学移位研究的理论杠杆。

首先，在神话研究的领域，一个重要的问题似乎被人们忽略：当神话结束它的历史使命，转而为一种历史的积淀和文学的素材时，神话原型的内蕴怎样在新的历史环境和变异载体中绽放出新的生命活力？按照弗莱的观点，在古代作为宗教信仰的神话，随着其信仰的过时，在近代已经"移位"即变化成文学，并且是各种文学类型的原型模式。①对此，张隆溪先生有过这样的描述：

> 弗莱吸收了人类学和心理学的成果，认为神话是"文学的结构因素，因为文学总的说来是'移位的'神话"。换言之，在古代作为宗教信仰的神话，随着这种信仰的过时，在近代已经"移位"即变化成文

---

① 参见［加］诺思洛罗·弗莱：《批评的剖析》，陈慧、袁宪军、吴伟仁译，百花文艺出版社1998年版。

学，并且是各种文学类型的原型模式。从神的诞生、历险、胜利、受难、死亡直到神的复活，这是一个完整的循环故事，象征着昼夜更替和四季循环的自然节律。弗莱认为，关于神由生而死而复活的神话，已包含了文学的一切故事……之所以只有一个故事，是因为各类文学作品不过以不同方式、不同细节讲述这同一个故事，或者讲述这个故事的某一部分、某一阶段：喜剧讲的是神的诞生和恋爱的部分，传奇讲的是神的历险和胜利，悲剧讲的是神的受难和死亡，讽刺文学则表现神死而尚未再生那个混乱的阶段。文学不过是神话的赓续，只是神话"移位"为文学，神也相应变成文学中的各类人物。[①]

在西方，《圣经》成为后代各种文学样式的文学海洋的母体和渊薮，《圣经》与后代文学的关联也引起历代学者的足够关注。然而在中国文学的研究领域，神话题材怎样在后代各类文学体裁中绽放出新的花蕾，神话如何向文学"移位"的？这些涉及中国文学发展过程的重大问题显然没有受到人们足够的关注，所以它理应成为神话的文学研究（而不仅仅是宗教学、民俗学和人类学）的重要课题。尽管神话已经消失，但神话的母题在繁花似锦的文学百花园和各种文化遗产中却获得了无限生机。当然，神话文学移位的走向和轨迹也要受到各种社会条件的制约和限制。神话题材和意象在文学移位过程中的盛衰消长正是后代社会各种价值观念取向的投影。搜索神话在后代文学作品中的身影，咀嚼其主题变异中的文化变迁意蕴，对于把握人类文化主题的走向，寻找中国文学深层的血脉根源，都具有十分重要的意义。

如果说原型批评的"移位"说为我们提供了一个宏观把握中国神话研究的路径视野的话，那么西方的主题学研究则为我们的中国式文学意义上的神话研究提供了具体的操作程序借鉴。主题学研究是近年来比较文学研究的一个分支。它强调从某一主题入手，打破时空界限，探索同一主题、

[①] 张隆溪：《诸神的复活——神话与原型批评》，《外国现代文艺批评方法论》，江西人民出版社1985年版，第146—147页。

题材、情节、人物典型等叙事文学单元在不同历史时期、不同民族作家笔下的不同处理。这个术语的提出虽然是由19世纪德国学者 F.史雷格尔和格林兄弟对民俗学的研究而肇始，20世纪70年代末才传入中国港台地区，80年代初才传入中国大陆，但实际上20世纪20年代顾颉刚、钟敬文等人所发表的部分民俗学研究论文，如钟敬文《中国与欧洲民间故事之相似》（1916），顾颉刚《孟姜女故事的转变》（1924）等已经与主题学研究不谋而合。自顾颉刚先生之后，我国的主题学研究基本上处于中断状态。自20世纪80年代以来，大陆学者在顾颉刚等人开创的研究基础上，吸收西方学者对于主题学研究的方法思路，对中国文学进行主题学研究，出现了许多可喜成果。尤其是王立的主题学系列研究在中国文学主题学的系统性方面取得了卓有成效的突破。

不过，主题学研究尽管对中国神话的文学移位研究很有参考借鉴价值，但不能完全照搬。其原因是，主题学的理论主要是依据和针对西方民间故事，对神话部分和东方的中国涉及较少，难以涵盖和揭示中国民间故事和神话。同时，国内的主题学研究也在一定程度上表现出对西学体系的依赖性和归属感。目前国内和西方关于中国民间故事主题学的研究基本上还是在西方主题学体系的樊笼之下来运行操作。主要表现为在民间故事类型索引的编制上完全照搬西方的"AT分类法"，如丁乃通的《中国民间故事类型索引》，在民间故事个案的研究上也主要集中在民间口头文学领域。鉴于此，主题学在中国叙事文学领域的应用需要另起炉灶，从头做起。另一方面，目前国内文学领域的神话研究主要偏重于民俗学和民间文学的角度。多数这方面的神话研究著作往往和民间文学传说风俗相贯通，而缺少与规模浩大的中国古代书面文学的联系贯通。这正是我们中国神话文学移位研究需要解决的重心问题。

四、故事类型研究的属性意义

我们的中国神话文学移位研究正是基于对以上各种问题的解决和调整，希望从中国学术体系重建的高度来审视把握这种研究角度和方法。

以"西体"为主导的20世纪中国叙事文学研究的重心是以小说戏曲为

中心的文体史研究和大量的作家作品研究。它所忽略和难以解决的中国叙事文学比较集中和普遍的是跨越各种文体和跨越若干作家作品的故事类型研究。因此，作为"中体"的核心构建就应该是对以故事类型为中心的中国叙事文学主流现象予以全面关注和认识解决。其核心主线是围绕故事类型来构想中国叙事文化学的研究体系和范式。

故事主题类型作为叙事文学作品的一种集结方式，具有单篇作品和文体研究所无法涵盖和包容的属性和特点。故事主题类型的核心构成要素是情节和人物及其相关意象。但它们与单一的相应范畴所指有所不同，它更需要注意的是同一要素不同阶段形态变异的动态走势。故事主题类型中的情节更多需要关注的是在同一主题类型中不同文本在情节形态方面的异同对比。因为只有清晰地厘定不同文本故事情节的形态差异，才能为故事主题类型的文化分析提供可能。与之相类，故事主题类型中的人物既要关注同一人物在该类型故事演变过程中的流变轨迹，也要注意该故事流变过程中各个人物形象的出没消长线索，从而为文化分析寻找契机。显而易见，它与单篇作品和文体研究所关注的情节人物最大区别就是离开了单一情节和人物，去关注多个作品中同一情节和人物的异同轨迹。正是这些情节和人物在不同作品中的变异轨迹，才能为整个该故事主题类型的动态文化分析提供依据和素材。

在故事主题类型中与情节人物同步相连的还有以该故事主题类型内容为意象，出现在诗文等非叙事文体中的典故等材料。以王昭君故事为例，像《明妃曲》等大量吟咏王昭君的诗文作品，与《汉宫秋》等叙事文学作品的昭君故事在题材上本属同一类型，但在以往的研究中它们被分割在戏曲研究和诗歌研究两个不同的领域。戏曲和诗文研究者一般不会去关注对方的文本中与自己的研究对象在题材和文化内涵上会有什么关联。然而，如果我们打破文体和单篇作品的壁垒，从故事主题类型的角度来观照与昭君故事相关的文献材料，就会理所当然地把《明妃曲》和《汉宫秋》等文体不同，各自独立的文本视为一个系列整体，梳理和把握其中的相关连接点，尤其是把《明妃曲》等诗文材料中的相关内容意象与《汉宫秋》等叙事文本的相关内容对照比勘，从中发现和挖掘诗

378

文方面的相关意象与叙事故事文本之间的异同和关联，为该故事主题类型的整体把握提供有效素材。

故事主题类型属性的最大特点就是对于文体和单篇作品范围界限的突破和超越。它的视野不再仅仅局限于小说、戏曲、诗歌、散文这些文体樊笼和单个作品的单元壁垒，而是把故事主题相关的各种文体、各样作品中的相关要素重新整合成为一个新的研究个案。同时，以故事类型为核心，牵连各种相关文学材料的集结方式具有明显的中国叙事文学呈现特征。所以，以故事类型为研究视角本身就是"以中为体"学术理念的明确体现。这样，也就为小说戏曲等叙事文体文学的研究打开了一扇新窗户，提供了一个新领域。

五、中国神话文学移位研究的具体构想

根据以上的思路和设想，我们把以中为体的中国叙事文化学分为两个互有关联的组成部分：第一，编制《中国叙事文学故事主题类型索引》；第二，对各个故事主题类型进行个案梳理和研究。

对于具备条件的故事主题类型，其个案研究操作程序大致有以下几个步骤：

首先，调动一切文献考据手段，对该故事主题类型进行地毯式的材料搜索。就其文体分布状况来说，应该以小说戏曲为主，同时兼顾史传、诗文、方志、通俗讲唱文学等一切与该故事主题类型相关的材料。在这个方面，"竭泽而渔"应该是此项工作不懈的坚定目标。因为这是个案的故事主题类型研究的全部基础，好比是厨师把需要烹饪的原材料采购进货到家。

其次，在对已经掌握的所有材料进行充分阅读的基础上，对该个案故事主题类型进行要素解析。其中分为外显的结构层面和内在的意蕴层面。结构层面是指那些通过文字阅读可以直接了解认知的外部可见的结构要素，包括情节、人物、背景与环境等。所谓要素解析工作主要是就某一要素（如情节或人物等）在该主题类型不同文本中的形态流变进行细致比勘。具体梳理出在同一要素线索中，相同者有哪些？相异者有哪些？比如在情节

和人物的演变中，哪些成分为一成不变，哪些为前后相异，等等，均须细致比勘清楚。这一步骤是对材料挖掘搜集工作的清理，也是为内隐层面的清理铺路奠基。

意蕴层面是指在对结构层面诸要素的观照把握和细致分析的基础上，对该个案故事主题类型中所蕴含的文化意义进行耙梳厘定。一个故事主题类型在其演变过程中，往往也涉及几个方面的文化要素。这些文化要素往往要随着文本形态在不同时代和作家手中的变化而呈现出动态的演进。研究者要对该文化侧面的全貌有基本了解，更要对这一文化侧面在该故事主题发展中的呈现有清晰地辨认。到了这一步，个案故事主题类型研究已经呈水到渠成之势了。

最后，对该故事主题类型的特色和价值做全局的归纳和提炼，并进入到具体成文的收尾阶段。其中最重要的就是在此前工作的基础上，对该故事主题类型进行故事演进过程所蕴含的核心意蕴进行归纳概括，提炼出能够贯通该故事全部材料和要素的核心灵魂，用以统摄全部研究过程，把握全部材料。

以上构想已经分别得到程度不同的落实和实践。其中作为《中国叙事文学故事主题类型索引》第一部分的《先唐叙事文学故事主题类型索引》已经编制出版①，大量个案故事主题类型研究也已经完成或正在进行当中。

作为这个整体构想的组成部分，中国神话的文学移位研究是中国叙事文化学的系列个案研究组群中的一个。它以重建中国叙事文学研究体系为使命，以中国叙事文化学研究为方法依托，旨在对中国神话各主要原型与中国古代文学的密切关联进行全面彻底梳理和研究，为中国神话乃至整个中国叙事文学研究摸索一点创新做法。

依据西方原型批评的代表人物弗莱有关神话"移位"为文学题材的观点和主题学研究，关注同一故事主题在不同时期和地域流传变异的方法，以个案故事类型为单位，对中国古代神话中的若干经典原型由神话传说逐

---

① 宁稼雨：《先唐叙事文学故事主题类型索引》，南开大学出版社 2012 年版。

渐转变为文学作品题材的过程进行挖掘梳理和分析研究，其中包括材料挖掘和文化分析两个部分。材料挖掘部分包括：各神话故事在后代小说戏曲等叙事文学中的题材表现和形态变异，该神话故事在后代诗文作品中作为典故的出现情况，以及该神话故事在后代的风物遗址及其相关传说等。文化分析部分包括对该神话故事在后代叙事文学作品中的形态变异状况，诗文典故使用的意向所指和风物遗址中的具体时代的文化蕴含进行深入研究和分析，尤其是挖掘分析神话移位为文学的过程中民族文化精神形成的内在轨迹。比如《女娲神话的文学移位》一题在充分掌握有关材料的基础上，应详细深入分析论述女娲神话中三个基本要素造人（含造物）、补天、女皇之治如何成为后代文学家展现天赋才华的用武之地，同时如何折射出封建父权社会对女权排异的痕迹。

在具体操作的程序上，首先坚持运用传统的文献考据学方法，将散见于浩如烟海的古籍中的该神话原型和主题故事材料以竭泽而渔的方式网罗殆尽；其次则是将该个案故事的丰富材料进行缕析梳理，寻找出其中各种故事要素的异同点，并从历史文化和文学嬗变的角度进行高屋建瓴的深入分析，为该个案故事流传过程中的变异现象寻找出合理的历史文化和文学自身的解释。以往的中国神话研究和主题学研究尽管成果可喜，但因为研究视角的不同，从文学和文化角度来研究神话有两个遗憾是需要解决和弥补的。一是材料的匮乏和缺失。无论是从广度上，还是从深度上，中国神话研究乃至中国文学主题学研究在材料发现和使用上都存在很多疏漏甚至硬伤。其中最为突出的问题就是某一神话原型在后代的文学"移位"过程中，各种体裁再现其题材原型的准确数字没有人做过精确或接近精确的统计。因而有必要下硬功夫、苦功夫对此予以最大可能的解决。二是有的放矢的思想文化意蕴和文学嬗变分析的薄弱。人类学的神话研究注重的是神话原型中的原始文化因子的内涵，有些包括神话研究在内的中国文学主题学研究则比较关注某种文学意象自身的文学特性。相比之下，神话原型在后代逐渐走入文学殿堂之后的轨迹的描述，以及这种形成和造成这种轨迹横向的社会文化和文学氛围的原因则没有受到应有的关注。以女娲为例，我们的视角与以往的人类学和主题学神话研究的根本区别就在于，不是立足于神话原型的"溯源"工作，而是把重心放在"探流"上。也就是主要探索女娲神话在后来不同时代的文学发展过程中，有哪些作家使用哪些文体再次搬演了这个题材？这种搬演受到了哪些社会文化和时代文学氛围的制约？它对于文学的进步发展起到了怎样的作用？等等。

神话移位为神话带来了无限生机，希望中国神话文学移位研究也能为中国神话乃至整个叙事文学研究也能带来新的生机。

原载《学术研究》，2014年第9期

关于个案故事类型研究的入选标准与把握原则

——中国叙事文化学研究丛谈之六（节选）

宁稼雨

摘要：中国叙事文化学个案故事类型研究的入选标准，可以从时间跨度、文本体裁覆盖面、文化意蕴分析要素这三个方面来权衡和制定。从个案故事类型的入选标准角度来看，以上三个方面在把握上还需要分清和处理好两方面的界限区别：一是能否入选为个案故事类型的研究行列，二是在可以入选研究的个案故事类型中，在研究规模的预估上会有怎样的差别。

关键词：个案故事类型；入选标准；把握原则

中国叙事文化学个案故事研究的根本任务，就是需要在摸清个案故事文本流传的基础上，对其形态异同变化情况做出文化文学解读分析。这个工作的前提条件就是相关文本材料能够足以支撑这种异同变化的分析解读。但并不是所有收入索引的故事类型都具备这个条件，因为故事类型索引是全面反映中国古代叙事文学故事类型的系统工具书，而所有被索引的故事类型在流传过程中存在多寡不一的情况：有的时间跨度长，相关文献材料多；有的流传时间有限，文本产生比较少。文本材料多的用来做个案故事类型研究比较得力从容，而文本愈少，就愈有无米下锅之感。所以，需要在全部故事类型索引库存中遴选适合进行个案分析研究的故事类型。个案故事类型遴选是一个跨度大、相对性强和难以把握的工作。从个案故事类型研究对文本材料的占有需求来说，当然是多多益善，所以其上限是无限极的。但是其下限就相对比较棘手。有的故事只有一两条材料，基本上没有个案故事研究价值，除了这类故事大致可以忽略外，其他故事的文献材料多寡不一，把握上有很大的弹性。大致可以从以下几个方面考虑其入选条件。

一、关于文本流传的时间跨度

时间跨度是衡量判断个案故事类型入选程度的重要条件因素。中国古代的悠久历史给很多叙事文学故事流传提供了漫长的时间舞台，而且这个舞台并非千篇一律，而是形态各异。第一种情况是故事流传时间长，文本材料丰富的大餐盛宴。一般来说，故事文本时间跨度越大，入选条件就越充分。一些经典故事类型都有时间的浓重度，像孟姜女故事始自春秋战国，两千多年间生成数以万计以此为题材的文学作品。对于这类故事来说，材料多少以及相应入选已经不是问题，最大的问题是因为材料丰厚而难以穷尽。第二种情况是故事流传时间长，但各时代文本流传不均衡，有时甚至有一定的时间断裂情况。像项羽故事，其文本强盛时期是在汉代（《史记》与《汉书》），魏晋以降材料逐渐消歇稀少，至现当代则又异军突起，大放异彩。这一类故事内容虽然不及第一种丰厚，但只要文本材料够一定数量，也能自张一军，形成有特色的个案故事类型。第三种情况是故事流传时间相对比较短，但材料却相对丰富。这种故事一般是宋代以后出现的传说故事，像说岳故事、杨家将故事以及水浒英雄传说故事等都在此列。这类故事时间和材料都相对比较集中，操作上也相对便利。以上三种情况辨识程度比较高，漏选的可能性也相对小些。而较难把握的是第四种情况：故事流传时间相对短，相关材料也较有限。属于这种情况的大多发生在明清时期。明清时期不仅是叙事文学的高产期，也是很多笔记文学的繁荣期。其中有两类故事很难入选个案故事类型，一是部分文人独创的小说戏曲作品，二是部分文言笔记小说故事，二者都因为有很多缺乏演绎再生效应的独立故事，没有足够的系列文本材料支撑，无法进行故事源流演变研究。以《聊斋志异》为例，其中有些故事或者有本事来源，或者有戏曲等叙事文学形式进行搬演再生，如"聊斋戏"等，这些故事入选个案故事类型没有问题。但也有些故事既无本事来源，也无搬演再生的续作，这类孤立故事虽然也是一个叙事文学故事类型，但没有系统的源流演变研究可能，无法入选可研究类型。

二、关于文本流传的体裁覆盖面

中国叙事文化学个案故事类型研究的主要任务是对故事类型做故事演变的文本梳理和文化分析。那么文本的样貌不仅有时间跨度问题，也有体裁覆盖面的问题。从叙事文学自身的叙事性质来说，叙事文学体裁应该是个案故事构成的主体，其他如抒情文体和史传文体等应该作为附庸相伴。但事实上在叙事文学故事流传过程中各种情况参差不齐，大致包括以下几种类型：

一是规模大、覆盖全的经典故事类型。最理想的是一些经典的叙事文学故事类型，它们在体裁覆盖方面有充分的示范效应。如王昭君故事从汉代开始盛演不衰，体裁样式也是应有尽有。从《汉书·元帝纪》的史传开篇，后代几乎所有的叙事抒情文学体裁都有描写昭君故事者。其中比较著名的就有笔记小说《西京杂记》中的"画工弃市"、托名蔡邕的诗歌《琴操》、敦煌变文《王昭君变文》、王安石诗歌《明妃曲》、马致远杂剧《汉宫秋》、清代雪樵主人的章回小说《双凤奇缘》等。类似情况还有嫦娥故事、女娲故事、孟姜女故事、《西厢记》故事等。这种情况尽管比较理想，但实际数量不是很多。

二是规模和覆盖面都属中流的故事类型。这些故事类型有一定体裁覆盖面，而且其中叙事文体与抒情文体搭配也大致均衡，只是规模不大，算是中规中矩的个案故事类型。像绝大多数唐传奇名篇故事都能在原作基础上被后人改编为戏曲和讲唱文学作品，如《虬髯客传》演绎成为较多的"风尘三侠之红拂女"叙事文本，这种情况应该是个案研究的主体和多数。

除了以上两种情况外，其他故事在文本体裁覆盖面上或多或少都存在一些缺失。

三是规模大、文本多，但相对于其规模和影响来说，缺少作为构成故事类型主体中坚的叙事文学体裁文本。如项羽故事、张良故事、汉武帝故事、苏轼故事等，规模和影响都不可谓不大，但都缺少以该故事主人公为核心角色形象的重头戏叙事文学文本。从规模上来看，涉及这些人物的叙事文学作品也很多，但这些人物在作品中只是过场人物，不是贯穿始终的主人公。像很多有关西汉演义的历史演义故事文本中都有关于项羽、张良、汉武帝等人的故事情节，由于历史演义小说的体制所限，他们在其中只是部分时段出现的过场人物。和前面两种类型相比，这种情况虽然不够圆满，但因为其规模大、影响大，所涉文本体裁覆盖面也很广，所以并不影响其作为个案故事类型研究的价值。

四是有一定影响，但规模不大、文本不多，尤其缺少叙事文学体裁文本。像娥皇、女英故事只是在《九歌》《史记》《博物志》等相关神话记载中有过简单的记录，后代缺少成形的叙事文学文本，其故事的演绎主要体现在作为诗文典故的应用上。类似者还有扬雄《蜀王本纪》所记"望帝杜鹃"故事，《宋书》和《旧唐书·乐志》所载莫愁女故事，影响较大，但缺少完整的小说戏曲文本演述，只是以大量的诗文典故形式流传。这类故事在文本体裁覆盖面上有一定局限，很难形成有规模的大研究项目，但不妨碍做单篇论文进行个案研究。

原载《天中学刊》2015年第4期

目录学与故事类型的文献搜集

——中国叙事文化学研究丛谈之七（节选）

宁稼雨

摘要：与中国古代叙事文学故事类型研究相关的文献大体包括：历代正史目录学著作，带有目录学性质的笔记，明清时期小说戏曲书目，现代人所著通俗小说戏曲与讲唱文学目录，现代人所著文言小说书目以及现代人所编综合性小说书目。对这些文献予以梳理、归纳，可以给故事类型研究和一般的中国古代叙事文学的文献搜集工作提供一些方法和途径上的帮助。

关键词：目录学；故事类型；文献搜集

按照中国叙事文化学研究的总体构想，个案故事类型研究的起步工作应该从文献材料的搜集做起。文献搜集的首要工作就是从目录学入手，摸清与该故事类型相关的文献家底。

叙事文化学研究与传统小说戏曲同源研究最大的不同就是它超越了小说戏曲这两种主要的叙事文学文体，把研究视野扩大到跟每个故事类型相关的任何文体的任何文献材料。这就需要对相关的各种文体各种文献材料进行系统的挖掘梳理，而通过目录学来查找各种文献的线索又是必需的渠道。其主要任务包括两个方面：一是通过已知书名查找该书著录年代和版本存佚情况，掌握该书基本文献信息；二是对未知书名者通过目录学著作的相关类目查询，掌握更多与同一故事类型相关的文献材料。

做文献材料工作是所有文史研究的必要起点，但各个学科领域在材料搜集方面又有自己的特殊性。从这个意义上看，故事类型研究的文献工作既有与一般文史研究的文献搜集相同之处，也有自己的一些独特方法。这里先从目录学入手，观察故事类型研究的文献搜集工作的一般性和特殊性所在。与其他文史研究一样，目录学对故事类型研究最基本的作用就是"辨章学术，考镜源流"。在这方面，作用比较大的仍然还是传统的正史艺文志（经籍志）和重要私家藏书目录。同时，近现代以来几代学者共同鼎力协作，在古代叙事文学目录学方面取得重大进展，也给叙事文学故事类型的文献搜集提供了很大便利。

一、正史艺文志（经籍志）与故事类型文献

历代正史目录学著作是中国文化典籍记录的重要窗口。从《汉书·艺文志》开始，历代正史大多设有"艺文志"或"经籍志"，用以著录当时的文献典籍。这些类似当时全国总书目的文献是人们了解相关历史文化的门径，其中也包括各种故事类型。但一般的文史研究与故事类型研究二者在正史目录学文献的使用上是同中有异的，即通过已知书名查找故事类型相关文献，这个途径和方法与一般文史研究是一样的（如通过四角号码或笔画音序查找书名）；然而故事类型研究的独特之处主要表现在对未知书名文献的查找搜集上。

历代正史目录学著作体例大致相似，类目设置也是大同小异。沿着与某些故事类型相关的类目名称按图索骥，有可能产生连锁反应，连带找到相关材料。这里主要指历代正史目录所收录的与叙事文学相关的典籍文献。

由于传统文化观念的偏见，历代正史中通俗白话小说和戏曲作品大抵不能登堂入室，那么在正史目录中生存的叙事性文献阵营也就只能缩减到部分文言笔记小说和相关杂史野史中了。这些文献在正史目录中的主要存在类目为子部和史部。子部以小说家类为主，杂家会偶尔兼及。史部则分布在野史、杂史、杂传等门类当中。与通俗白话小说和戏曲文学具有显著的叙事文学特征不同，这些文言作品的作者大抵为正统官僚或文人雅士，其内容大多比较驳杂，但的确涉及很多与故事类型相关的文献材料。这是

通过目录学渠道查找故事类型文献材料的重要方面。

另外，由于《二十四史》中并非全部设立"艺文志""经籍志"，所以对其中空缺诸史的文献目录著录问题不能忽略。好在清代学者对各空缺经籍志、艺文志做过研究考订，这些资料可见于《二十五史补编》（全6册，中华书局1998年版），方便使用。

二、带有目录学性质的笔记

笔记是一种包罗万象的文体，虽然其作者基本也是正统文人雅士，但笔记既没有"文以载道"的责任，也没有"诗以言志"的宏图，笔记只是文人雅士的消遣方式，其中留有很多他们在官场和正统诗文作品中不便记录和表达的内容。另外，由于通俗小说、戏曲和讲唱文学等通俗文学形式在官方正史艺文志（经籍志）中难以登堂入室，因而留下很大的目录学缺口。而笔记中对于各种通俗文学样式的零星记载，却能在一定程度上弥补这一缺失。所以，查找搜集故事类型的文献材料，不能忽视相关笔记。这些笔记主要有：

1.南宋吴自牧著《梦粱录》，20卷。该书记录南宋都城临安（今杭州）的城市风貌，内容丰赡翔实。该书卷二十《伎乐》《百戏伎艺》《角抵》《小说讲经史》诸条中记录大量南宋时期都城临安讲唱与各种技艺表演的内容，包括表演艺人姓名、表演内容名称等，其中有若干材料具有叙事文学目录学的补缺作用。如《陈平六奇解围》《复华篇》《中兴名将传》等，可以作为汉书故事和杨家将故事流传的有用信息。

2.南宋周密著《武林旧事》，10卷。该书详细记载了当时的宫廷制度旧闻、山川自然和市井风俗，其中不乏戏曲史料。如卷六"诸色伎艺人"条著录了演史、杂剧、影戏、角抵、散耍等55类521位名艺人的姓名或艺名，卷十"宫本杂剧段数"门著录280本杂剧剧目，对于文学、艺术和戏曲史的研究，尤为珍贵。如所著录"莺莺六幺"等官本杂剧虽已失传，但可了解相关故事的流变轨迹。以"莺莺六幺"为例，尽管这只是杂剧名称，没有留下故事内容，但这个名称却给"西厢"故事的发展历程提供了阶段性的痕迹证明。它足以说明，在南宋时期，"西厢"故事已经在勾栏瓦肆广泛讲唱演出，是《莺莺传》和"董西厢""王西厢"之间重要的故事演变阶段。

3.南宋罗烨著《醉翁谈录》，全书10集，每集2卷，计20卷。卷首"舌耕叙引"中"小说引子"和"小说开辟"两部分，对话本小说的创作经验和说书艺人的艺术修养、表演手法等作了全面总结，并将话本小说分为灵怪、烟粉、传奇、公案、朴刀、杆棒、神仙、妖术8类，每类列举若干小说名目，共109种，为话本小说研究的珍贵材料。正文多摘录、转引旧籍，除小说作品外，还包括一些诗词杂俎。书中辑录小说虽多，但篇幅普遍较短，仅存故事梗概。所录故事多为宋代市井盛传者，有些为后代拟话本小说的蓝本，故具有重要的目录学价值。

4.元末明初陶宗仪著《辍耕录》，30卷，全称《南村辍耕录》。书中杂记见闻琐事，内容丰富，兼有史料与文学价值。所收史料对了解元代典章制度、风物沿革等均有裨益。所记元代文学家、戏曲作家与演员事迹及戏曲名目等，不乏目录学信息，尤为治文学史、戏曲史者所重。其小说部分多记宋末以来朝野轶闻，以反映战乱者较为可观。

5.明沈德符《万历野获编》。该书记述起于明初，迄于万历末年，内容包括明代典章制度、人物事件、典故遗闻、社会矛盾、民族关系、对外关系、山川风物、经史子集、工艺技术、释道宗教、神仙鬼怪等诸多方面，尤详于明朝典章制度和典故逸闻。也有相当一部分内容提到了讲唱文学与小说话本的名称、名录。卷二十五《杂剧院本》条在概述和辨析当时杂剧院本流传数目的基础上，还详细列举明代各类杂剧院本名称如《王粲登楼》《韩信胯下》《关大王单刀会》《赵太祖风云会》等20余种，向来为研究杂剧目录学者所重。

原载《天中学刊》2016年第3期

中国叙事文化学与"中体西用"范式重建

宁稼雨

摘要： 本文认为，20世纪以来的中国学术范式基本上是近代以来西方文化传入中国后在"全盘西化"文化价值观影响下"西体中用"文化价值观的产物。这一范式在中国古代叙事文学研究中表现尤为明显。通过反思"西体中用"背景下叙事文学研究范式的局限，并分析中国叙事文化学弥补其局限的作用所在，本文旨在对"中体西用"文化价值观作用下中国叙事文化学研究的体系重建做摸索尝试，为结束"西体中用"为主导的传统学术范式尽绵薄之力。

关键词： 中国叙事文化学；中体西用；范式

近些年来，笔者就中国叙事文化学研究范式提出了一些对传统叙事文学研究领域另辟蹊径的想法，通过实践取得了一些初步成果。随着认识的不断深化，笔者对中国叙事文化学的学术史意义有了新的思考。因20世纪以来"全盘西化"影响下的中国学术体系经过百年实践，已经不断暴露出各种问题和局限，需要用中学体系对其加以调整和改造。中国叙事文化学就是这种调整改造的尝试之一。

一

四年前，我在《木斋〈古诗十九首〉研究与古代叙事文学研究的更新思考》一文中说过：

从 1904 年王国维发表《红楼梦评论》一文和 1913 年他完成《宋元戏曲考》到今天，已经是百年历程了。如果说这两部论著是中国古代小说和戏曲从以往的评点式研究走向现代学术范式的转折点的话[①]，那么现在是否有理由提出这样的问题：《红楼梦评论》和《宋元戏曲考》所开创的所谓现代学术范式的基本内涵和主要特征是什么？百年之后，这种范式是否已经凸现出某些不足或局限？这些不足和局限是否应该由新的学术视角来取代或补充？什么是扮演这种取代或补充那些传统范式的有效视角？[②]

从这个思路出发，笔者将自己提出的中国叙事文化学置于补充 20 世纪以来以王国维、鲁迅为代表的叙事文学研究范式的高度来认识，并从这个角度来理解木斋先生关于《古诗十九首》研究的学术更新意义。

现在笔者对此问题的认识又有所深入，认为一百年前王国维、鲁迅为代表的叙事文学研究范式的形成不是一个孤立的现象，是近代以来西方文化影响整个中国学术界的一个缩影和局部结果，是一个历史的必然归宿。事实上，20 世纪以来中国学术的转型起步都是在这个大幕下开始演出的。这个演出的核心特质就是全面把西方文化背景下学术的体系移入中国，全面推行西方学术的体系格局。这就是西方文化盛行潮流在学术领域的表现。

从鸦片战争以来，随着外国物质与精神文化的传入，中国闭关锁国局面的崩溃，中国在走向未来的过程中，对中国本土文化与西方外来文化的价值厘定和取用态度成为人们相当关注的话题。以辜鸿铭、梁漱溟为代表的全面复古思潮，以陈序经、张东荪为代表的全盘西化思潮，以张之洞、战国策派为代表的中西合璧思潮是当时文化价值论战的主要派别。

就三派观点的科学性和真理性而言，笔者以为难分伯仲。但现实的结

---

① 参见刘方、孙逊：《中国古代小说研究现代学术范式的历史生成》，《文艺研究》2007 年第 12 期。

② 宁稼雨：《木斋〈古诗十九首〉研究与现代叙事文学研究的更新思考》，《社会科学研究》2010 年第 2 期。

果无疑是全盘西化派占了上风。这个结果与其说是中国人自觉理智的选择，不如说是外表强大压力之下的被动畏惧反应。除了坚船利炮之外，西方物质文化的很多方面都对当时国人产生了强烈冲击和震撼。①不管是否愿意，包括学术在内的西方文化各个方面很快风靡席卷中华大地。20世纪以来中国文化律动的基本走向就是西方化——学术也自然在内。

以哲学为例，哲学（philosophy）本是西方的名词，在中国古代汉语词汇中，罕有与其对应的词，但近代以来人们却一直使用这个词来指代古代的哲人典籍。这是"西学东渐"以后受西方学术影响的结果。在大量西方哲学论著传入中国之后，国人开始套用西方哲学史的体系框架来构建中国哲学史。冯友兰在其《中国哲学史》序言中说："哲学本一西洋名词，今欲讲中国哲学史，其主要工作之一，即就中国历史上各种学问中，将其可以西洋所谓哲学名之者，选出而叙述之。"于是他按照西方的哲学概念，指出现代意义上的哲学史包括宇宙论、人生论、知识论的发展历史，并且按照这个体系框架设计了他的《中国哲学史》，是为西方文化潮流下的学术演变之一隅。

文学史的情况也是如此。在中国人自己写文学史之前，现存最早的几部中国文学史都是外国人写的。它们分别是：日本学者古城贞吉出版于1897年的《支那文学史》②，日本学者笹川种郎出版于1898年的《支那历朝文学史》③，英国翟理斯1901年出版于伦敦的《中国文学史》和德国顾路柏1902年出版于莱比锡的《中国文学史》。中国人自己写的中国文学史最早出版于1904年和1907年，分别是窦警凡的《历朝文学史》和林传甲的《中国文学史》。由此得出，外国人在文学史这一学科领域的框架模式，深深影响着中国人的文学史写作。王国维和鲁迅所开启的以小说戏曲为主体的中国叙事文学研究范式，也是在此大背景下生成的。

笔者在《故事主题类型研究与学术视角换代——关于构建中国叙事文

---

① 据说湘军名将胡林翼的死因就是在长江见到两艘洋船能够逆流而上，迅如奔马，于是变色呕血，几乎堕马，不久身亡。

② 该书中译本1913年由开智公司印行，名为《中国五千年文学史》。

③ 该书中译本1903年由上海中西书局印行，名为《历朝文学史》。

化学的学术设想》①一文中，曾将王国维和鲁迅开创的20世纪叙事文学研究范式要点总结为两个方面：一是文学体裁研究，二是作家作品研究。其主要依据就是他们的经典研究论著本身所产生的示范效应。王国维发表于1904年的《红楼梦评论》号称是中国第一篇用西方学术理念和方法写成的现代意义上的学术论文。该文篇幅不长（总共不到15000字），但采用西方科学著作的结构方式，分为五章。在尼采、叔本华悲剧哲学的理论背景下，从人生悲剧问题转入《红楼梦》所体现的悲剧精神，环环相扣，鞭辟入里。该文一出，立成标杆，引领20世纪以来的学术论文写作潮流。与此相类，王国维的《宋元戏曲史》和鲁迅的《中国小说史略》也完全采用西方学术著作的结构布局，以年代先后为顺序，以文体产生演变发展为主线，第一次系统勾勒出中国古代戏曲小说的整体框架轮廓，并且确定了20世纪以来戏曲小说文体研究的格局范式。

从这个范式形成和内涵性质来看，毫无疑问，它是在"全盘西化"文化背景下受古代叙事文学研究领域制约掣肘的结果。在一个世纪之后，这种西方文化背景规定下的学术范式是不是永久恒定的定律，以及有没有重新审视乃至更新换代的理由和必要等问题，显然应该是21世纪国际国内各方面形势发生重大转折变化后摆在中国学人面前的重要课题。

二

20世纪上半叶中西文化价值论战的结果，大体上以"全盘西化"占上风并导致文化和学术的西方化为终曲定格，并延续至今。回顾鸦片战争以来的文化论战，复古思潮、全盘西化思潮、中西合璧思潮虽然各有道理，但无论是出于民族情感，还是学理逻辑，以"中体西用"为核心取向的中西合璧思潮最有理由胜出。可事与愿违，闭关锁国政策和传统大相径庭的"全盘西化"思潮大胜。这个胜利与其说是思潮学理的胜利，不如说是炮舰和政局变化的作用。两次中西合璧文化思潮不但思想

① 宁稼雨：《故事主题类型研究与学术视角换代——关于构建中国叙事文化学的学术设想》，《山西大学学报》2012年第3期。

合理，而且与中国社会需求密切相关。第一次是洋务运动。以张之洞为代表的洋务派提出的"师夷之长技以自强"理念，是典型的"中体西用"思想。但是甲午战争的惨败同时宣告了洋务运动的失败，也就意味着洋务派"中体西用"思想的寿终正寝。第二次是战国策派思想的提出。20世纪40年代是中国人民抗日战争艰苦卓绝的时刻。战国策派出于重建民族自信心的动力，希望从中西文化的交汇上寻找振兴中国文化的途径。战国策派不但力主"恢复战国以上文武并重的文化"，而且还主张用尼采的意志哲学中的权力意志和英雄崇拜来淘汰中国传统文化中的消极懦弱精神。①这些观点即便在今天看来仍然振聋发聩。但由于抗战结束后国内陷入内战，又继以新中国成立后文化层面的多番曲折探索，战国策派的中体西用主张也未脱夭折的命运。中体西用与中西合璧文化价值取向的失利必然导致学术领域向西方学术理念的靠拢和换血，最终用西方学术理念构筑一个全新的学术体系。无论是中国哲学史、中国文学史的开局，还是以王国维、鲁迅为代表的中国叙事文学研究范式，都是当时中国这个大背景下的必然选择和必然归宿。

不难看出，这两次中西合璧文化思潮本身没有过错，是生不逢时。造成它们夭折的原因来自两个方面，一是近代以来国势屡弱、饱受外侮的半殖民地惨状；二是自五四运动以来全盘西化文化思潮作用下对传统文化的否定和抛弃。

如果以上描述和分析能够成立，那么就有充足理由进行这样的反思：当下中国国势已经发生翻天覆地的变化，西方列强瓜分中国、强权干预中国内政文化的时代已经不复存在。随着这个形势的变化，在文化价值判断选择上，中国传统文化和国学热强势复兴。处在这个环境背景之下，学术界已经没有理由抱住全盘西化背景下定制出来的学术范式永不思变了。

自1949年以来，从党和国家领导人到各种媒体使用频率很高的一个声音便是中国人民站起来了，重新当家作主了。这当然是好事，但人们在欢呼政治主权的恢复的同时似乎没有深入反省文化和学术独立自主的恢复与

---

① 参见雷海宗：《中国的文化与中国的兵》，岳麓书社1989年版。

建立问题。如果上述关于20世纪以来中国叙事文学研究的回顾对该命题已经足以管中窥豹、一叶知秋的话，那么进入21世纪后，中国叙事文学研究的本位复归就是十分必要而且迫切的任务了。

综上，在政治层面的"当家作主"已经半个多世纪之后，反思文化价值和学术话语权的独立自主已经是刻不容缓的重要问题了。

三

关于重新审视并从更新换代的意义上对20世纪以来学术范式进行翻新再造的问题，笔者以为目前学界存在三种情况。一是没有意识，也没有实践。二是有实践，没有意识，或者意识不够。三是有实践，有意识。以我粗略估计，前两者约有十之八九，后者不过十之一二。

理查德·罗蒂曾在其《偶然、反讽与团结》中提出的"真理是被语言制造出来的，而非被发现的"观点，笔者虽不能完全赞同，但笔者认为他所提出的语言对于制造真理所具有的巨大潜在能量的认识对于学术视野的扩大和深化确实会起到很大的启发促进作用。如果说学术的根本使命在于追求真理、证明真理的话，那么无论真理是被制造的，还是被发现的，学术对于真理的阐释和证明的功能都是无可替代的。

就古代文学研究领域而言，近代以来的西方文化影响主要来自三个方面，一是鸦片战争以来西方近代文化背景下的学术理念范式，二是受马克思列宁主义影响的意识形态学术范式，三是20世纪80年代后当代西方哲学思潮背景下的学术方法。平心而论，这三个方面对中国大陆古代文学研究界的确起到很大的推动更新作用。甚至可以说，没有这三个方面的营养输入，中国古代文学研究难以成为现今的样貌。

然而经过百年的摸索尝试，我们不得不承认，长期靠外来输血，没有自我造血机能，就无法成为健康的"独立人"。如同大块牛排奶油面包固然可以一时填饱中国人的胃，但用不了多久就要消化不良，还是要用稀粥面汤蔬菜之类才能调理使脾胃舒健。无论是西方近代学术范式、马克思主义意识形态学术范式，还是当代西方哲学思潮派生的学术范式，都已经在百年实践中一边影响中国学术，一边显露出自身与中国本土学术的龃龉不合之处。饱受三段西方学术范式灌输的中国学术，已经严重消化不良，亟待重新定位，找回本体，再度重生。

反观20世纪以来受三段西方学术文化思潮影响规定的学术范式理念，复归"中体西用"学术道路，是21世纪中国学人责无旁贷的使命。笔者认为，从这个角度和高度来认识近些年来很多学术创新的历史价值，不仅能够正确认识到这些研究本身的创新价值，而且能够更加明确地提示学界反思20世纪西方各种文化思潮作用下的西体中用学术范式局限，寻求新世纪中国体系的学术范式。

中国叙事文化学的提出也是基于这种思考。以西方学术思潮为主体框架构建起来的以王国维、鲁迅为代表的20世纪中国叙事文学研究范式，基本上是小说、戏曲的文体史及作家作品研究。这个研究取代了以往小说戏曲领域零散批评和评点式研究，把中国叙事文学研究融入世界叙事文学研究的轨道，可谓功莫大焉。但随着叙事文学研究的深入，文体史和作家作品研究就逐渐暴露出它与中国叙事文学本身的固有本质间存在隔阂，因而有削足适履和隔靴搔痒的局限。

如前所述，以"西体"为主导的20世纪中国叙事文学研究的重心是以小说戏曲为中心的文体史研究和大量的作家作品研究，然而它所忽略和难以解决的是中国叙事文学比较集中和普遍的跨越各种文体和若干作家作品的故事类型研究。因此，作为"中体"的核心构建就应该是对于以故事类型为中心的中国叙事文学主流现象予以全面的关注。为此，我们计划对中国叙事文学研究做一次较为彻底的改革。其核心主线是围绕故事类型来构想中国叙事文化学的研究体系和范式。

故事主题类型作为叙事文学作品的一种集结方式，具有单篇作品和文体研究所无法涵盖和包容的属性和特点。

故事主题类型的核心构成要素是情节和人物及其相关意象。但它们与单一的相应范畴所指有所不同，它更需要注意的是同一要素不同阶段形态变异的动态走势。故事主题类型中的情节更多需要关注的是在同一主题类型中不同文本在情节形态方面的异同对比。因为只有清晰地厘定不同文本故事情节的形态差异，才可能进行故事主题类型的文化分析。与之相类，故事主题类型中的人物既要关注同一人物在该类型故事演变过程中的流变轨迹，也要注意该故事流变过程中各个人物形象的出没消长线索，从而为文化分析寻找契机。显而易见，它与单篇作品和文体研究所关注的情节人物最大区别就是超越了单一情节和人物，去关注多个作品中同一情节和人物的异同轨迹。正是这些情节和人物在不同作品中的变易轨迹，才能为整个故事主题类型的动态文化分析提供依据和素材。以著名的《西厢记》故事类型为例，除了大量与西厢故事有关的诗词散文和通俗讲唱文学之外，最能代表西厢故事类型发展演变阶段特征的作品至少有三种：文言传奇小说《莺莺传》、诸宫调《西厢记》、元杂剧《西厢记》。按照20世纪以来的文体史和作家作品的研究模式，这三部作品分别属于不同的文体体裁阵营，对它们的研究也就自然形成三个不同的营垒。然而它们相互之间所构成的"西厢"故事类型系统却没有成为研究的重心和主角。

在故事主题类型中与情节人物同步相连的还有以该故事主题类型内容为意象，出现在诗文等非叙事文体中的典故等材料。以王昭君故事为例，像《明妃曲》等大量吟咏王昭君的诗文作品，与《汉宫秋》等叙事文学作品的昭君故事在题材上本属同一类型，但在以往的研究中它们被分割在戏曲研究和诗歌研究两个不同的领域。戏曲和诗文研究者一般不会去关注对方的文本中与自己的研究对象在题材和文化内涵上会有什么关联。然而，如果我们打破文体和单篇作品的壁垒，从故事主题类型的角度来观照与昭君故事相关的文献材料，就会理所当然地把《明妃曲》和《汉宫秋》等文体不同、各自独立的文本视为一个系列整体，梳理和把握其中的相关连接点，尤其是把《明妃曲》等诗文材料中的相关内容意象与《汉宫秋》等叙事文本的相关内容对照比勘，从中发现和挖掘诗文方面的相关意象与叙事故事文本之间的异同和关联，为该故事主题类型的整体把握提供有效素材。

故事主题类型属性的最大特点就是对于文体和单篇作品范围界限的突破和超越。它的视野不再仅仅局限于小说、戏曲、诗歌、散文这些文体樊笼和单个作品的单元壁垒，而是把故事主题相关的各种文体、各样作品中的相关要素重新整合成为一个新的研究个案。这样，也就为小说戏曲等叙事文体文学的研究打开了一扇新窗户，提供了一个新领域。

小说和戏曲固然是中国古代叙事文学的主要文体构成要素。但文体要素只是叙事文学的外显形态，其内在实体是"故事"这一叙事文学本质属性的所在。这一本质属性的集中体现就是以故事类型为核心，以各种文体文本为载体的叙事文学发展形态。"王昭君故事""西厢故事""杨贵妃故事"等大批由各种文体文本组成的故事才是中国叙事文学的内在实体。

如果以上描述能够成立，那么文体史和作家作品的研究就会暴露出它们对于故事类型这一中国叙事文学内在实体的忽略和疏离。显而易见，一个故事类型通常要跨越若干朝代，跨越若干文体，跨越若干作品的集体整合现象。如果只是把研究目光只盯在一种文体或一部作品上，那么对于一个完整的故事类型来说，无疑就会产生忽略甚至割裂的效果，离开故事类型这一最能体现中国叙事文学内在实体价值的研究局面。而造成这一结果的根本原因就是以西方文学研究体系中文体和作家作品为核心取向的范式引入。所以，从文体史和作家作品研究回到故事类型研究既是对传统的文体史和作家作品研究的补充和更新，更是对于20世纪以来"西体中用"学术格局的颠覆和对于21世纪"中体西用"学术格局的追求和探索。

四

根据以上的思路和设想，我们把以中为体的中国叙事文化学分为两个互有关联的组成部分：第一，编制"中国叙事文学故事主题类型索引"，第二，对各个故事主题类型进行个案梳理和研究。

对于具备条件的故事主题类型，其个案研究操作程序大致有以下几个步骤：

首先，调动一切文献考据手段，对该故事主题类型进行地毯式的材料搜索。就其文体分布状况来说，应该以小说戏曲为主，同时兼顾史传、诗文、方志、通俗讲唱文学等一切与该故事主题类型相关的材料。在这个方面，"竭泽而渔"也许只是理论上的奢望，但应该是此项工作不懈的坚定目标。因为这是个案的故事主题类型研究的全部基础，好比是厨师把需要烹饪的原材料采购进货到家。

其次，在对已经掌握的所有材料进行充分阅读的基础上，对该个案故事主题类型进行要素解析。其中分为外显的结构层面和内在的意蕴层面。

结构层面是指那些通过文字阅读可以直接了解认知的外部可见的结构要素，包括情节、人物、背景与环境等。所谓要素解析工作主要是就某一要素（如情节或人物等）在该主题类型不同文本中的形态流变进行细致比勘。具体梳理出在同一要素线索中，相同者有哪些？相异者有哪些？比如在情节和人物的演变中，哪些成分为一成不变，哪些为前后相异等等，均须细致比勘清楚。这一步骤是对材料挖掘搜集工作的厘清，也是为内隐层面的清理铺路奠基。

意蕴层面是指在对结构层面诸要素的观照把握和细致分析的基础上，对该个案故事主题类型中所蕴含的文化意义进行耙梳厘定。一般来说，一个故事主题类型在其演变过程中，往往也涉及几个方面的文化要素。这些文化要素往往要随着文本形态在不同时代和作家手中的变化而呈现出动态的演进。研究者一方面要对该文化侧面有基本的了解，更需要对这一文化侧面在该故事主题发展中的呈现有清晰的辨认。到了这一步骤，个案故事主题类型研究基本上已经呈水到渠成之势了。

最后，对该故事主题类型的特色和价值做全局的归纳和提炼，并进入到具体成文的收尾阶段。其中最重要的就是在此前工作的基础上，对该故事主题类型进行故事演进过程所蕴含的核心意蕴进行归纳概括，提炼出能够贯通该故事全部材料和要素的核心灵魂，用以统摄全部研究过程，把握全部材料。

以上构想已经分别得到程度不同的落实和实践。其中作为"中国叙事文学故事主题类型索引"第一部分的《先唐叙事文学故事主题类型索引》[①]已经编制出版，大量个案故事主题类型研究也已经完成或正在进行当中。

20世纪以来西方文化思潮影响下形成的中国现代学术体系已经伴随

---

① 宁稼雨：《先唐叙事文学故事主题类型索引》，南开大学出版社2011年版。

我们走过了一个世纪的历程。由于它对中国学术的现代化转型产生过至关重要的作用，无论是从功用的角度，还是惯性的作用，人们对它一时难以割舍是情理之中的。但是，如同儿童身体成长了，衣服也要随之变大一样。我们跨入21世纪已经十多年了，已经没有理由继续固守西方模式的学术范型。

当然，沿用一个世纪的学术范式要想改弦易辙绝非易事。除了在观念上难以快速更新换代外，一整套的学术范式更新不仅需要理论层面的逐步深入探讨，还需要很多技术层面的具体构想。不能奢望一篇文章解决所有的问题。笔者希望自己的任务是把固结的冰层凿开一道裂缝，呼唤大型破冰船的到来和引渡。笔者将自己的中国叙事文化学构想和研究视为凿破冰层的先期尝试，从而能激发更多的人产生这种"破冰意识"，共同打造新世纪中国体系的学术范式。

原载《南开学报（哲学社会科学版）》2016年第4期

开辟叙事文学研究的新领域

齐裕焜

摘要：叙事文化学是对中国叙事文学研究理论和研究方法的创新，解决了当前古代文学研究中的一些问题。叙事文化学研究打破了文体的限制，开辟了新的研究领域，也取得了丰硕的成果，对以后的中国文学文化研究有着重要的意义。

关键词：叙事文化学；文学研究；研究方法

20 世纪中国文学研究基本上完成了由传统学问向近代人文学科的转化过程，取得了很大成就。文献的搜集、整理和出版取得丰硕的成果；文学史和文体史蜂拥而出；作家作品研究的专著和论文浩如烟海。到现在文献方面好像"大局已定"，难有重大的突破。学界一直在呼喊"重写文学史"，但并没有出现什么奇迹，数量众多的文学史和各类文体史似乎大同小异，进入 21 世纪后编写、出版的热潮已渐趋沉寂；对作家作品的研究有创见的论文少，重复的文章多，有的没有多少根据，仅为标新立异而提出一些所谓新见，以至提出的《金瓶梅》作者有近百人之多，正如吴小如先生所说，"可怜无补费精神"，还是"兰陵笑笑生而已"。因此，学界希望中国文学研究在新世纪能有新的突破。

新突破的关键是理论的创新和研究方法的创新。20 世纪 80 年代以来，西方理论大量引进，对文学研究起了很好的作用，也出现了不少新成果。但是也带来一些问题，主要是"水土不服"。由于种种特殊的历史条件，造成了我们民族不同于世界其他各民族的历史演进形式和社会发展模式，经济、政治、思想文化的发展变化都与其他国家和民族有很大的不同，因而中国文学无论是渊源形成，还是演进发展，都与其他国家和民族大不相同。因此，造成了中国古代文学无论形式和内容，都具有鲜明的民族文化特征，完全套用西方的理论有削足适履之嫌。近来文艺理论界对此有了深刻的反思。

笔者最近就读到两篇文章，一篇是张江先生的《当代西方文论：问题和局限》[1]，一篇是孙绍振先生的《文论危机与文学文本的有效解读》[2]，引人深思。例如，西方文艺理论多产生在资本主义时代，个性解放是主流意识，以自我为中心的价值观与中国古代小说重国家、重集体的传统格格不入，以此去评判古代小说人物，往往脱离历史语境，过分要求；西方文论的哲学化和高度抽象的演绎牺牲了文学文本的特殊性、唯一性，造成解读文本的无效性。从研究方法方面说，我们是把各种文体分开来研究，如撰写各种文体史——小说史、戏曲史、诗歌史、散文史，或对单个作家作品进行评论。这无疑是必要的，也是最基本的研究范式。但是，现在不容易找到新的突破口，以致我们在指导博士研究生论文选题时感到困难，因为博士研究生论文不但要有价值，而且要有丰富的文献资料的支撑，要有较大的拓展的空间。这是笔者近年来感到困惑的问题。因此，宁稼雨教授提出建立叙事文化学，让笔者眼前一亮，深受启发。

首先，从理论方面说，叙事文化学是借鉴西方主题学研究方法，并结合中国叙事文学文本现状和文化传统的基础上综合形成的。它是西方理论的"中国化"，是理论的创新。

其次，是研究范式的创新。宁稼雨教授所说的叙事文化学的研究范式就是故事类型研究。他说："文体史研究和作家作品研究为核心的研究范式中一些不符合的、忽略的、被掩盖的地方，这个忽略的、被掩盖的地方主要在于，很多故事类型是跨越文体的，《西厢记》也好，'王昭君'也好，既跨越小说类型也跨越很多文体。如果我们单纯把它界限在一个文体里面，会影响我们对整个故事类型的全方位的、系统的观照和研究，这是一个局

---

① 张江：《当代西方文论：问题和局限》，《文艺研究》2012 年第 10 期。

② 孙绍振：《文论危机与文学文本的有效解读》，《中国社会科学》2012 年第 5 期。

限。还有一个局限，故事类型跨越了很多作家作品，它由若干个作家作品组成一个故事类型，我们把它锁定在故事类型上，实际是在传统的文体史和作家作品基础上另外换一个视角。"①

这样叙事文化学就为我们叙事文学的研究开辟了一个新的领域。以故事类型为中心，进行跨文体跨时代的研究。从故事的源头起，力求"竭泽而渔"，把相关资料"一网打尽"；然后研究在演变的过程中，其故事情节、人物形象、社会背景的不同，探讨这些演变的深刻内涵，体现的思想情感、审美情趣的变化，以及这些变化与社会政治、经济、文化的关系。在中国古代，跨文体的故事类型非常多，从大禹治水、牛郎织女这样的神话到杨贵妃、济公和尚这样的历史故事，可以说随手拈来，俯拾即是。这些课题不但有意义，而且有丰富的资料，有拓展的空间。当然，如果是博士研究生论文，还要考虑所选故事类型的大小，要比较复杂的才行。

宁稼雨教授提出建立叙事文化学，不但做了理论阐释，还编撰了《先唐叙事文学故事主题类型索引》，为研究工作打下坚实的基础，提供了极大的方便。他还带领一些青年学者开展研究，做出了初步的成绩。笔者相信在全国学者的共同努力下，叙事文化学这个新领域会取得更丰硕的成果，把叙事文学的研究提高到一个新的水平。

原载《天中学刊》2013年第3期

---

① 2012年12月宁稼雨在福建师范大学 "'古代小说十年回顾与前瞻'研讨会"上的发言。

大禹治水传说的历史地域化演变

孙国江

摘要：大禹治水传说相关叙事由区域性的传说不断向全国性的传说扩展，后又逐渐与各地文化结合，发展为各地不同的地方传说。早期传说中大禹治水的地域主要集中于西北地区，春秋战国后扩展至全国，秦汉时期发展为禹平定天下山川河流的说法。魏晋以后，治水传说逐渐与民间信仰结合，形成地方传说。自唐至清，大禹治水传说在基本定型的基础上又经历了儒家学者的考证，最终在官方话语、民间话语和学者话语的三重作用下发展为遍及全国又带有地方特色的传说体系。

关键词：大禹治水；传说；历史地域化；演变

顾颉刚认为："战国、秦、汉之间，造成了两个大偶像：种族的偶像是黄帝，疆域的偶像是禹。"[①]大禹作为治水的重要人物，有关他的传说成为维系中华文明与中华土地特定关系的纽带，并且随着中华版图的变迁不断发挥着影响力。传说中禹曾疏导了长江和黄河中流通不畅的水道，在西、北、东、南各凿河渠使壅滞的洪水通向入海河流。但是，以现在的眼光来看，传说时代人类能够使用的生产工具十分有限，大禹的这些功绩是不可

---

① 顾颉刚：《秦汉的方士与儒生》，上海古籍出版社2000年版，第156页。

能在短时间内由人力完成的。实际上大禹治水的传说经历了一个漫长的演变和流布过程，记录了中国疆域开拓和沿革的历史，反映了中国古人对敢于和恶劣自然环境相抗争的英雄的崇奉和尊敬。

一、传说中治水范围的扩大

先秦时期，传说中大禹治水的范围是不断扩大的：由黄河上中游地区向下游地区扩展，后又向南方的长江流域扩展。这与先秦时期全国地理的开发是基本一致的，反映的正是大禹传说由旧地区向新开拓地区不断传播的过程。

有关大禹治水、甸山的传说，最早的记载应属遂公盨铭文中所称述的"天命禹敷土，堕山浚川"，但这里只是泛指，并未明言大禹治水的具体途径和经过。到了《诗经》中，已详细述及大禹治水、甸山的地点。《诗经·小雅·信南山》称："信彼南山，维禹甸之。"南山即今终南山，其地在今陕西西安市南。《诗经·大雅·文王有声》又称："丰水东注，维禹之绩。"丰水源出今陕西西安西南秦岭，东北流与渭水合，注入黄河。《诗经·大雅·韩奕》有："奕奕梁山，维禹甸之，有倬其道。"梁山在今河北固安县附近。从时间上来看，《信南山》与《文王有声》都是周代流传的史事和祭祀歌谣，且所称颂的都是周王朝建立之前祖先们的功绩。两首诗中所记大禹甸山的地点都在今陕西西安附近，即周族的发源地，可见大禹治水传说本是流传于该地的一个地方性传说。《韩奕》是关于韩侯的颂歌，与前两首相比应形成较晚，其中所记大禹甸山之处则较前两首偏向于东。由此可见，大禹治水的传说在春秋以前应是由周王朝发源地的渭水流域向东方的黄河中下游地区传播的。

春秋末期，较早详细记载了大禹治水路径的典籍当属《墨子》。《墨子·兼爱》记载："古者禹治天下。西为西河渔窦，以泄渠、孙、皇之水；北为防原泒，注后之邸，呼池之窦，洒为底柱，凿为龙门，以利燕、代、胡、貉与西河之民；东方漏之陆，防孟诸之泽，洒为九浍，以楗东土之水，以利冀州之民。南为江、汉、淮、汝，东流之注五湖之处，以利荆、楚、干、越与南夷之民。"[①]根据毕沅和孙诒让等人的考证，西河在今山西、陕

---

① 王焕镳：《墨子集诂》，上海古籍出版社2005年版，第325—334页。

西之界；渔窦即龙门，在今山西河津市附近；渠、孙、皇之水即汧水，源出甘肃，流经陕西入渭河；瓜，即雁门瓜水，《说文·水部》谓："瓜水，起鴈门葰人戍夫山，东北入海"；后之邸即昭余祁，在今山西太原附近；呼池即虖沱河，在今山西；底柱在今山西平陆县附近；孟诸即明都，在今河南商丘附近。根据这些地理位置进行推算，《墨子》所说的大禹治水的主要区域集中在黄河流域上中游的陕西、山西、河南等地区。《墨子》所记大禹治水传说中的这些地区，每条支流泽薮都交代得很清楚，可见这些地区是当时大禹传说的主要流传地。同时，这些地区也正是周王朝及其主要诸侯国活动的区域，与《诗经》中所载大禹甸山的传说相联系，可知大禹传说随周王朝的活动而在这些地区广为流传。与黄河流域的详细叙述不同，大禹在江、汉、淮、汝等广大水域治水的事迹却在《墨子》中被一笔带过，可见由于当时这些地区尚未得到开发，大禹传说也未在这些地区产生影响，因而墨子也无法详述大禹治水的情况。

到了战国中期，《孟子·滕文公》中两次提到大禹治水的传说："禹疏九河，瀹济、漯而注诸海，决汝、汉，排淮、泗而注之江，然后中国可得食也。""禹掘地而注之海，驱蛇龙而放之菹，水由地中行，江、淮、河、汉是也。险阻既远，鸟兽之害人者消，然后人得平土而居之。"虽然《孟子》中记述大禹治水路径的文字较为简略，但通过与《墨子》中的文字进行对比，我们也可以发现《孟子》已经将黄河流域的治水情况与淮河、长江流域的治水相并列，不再重此而轻彼，且其主要区域扩大到全国，不再集中在周王室及其主要诸侯国的活动范围。这是由于在孟子所处的时期，南方经过楚和吴、越的开发，疆土已经扩展到长江流域的大部分地区。因此孟子根据当时的实际情况，将大禹治水的范围进一步扩大。这种变化并非孟子一人的观点，在与《孟子》同时期或稍晚的《庄子》中也称："昔禹之湮洪水，决江河而通四夷九州也。名山三百，支川三千，小者无数。"庄子同样认为大禹治水的足迹遍布长江和黄河流域的各个地方。更为重要的一则材料见于上博楚简的《容成氏》篇中："禹亲执耒耜，以陂明都之泽，决九河之阻，于是乎夹州、徐州始可处。禹通淮与沂，东注之海，于是乎竞州、莒州始可处也。禹乃通蒌与汤，东注之海，于是乎蓏州始可处也。

禹乃通三江五湖，东注之海，于是乎荆州、扬州始可处也。禹乃通伊、洛，并瀍、涧，东注之河，于是乎豫州始可处也。禹乃通泾与渭，北注之河，于是乎雍州始可处也。禹乃从汉以南为名谷五百，从汉以北为名谷五百。"[1]《容成氏》为战国中晚期的材料其中所述大禹治水路径尤其详细，可作为此时期大禹治水传说演变的一个重要文本。从所述的地理位置来看，《容成氏》对于大禹在黄河流域的治水仅提到"陂明都之泽"一事，而《墨子》中被一笔带过的江、淮、河、汉等水系在这里得到了详细叙述。由此可见，由于战国时期各诸侯国不断开疆拓土，许多在春秋时期人迹罕至的地区得到大规模的开发，尤其是淮河和长江流域，此时已成为诸侯国活动的重要区域。随着新地区的开发，大禹传说也传播到这些地方，因此治水的传说不断得到扩展，新的治水区域不断被加入叙述中并得以详细化。

汉代，随着全国的统一，全国的疆域空前扩大，南北的交流大大加强。在西汉初期所记载的大禹传说中，这种南北的融合与交流也被体现出来。贾谊《新书·修政语上》载："大禹……鬟河而导之九牧，凿江而导之九路，澄五湖而定东海，民劳矣而弗苦者，功成而利于民也。"[2]陆贾《新语·道基》中也同样强调了大禹治水功业的普遍性："当斯之时，四渎未通，洪水为害，禹乃决江疏河，通之四渎，致之于海，大小相引，高下相受。百川顺流，各归其所，然后人民得去高险，处平土。"[3]在贾谊、陆贾等人的认识中，大禹的功绩不仅仅限于凿龙门、通伊阙，也不再仅仅是疏导黄河、长江，而是疏通了通向江、河的大大小小的支流，从而使全国的水路得以畅通。汉初学者叙述中大禹治水范围的扩大显然与汉代地理版图的扩张和水利设施的开发有关，同时也是儒家学者尊崇大禹的一种体现。

同时，成书于先秦秦汉间的《尚书·禹贡》（以下简称《禹贡》）详细记载了大禹治水的路程、所经山川的地理名物以及所制定的九州物产和贡

---

① 马承源：《上海博物馆藏战国楚竹书（二）》，上海古籍出版社2002年版，第263页。

② 阎振益、钟夏：《新书校注》，中华书局2000年版，第361页。

③ 王利器：《新语校注》，中华书局1986年版，第13页。

赋。汉代中期以后，《禹贡》作为儒家经典，其地位和影响不断上升，被奉为"古今地理志之祖"，并逐渐成为后世讨论大禹治水路径的首要依据。《史记·夏本纪》大禹治水部分即录载了《禹贡》的主要内容，后世学者论及大禹治水经过也皆以《禹贡》所记为最终依据。至此，在官方话语和学者话语的主导下，大禹治水传说发展成为一个遍及全国的传说体系，并形成了以《禹贡》为核心的传说框架。

二、地方传说的兴起

魏晋南北朝时期，随着大一统政权的衰落和地方势力的长期割据，大禹治水传说的相关叙事出现了官方叙述与民间叙述相结合的倾向。民间叙述的兴起使得大禹治水的传说与当时的地理文化重新结合，进一步推动了大禹治水传说的地域化和历史化进程。

北魏郦道元《水经注》记录了大量当时流传的大禹治水故事，是我们了解南北朝前后大禹治水传说基本面貌的重要材料依据。《水经注·江水》记载："大江又东，左得侯台水口，江浦也。大江右得龙穴水口，江浦右地也。北对虎洲。又洲北有龙巢，地名也。昔禹南济江，黄龙夹舟，舟人五色无主，禹笑曰：'吾受命于天，竭力养民。生，性也；死，命也。何忧龙哉？'于是二龙弭鳞掉尾而去焉，故水地取名矣。"①《水经注·沔水》记禹于太湖治水的情况："太湖之东，吴国西十八里，有岞山。俗说此山本在太湖中，禹治水移进近吴。又东及西南有两小山，皆有石如卷筝，俗云禹所用牵山也。"②"虎洲""龙巢"之名显然出于民间传说，而禹移山的传说更应是来源于民间神话，由此可见当时民间关于大禹治水的传说已经十分普遍，以至于《水经注》将其作为史事加以记载。同时，《水经注》中还记载了大量的禹迹和禹庙的分布情况。《水经注·颍水》称："颍水自堨东，径阳翟县故城北，夏禹始封于此，为夏国。"③《水经注·泚水》称："淠水又

① 陈桥驿：《水经注校证》，中华书局2007年版，第802页。

② 阎振益、钟夏：《新书校注》，中华书局2000年版，第685页。

③ 刘餗：《隋唐嘉话》，中华书局1979年版，第513页。以下所引此书皆据此版本，不再一一出注。

西北径马亨城西，又西北径六安县故城西。县，故皋陶国也。夏禹封其少子，奉其祀。今县都陂中有大冢，民传曰公琴者，即皋陶冢也。楚人谓冢为琴矣。"（《隋唐嘉话》，第748页）《水经注·河水》记载："又东北径大夏县故城南。《地理志》王莽之顺夏。《晋书地道记》曰：县有禹庙，禹所出也。"（《隋唐嘉话》，第47页）这些遍及各地的禹迹成为民间信仰和奉祀大禹的基础。《水经注》中还记载了各地民间流传的大禹信仰，《水经注·沫水》曰："沫水出广柔徼外，县有石纽乡，禹所生也。今夷人共营之，地方百里，不敢居牧，有罪逃野，捕之者不逼，能藏三年，不为人得，则共原之，言大禹之神所祐之也。"（《隋唐嘉话》，第827页）由于大禹传说在民间的广泛流传，使得信仰大禹成为当时百姓生活中的重要组成部分，甚至影响了一地一方的习俗。

到了隋唐时期，大禹治水的诸情节已经与不同地区的山水文化有机地结合在一起。随着唐代以山水为题材的诗文的发达，唐代的文人也经常在登山临水的时候歌颂大禹治水的功绩，如王绩《登龙门祭禹文》等。这种带有地域化特征的祭祀和凭吊大禹以及歌颂大禹治水功绩的诗文在唐代及后来都带有普遍性，显示大禹治水的传说已经与各地的文化结合为统一的整体，并逐渐为人们所接受。随着唐代建国以后经济的复苏，许多魏晋南北朝时期荒废损毁的禹庙和大禹遗迹得到重新修葺，对于大禹的祭祀和歌颂也受到唐代统治者的重视。陆贽曾奉皇帝之命祭祀大禹庙，对大禹表达了极高的敬意，并且希望大禹能够降福于民，抑制水旱灾害。这显示出大禹传说在地域化的基础上又逐渐成为一种信仰。这种对于大禹的神化更促进了普通百姓对于大禹的尊奉。发展到后来，以至于有水旱处人们就会修建大禹庙以赈灾。《隋唐嘉话》记载："狄内史仁杰，始为江南安抚使，以周赧王、楚王项羽、吴王夫差、越王勾践、吴夫概王、春申君、赵佗、马援、吴桓王等神庙七百余所，有害于人，悉除之。惟夏禹、吴太伯、季札、伍胥四庙存焉。"（《隋唐嘉话》，第40页）从狄仁杰对于吴地民间祭祀的整顿来看，当时民间盛行祭祀大禹的习俗。狄仁杰将吴地七百余种民间信仰中的俗神尽皆除去，仅余下官方承认的四位有德之人，而大禹位列四人之首，可见以狄仁杰为代表的封建士大夫对于大禹的敬仰之情，也表现出

410

官方与民间对大禹传说态度的一致性。民间大禹祭祀的盛行也说明随着大禹传说的日趋深入人心，大禹已经逐渐由一位官方树立的封建帝王典范转变为带有民间信仰性质的神明，对于大禹的祭祀也逐渐加入祈福和祈求庇佑的性质。

三、三种话语的融合

唐代以后，以《禹贡》为代表的儒家记载仍然被绝大多数学者看作是不可改易的经典。宋代及以后的学者一方面从较为科学和理性的角度对大禹治水和划九州传说的相关细节提出疑问，另一方面又从崇经的立场出发对这些疑问进行解释和分析。这些解释和分析包括对流布于全国的大禹治水传说的考证和坐实，进一步促进了大禹传说的历史地域化。

宋代学者对于大禹治水的具体路径曾有疑问，洪迈《容斋随笔》卷一"禹治水"条中提出禹治水所经诸州实际上存在着绕远的嫌疑："《禹贡》叙治水，以冀、兖、青、徐、扬、荆、豫、梁、雍为次。考地理言之，豫居九州中，与兖、徐接境，何为自徐之扬，顾以豫为后乎？盖禹顺五行而治之耳。冀为帝都，既在所先，而地居北方，实于五行为水；水生木，木东方也，故次之以兖、青、徐；木生火，火南方也，故次之以扬、荆；火生土，土中央也，故次之以豫；土生金，金西方也，故终于梁、雍。所谓'彝伦攸叙'者，此也。"[①]洪迈提出《禹贡》所载大禹治水所经诸州，先徐、扬而后豫州的路径是不合逻辑的，这种对于大禹治水路径的怀疑，显示出一种自觉的理性态度。但洪迈随即又从尊经的角度出发，认为《禹贡》所述大禹治水路径是符合五行运转道理的，与《尚书·洪范》"五行九畴"相合。说明当时的学者尽管对传说的某些细节存在疑问，却又不肯跳出传统经学的立场加以解释。这种从尊崇经典的角度出发进行的推测和考证在宋代具有一定的普遍性。到了明清时期，这种对于大禹治水传说具体细节的历史化考证逐渐成为一种趋势，明郎瑛《七修类稿》卷二"淮水"条中详细罗列了前人对于大禹治水路径的考证，并提出："夫据人之

---

① 洪迈：《容斋随笔》，上海古籍出版社1978年版，第5页。

亲见，又有志为证，则《禹贡》自是，而蔡注所引非也……今考《风俗通》无有，实谬论也，必以《禹贡》为是无疑。"①郎瑛考订了历代关于禹导淮自桐柏的记载，他根据自己的见闻和当时的地方志，认为《水经》和《风俗通》的记载都是错误的，但随即又从崇经的角度推定《禹贡》之说是无误和无疑的。可见明代学者尽管对于前代的某些定说存在着一定程度的疑问，并且敢于通过自己的见闻提出较有见地的新观点，但他们仍然无法跳出传统崇经思想的束缚，难以从绝对理性和客观的角度看待大禹治水的传说。因此，他们仍然如同前代学者一样，将讨论的结果归结为《禹贡》的绝对正确性。清代李光地《榕村集》卷二十四"禹掘地而注之海"条亦称："《尚书》禹言：'予决九州，距四海，濬畎浍距川。'此其治水之规模次第也。盖先使大水归海而后使小水入川，则下流既通而上源自涤。故《禹贡》纪经营九州之迹，始于冀、兖，次及青、徐、扬，然后次及荆、豫，以终于梁、雍者，此也。"②李光地从崇经的角度出发，认为《禹贡》所载大禹治水经过无可非议，这样的看法代表了清代主流学者和官方意志的融合。

同时，随着宋代以后理学的兴起和崇经思想的流行，各地对于大禹的信仰出现了官方与民间祭祀相结合的趋势，许多地方政府开始自觉地主持对大禹的祈请和祭祀。这样的信仰在明清内代尤其盛行，明郑本忠《告夏禹王文》称："至德神化，九州底平。奠兹山川，民庶赖宁。惟越有郡，统县惟八。今岁之旱，实为民厄。祭祀既时，宜福遗民。神机早运，俾获丰登。"③这是祈求大禹保佑地方旱情减轻、风调雨顺的祭文。清左懋第《禹庙祷雨文》亦称："念兹土惟王甸，水功大着伊始。古圣人一生之神，必有所结，不散于千万世。后王之神，其聚兹土耶？兹土旱不雨，知县左懋第斋戒敢告。王三代上仁人君也，不忍民为鱼，讵弃兹土，民异大夏乎？神在天，勿小一邑，民无今昔殊德，岂择大小哉？"④同样是以地方官的身份

① 郎瑛：《七修类稿》，文化艺术出版社1998年版，第14页。
② 《影印文渊阁四库全书》，台湾商务印书馆2003年版，第866页。
③ 《四库全书存目丛书》，齐鲁书社1997年版，第130页。
④ 《四库未收书辑刊》，北京出版社1997年版，第615页。

向大禹祈雨，希望能够减轻旱情。这种出现于各地的向禹庙祈雨的传统，成为对禹祭祀的一部分，进一步强化了大禹治水传说与地方文化的结合，代表了官方话语、学者话语与民间话语的融合，并最终促成了大禹治水故事演变为一个遍及全国又有着各地不同区域性特征的传说。

　　总之，大禹治水传说在后世不断产生变化，这些变化与古代中国的自然环境和社会地理及人文环境的变迁有着密切的关系，同时也影响着人们对于民族历史的认同感。大禹治水的传说在不同的地区广泛流传，并在漫长的历史过程中不断产生新的变体。这些变体正是在古代中国区域历史地理不断变化和演进的过程中产生的，这些传说不断被历史地域化的过程正是中华民族自身认同感不断形成的过程。

　　　　　　　　　　　　　　原载《天中学刊》2012年第4期

红线女故事演变与道教文化意蕴（节选）

李冬梅

一、红线女故事的文献版本梳理

唐代《甘泽谣》为目前能查到的红线女故事最早版本：唐潞州节度使薛嵩有青衣名"红线"，善弹阮咸，又通经史，掌管牋表，号曰"内记室"。一次军中大宴，红线女听出"羯鼓之声，颇甚悲切"，一问，原来击鼓之人妻子昨夜身亡，不敢求假，"嵩遽放归"。是时至德之后，两河未宁，魏博节度使田承嗣，成立了一支拥有三千名高手的卫队，号曰"外宅男"，意欲吞并潞州。田承嗣实力超过薛嵩，曾扬言，潞州的气候于他的身体健康更有好处。薛嵩得知后，日夜惶恐不安。这时，红线女主动请缨，潜入魏城，夜漏三时，往返七百里，盗取了田承嗣床头的金盒。当薛嵩派人送还金盒时，田承嗣"惊怛绝倒"，枕边取金盒无人知觉阻挡，取首级也是易如反掌。因此不敢再做吞并潞州之想，一场战争得以平息。忽一日，红线女辞去。原来她前世本为大夫，因用药误杀孕妇及腹中二子，今世降为侍女。如今因功，"固可赎其前罪，还其本形。便当遁迹尘中，栖心物外，澄清一气，生死长存"。薛嵩苦留不住，广为饯行，红线因伪醉离席，遂亡所在。在《甘泽谣》里，唐代道教神仙信仰讲究功成身退、不慕富贵的特点已经有所体现。

《白孔六帖》卷二十四也收录有红线女故事。红线开始只是潞帅薛嵩手下一名不起眼的歌妓，得知主人忧虑后，"红线曰：'此易耳，妾愿一到彼观其形势，初夜首涂，三更可还。'出户忽不见，未晓果复至，取承嗣寝所金合来，嵩即遣使持送合遗承嗣，书曰：'有客从彼来，云自元帅头边得此金合。'承嗣大惧，散外宅男，河北遂宁"①。关键时刻红线女展露非凡自信，运用绝世武功，在两地飞速往来，完成使命，令人击节赞赏。

宋元时期，对红线女故事的记载都是寥寥数语，有的甚至连盗盒这一重要情节都没提。编入话本小说集《醉翁谈录》妖术类中有《红线盗印》，现已佚。看题目可知，话本中应有红线女盗盒的情节，但把红线女的才能归为妖术，也可见编者歧视之心。

明清时期，红线女故事流传和创作都进入鼎盛阶段，基本情节和内容沿袭《太平广记》，除文言小说外，还有传奇、杂剧、白话小说、诗歌等多种体裁。值得注意的是，从唐代红线女故事产生开始，创作者都是在用文言传承故事，一直到明代，凌濛初才第一次以白话的形式、拟话本的体裁重新演绎了红线女故事。《初刻拍案惊奇》卷四《程元玉店肆代偿钱 十一娘云冈纵谭侠》入话开篇，提到许多剑侠女子，第一个就是红线女。与文言小说相比，拟话本的红线女故事有三个特点。一是语言生动、鲜活、口语化，使得故事更加喜闻乐见。如云"田承嗣一见惊慌，知是剑侠，恐怕取他首级，把邪谋都息了"，完全运用口语，简短精练。二是把红线女定位为绝技者，说红线女盗盒成功，是因为"弄出剑术手段，飞身到魏博"，对红线女的超凡技艺加以渲染，可以看作是明代商品经济推动下，作者和书商满足读者猎奇心理，吸引读者阅读兴趣，提高书刊效益的一种手段。三是突出社会教化功能。明清的劝惩之说盛行，凌濛初在《初刻拍案惊奇》卷十二说自己的写作态度："从来说的书不过谈些风月，述些异闻，图个好听。最有益的，谈论些世情，说些因果，等听了的触着心里，把平日邪路念头化将转来，这个就是说书的一片道学心肠。"强调红线女最后修成神仙，是因为她除恶扶善、功德圆满，以此劝诫读者多行善事，必定会有善报。

戏剧方面，留存下来的有明代梁辰鱼的杂剧《红线女夜窃黄金盒》，全剧正名为"薛节度兵镇潞州道，田元帅私养外宅儿。红线女夜窃黄金盒，冷参军朝赋洛妃诗"，结尾是红线女功成升天，道教色彩浓厚。明代胡汝嘉

---

① 白居易：《孔传》，《白孔六帖》，上海古籍出版社1990年版，第379页。

的杂剧《红线金盒记》并未佚失①，该剧题目正名为："莽节度潜窥泽潞军，红粉侠暗掌销兵计"。剧中红线女本是上真弟子，因"功行有亏，罚向人间"。一次，她在梦中受董双成、萼绿华二仙点化，得知田承嗣企图，盗盒退兵后，重返天界、证果朝元。更生子的传奇《剑侠传双红记》，记载侠士昆仑和剑仙红线并谪凡尘，在人间为奴为婢，修行圆满返回天庭。另外，明代程守兆所作杂剧《金盒记》、李既明所作杂剧《金盒》，还有无名氏所写的《双红记》，今均已佚。②

原载《天中学刊》2014年第4期

---

① 参见黄仕忠：《日本大谷大学藏明刊孤本〈四太史杂剧〉考》，《复旦学报（社会科学版）》，2004年第2期。

② 参见姚燮：《今乐考证》，中国戏剧出版社1980年版，第203页。

木兰易装故事的文本演变及其文化内涵

张雪

摘要：易装是木兰故事中最富传奇性的部分，从北朝《木兰诗》到清代的各种小说戏曲通俗文学，木兰易装故事被不断改写：北朝和唐代的易装明朗大方，没有提到易装的细节；宋元时期的故事叙述忽略了易装部分，留下了空白；明代的易装故事强调细节与保持贞洁的艰难；清代的易装故事在前代的基础上更为丰富多彩并对清代的通俗文学产生了重要的影响。文本的演变有着历史文化风俗等多方面的因素，蕴含了复杂的文化内涵。

关键词：木兰；易装；文本演变；文化内涵

木兰易装故事是木兰故事中极为重要的一个部分。从北朝到清代，叙述木兰故事的100余部文献中有半数以上的作品与易装相关，其中明清时期的26部小说戏曲作品全部与易装有着极为密切的关系。易装是整个木兰故事中最富传奇色彩的部分，对明清时期通俗文学的影响极大，也是叙事文学的一个重要题材。在一千多年的故事演变中，北朝和唐代将木兰的易装视为慷慨壮烈的奇迹，态度比较明朗大方；宋元时期木兰故事广泛传播，木兰被视为道德偶像，但故事中却回避了易装这个具有传奇性的情节；明代的易装故事有了突破性的发展，杂剧《雌木兰》成为故事系统中新的经典，对于木兰易装故事的叙述更为细致，强调了易装细节和保持贞洁的艰辛；清代的易装故事则在明代的基础上更为丰富多元，完善了明代的易装细节，使得故事更符合情理，也更加曲折离奇引人入胜。在一千多年的木兰故事演变中，易装故事从明朗的传奇到避而不谈的空白再到兴盛和丰富，展现了社会环境、礼教风俗等多方面因素对故事文本的影响。

一、北朝至唐代：慷慨壮烈的奇迹

北朝民歌《木兰诗》是木兰故事的源头，对木兰的易装叙述比较简洁，显示一种明朗大方的态度。诗中描写了木兰如何准备从军所需的物资，但没有提到女性如何成功易装为男性，更没有提到一个少女如何在男性群体中维护自己的秘密，诗歌体裁的限制使得《木兰诗》无法为读者提供全部的细节。整体上《木兰诗》对木兰易装的描述比较自然明朗，没有过多强调易装后性别身份的转换给木兰带来的困扰和痛苦。在《木兰诗》中，木兰的易装有以下几个特点：首先，少女木兰是家中最高决策者，她为自己和家庭做出了重大决定而没有受到父权家长的阻碍；其次，木兰显然是一位有着出色骑射技艺的女性，在她从军征战的十二年中，不仅能够保全性命，还立下了赫赫战功；最后，木兰的易装和回归都表现得比较自然，没有后世文学中女性关于性别身份的种种纠结。

唐代是《木兰诗》及木兰故事的初步传播时期，此时关于木兰故事的文本较少，故事情节也基本与《木兰诗》相同，但每一条文献记载都对后世有着非常强的影响力。唐人虽然看重木兰故事中易装传奇，认为十二年来无人认出木兰的真实身份是个奇迹，却没有对木兰的易装行为表现出更多的惊异。在封建时代，女性易装有着很强的"越界"意味，女性的生活和思想都被界定在家庭之内，出于各种原因需要进入公共领域的女性必须用易装来获取合理的身份。所以无论易装女英雄的初始目的如何纯洁，易装都是违反礼教具有危险性的行为。但是，中国儒家的礼法同样具有弹性，在不同的时期、不同的社会风俗中，对原则上"越界"的易装行为有着不同程度的宽容。在北朝到唐代的故事产生、初步传播期间，关于木兰易装传奇的叙述没有质疑和谴责，人们对木兰的易装行为表现得比较宽容，而对其能够十数年来隐藏身份则认为是难得的奇迹。这种态度与北朝到唐代的特殊时代背景和世风有关。

《木兰诗》产生于战争频发的北朝时期，战争是诗歌最重要的背景。一方面，从汉末开始的战乱使得当时的社会生产力遭到严重破坏，人民流离失所，无以为生。《晋书·孝愍帝纪》中记录战争之后："千里无烟爨之气，华夏无冠带之人，自天地开辟，书籍所载，大乱之极未有若兹者也。"① 在这样的战乱时代中，和平年代的秩序与规则几乎都被破坏，对于民间百姓来说，如何生存才是首要问题。所以，北朝民风彪悍，男女多勇武豪迈善于骑射，有能力在特殊战争环境之下保证生命财产的安全。这个时期也涌现出了许多英勇不亚于男性的女子。《魏书·杨大眼传》中的潘氏、《魏书·李安世传》中的李波小妹都是这一时期出现的勇武女性。在这个特殊历史时期和崇尚勇武刚健的世风之下，少女木兰身上有着整个北朝时期勇武女性的影子。另一方面，从北朝到初盛唐时期，是我国历史上女性掌权较多的一个时期。据学者段塔丽统计："从北朝到隋唐时期，大约有70名女性参政，其中生平事迹可考者有42人。"② 北朝进入封建社会，接受儒家礼法时间不长，其原有的思想方式和生活方式没有随着政权的建立而完全消散。所以北朝女性掌握一定的权力，进入公共领域的情况较为常见，如木兰一样以女子之身代替家长决定自身和家庭命运的事情并不值得惊异。而承接北朝，进而统一全国的隋唐王朝，在一定程度上也继承了北朝的风俗习惯。初盛唐时期女性掌权、进入公共领域之事多有发生，女性易装在此时也成为一种风尚，史传、笔记和小说中都有女性在公开场合穿着男装、胡服或戎装的记载。如《新唐书》中对太平公主男装的记录和对女性着男装风尚的描写，都说明了女性的易装在唐代并非罕见。而考古文物中女性着男装的现象也比较常见，唐代墓葬中常见女扮男装和女性身着胡服的画像和陶俑，如永泰公主墓、懿德太子墓、章怀太子墓等。所以，无论是易装还是女性进入公共领域，在唐代都不是个别现象。因而唐人对于《木兰诗》中的易装故事表现出了对于传奇故事的兴趣，但并没有对于易装本身所隐含的"越界"因素有着更多的注意。

---

① 房玄龄等：《晋书》，中华书局1974年版，第2144页。
② 段塔丽：《北朝至隋唐时期女性参政现象透视》，《江海学刊》2001年第5期。

二、宋元：被忽略的易装奇迹

宋元时期，《木兰诗》开始广泛传播，影响力也日渐增大，木兰故事成为尽人皆知的英雄传奇。宋代叙述木兰故事的文献绝大部分是考证《木兰诗》本事，其余则是对木兰高尚道德的歌颂。从唐代韦元甫对木兰忠孝品德的歌颂开始，木兰形象开始被奉为道德偶像。宋元时人对木兰故事的关注点主要在木兰的道德层面。文人在诗歌和笔记诗话中盛赞这位少女的功绩，认为有这样出色的女儿胜过平庸的儿子，劝导世人不必重男轻女。而木兰故事中最富有传奇色彩的易装情节，在宋元时期则被集体忽略。在宋元时代，木兰作为道德偶像和有着传奇经历的神祇被文人歌颂，受百姓景仰祭祀，民歌中淳朴的少女在叙述和改写中成为高高在上的偶像和模范。木兰的孝义和英勇因为有益教化而备受推崇，而其易装传奇则因为可能与越界和暧昧有牵连，被文人选择性地无视。由于木兰形象被视为道德偶像，木兰故事在宋元时期得到进一步传播，增大了其影响力，但另一方面也削弱了故事的戏剧性。北宋时代，科举考试的制度和重文轻武的风气使得儒家伦理道德日益成为普遍的社会准则，对于女性身体的禁忌也比前代加强，两性秩序进一步严格化。而相对安稳和平的环境，使得女性少有出于不得已的原因进入公共领域的状况。宋人对于女性的要求更多地向柔顺、贞洁、孝悌等方面发展。所以在宋元时期，木兰对父亲纯真的孝道和她为家庭国家的牺牲奉献精神得到了宋代文人的称赞。

木兰的易装传奇虽然是故事中最有戏剧性的情节，但故事具有猎奇性的同时也充满了危险意味。木兰纯洁的孝心掩盖了她越界行为带来的问题，强调规则的宋元文人并不愿过多提到故事中可能招致非议的部分，以免让英雄的形象受到质疑。木兰在宋元时期被文人奉为崇高的道德偶像，过多强调其道德层面的高尚，必然要回避可能打破性别秩序的易装情节。从已知史料上来看，木兰故事在宋代才开始广泛传播，而书写传播故事的几乎都是中上层文人。文人的趣味和道德取向决定了宋元时期木兰故事的基本走向，易装这个具有越界嫌疑和暧昧色彩的情节在这个时期被选择性地忽略。

三、明代：礼教与人情交织的易装故事

明代是木兰故事的转型期，故事在文体和内容两方面都有着较大变化。明前期的木兰故事基本延续宋元时代对木兰品德的歌颂，文体以诗文、笔记为主。明中后期开始，出现了以木兰为主角的戏曲和涉及木兰故事的白话小说，对易装的关注度较前代大大增强。明代的木兰易装故事比较起前代而言更为关注易装女主角的贞操问题，只有符合礼教制度对女性道德的最高要求，易装经历才不会成为她们人生中的污点。在严守道德规范的同时，明代的木兰故事更为人情化世俗化，关注前代所忽略的木兰易装的细节、易装后遇到的生理心理问题、回归原本性别后的人生道路等问题。

（一）对于易装细节的关注

明代徐渭创作的杂剧《雌木兰》创造性地丰富了木兰故事，其增设的人物和情节成为后世改写木兰故事的新范式。《雌木兰》因其创造性的成功改编，也成为新的经典作品在后世广泛流传，它在体裁上的创新使得故事内容产生了较大幅度的变动。在易装故事方面，《雌木兰》关注到了木兰易装从军的前提和易装的细节。首先是木兰的骑射本领。在北朝尚武风俗的影响下，勇武善战的女性并不罕见，《木兰诗》中的少女木兰在从军前购买装备上战场的行为就非常自然熟练，也具备征战沙场获取军功的本领。而到了比较和平安定的明代，普通女性就很难有机会像北朝女性一样接受骑射训练，读者也很难想象一般女性能够有能力去沙场征战。《雌木兰》中通过木兰的自述交代其家庭出身和教育背景："况且俺小时节，一了有些小气力，又有些小聪明，就随着俺的爷也读书，学过些武艺。"[1]徐渭为木兰设计了一个小康军官家庭背景，使得木兰的决定有着现实基础：她既聪明机警，又有着不错的骑术武艺，这些都决定了一个少女能够在残酷的战争中生存。

其次是木兰如何掩饰原有的性别特征，将自己成功改造成男性，这也

---

① 徐渭：《四声猿》，上海古籍出版社1984年版，第45页。以下所引皆据此版本，不再一一出注。

是千百年来读者最感兴趣的部分。改变性别进入陌生的领域将会遇到意想不到的困难，木兰必然会在新生活中遇到危机。更为重要的是，北朝时期的平民女性没有缠足的习俗，这是她们能够像男性一样骑射驰骋的重要条件之一。而到了明代，缠足成为几乎所有女性必须经历的人生体验，无论是读者还是作者都有着这样的心理暗示：男女外在的性别差异极大，易装必须考虑如何掩饰这种过于明显的性别特征。北朝木兰只需改变服装发式，而缠足的明代木兰则要经历更大的痛苦："生脱下半折绫波袜一弯，好些难！几年价才收拾得凤头尖，急忙的改抹做航儿泛。怎生就凑的满帮儿楦。"（《四声猿》，第45页）缠足使得性别特征极难被更改，而且回归原来的性别时也会受到极大阻碍。让北朝时代背景下的木兰经历缠足显然不符合逻辑，而《雌木兰》对于缠足这一易装细节的安排虽然不合逻辑，但却是世俗化人情化的情节设计，照顾到了当时读者和观众共同的心理期待。在成功解决缠足问题后，木兰将面临如何与男性士兵相处以及在军营战争环境中保护自己的问题。在木兰决定从军后，其母就忧虑道："千乡万里，同行搭伴，朝餐暮宿，你保得不露出那话儿么？"（《四声猿》，第47页）而木兰也考虑到了女性的生理难题，因而发愁。在《木兰诗》中没有涉及的实际问题，在宋元时代的木兰故事中几乎被忽略的易装难题，在《雌木兰》中得到了补充，这些细节和尴尬的生理困境让木兰的英雄传奇有了人情味和烟火气。从明代开始，木兰这位道德偶像也要面对普通人都无法避免的生理难题。

（二）保持贞洁的艰辛

相对于前代对于木兰孝道的赞美，明代文人更为关注木兰的贞洁。《倪小野先生全集》卷三《木兰辞》一诗中强调木兰："十二年来同火伴，晨昏动止独分明。"[1]《岁寒集》卷下《孝烈将军》诗中描写木兰易装后："贴身衣带结不解，只恐戎行人察识。"[2]而回归家庭后表明贞洁之身："女身爱惜重千金，只因父子恩情深。轻出闺门备行伍，誓将一死明我心。"保持贞洁

---

[1] 倪宗正：《倪小野先生全集》，四库全书存目本。
[2] 焦之夏：《岁寒集》，四库全书存目本。

之身并向世人证明自己的纯洁成为易装女性必须遵守的规则。易装而进入男性世界对于女性来说是刺激而充满危险的行为，长年累月身处男性群体之中极有可能让自己的名誉受到非议，而只有完美地保持了贞操，才能为易装出走的越界行为画上完美的句号。明代文献中不乏女子易装出走故事的记载，比如著名的韩贞女及黄善聪故事，就常常被明人比喻为当代的木兰。当黄善聪历经磨难回到家中，等到的不是亲人的安抚，而是姐姐的质疑，在表明贞女身份后才能获得亲人的接受。北朝时期木兰诗中的木兰最先考虑的恐怕是如何生存，而到了明代，贞操与名誉成为像木兰一样的易装女性最为关注的问题。

不同于北朝时期的战争背景和政治环境，明代以来，男女两性的生活空间和人生轨迹已经基本分离，明代的女性不再像北朝和初盛唐一样有着天然地进入公共领域的权力，易装而进入战场开始由自然而然的行为变为惊世骇俗的奇闻。木兰易装故事中开始有了更多需要注意的细节以满足读者的好奇心，也需要更多细节的解释来维护女英雄的道德模范地位。无论是关于易装细节的关注，还是对木兰在军队中困境的描写，其最终目的就是说明女性在易装情况下保持贞洁的不易，越是艰难地保持纯洁之身，其道德情操就越高尚，也更能得到文人士大夫的欣赏和推崇。从宋元到明代，理学从南宋精英知识分子阶层的先锋思想慢慢变成世俗化的规定和条文。原本由精英阶层提倡的，由男女共同遵守的道德要求如对身体的尊重，对女性贞洁和男性操守的要求开始转移到社会的各个阶层，并且对于女性的要求格外严厉。政府的政策和精英文人的推崇使得明代对女性贞洁的要求比前代更为严苛，史书中所记的明代节烈女性数量也远超其他年代。但从明代中后期开始，随着中央集权的削弱，经济的发展，明初的种种严格政令对民间的日常生活不再有强大的约束力，社会中纵情纵欲、拜金享乐的风气开始盛行。严格的礼教规则与市民们世俗化娱乐化的生活渐渐产生了距离，主流道德观并没有完全失去对人们思想的控制力，但与此同时，人们也开始设法满足自己的各种欲望。所以在这个时期，易装故事的传奇性和趣味性使其得到了更多的关注，但故事中可能出现的暧昧与越界让作者与读者都非常敏感。原本《木兰诗》中易装而不为人知的木兰是理所当然的贞女，而在明代，易装后还需要公开证明，以保持其道德楷模的纯洁性。

四、清代：多元丰富、影响广泛的易装故事

清代是木兰故事的集大成时期，在叙述故事的文体上出现了章回小说、传奇、鼓词、子弟书、宝卷等新的文体，在内容上也更为丰富完整，填补了许多诗歌和杂剧由于文体限制无法涉及的空白。清代的木兰易装故事在内容上的特点是更加深入细致地关注木兰在易装后面对的生理和心理困境，让传奇故事更加符合逻辑和人情。

易装少女如何在男性群体中生活并掩藏自己的身份是易装故事中最令读者感兴趣的部分之一。《雌木兰》中提供了一些情节，但由于短篇杂剧的文体限制，并没有完全展开。这些细节在清代长篇小说和戏曲曲艺作品中得到完善。首先是木兰如何在军队中掩饰自己的女性身份，清代木兰故事对这个问题的解决方式是提高木兰的地位。《木兰诗》中的木兰为质朴的平民少女；唐宋元三代的作品中也没有提及木兰的家庭是否为官宦之家；明代《雌木兰》中安排木兰父亲花弧为千户长，木兰在父亲的指导下读书习武。清代的木兰故事中木兰家的社会地位普遍提高，富裕军官家庭的环境使得木兰有机会接受良好的教育，也为其进入军队后的仕途发展做了铺垫。《双兔记》和《闺孝烈传》中都继承了《雌木兰》中对木兰父亲花弧千户长身份的设置，并且让木兰一进入军队就马上得到上司的赏识和较高的官职。《木兰奇女传》将木兰的身份进一步提高：因为祖父的关系，所以木兰一进军队就是高级军官身份，还有自家带来的家将保驾护航。木兰得到了上司的赏识，高官的护佑和家将的照顾，所以在易装从军生活中基本上不会出现其他木兰故事中出现的遇到性骚扰、普通士兵与众多男性一起生活等困境。身份和官职的提升使得木兰不再是质朴的民间少女，而成为一名闺秀千金。在《木兰诗》和唐宋元三代的故事中，没有提及木兰是否读书接受教育，在明代的《雌木兰》中，木兰因其家庭环境接受了基本的文化教育和骑射训练，但还没有成为才华横溢的才女。在清代的故事中，木兰的文化水平得到了进一步提高，《双兔记》中称木兰："日把枪刀作绣针，暇日

更论文"①,《闺孝烈传》中的木兰"凡花老爷架上诗赋以及天文地理、兵书战策、阵图出军、下营埋伏、奇兵之法、三韬六艺之书，一尽取来观看"②。《木兰奇女传》中的木兰："五岁入学，将一十三经读的熟透，他又喜看佛经道典，深通其妙，所以三教宗旨，心佳妙法，一一皆知。"③清代的木兰形象开始向着闺秀化、才女化发展。有地位有能力的木兰在军队中得到了更好地发展，获取了较高的官职，也规避了两性相处的难题，使得这个传奇故事的发展更为符合逻辑。

从北朝到清代，木兰从勇武的平民少女演变成文武双全，接受过高等教育的官家闺秀。木兰身份的提高有助于避免同男性过于接近的尴尬，而教育水平的提升更能帮助木兰在危机重重的战场上获取胜利。木兰身份的提升不仅仅是使得易装从军的细节更为完善，更是清代盛行的才女文化在木兰故事中留下的印记。明清时期的才女文化特别兴盛，尤其是清代，大批女性文集、弹词、戏曲等作品得以出版流传。闺秀才女逐渐成为社会中不容忽视的一个阶层，这些闺秀作家由于其体制内的身份、恪守礼教规则的生活和相对"温柔敦厚"的作品得到了主流文化的承认和赞美。能够出版文集，在历史上留下印记的女性绝大多数都是属于闺秀阶层，良好的家庭教养和充裕的时间保证了女性的创作，比较富裕的家境和男性家长的支持则保证了作品的出版流传。闺秀文化的盛行使得清代的通俗小说，尤其是才子佳人小说和女性创作的弹词小说中的女主角往往都是出身官宦、饱读诗书、有胆有识的杰出女性，木兰故事中的木兰形象也不例外。清代的才女文化不仅仅影响了木兰故事易装情节的某些细节，也促使了这个故事类型的发展壮大。易装是清代通俗文学中的一个重要主题，许多小说戏曲曲艺文学中都有易装女英雄形象的出现，尤其以女性创作的弹词小说为多，这些易装女性大多与木兰一样有着高尚初衷和传奇经历。在这些易装故事中，男性的创作与女性的创作差异较大，尽管情节结构大致相仿，但在对易装女性心理，面对功名权力和回归家庭的态度上，男女双方的创作

① 永恩：《漪园四种》，清礼亲王府刻本。
② 张绍贤：《闺孝烈传》，黄山书社1991年版，第4页。
③ 瀛园旧主：《木兰奇女传》，山东文艺出版社1987年版，第82页。

则有着很大的不同。在男性笔下仅仅作为一种叙事模式的易装故事和在女性作家笔下寄托了白日梦的易装故事都构成了清代通俗文学中易装故事的繁荣，这个极具张力的故事类型被赋予了多种内涵，一再被改写，被注入新的活力。

　　木兰易装故事流传了千余年，在各种文化因素的影响下经过了历代的演变和改编，至今仍然对当代人的精神世界有着重要的影响。易装故事天然地具有打破规则的"越界"意味，当社会政治经济文化等因素造成对两性的分隔要求较松时，木兰易装故事就显得为自然明朗，而当出于各种政治政策和社会环境影响，使得儒家礼教对女性的要求严格之时，木兰易装故事就有了"越界"的危险，为了保护这位道德楷模的形象，必须展现其易装及易装后的生活细节以证明其贞女的身份，使"越界"的行为得到主流文化的认可。而日益发展的通俗文学以及民众对娱乐化通俗文学的需要，也促进了传奇性强、具有强烈戏剧色彩的易装故事的繁荣。

原载《天中学刊》2013年第3期

建立民族本位的中国叙事文化学（节选）

苗怀明

摘要：西方叙事学理论是20世纪80年代引入中国并应用于中国古代小说戏曲研究的，它拓展了研究领域，提供了以往中国学者不曾涉及的观察视角，但此种研究也存在一些弊端和局限。宁稼雨教授首倡中国叙事文化学，借鉴吸收叙事学、主题学的理论和方法，将表层的叙事结构与深层的文化内涵有机结合起来，是对叙事学、主题学理论和方法的重要修正和推动。

关键词：中国叙事文化学；叙事学；主题学

将西方叙事学理论引入中国并应用于中国古代小说戏曲研究是从20世纪80年代开始的，至今已有三十多年的历史。与叙事学同时引入国内的还有信息论、结构论、系统论等众多西方自然科学、社会科学理论，在当时曾热闹一时，广受关注。如今时过境迁，20世纪80年代作为一个恢复学术、引入方法的特殊时期载入20世纪中国学术史，至于那些新理论、新方法以及运用这些新理论、新方法研究中国古代小说戏曲的文章则大多已被人们忘却。值得注意的是，叙事学作为研究中国小说戏曲的基本理论和研究方法经过三十多年的实践被保留下来。

叙事学的保留显然是学界选择和筛选的结果，因为它拓展了中国古代小说戏曲研究的领域，提供了以往中国学者不曾涉及的观察视角，比如叙事者、叙事人称、叙事视角、叙事节奏、叙事顺序等，这些都是以往研究者忽略或不曾重视的，与传统的小说戏曲结构或技法理论有着很大的不同，能比较有效地描述中国小说戏曲的内在特性，且便于操作运用。较早将叙事学理论应用于中国小说研究并产生较大影响的是陈平原的《中国小说叙事模式的转变》①一书，该书运用叙事学理论深入阐释中国小说从古典形态到现代形态的变迁，令人耳目一新。

也正是为此，到20世纪90年代，中国古代小说戏曲等通俗文学的叙事研究很快成为一个学术热点，并出版了一批相关的研究专著，如李庆信的《跨时代的超越——红楼梦叙事艺术新论》、杨义的《中国叙事学》、王彬的《红楼梦叙事》、张世君的《〈红楼梦〉的空间叙事》，一时达到开谈不说叙事学，研究小说也枉然的程度，这种热度一直持续到当下。以新理论、新方法的应用推动中国小说戏曲的研究，取得一批重要研究成果，由此带来新的气象，这无疑是应该给予肯定的。但是，将叙事学的理论和方法对中国古代小说戏曲审视过一遍，在中国古代小说戏曲经典作品上一一演练之后，问题也逐渐出现，那就是如果只是一味将叙事学的一些基本方法套用到小说戏曲等通俗文学作品上的话，一方面会形成一种机械式的套路，遮蔽了作品自身的丰富特性，将叙事学研究模式化、简单化，变成一种纯技术性的劳动，另一方面，仅限于技术性的描述，对小说戏曲作品特性揭示的深度将大打折扣。这既是中国小说戏曲叙事研究存在的弊端，也显示了此类研究的一些局限。进入新世纪之后，这种弊端和局限越来越明显，中国小说戏曲的叙事研究逐渐陷入瓶颈状态。

而正是在这一时期，随着中国古代文学研究的逐渐深入，研究者对中国文学本土特性与民族风格有着更多的认同。他们以学术史的研究为开端，从学科角度进行了全面、深入的总结和反思，逐渐认识到中西文学固然存在不少共性，但其彼此之间的差异更值得关注，两种文学有着各自产生和发展的社会文化语境，用西方文学的作品作为标尺来要求中国文学，用西方的文学理论硬套中国文学，必然会出现很多弊端。而令人尴尬的事实是，中国小说戏曲乃至中国文学的研究恰恰是在西方文学理论传入的背景下按照西方的学术话语体系建立起来的，可以说是存在着先天不足。在走过一

---

① 陈平原：《中国小说叙事模式的转变》，上海人民出版社1988年版。

个多世纪的坎坷经历之后，如何尊重中国文学自身的发展实际，建立民族本位的中国文学研究就成为新世纪学科发展的内在需求，中国小说戏曲的叙事研究同样存在这一问题。

面对这一重要的学术转型，许多学人积极寻求突破之道，宁稼雨教授近年来大力提倡中国叙事文化学，在此方面进行了可贵的探索，为中国小说戏曲的研究提供了重要的参考和借鉴。从理论资源来看，宁稼雨教授首倡的中国叙事文化学借鉴吸收了叙事学、主题学的理论和方法。一方面，吸收叙事学理论与方法中的合理、有效成分，避免其机械化、简单化的弊端，着力探讨故事讲述背后的演变轨迹与社会文化内涵；另一方面，借鉴主题学的研究方法，将其从民间文学引入文人创作的研究中，为叙事研究提供新的视角和方法。从表面上看，中国叙事文化学与主题学研究存在许多相似之处，都探讨故事情节的类型和组成，但两者的区别还是相当明显的。主题学的研究主要应用于民间文学研究，它关注的是情节背后的集体无意识与集体情结。而在中国小说戏曲等通俗文学中，固然有集体创作的成分，但个人撰著的作品也是相当多的。一个母题类型比如三国故事、水浒故事、西游故事等的发展演进，其中固然有民间力量的推动，但个体在其间做出的重要贡献也是不容忽视的，单纯用主题学的方法来研究个人创作的小说戏曲作品会遮蔽掉一些个性化、风格化的东西，因而影响对作品深入、准确地理解。而中国叙事文化学则可以克服这一弊端。它一方面描述和归纳一个母题在发展演变过程中的共性，另一方面也兼顾作家个人在这一过程中所起的重要推动作用，因而对中国小说戏曲的研究是较为妥帖和有效的。

原载《天中学刊》2015 年第 6 期

尝试与创获
——中国叙事文化学的理论建构（节选）

胡胜

摘要： 当下中国古代叙事文学研究领域最令学者苦恼或焦虑的是"理论困境"，时至今日尚缺乏真正意义上的中国叙事学理论，而宁稼雨所从事的中国叙事文化学研究是非常有益的尝试。他所倡导的中国叙事文化学是一种在对西方主题学吸收、借鉴、本土化基础之上形成的具有民族特色的研究模式，对于中国古代叙事文学研究来说，具有特殊的意义。

关键词： 宁稼雨；中国叙事文化学；中国古代叙事文学研究

个人以为，在当下中国古代叙事文学研究领域，最令学者感到苦恼或焦虑的，恐怕非"理论困境"莫属。这其实是一个长期困扰着学界的问题，而近年来变得尤为棘手。

特别在最近十余年里，一方面，学界队伍迅速壮大，成果迭出；另一方面，传统研究范式内的腾挪空间却不断缩小，随着两者之间的矛盾日趋显著，愈来愈多的学者开始认识到一个现实：我们仿佛一头体格疯长的蛮牛，正撒欢、任性地奔向一条死胡同，而那可以想见的结局—— 一副肥硕臃肿的身躯填塞、挣扎于夹角中的痛苦与不堪——不免令人忧心忡忡。于是，如何打破传统研究范式的束缚，为学界寻觅一条新的可持续发展的出路，逐渐成为学界热议的话题。"工欲善其事，必先利其器"，理论工具的问题，自然成为相关讨论的焦点。而此时我们才发现：那头狂奔中的蛮牛，居然没有长成一对锋利的犄角，与滚肥的身形严重失衡。根本问题其实不在于体积膨胀与空间限制的矛盾，而是我们缺乏开拓空间的工具，或者说，根本的矛盾是古代叙事文学研究实践的赓续发展和中国叙事学理论匮乏与滞后之间的不平衡关系。

这里所谓的"匮乏"，并非"理论经验"的匮乏，而所谓的"滞后"，也不是"理论实践"的滞后。一直以来，我们并不缺乏理论经验，相关领域的学者一直致力于各家观点与学说的发掘、搜罗、整理、阐释、译介工作。尽管我们依然应该谦逊地表示对过去及外界的理论经验知之甚少，不过拾其万一而已，但绝不至"匮乏"的程度；而我们的理论实践其实也并不滞后，尤其20世纪末西方叙事理论涌入后，学界所陷入的"以他山之石攻玉"的热闹场面，至今让人心生悸动。而近年来，回归理性的学界开始总结教训，在消化、借鉴西方理论以阐释本土古典文本方面进行了诸多有益的实践。

但问题是，我们始终未能在相对丰富的理论经验和不乏价值的理论实践基础上，归纳、建构起一套完整的、系统的、具有民族特色的、普适于中国古代叙事文本阐释活动的理论体系。简单地说，我们缺乏真正意义上的中国叙事学理论。

当然，这是一个太大的命题，一个耗时巨大的工程，非几代学人的努力而不可成。现阶段的我们所能做的，也最应该做的，恐怕还是继续往山上搬石头，为将来做好"理论经验"与"理论实践"方面的准备。虽然只是搬石头，却不能再陷入20世纪末那种狄俄尼索斯式的狂欢，不分瓦砾砂石，一股脑儿地撮在车里，朝山顶飞奔，只有冷静分析、科学选拣、按部就班运作的尝试才是有益的。而宁稼雨教授所从事的中国叙事文化学研究，就是这种有益的尝试。

宁稼雨教授所主张的中国叙事文化学，是一种在完成了对西方主题学吸收、借鉴、本土化基础之上形成的具有民族特色的研究模式。这对于中国古代叙事文学研究来说，具有特殊意义。它试图引导我们将目光从文本上拉回，而将研究对象还原为故事，这本身就能在一定程度上克服以往学界聚焦文本（尤其个别经典文本）的研究倾向之消极影响。文学研究的根本目的固然在于阐释文本，但长期存在的文本先行的思维定式，导致不少重复阐释、过度阐释的情况，这对经典作品的阐释其实是无益的。而如果以故事为先，将文本作为故事演化过程中参与主题形成与表达的一系列坐标点，无论是对于文本个体还是彼此间关系的认知，无疑都是具有启发意义的。这种研究模式，不仅可以重新串联经典文本，更可以在一个更高的维度上重新整合既有的文本系统，从更高品位的互文视野来从事相关研究。

原载《天中学刊》2015年第3期

赵氏孤儿故事的演变与忠奸斗争（节选）

柏桢

赵氏孤儿故事主要讲述春秋时代赵氏惨遭灭门而后复立的传奇故事。从春秋一直到清代，它在史书、文人笔记、杂剧、传奇、章回小说等作品中广为流传，故事的人物、情节、环境也都各有变化，展现了同一个故事在流传中总会经历不同时代书写者再创造的过程。先唐时期的赵氏孤儿故事尚处于故事形态演变的雏形期，展现出质朴的历史原貌，而文本则多集中于经书和史书中，始于《春秋》，以《左传》和《史记》为扛鼎之作；唐宋时期的赵氏孤儿故事处于稳定期，《左传》版和《史记》版故事同时流行于世，文献多集中于史书和笔记中；元明清时期的赵氏孤儿故事无论是人物还是情节都出现重要变化，属于故事转变期，涉及文献也颇为丰富，杂剧、传奇、小说遍地开花，故事内容主要以元明两个刊本的杂剧《赵氏孤儿》的记述为主线，佐以时代的政治和文化内涵。

赵氏孤儿故事自《史记》的记载开始，就打上了鲜明的忠奸斗争色彩。为救孤儿，众多忠臣义士与以奸臣屠岸贾为首的邪恶势力展开了一场智慧与力量的双重角逐，忠奸之争的胜利与否直接关系到赵氏孤儿的存亡命运。而赵氏孤儿顺利长大成人，成功复立赵氏家族的故事结局，在一定意义上也可以看作是忠臣对奸臣的一次绝对性胜利。无论叙述方式随时代如何演变，赵氏孤儿整个故事系统在忠奸斗争方面都经历了忠奸力量的不断消长：有时忠奸势力相当，有时奸大于忠，有时忠大于奸，正是在这样的权力较量中，孤儿的命运随之跌宕起伏。历代赵氏孤儿故事里忠奸力量的消长和冲突情况的不同，可以反映出各时期忠奸斗争的不同特点。

一、宋前：从家国之争到为君王讳

宋代以前的赵氏孤儿故事在忠奸斗争主题上经历了一个从无到有的变化过程。忠的概念可以说是故事中一直存在并且是各文本的作者都极力予以强调的一点，而奸的元素在先秦的故事中则始终处于缺失状态。直到《史记》，奸臣屠岸贾的出现才弥补了奸臣缺失的环节，开启了赵氏孤儿故事的忠奸斗争主题。

先秦故事冲突的核心在于忠臣赵盾与晋灵公的矛盾，国君的昏聩与忠臣的屡谏不从构成二者之间的巨大冲突。除去赵盾遂成为国君所愿，而国君荒淫也引发民怨，于是有了赵盾弑君和赵氏灭族。在这些故事中，奸臣隐退，晋灵公实质上充当了类似后世"奸臣"的负面角色，其昏庸与残暴比之奸臣更是有过之而无不及。忠臣赵盾对国君的屡谏和耿直与君王的无视和厌恶形成了一种暗地斗争。强谏下的民主精神与君主个人独断的矛盾注定了赵盾的悲剧结局。一边是苦口婆心、强谏圣上的无奈与坚持；一边是荒淫腐败、蔑视生命的残暴与恶毒，善恶是非倾向十分明显。二者虽不是传统意义上的忠奸斗争，但同样可以看作是一种"忠奸"对立式的斗争，只不过君王走到台前，暂时客串了一把奸佞。

《史记》中奸臣屠岸贾的正式出现，奠定了后世所有版本中赵氏孤儿故事的忠奸斗争主题。司马迁不仅首创孤儿故事，而且首次把奸臣屠岸贾这一典型形象引入读者的视线，将其与孤儿命运紧密地联系起来。虽然《晋世家》中也详细交代了晋灵公与赵盾之间的君臣之隙，但其明显可以看作是《赵世家》中所叙赵氏孤儿故事的前传。正是由于赵盾弑君的"大逆不道"，才有了奸臣屠岸贾欲诛灵公之贼赵盾的讨逆之举。文本记载屠岸贾的这场血腥行动为"矫以君命，并命群臣"，也就是说屠岸贾是背着国君晋景公私自搞了一场声势浩大的屠杀赵氏行动。在这场灭门事件中，国君是无辜的，因为他被蒙在鼓里，毫不知情；参加行动的臣子们是无辜的，因为他们被屠岸贾胁迫而为，无奈之下与奸臣为伍，故事唯一的凶手只有奸臣屠岸贾。他一手策划了赵氏灭门，并且残忍到要斩草除根以绝后患，于是有了赵氏孤儿的艰辛命运。

在皇权至上的古代中国，封建帝王都是神秘、神圣、不可亵渎的，都是集美好人格于一身的理想人物。人们宁愿相信陷害忠良等诸多恶事皆是由君王身边的奸臣所为，也不愿意相信君王会与奸臣合谋做坏事。而《史记》故事里奸臣元素的凸显，正是皇权膨胀，为君王讳的突出表现。汉代实现了我国大一统王朝，中央集权统治空前加强，天人感应学说倡导君权神授，赋予了封建帝王更加神秘、权威的色彩。随着儒学思想深入人心，忠君爱国、维护君主成为汉人普遍的行为操守。这种相信帝王、屈从皇权的意识经历魏晋南北朝的板荡与异动，到了唐代，随着儒家思想重要地位的进一步确立及法律的保障，变得更加坚固。与之相应的是唐代赵氏孤儿故事对《史记》版忠奸斗争的延续，奸佞继续扮演着君王的替代人，干了君王们想干又不方便干的所有恶事。而其中的恶事之一便是为皇帝除掉心头之恨，这自然包括那些犯颜直谏的忠臣们。

二、宋元：融入家国沦亡情绪的忠奸斗争

宋元时期，赵氏孤儿故事在忠奸斗争主题上的突出特点是融入了家国沦亡的危急情绪。从宋代内忧外患的时代背景到元代异族统治、江山易主的历史事实，赵氏孤儿故事可谓均参与其中，或激励了铁蹄践踏下宋人空前强烈的爱国热情，或平添了元朝武力统治下汉族江山不保的喟叹与感伤。

宋代赵氏孤儿故事的最大特点是故事本身与时代场景的积极互动，表现在忠奸斗争主题上的则是由紧张对外关系所引发的对于忠奸问题的大讨论。强化故事的忠奸斗争主题并大肆宣扬，以达到教化国民奋起反抗，警示朝廷抗奸启忠的目的。宋代文治虽盛，而武功征伐则稍逊，缺乏一支强大的军队保家卫国。对外战争的失败、不断割地求和的屈辱以及百姓生活的水深火热，迫使宋代自上而下地集体反思究竟是什么造成了今日之困。而"奸臣当道"就这样被适时地拉了出来，充当了宋代君昏臣腐的替罪羊。因此，批判奸臣，表彰忠义成为宋代赵氏孤儿故事的核心内容。上到帝王将孤儿赵武认作宋代宗祖，为救孤之人程婴、杵臼、韩厥立庙封侯；下到宋代百姓笃信孤儿神庙，求雨祈福，代代不衰，官方的认可与赞扬加速了赵氏孤儿故事的传播。

元代赵氏孤儿故事中的奸臣势力变得更加强大了，甚至一度超越君王，大有挟天子以令天下的意味。故事一改先前文本中屠岸贾后世讨逆的情节设置，将其与忠臣赵盾安排成同朝为官，但文武不和。屠岸贾欲杀赵盾，并不是要为自己的主子灵公除去心头之患，而是为了除忠臣进而弑君篡位，取灵公而代之，成为晋国的新国君。鉏麑行刺、恶犬扑盾这些原本是灵公为剪除赵盾所施行的阴谋计划，在元杂剧中被完全地移植到了屠岸贾的身上。这一移花接木手法的运用，将屠岸贾塑造成了一个为夺权不择手段的大奸臣，而灵公则默默地退居故事后方，甚至让人产生一种灵公软弱需要忠臣赵盾抗奸护主的错觉。救孤主人公之一公孙杵臼的罢职归农，也正是出于屠岸贾祸乱朝政、把持大局的政治现实，忠奸斗争在奸佞的强大压力下变得愈发激烈。为抓捕赵氏孤儿而屠杀全城婴儿的举动则将屠岸贾的嘴脸进一步妖魔化、丑恶化了，除奸斗争在很大意义上成为拯救生命的一场较量。

　　之所以对流传已久的赵氏孤儿故事进行主题上的重大改编，离不开杂剧作者纪君祥所处时代环境和人生经历的影响。故事讲述的是春秋之事，反映的却是作者的元朝情志。元朝统治下的汉族知识分子社会地位低下，仕进无门，漂泊无依的中原心绪只能化作杂剧创作中的一缕幽思、一腔悲愤。《赵氏孤儿》便是纪君祥国破家亡之恨的流露，渗透了浓重的反元复宋思想。元代的民族歧视政策更加剧了汉人对文治兴盛的宋朝的怀念，江山易主情绪投射在赵氏孤儿故事中就化作了奸臣屠岸贾弑君篡位的巨大野心。对奸臣的极度强调和对君主王权正义性的弱化对比鲜明，成为此时期赵氏孤儿故事中忠奸斗争的突出特点。改朝换代，似乎一触即发，君主的权威受到了前所未有的挑战。这一方面隐含了纪君祥对君主昏庸无能的愤恨，正是君昏才致国家衰颓，奸臣当道；另一方面也表达了作者对奸邪暴虐屠岸贾们的极度谴责，故事中的屠岸贾妄想夺权取而代之，无异于元蒙侵占宋土。反屠岸贾以复赵氏，实际上象征着作者反元复宋的家国理想，影射之意时时流露文间。

原载《天中学刊》2015 年第 3 期

构建中国叙事文化学的学理依据（节选）

郭英德

摘要："中国叙事文化学"是宁稼雨取得的一项重要学术成果，其构建得益于西方主题学研究的启示与沾溉。以"中国""叙事""文化"三个关键词，构建而成为中国叙事文化学的理论体系。中国叙事文化学的理论探索将有助于推进中国文学、中国文化的深入发展。

关键词：中国叙事文化学；宁稼雨；主题学；理论体系

着力构建"中国叙事文化学"，这是南开大学文学院宁稼雨教授取得的一项重要学术成果。1999年，宁稼雨教授申请并获批国家社科基金项目"六朝叙事文学的主题类型研究"。十几年来，他带领以南开大学文学院中国古代文学专业部分硕士生、博士生为主体的科研团队，在中国叙事文化学的理论思考、方法探索与研究实践等方面，筚路蓝缕，开拓创新，业已初见成效，引起学术界的普遍关注。

正如宁稼雨教授所指出的，中国叙事文化学的构建得益于西方主题学研究的启示与沾溉①。主题学发轫于19世纪德国学者格林兄弟等人对民俗学的研究，其后在国际理论学界被视为比较文学的一个分支。尽管至今学界对"主题""母题""原型""类型"等概念的内涵及其相互关系尚各持其说，莫衷一是，但是对作为一种理论与方法的"主题学"却有着大致趋同的认识，即认为主题学旨在超越时空界限，考察同一主题（母题、原型、

---

① 宁稼雨：《主题学与中国叙事文化学的构建》，《中州学刊》2007年第1期。

类型、套语）在不同时代、不同地域、不同作家文学中的流传与变异，以追源溯流，求同辨异。从宁稼雨教授及其研究团队所取得的成果可以看出，将西方的主题学研究"中国化"，从而构建中国叙事文化学的理论体系，其基本的学理依据可以浓缩为三个关键词，即"中国""叙事""文化"。

如果说主题学是以"世界"为本位，尤其是以文化意义上的"西方"为本位的，那么，中国叙事文化学则是明确地以"中国"为本位的。1937年艾伯华（Wolfram Eberhard）编《中国民间故事类型》①，1978年丁乃通（Nai Tung Ting）编《中国民间故事类型索引》②，主要采用的是阿尔奈（Anitti A. Aarne）、汤普森（Smith Thompson）的"AT分类法"（即阿尔奈－汤普森体系）。这一国际通用的故事情节类型分类法主要是以欧洲与印度的民间故事为依据的，流注的是西方文化的血液，因此这一分类法用于中国民间文学研究的普适性和有效性无疑是有局限的。在此基础上，台湾师范大学教授陈鹏翔撰写《主题学研究与中国文学》③等论著，力图建构中国文学主题学理论体系，已经表现出主题学"中国化"的努力。而中国叙事文化学的构建，更进而在与西方主题学进行对话的基础上，倡导以中国本土的叙事文学故事作为坚实的学术基础和丰富的研究对象。这不仅仅是理论体系立足点的简单位移，而是鲜明地体现出学术研究者的一种文化使命感，即在世界文化"众声喧哗"之中，努力唱响中华民族独具风貌的乐曲。正是这种"中国化"的特色，赋予中国叙事文化学的建构以独特的学术意义与文化意义。

传统的主题学研究主要关注民间文学故事中的题材类型和情节模式，在其发展历程中，逐渐呈现出从民间传说、神话故事向文化意象、纯粹母题"泛化"的演进轨迹。但是，研究对象的"泛化"，既可以促进理论体系的扩容，也可能导致理论体系的破裂。当研究者把友谊、时间、离别、隐逸、自然意象、世外桃源、宿命观念等都纳入主题学研究视野之时，主题

---

① ［德］艾伯华：《中国民间故事类型》，王燕生等译，商务印书馆1999年版。

② ［美］丁乃通：《中国民间故事类型索引》，郑建成等译，中国民间文艺出版社1986年版；华中师范大学出版社2008年版。

③ 陈鹏翔：《主题研究与中国文学》，《主题研究论文集》，东大图书有限公司1983年版。

学研究就有可能成为一种包罗万象的"内容研究"范式，从而丧失了自身的理论自足性。而中国叙事文化学则明确地强调以叙事文学故事作为核心的研究对象。一方面，中国叙事文化学缩小了业经"泛化"的主题学的研究范围，在某种意义上向传统的主题学研究回归，聚焦于叙事文学故事主题（包括人物形象、题材类型、情节单元）的研究，而不将文化意象或纯粹母题纳入研究范围。另一方面，中国叙事文化学扩展了产生于民俗学之中的故事类型学的研究范围，将学术眼光从一般意义上的民间文学，转向包括史传、叙事诗文、小说、戏曲、说唱等在内的更为广阔的个体叙事文学文献。在这方面，金荣华编《六朝志怪小说情节单元分类索引》①，宁稼雨编《先唐叙事文学故事主题类型索引》②，已经取得显著成果。中国叙事文化学强调以"叙事"为主的学术取向，着重以"事义"作为文学主题研究的焦点，有效地接续了中国文学理论的悠久传统，如萧统《文选序》称"纪事之史"中的论赞与叙述"事出于沉思，义归乎翰藻"；刘勰论"文"的"体制"，称必以"事义为骨髓"（《文心雕龙》卷九《附会》）。这种学术取向有利于发掘中国历代为"诗言志"的抒情传统所遮蔽的叙事传统，从而建构完整的中国审美文化。

原载《天中学刊》2012年第3期

---

① 金荣华编：《六朝志怪小说情节单元分类索引》，台北中国文化大学中国文学研究所1984年版。

② 宁稼雨：《先唐叙事文学故事主题类型索引》，南开大学出版社2011年版。

《佛经故事与中国民间故事演变》（节选）

刘守华

异国故事的蜕化

伴随佛教进入中国的印度佛经故事估计在千篇以上。这一事实撇开其宗教意义，实为一次大规模而持久的文化交流。北京大学王邦维先生在选译《佛经故事选》一书时说得很好："佛教文化是我们中国第一次大规模接触的外国文化，它使当时的中国人大开了'眼界'。由于佛教的传播，我们不仅知道了一种新的宗教，也了解到了印度的哲学、逻辑学、语言学、文学、艺术、天文学、医学等科学，从而大大丰富了中国传统文化的内容，刺激了自己文化的发展。这恐怕是比佛教本身更有意义的一件事。就这方面来说，佛经的翻译有着很大的功绩。"[①]

佛经故事中许多篇均由印度民间故事改编而成，正如季羡林等诸位前辈所指出的："许多印度民间故事通过佛经的翻译而传至中国，有的进入中国的民间文学，有的甚至进入文人学士的创作。"[②]因而我们所做的这项研究，便成为民间文学的跨国比较。又因中国各族民间故事的主体属世俗文化，而佛经故事属宗教文化，两者的比较便又具有跨学科的特殊意义。

笔者在做《比较故事学》和《中国民间故事史》的研究时，已初步厘清出由佛经故事演化而来的中国故事约三十例。近期研读几十部佛经，所得事例又有所增加。笔者深深感到其间所隐含的关于世界民间故事传播交

---

① 王邦惟：《佛经故事选》前言，重庆出版社1985年版，第11页。

② 季羡林：《比较文学与民间文学》，北京大学出版社1991年版，第171页。

流、传承演化的一些奥秘，发人深思。

云南傣族流行的阿銮故事系列中，有一篇《帕雅惟先达腊》，有关学人已查明，它来自巴利文本生经中的《维先陀罗王子本生》，也就是汉译佛经中的《太子须大拏经》。阿銮故事的基本情节及主要角色姓名均与佛经相一致，但汉译《须大拏经》中太子的布施只对穷人，而且故事中施舍妻儿只是作为考验来处理，最后在帝释天的护佑下，太子全家终得大团圆。而这篇傣族故事却一味渲染太子布施的苦行，最后进入"涅槃"境界，死后成佛。后者具有小乘佛教经典的明显特征，而且在云南傣族地区浓重的小乘佛教信仰氛围内被强化，并未实现向民间世俗文化的转化。这样的例子颇多，只是学人未将它们纳入民间文学范围来考察罢了。

我们所感兴趣的是那些佛经故事在长时期口头与书面传承中，已经在中国土地上扎根，和中国民间故事融为一体。它们被吸收和"蜕化为国有"，显露出怎样的规律性呢？下面试举例说明。

其一是有些佛经故事传入中国后已成为人们喜爱的故事类型（type）。如丁乃通《中国民间故事类型索引》之AT91型"猴子的心忘在家里"，讲述猴子和乌龟交朋友，乌龟欲取猴心，阴谋加害友人，猴子谎称心肝忘在家里而机智脱险的故事。《中国民间故事集成·陕西卷》所录《猴子和鳖打老庚》为其代表，故事情节大同小异的异文共有十多篇，分布在辽宁、山东、山西、福建、上海、西藏、内蒙古等地。其实它就是由一则印度佛经故事演化而来的，这一故事最早见于三国时吴地高僧康僧会所译《六度集经》中之"兄（猕猴）本生"，又西晋高僧竺法护所译《生经》中之"佛说鳖猕猴经"，还见于隋代高僧阇那崛多那所译《佛本行集经》中之"虬与猴"。有充分理由断定，中国各地的猴子和乌龟故事均源自上述佛经故事。究其在中国扎根演化的原因：一是由于它本是印度的一则生动有趣的民间故事，在印度古代的一部民间故事书《五卷书》中就可以见到。佛经中虽附会为佛陀的本生故事，却并未改变其贴近生活的基本情节和意蕴，因而极易为中国民众所接受。二是它的动物故事形态极易同中国各地的自然生态结合，而故事主题又可以灵活变易。佛经中用猕猴遇险来劝诫贪欲，中国故事则用以寄寓交友之道，均可顺理成章，存活于人们的口头心间。

像这样主干情节源于佛经的故事类型，还有"动物报恩""感恩动物忘恩的人""代人问事得好报""龙宫娶妻""善恶两兄弟""聪明小偷""老人是个宝"等。

　　其二是对佛经故事所含母题（motif）的汲取。这里以著名的田螺姑娘故事为例。晋人陶潜《搜神后记》中的"白水素女"和唐人皇甫氏《原化记》中的"吴堪"，是人所熟知的中国田螺姑娘故事的经典性文本。前一篇中，螺女本相被窥视后即离去。后一篇增加了县宰着意刁难男主人公，欲强占螺女，螺女便以一食火喷火的怪物"祸斗"，将县宰及县城一举焚毁，从而得到大快人心的结尾。佛经故事中没有农民娶螺女的叙说，可是三国时吴地高僧康僧会译出的《旧杂譬喻经》第二十二篇中，却讲到某国王闲极无聊，命臣下于街市中买来一只能吃铁针的怪物"祸母"。国王"积薪烧之，身体赤如火；便走出，过里烧里，过市烧市，入城烧城"。王宫及都城最后均毁于"祸母"。"祸母"和"祸斗"虽然有一字之差，在叙事功能上却是饱含意趣的同一母题。它本是国王挖空心思刁难臣民的一道难题，想不到后来却搬起石头砸了自己的脚。它具有联结几个角色推动情节意外伸展的作用，又使整个故事获得恰到好处令人愉悦的效应。于是它作为富于活力的母题在此后同类型的中国故事中扎下根来。陶潜《搜神后记》中不见这一母题，后来却在唐人笔下的同类型故事中冒了出来，成为最精彩的叙说，并由此使"吴堪"的主题在增强对邪恶势力的抗争上得到升华。故事形态的这种变化，笔者以为只能从借鉴佛经故事、汲取外来文化滋养这方面得到合理解释。值得我们注意的是，故事中这个大胆设想的怪物"祸母"或"祸斗"，在口语中也可以叫作"稀奇货""窝罗害"等。它不仅用在田螺姑娘型，还被广泛运用在许多表现善恶势力对抗、主人公以斗智获得胜利的作品之中。这类故事可以找到上百个地方文本，并由此赋予这些故事以新奇动人的艺术魅力。可以大致判定，源于佛经故事的这类母题，尚有"煮海宝""偷听话""买智慧""学样失败"等。从"母题"和"类型"入手，已成为现代国际故事学的通用方法之一，也是我们将佛经故事和中国各族民间故事进行比较解析，寻求其内在关联的基本方法。

　　佛经故事被译成汉、藏等文字，采用口头和书面形式，以转述原作或略有改易的文本在广大时空范围内传播，这样的事例不胜枚举。但研究者不能仅满足于肤浅地陈述这些事例。就类型和母题入手，不失为深入进行比较的一个新视角。类型是故事的骨架，作为最小叙事单元的母题是故事的血肉。转化为中国故事类型和母题的佛经故事，不仅标志着它被民众接受之广泛深入的程度，还标志着它同中国故事的亲和性和生生不息的活力。《中国民间故事集成》总序概述中国故事特色时说："它的许多方面（从作品的情节人物到作品的体裁特征等）都经常处在运动变化之中，而这正是口头故事生命力的表现。"从佛经故事中汲取有关类型和母题，正可以将接收外来影响和立足于本民族文化土壤而变易创造统一起来。中国民间故事之多姿多彩、富于活力，其奥秘从这里也可以得到一定程度的说明。曾以十年心血编撰《中国民间故事类型索引》的美籍华人学者丁乃通，在这部书的"导论"中，就他的见闻所及，提出在中国民间故事汪海大洋中，真正源于印度的故事只有三十九个类型，这表明"印度的传统对中国故事的影响远不如中国学者一度所想象的那样大"①。可是从笔者就佛经故事研究所得知信息，仅从印度佛经故事演变而来的中国各族民间故事就远远超出了这个数字。

从佛经中汲取有关类型和母题，不仅有助于丰富民间故事的叙事手段，也有助于丰富作品的思想文化内涵。例如钟敬文先生曾提到中国民间故事在思想感情内容上特别讲究"缘分"，与邻近的日本、韩国等明显有别，其实这一特点就是从佛经故事中来的。"缘起论"在佛教义理中占有重要地位。据中国佛教协会前会长赵朴初先生解说："所谓缘起，就是指一切事物或一切现象的生起，都是由相持（相对）的互存关系和条件决定的；离开关系和条件，就不能生起任何一个事物和现象。""任何一个因都是因生的，任何一个缘都是缘起的，因又有因，缘又有缘，从竖的方面说，无始无终；从横的方面说，无边无际。"②这一佛教义理中含有深刻的辩证法。佛经所载关于动物或人类恩怨因果相报等故事，就渗透着这种因缘说，它已深入

---

① ［美］丁乃通：《中国民间故事类型索引》，中国民间文艺出版社1986年版，第22页。

② 《文史知识》编辑部编：《佛教与中国文化》，中华书局1988年版，第6页。

人心并对民间故事的情节舒展和主题深化有着积极影响，以致成为中国文化特色的一个重要方面。我们着力探求佛经故事在类型和母题构成上对中国民间故事的影响，正体现着内容和形式相统一的原则，并非只注重它们的结构形式。

系统清理佛经故事传译对中国各族民间故事构成演变的影响，是一项颇为繁难的学术工程。因此笔者希望在研究中能得到国内外学界朋友们的坦诚帮助。

从《经律异相》看佛经故事对中国民间故事的渗透

研究佛经故事在中国的传播和对中国民间故事的影响，成书于1500年前的《经律异相》五十卷是最具代表性的著作。

《经律异相》是一部搜罗完备的佛经故事总集，署名南朝梁代僧旻、宝唱等撰集，是奉梁武帝之命于516年前后修成的。但据研究者考证，它的主编实际上是吴地出生的高僧宝唱，僧旻并未参与其事。①上海古籍出版社据《影印本宋碛砂版大藏经》，于1986年将它影印出版，在"出版说明"中写道：

> 《经律异相》的最大价值还在于它对文学的影响。所谓"异相"是相对于"同相"而言。同相为"真如"，为"本原"；异相则是存在于神话和现实中具体形象之间的差别相，由此来体现"真如"，达到劝谕醒世的目的。释迦牟尼口授的经、律部分中被称作"异相"的故事、譬喻和传说，原来散见于浩繁的佛教经典中（其中不少发生于释迦牟尼涅槃以后，系佛经结集时羼入），本书加以集中汇编，共得669则，大都带有浓重的文学色彩，充实并扩展了中国文学领域。其中众多的佛经故事和印度民间故事，为此后的戏曲小说所取材……众多的神怪、动物故事，则对六朝、隋唐志怪小说的形成和发展，起了催发推动的作用。

---

① 参见白化文、李鼎霞：《〈经律异相〉及其主编释宝唱》，《国学研究》第2卷，北京大学出版社1994年版。

中国民间故事曾受印度故事强有力的影响，这一影响主要是通过汉译佛经故事来实现的。《经律异相》就给我们提供了一个探求这种外来影响的重要窗口。

《经律异相》的编排始于"天部"，终于"地狱部"，按照佛教的宇宙本体观来排列故事，展现大千世界的纷繁事相。从故事的主要角色出发，划分为天人、佛菩萨、僧人、国王、王后、太子、王女、长者、婆罗门、商人、庶人、鬼神、畜生等部类，显得层次分明，条理清晰。《经律异相》对佛经故事的这种分类，现今辽宁满族的一位女故事家李成明将民间故事分为"三界六景"的说法和它十分相近，其中的奥妙耐人寻思。①

就故事艺术形态而言，则可以大体区分为两类：一是体制短小，见于《百喻经》《譬喻经》等经书的寓言故事；二是为《佛本行集经》《贤愚经》等所收录，故事情节较为曲折繁复的佛本生故事。这两类故事中均有不少饱含民间口头文学意趣，为中国民众所喜爱而蜕化为"国有"的作品。

从入海采珠到煮海宝

《经律异相》卷九，从《生经》卷一中摘编《入海采珠以济贫苦》：

> 我念过去时，国人贫穷，生怜悯心，乃欲入海求如意珠。众人大会，风诣举帆，诣海龙王，从求头上如意之珠。龙王闻其欲济穷士，即以珠与。时诸贾客各各采宝，悉皆具足，乘船来还。海中诸龙及诸神鬼悉共议言："此如意珠，海中上宝，非世俗人所当获者。云何损海益阎浮利，诚可惜之。当作方计，还夺其珠，不可失之。"时诸龙鬼昼夜围绕，欲夺其珠。导师德尊，如意珠力不能夺之。度海既毕，菩萨踊跃，住于海边，低头下手，咒愿海神，以珠系颈。时海龙神因缘得

---

① 李成明的"三界六景"说为：星星、月亮、天神、仙女为上界，人间为中界，鬼灵、阴曹地府为下界。山中动物精灵为山景，水中龙王及鱼鳖为水景，花、草为花草景，还有树木景、禽鸟景、家禽景。参见张其卓、董明整理：《满族三老人故事集》，春风文艺出版社1984年版，第588页。

便，使珠坠海。导师感激，吾行入海，乘船涉难，勤苦无量，乃得此宝，当救众乏，于今海神反令堕海，敕边侍人，捉持器来："吾卷海水，令至底泥，不得珠者，终不休懈。"即便卷水，不惜寿命，水自然起，悉入器中。诸海龙神见之怀惧，此人威势精进之力，诚非世有。水不久竭，即持珠来，辞谢还之："吾等聊尔相试，不图精进力势如是，天上天下，无能胜君。"导师获宝，赍还国中，使雨七宝，以供天下，莫不安稳。时导师者，即我身是。①

这篇佛本生故事讲述佛陀前生作为某国王子，曾率众人入海采宝，得如意珠一颗。但海里的龙神不让他拿走，因为珠是"海中上宝"，如被世人取走，将有损海国利益；随后又使此珠坠落海中。于是佛陀运用一种器物将海水卷干，以致现出底泥，龙神只好屈服，将宝珠送还。

类似情节在《度无极经》《贤愚经》所载"普施求珠降伏海神以济穷乏"中也有。主人公普施入海采得明月宝珠一颗，出海时被海神夺走，于是普施"两足摽漅海水"，众人也"助其漅水，十分去八。海神怖曰'斯水尽矣，吾居坏也。即还其珠。'"②又见于《佛说大意经》，大意太子求得宝珠后被海神所阻，珠坠水中，"便一其心，以器抒海水。精诚之感，达于第十四天。王来下助大意，抒水三分，已抒其二。于是海中诸神，皆大振怖"。恐水尽泥出，只得屈服。③这几部佛经所讲说的实际上是同一故事，主人公均为佛陀化身的某国太子。它的新奇动人之处，不仅表现在太子为救济众生贫困而不畏艰险入海采宝，还在同海中龙神的较量上取得了大快人心的胜利：用双足激荡海水，或用一种器物吸卷海水，以致无边大海水尽泥出；龙神开始以为"巨海深广，孰能尽之"，随后"皆大振怖"，不得不屈服于人，交还宝珠。

---

① 《经律异相》，上海古籍出版社1988年版，第49页。全文参见《大藏经》第3册，第75页。引文均由笔者校订标点，下同。

② 《经律异相》，上海古籍出版社1988年版，第49页。"两足摽漅海水"："摽"通"漂"；漅，除去。意思是双足入水激荡拍打使海水流溢。情景出自想象。

③ 《大藏经》第3册，第447页。

这个构想新颖、想象丰富、意境优美的印度故事通过汉译佛经传入中国后，很快被纳入中国文学之中，逐渐演变成一个众口传诵的故事类型"煮海宝"。丁乃通撰《中国民间故事类型索引》将它列为神奇故事592A1型，收录古今异文26例。①

唐人薛用弱撰《集异记》，其中"叶法善"一篇，铺叙唐代道士叶法善的神异事迹。其中关于婆罗门使法术以竭大海，从海中掠取诸般宝物的幻想情节，显然是从上述佛经脱胎而来。②不过印度故事中的龙神是站在与人敌对的立场上来阻止人类采宝，唐代传奇中的这一段文字则是海龙王借助道士的神奇法术同外来的婆罗门僧人抗争以护卫国宝，后者的意趣已发生了微妙变异。

元杂剧中有李好古的《张羽煮海》，演张生煮沸大海，使龙王屈服，得娶龙女为妻的浪漫爱情故事。它被改编成多种地方戏，对印度故事的中国化并扩散其影响，起了重要作用。

由佛经故事脱胎而出的中国"煮海宝"故事，在民间口头盛传不衰。除《中国民间故事类型索引》所录二十多例外，近年新出的《中国民间故事集成》吉林卷和辽宁卷，都分别载有此型故事的口述文本，下面是吉林"炸海干"的主干部分③：

> 从前，有个小伙子，名叫王小，靠砍柴为生。有一年春天王小进山砍柴，捡到一个溜溜圆拳头那么大的石头球。他听年岁大的老人说，这玩意儿叫"炸海干"，把它往海里一扔，海水立时就干。王小打算试一试，就带上它向东海走去。不知走了多少日子，这天来到了东海边上。王小掏出炸海干，往大海里使劲一扔，海水立刻一滴也没有了，露出了高低不平的海底。在一个宽广的地方，有一座富丽堂皇的龙宫。不一会儿，龙王爷出来，把他请了进去。他在龙宫住了一个多月。临走时，龙王爷说："我这好东西有的是，你随便挑，喜欢什么就拿什

① ［美］丁乃通：《中国民间故事类型索引》，中国民间文艺出版社1986年版，第209页。
② 薛用弱：《集异记》，中华书局1980年版，第19页。
③ 参见《中国民间故事集成》吉林卷，中国文联出版公司1992年版，第428页。

么。"王小说："别的什么东西都不要，我就相中了炕头上趴的那个小白猫。"小白猫是龙王爷的心爱之物，怎能舍得送给人呢！可把话说出去了，又不好反悔，只好让他抱去。

这个小白猫原来是龙女的化身，后来王小配龙女，建立了一个美满家庭。

在中国和印度的民间文化中，人们对深广无际的大海都怀有神秘印象。印度流行入海求宝的故事，其宝珠可使人们"在志所欲，无求不获"。中国普遍流行的则是入海求龙女的故事，只要娶上龙女为妻，人们对美好生活的企求就能如愿以偿。可是海龙王是不会轻易把龙女嫁给人间小伙子的，这时，就要使用"煮海宝"来使龙王屈服了。这种宝贝或是一块鹅卵石、一枚铜钱，或是一枚螺壳、一颗珠子，却有着使大海震荡，乃至烧干、吸干海水的巨大威力。它是借助大胆想象赋予人们特有的那些日常器物以超自然魔力所构成的，其中蕴含着人们企图征服大海的豪迈气概，有着令人愉悦振奋的魅力。这种积极的浪漫主义精神早在中国《山海经》中所载的古老神话"精卫填海"就有充分的流露。后世流传的"煮海宝"，则借鉴佛经故事，以更为贴近人们日常生活的方式来重构这一艺术境界。它通常穿插在男主人公为求龙女而向龙王施加压力的有趣叙说中，用以象征性地揭示青年男女为争取爱情婚姻自由同封建家长制的有力抗争。这样，整个故事的意趣就超越佛经，完全世俗化、中国化了。

感恩的动物忘恩的人

《经律异相》卷十一载有"现为大理家身济鳖及蛇狐"的故事，出《布施度无极经》：

> 昔者菩萨为大理家，积财巨亿，常奉三尊，慈向众生。往市观戏，即见一鳖，心便悼之，问价贵贱。鳖主知菩萨有普慈之德，常济众生，财富难数，贵贱无违。答曰："百万能取者善，不者吾当啖之。"菩萨答曰："大善。"持鳖归家，澡护不伤，其临水放之……鳖后夜求齧其门。怪门有声，使出观鳖还，如事白菩萨，视鳖，即人语曰："吾受重

润，身命获全，无以答谢。水居之物，知水盈虚，洪水将至，必为大害，愿速严船，临时相迎。"答曰："大善。"明晨诣宫门，如事启王，鳖王曰："菩萨宿有善名，信用其言，迁下处高。"时至，鳖来曰："洪水至矣，可速上载，寻吾所之，必获无患。"船寻其后，有蛇趣船，菩萨曰："取之。"鳖曰："大善。"又观漂狐，曰："取之。"鳖亦云："善。"又观漂人，搏颊呼天："哀济吾命！"又曰："取之。"鳖曰："慎无取也。凡人心奸伪，鲜有终信，背恩追势，好恶凶逆。"菩萨曰："虫类尽济，更弃求之，岂是仁哉！吾不忍为也。"于是取之。鳖曰："悔哉！"遂之丰土。鳖辞曰："恩毕请退。"答："吾获为如来无所著至，真等正觉，必当相度。"鳖曰："大善。"

鳖退，蛇狐各去。狐以穴为居，获古人伏藏紫磨金百斤，喜曰："当以报彼恩矣。"驰还白曰："小虫受润，获济微命。虫穴居之物，求穴自安，获金百斤。斯穴非垦非家，非劫非盗，吾精诚之所致，愿以贡贤。"菩萨深唯，不取徒损，无益于贫民；取以布施，众生获济，不亦善乎？寻而取之。漂人观焉，曰："分吾半矣。"菩萨即以十金惠之。漂人曰："尔掘垦劫金，罪应奈何，不半分之，吾必告有司。"答曰："贫民困者，吾欲等施。尔欲专之，不亦偏乎？"漂人遂告有司。菩萨见拘，无所告诉，唯归命三尊，悔过自责，慈愿众生早离八难，莫有怨结，如我今也。蛇狐会曰："奈斯事何？"蛇曰："吾将济之。"遂衔良药，开关入狱。见菩萨状，颜色有损，怆而心悲。谓菩萨言："以药自随，吾将蜇太子，其毒尤甚，莫能济者。贤者以药自傅，即瘳矣。"菩萨默然。蛇如所云，太子将殒。王命曰："有能济兹，封之相国，吾与参治。"菩萨上闻，傅之即瘳。王喜问所由，因本末自陈。王怅然自咎，即诛漂人，大赦其国，封为相国，执手入宫……遂至太平。佛告沙门："菩萨者，吾身是也。国王者，弥勒是，鳖者阿难是，狐者鹙鹭子是，蛇者目连是，漂人者调达是。"①

---

① 《经律异相》，上海古籍出版社1988年版，第58—59页。

它也是佛本生故事之一，讲的是佛陀前生善于理家，积财巨亿，常以钱财普济众生，因救一鳖，预知洪水将至，乘船逃难。在水中救起一条蛇、一只狐狸和一个人。救起来的漂人恩将仇报，使他遭诬告身陷牢狱，最后还是靠蛇与狐狸的帮助才转祸为福。关于动物报恩，本是民间故事中常见的情节，本篇的新异之处是将报恩的动物和忘恩负义的人类进行鲜明对比。那只神鳖早就告诫主人公，在洪水中只能救动物不能救人，"凡人心奸伪，鲜有终信，背恩追势，好恶凶逆"。可是主人公未听这一忠告，以致被自己救出的人所陷害而吃尽苦头。洪水过后，狐狸打洞安家获得意外财宝，漂人诈取不成诬陷恩主入狱；那条蛇出来献计，在它咬伤王子后由坐牢的主人公出面治好王子蛇伤立功，终于使情势逆转，善恶各有所报。动物报恩和好人陷害的情节，通过三叠式故事结构巧妙地串接在一起。其中既有丰富的想象，又富于现实生活情趣；贯穿其中的"人性恶"的观念，虽带有佛家哲学的偏见，而忘恩负义之徒的丑恶表演，不论在印度或在中国均屡见不鲜。从而使这一故事既引人入胜，又发人深思。

选自刘守华《佛经故事与中国民间故事演变》

上海古籍出版社2012年版

《两宋民族战争本事小说戏曲故事演变》（节选）

张春晓

在多民族国家的融合过程中，存在着政治、经济、文化等民族认同的必然趋势，它直接影响着和民族斗争内容相关的历史本事在后继朝代小说、戏曲中的故事演变。本书关注的文学文本，是以两宋历史中的民族战争为源头发展起来的杨家将故事、狄青故事、岳飞故事等。明清小说繁荣之际，这些原本在野史、戏曲中零星流传的故事片段，渐集大成而成为丰富的全本，成为后世戏曲演绎的基础。从历史片段的撷取到小说戏曲中情节、主题、人物及其关系的诸种变化，都是时代和观念应运而生的产物，不仅充分地体现了统治阶级和市井受众的双重需求，同时也反映了通俗文学文学性、娱乐性的本质特征。尽管两宋民族战争本事的故事演变受到多重因素影响，对社会的表述也是多层次的，但其中对于民族认同意识的反映是确定无疑的。相对政治概念中对民族认同的抽象性论述，文学演变中折射出来的民族认同更蕴含了丰富生动的微妙细节，本书将对此进行多方位的详细阐释。

一、研究目的和研究对象

中华民族是一个多民族的国家，历史上存在过许多非汉民族政权，他们在汲取汉文化的同时，也努力构建着自己的文化。各民族于历史、制度、文化、文学、风俗等方面相互吸纳、传播、交流和创新，对古代政治、经济的最终一统和民族精神的塑造、凝聚，起到了不可忽视的作用。随着历史流逝，多民族的文明早已融合。在中华民族的血液中，流淌着各个民族的气质精髓。也正因为如此，曾经有着严格的"夷夏大

451

防"的民族史观，也随着民族融合的不断加强，呈现出越来越兼容并蓄的时代精神。两宋时代，相继有西夏、辽、金等非汉政权与之对峙。南宋王朝退居临安，少数民族政权金朝入主中国北方，他们对原有的汉文化的吸收与本民族气质的张扬，造就了别开生面的金代文学气象。"你中有我，我中有你"，是中国古代历史上民族文化与文学相互融合及同化的普遍规律。在这样复杂的民族关系中，产生了最能反映时代精神、最贴近时代气息的诗文集、笔记、戏曲、小说，其中不少故事被后人一再传唱、加工，成为枝繁叶茂的元明清戏曲、小说。这一次次的改写更融入了种种时代因素，在和历史的参照系中，具体而微的故事演变充分体现出时代和观念的各种变化。

本书以生动的文学中的历史记忆揭示出两宋共时的民族关系表现，以及更多历时的民族观念变化。两宋民族战争本事的故事演变和民族认同趋势，不是简单的单向变化，而是在多种作用力的合力之下的多重变化，例如政府的把持、士大夫的清淡、市井百姓的认知都会左右故事演变的方向。故事演变的因素广泛地涉及时代、士风、世情等具体内容，展现着每个时代最真实的声音和精神状态。正是在这些故事演变的细节中，我们可以清晰地捕捉到历史观、民族观的变化。本书研究的基本范围大致分为三个部分：一是具有典型性的个案研究。重点考察如杨家将故事、狄青故事、岳飞故事等以两宋民族战争本事为蓝本的文学个案，发现故事演变中的各种细节，分析历时性的宋、辽、金、元关系的民族认同。二是分类研究。在以杨家将故事、狄青故事、岳飞故事为基础文本的同时，考察其故事形成及变化的过程，涉猎元明杂剧、宋元笔记、明清小说戏曲、说唱艺术等内容，将性质接近或时代特征接近的演变因素合而为一，归纳出两宋民族战争本事故事演变中所呈现出来的共性、复杂性和多样性。三是综合研究。在研究结论中衍生出更多丰富和深刻的历史人文内涵，关注一些思路，如民族认同的时代特征、文体特征、身份特征、地域特征，又如故事演变中的性别意识、游戏规则、娱乐精神等。

本书以戏曲、小说的文学文本为研究对象，充分运用文献学与文艺学相结合的治学方法，在历史与文献的基础上，发现新材料，力图反映出活泼的思想流动。运用的材料主要是历史资料，包括官修和私修史书，用以考察故事本事中的人物和事件以及不同时代的价值评判；各类笔记，这些作为正史补充的野史稗抄资料，往往因为没有受到史笔的约束，而具有生动的笔法，但也因此带来鲜明的个性色彩，在成为正史的有益补充之余，亦是考察时代信息的重要渠道；历代文人在诗文集中对历史事件和历史人物的吟咏与书写，可以借此来判断时代观念的转移和好恶；文学作品的解读，尤其是约定俗成的文本产生之前，故事流传中的变化信息或许微小，却带有重要的特定时代特征；或许重大，是上层政治的有意识改写，抑或民间接受的裁选。故事文本包括活跃在舞台上的戏曲，这些源于两宋民族战争本事的故事，因为不同时代的政治背景和时事寄托往往呈现出多样而复杂的变化。直到近现代故事演变的大致定型，可以约略地看出自两宋以来各种因素相互制约平衡的动态过程。

本书的研究特色首先是诗史结合，将历史的官方记录和士人的声音、民间的欲求对文学的共同作用及其在文学演变中的不同反映——展现。历史事实和评价是研究文学本事源起的基石，诗文则是厘清时人对本事理解的手段。在复杂的社会因素间辨析深层的社会原因、文化原因，使文学演变的现象最终得到合理诠释。其次是将文献学的资料比对和俗文学的创作分析相结合，在相对客观的本事背景、时世变化中分析富有生机和流动感的文学创作；在进行文学解读的同时，不流于一味虚构的人物情节分析，旨在发现关乎故事演变的社会、历史、道德、文化等种种意识元素及其相互作用。不作单纯的文献研究，亦非沉浸于文学塑造和情节虚构，而是探寻变化的因由，摸索变化的脉络，清理有迹可循的民族意识轨迹。故事演变的发展没有固定的程式和规律，会受到各种因素的同时干扰，这才赋予了文学更多不可捉摸的流动之美。透过文学的演变看历史观念的历时性演绎，在人物与情节的变化中对文学和历史作出共同的印证，这正是本书的特色所在。本书宏观上方向明确，细节上证据充分，较目前的戏曲小说研究，有更深入的核心内容和内在比较；较目前的民族关系研究，则是至今仍然有生命力的鲜活的民族认同实例。本书的研究成果在建树理论研究的同时，对于我们理解多民族国家文明的形成、民族认同的历史过程将有着切实的意义：促使我们对这个具有多元文化的多民族国家怀着更加深切的理解和更加高尚的情操。

二、研究思路和研究内容

本书共计六章，第一、二章主要对两宋民族战争本事故事演变的总体态势研究做出论述。第三章到第五章通过对杨家将故事、狄青故事、岳飞故事的文本个案研究，从人物形象、人物关系、情节主题三个方面，深入分析故事细节的变化，尝试从历史、政治、文化等多元的层次来阐释两宋民族战争本事故事演变的内在动因和外在表现。第六章则是对现象背后的原因作出较为深入的归纳分析。

（一）总体态势研究

第一章"从历史到传奇：两宋民族战争本事小说戏曲故事演变的基本面貌"主要论述杨家将故事、狄青故事、岳飞故事三种主要研究对象的故事演变的基本情况。前人对这项工作已经做出了很多成果，为了避免重复，本章主要从个人的发现与思考的线索来厘清杨家将故事、狄青故事和岳飞故事演变的脉络。杨家将故事的整体演变呈现出从战争到游戏的特征：人民的机智不断渗入故事，对于宋军胜利的想象，故事从沉重到轻快，从真实到虚构，从扼腕现实到达成美好愿望，都体现了在文学的历史记忆中从战争到游戏的演变规则。早期杨家将故事以男性为主，题材悲壮，大多涉及民族战争和忠奸斗争。后期故事则主要迷恋于法术破阵和婚姻故事，渐渐矛盾内转，关注层面日益生活化、世俗化。杨家将诸子人名系统反复更迭，文学作品对不同名称系统的遵从，体现了其在作品主题上对不同意识倾向的选择和延续。从历史到元曲、清代小说戏曲，狄青故事的传奇性日益增加。狄青故事的演变，在清代小说中主要体现为和杨家将故事、包拯故事的杂糅，在清代戏曲中则表现为叙述视角从狄青到双阳的转变。无论从国事的家事化、中外战争的内部忠奸化，还是文治武功的神魔化、人物关系的向江湖铺展、人物焦点的向情爱游离，都表现出狄青故事演变从历史到传奇的基本特征。具有江湖侠义精神的五虎的集合，亦揭示出鲜明的市民精神和时代需求。岳飞故事的演变大致分为三个阶段：宋元是奠基时代，明代格局基本完备，清代《说岳全传》是岳飞故事的集大成者。元代汉族知识分子摆脱为尊者讳的束缚，直指赵宋政治败亡的本质。曾经在元代可以藐视的君臣纲纪在明朝重新成为维护政治统治的必需，奸臣秦桧遂以全权代表的身份控制了这场忠奸斗争的故事发展。明代文学成为教化的工具，说岳故事深深地烙上各种因果宿命的色彩。《说岳全传》在此基础上创建出圆满的宿命体系，虽然文字粗糙，但有效的文学表达充分迎合了民间的情绪共鸣和娱乐需要。

第二章"两宋民族战争本事小说戏曲故事演变的基本趋势"从宏观的角度论述了两宋战争本事小说、戏曲演变的三个基本趋势：一是故事的核心内容从历史上的民族斗争演变为忠奸斗争；二是故事的战争形式从武力到神力，掺入了更多的神仙法术等内容，使战争的角逐方法以及人物的命运都跟随天命而行；三是故事的展现空间从国家之间渐渐缩小到家庭关系，即从国事到家事，随之体现了夫妻关系的地位转换，并由此带来小说中的群体人物塑造从男性群像演变到女性群像。两宋民族战争本事的历史事件冲突核心原本是民族矛盾，文学的应运而生亦是出于对民族矛盾的意识反随着时代变迁，在政治因素和人文情感影响下的文学塑造中，故事的核心矛盾渐渐从民族斗争转化为忠奸斗争。民族斗争沦为故事展开的背景，而其中真正推动故事情节和人物命运的矛盾线索全在于忠奸斗争。完成对奸臣的制造和塑造，则成为从民族斗争到忠奸斗争的故事演变最直接和根本的体现。无论杨家将故事、狄青故事还是岳飞故事的叙述主体，都是在历史故事中真实存在过的人和事，杨家将、狄青和岳飞作为人杰加以表彰却未被捧上神坛。在故事的通俗化演进过程中，这些两宋民族战争本事故事的主人公乃至整部小说的人物命运、历史因果、战争对决都被日渐神化，实现了从人力到神力的转变。这是在文学的传播及接受过程中，民间意识对于复杂政治和民族矛盾这种沉重命题的自觉放弃，鲜明地体现了市民的好奇、娱乐精神和天马行空的想象力。通过人物改造、形象虚构、群像塑造等手段营造出来的女性群像的崛起，体现了读者从阅读到观赏的需求。两宋民族战争本事的故事演变正逐渐消解历史上的民族对立意识，主题内核从民族斗争到忠奸斗争，人物形象从男性群像到女性群像，故事叙说从人力到神力，英雄传奇演变为市井传奇，两宋民族战争本事故事日渐成为大众娱情的对象。

（二）文本个案研究

第三章"故事演变中的民族认同意识对异族领袖形象的重塑"主要通过对辽国女主萧太后、金国将领金兀术从历史记录到文学塑造的历时接受的分析，来探讨民族认同意识对于异族领袖形象的重塑以及文学形象构建中的复杂性。萧太后于历史上的美恶虚隐随着不同朝代官私史书的修撰，在相同的事功中得出不同的评价。明代小说里的萧太后形象单薄，故事中的命运因明代人们臆想的民族胜利而与历史全不相符。清代戏曲以降，萧太后更多以辽邦公主的母亲形象参与在杨家将故事的家事、国事纠纷中。从明代小说中的平面人物，到清代宫廷大戏的正面改写，再至民间戏曲的神异化接受，萧太后文学形象的建立无疑是清代非汉族女性地位勃发的直接反映。自宋金以下的作品流传中，金兀术的文学形象不断从历史平面走向文学的生动具体，对其价值评判也日渐带有主观色彩。宋人对兀术形象的接受主要在两个方向上并行不悖，一是为了满足民族情感的表达、自尊的需要，有选择性地强调兀术在宋金战争中的失利；二是在诗文应用中常常将其作为英雄典故使用。明清诗文中的兀术形象在带有更多胡华色彩的同时，成为汉民族内省的参照系。明清通俗文学的感性与民间认同，则使之走向带有更多正面信息的人物塑造。

第四章"故事演变中的民族认同意识对家庭人物关系的转变"主要以四郎探母故事的官方重塑和民间接受、狄青故事婚姻关系的类型化和嬗变作为个案，来探讨民族认同意识对故事演变中家庭人物关系的影响作用。清代宫廷大戏《昭代箫韶》成为杨家将戏曲主流意识的代表，清廷在改编剧本中抹杀了杨家将戏曲的民族矛盾尖锐性，转为歌颂忠孝节义。在杨家将故事浓墨重彩地宣扬忠孝节义、兄弟义气的同时，男欢女爱、亲情伦常也日益为观众接受。民间戏曲探母故事对《昭代箫韶》影响力的接受，体现出因为地域和时代的因素，民族认同接受的复杂性。明清通俗小说一改历史上汉族公主远嫁异邦的和亲形式，转而在狄青故事中将番邦公主许配给狄青，造就异族女子对汉族男子的从属感，这正是汉族人民对于非汉民族人民持有的最普遍的心理期待。然而从小说到戏曲，狄青故事中的夫妻关系逐渐发生逆转：从男方主导到女性主导，各种文本的叙事角度也显而易见地发生了转变，故事的叙述线索更多地转移到狄青故事中虚构的女性形象——异国公主身上，并在其形象上投入了理想主义的色彩。

第五章"英雄之死：故事演变中的民族认同意识对情节主题的改造"则是通过对杨令公、狄青、岳飞诸英雄之死的改写来看两宋民族战争本事故事演变中民族认同意识等诸因素对故事情节、主题潜移默化的改造。杨令公之死的原因、情状、身后是非，从简明的历史演变为繁复的小说家言，对史实的改造和艺术加工，正是基于各个时代对宋辽关系不同的民族认同。宋代士大夫对本事的诠解在于杨令公死因从军事分歧转化为忠奸斗争；杨令公撞李陵碑死节和孟良吴天塔盗骨殖，是元代戏曲家对令公之死的两大发明；明清两代的敷衍则体现了民间意识的渗透杂糅和统治者的教化意图。狄青在通俗小说中出现了忠奸不一的形象，随着《北宋志传》的广泛流行及其对杨家将故事话语权的把握，以及清代后期狄青故事的崛起及戏曲的普及，狄青的忠奸身份最终在民间意识中达成共识。狄青相国寺假死虽是虚构，却在故事传说中寻找到了立足之地。这种想象力和嫁接手段充分体现了民间意识对于英雄之死的不平之气，遂直接参与对狄青历史命运的改造，从而为狄青故事获得更广阔的叙述空间。岳飞之死故事本身并不复杂，但其致死的前后因果以及身后的各种报应是非，则随着时代的宋代时人对冤狱的婉转表达，元人跳开君臣之义的鲜明褒贬，明人感于时事的切肤之痛和沦于教化，清代对奸臣的极端憎恶和矛盾转化，可以看到历朝历代对于岳飞之死的集体性观念的变化。文学中的民族关系与历史现实同步而行，杨令公、狄青、岳飞诸英雄之死故事情节主题的演变，实为探求文学流变中所呈现出来的对宋、辽、金、元民族关系之民族认同提供了历史轨迹。

（三）深入探讨原因

杨家将、狄青本事源于北宋，岳飞故事本事发生在南北宋之交。北宋长期受到辽、西夏的滋扰，最后亡于金。南宋初年与金相争，几近不守，幸得长江天险才得以百年偏安，终亡于元。文学文本和民族关系随着时间、朝代、政治、地域的流变，于其微妙处最能反映出在历史的长河中，民族认同过程的复杂性及其干扰因素。第六章即从历史、社会文化的角度来探讨两宋民族战争本事故事演变中的民族认同的原因，从宋元民族战争和民族政策、明代的文网控制和世俗流风、清代对夷夏观念的重解和文学改造等历史意识形态的政治性要求来看故事演变的动力；从历朝思想意识的流变、民族隔阂下的话语权、宫廷戏曲的主导与失控等社会文化性要求来考察其对文学演变的影响。

自北宋以下，这些关涉民族矛盾、民族斗争的故事最初得以在民间广泛流传，和南宋民众对于中原的怀想、宋季对于元兵压境的仇怨有关。继而中原几度遭遇非汉民族政权统治，不同的民族政权统治阶级根据自身政治需要，对相关敏感题材加以管理和利用。汉族士人则在汉与非汉政权统治下，亦根据自身情感需要，通过对两宋民族战争本事故事情节、主题的改造和情绪渲染，实现对于民族情结、忠奸情结的类同观照和臆想。两宋民族战争本事的故事演变对于民族认同意识的反映随着时代的变化而变化，亦体现出政治性、社会性、娱乐性要求的共同合力。不同朝代的政治性诉求对于故事演变的走向具有显著影响。元代的民族情绪动力在于底层知识分子对汉文化的怀想和教训总结；明代以大汉民族自居，从而将民族矛盾弱化，政治斗争主线转向权力内省；清政权则致力沿袭明代的道德体系并还之于民，大力宣扬忠孝节义，从而在此过程中掩饰而至忽略文学作品中汉与非汉的民族矛盾。明清两朝共同致力于把忠孝节义引进文学戏曲的鼓吹中，在强调教化的同时，更以迎合世俗的姿态，不断纳入宿命轮回、男女情爱等世俗喜闻乐见的情节。汉族作家曾经作为独享话语权的执笔书写者，根据汉族民间普遍理解来阐释他们对于异族的陌生感、地域的隔膜性，当文学创作的话语权传递到非汉族书写者手中时，非汉族书写者往往从民族尊严与民族情感出发，重新解构和颠覆原有的故事描述，努力建立自身在与汉民族战争中的正义性和主动性。这些都使得明清以下源于两宋民族战争本事的文学戏曲故事日益脱离历史，而驰骋于无度的民间想象。

458

以两宋民族战争历史人物和历史事件为本事的故事演变见证了民族认同过程中的种种微妙动力。故事情节主题、人物关系、人物塑造等文学演变的增减过程，在体现了政治性诉求的同时，也反映了文学娱乐性和社会风习的不断增值，而最终使文学具有驳杂的投射功能。它的最终结局是成为娱乐化的产物从而跳出历史、民族等政治元素的拘束，真正体现出追求大众娱乐性和文学创作空间的自由特性。

选自张春晓《两宋民族战争本事小说戏曲故事演变》

暨南大学出版社2013年版

后记

按照本套丛书的整体部署，本册为中国叙事文化学第三时段的年代跟踪报告。

从时间上看，第三时段的时间节点是2012—2017年。经过近二十年的努力探索和实践，中国叙事文化学从理论体系到操作程序已经形成比较完整和有效的逻辑系统和实践方法。如果说前面两个时段中国叙事文化学基本完成了产品理念和基本构造设计的话，那么到了第三时段基本就进入到批量生产的状态中。所以第三时段主要特色就是以多产和收获为常态表现。

作为多产和收获最突出的表现之一就是从2012年起，与《天中学刊》合作，在该刊设立"中国叙事文化学研究"专栏，集中发表和推出叙事文化学研究成果。这是中国叙事文化学研究发展历史上的一件大事，它不仅证明学界和社会对近二十年来中国叙事文化学研究取得进展和成绩的充分肯定，同时也为中国叙事文化学研究提供了长期成果展示平台，成为学界和社会了解叙事文化学研究的重要窗口。由《天中学刊》原主编朱占青教授，副主编刘小兵教授主编的《中国叙事文化学研究文丛》（三册）所收一百多篇文章，为该栏目开办五年期间的全部文章汇集。这是叙事文化学研究的一次客观重大成果收获。

如果说这套文丛所展示的是此时段叙事文化学研究的全面重要成果的话，那么这背后多年来有很多默默无闻的工作为它提供了坚实基础和准备。尤其是课堂教学与研究生学业指导和学位论文指导，都是培养叙事文化学研究人才的关键渠道，也是"中国叙事文化学研究"栏目设立以来能够保证稿源充足的重要作者队伍资源。

《天中学刊》"中国叙事文化学研究"栏目除了发表叙事文化学的个

案故事类型研究文章外，从栏目一开始，就经常发出学界专家对于中国叙事文化学研究进行学术评价和商榷的文章。通过这些专栏平台的学术交流，不仅极大地扩大了叙事文化学的学术影响，而且也促进了学界关于叙事文化学研究的交流与研讨，进一步推动了叙事文化学研究的提升和发展。

按照本套丛书的统一结构安排，除全书总论外，本册报告依然分为"学术背景""课堂教学""学位论文""理论建设"四个部分。专题报告为该部分在该时段发展运行情况的总结分析，其他内容则是与该时段该主题相关的原始文献目录和部分成果节选。

参加本报告编写人员全部为叙事文化学研究团队成员，具体成员和分工情况如下：

宁稼雨：主编，撰写前言、后记，提供最初讲稿教案，负责本册全书的设计，分工协调和统稿；

赵红：副主编，撰写主体报告第一部分（学术背景），部分编务工作；

梁晓萍：副主编，撰写主体报告第二部分（课堂教学），提供原始课堂笔记（1998年版），部分编务工作；

李春燕：副主编，撰写主体报告第三部分（学位论文），部分编务工作，提供原始课堂笔记；

孙国江：副主编，撰写主体报告第四部分（理论建设），部分编务工作，提供原始课堂笔记；

韩林：提供原始课堂笔记；

李彦敏：成员，提供叙事文化学研究相关学术信息（学位论文、学术论文）；

张慧：成员，负责本书资料查找搜集、录入和整理工作；

张莹莹：成员，负责本书资料查找搜集、录入和整理工作；

任卫洁：成员，负责本书资料查找搜集、录入和整理工作；

陆倩：成员，负责本书资料查找搜集、录入和整理工作；

徐竹雅筠：成员，负责本书资料查找搜集、录入和整理工作；

杨沫南：成员，负责本书资料查找搜集、录入和整理工作；

祖琦：成员，负责本书资料查找搜集、录入和整理工作；

蔺坤：成员，负责本书全书的资料核查和格式调整工作。

第三时段给人的突出印象就是硕果累累，生机勃勃。这是收获季节的迹象，但这并不能成为我们停滞不前、故步自封的理由。在一片繁荣景象背后，还有不少需要我们进一步打造提升、完善充实的理论观点和操作细节。我们愿意就这些缺漏进行进一步的思考和锤炼，把叙事文化学推向更深和更广的层次。

主编：宁稼雨

2022年12月18日于津门雅雨书屋